生活至上

李焕道 著

北京时代华文书局

图书在版编目（CIP）数据

生活至上 / 李焕道著 . -- 北京 : 北京时代华文书
局 , 2021.10
　ISBN 978-7-5699-4284-2

　Ⅰ . ①生… Ⅱ . ①李… Ⅲ . ①长篇小说—中国—当代
Ⅳ . ① I247.5

中国版本图书馆 CIP 数据核字 (2021) 第 144946 号

生活至上
SHENGHUO ZHISHANG

著　　者 | 李焕道

出 版 人 | 陈　涛

责任编辑 | 张彦翔

装帧设计 | 米　乐

责任印制 | 刘　银

出版发行 | 北京时代华文书局 http://www.bjsdsj.com.cn
　　　　　北京市东城区安定门外大街 138 号皇城国际大厦 A 座 8 楼
　　　　　邮编：100011　电话：010-64267955　64267677

印　　刷 | 天津雅泽印刷有限公司　022-29645110
　　　　　（如发现印装质量问题，请与印刷厂联系调换）

开　　本 | 710mm×1000mm　1/16　印　张 | 20.75　字　　数 | 274 千字

版　　次 | 2022 年 1 月第 1 版　　印　　次 | 2022 年 1 月第 1 次印刷

书　　号 | ISBN 978-7-5699-4284-2

定　　价 | 78.00 元

谨以此书献给我的父亲母亲！

．．．

序　我是一棵草

．．．．

亲爱的读者：

您好！

感谢生活的馈赠，它让我们相约在了这本书中。

《生活至上》已经是我出版的第三部长篇小说了，它尽管延续了我的前两部小说《阳光一路成河》和《月光照着我》的温情写作的方向，但从某种程度上说它实际上已经渐渐打破了我长久以来内心深处的重重壁垒，因为我有更多的话要倾诉，所以就毫不犹豫地另辟蹊径开始了《生活至上》的写作。我们每天都奔波在生活的征途中，可究竟生活的意义是什么呢？我真的太想探讨这个问题了。虽然小说还远不能展开丰富的生活画卷，最多只能算是山涧的一条小溪，但不管怎么说，我总算是开始吟唱生活的歌谣了，就像德国小说家托马斯·曼说过的："它终于完成了，它可能不好，但是完成了。只要能完成，它也就是好的。"

小说关注的是我们身边的平凡的小人物，我之所以把温情的目光投向他们，因为每天我都能感受到他们生活的气息，他们在城市的角落或微笑、或感伤、或歌唱、或哭泣……，这让我产生了一种强烈的责任感，我要倾听和诉说他们的生活。我每次下班回家，站在阳台上看着夜幕下的城市，车水马龙，灯火辉煌，想着有人已经回家，有人正在回家，有人却还在忙碌着，心中总能升起无限的感慨。感慨城市的繁华，感慨人生的不易。在这个城市里，有多少人离开故乡来到这里寻找自己的梦想，他们尽管处在城市的边缘，但实际上已经成了城市不可缺少的一分子，因为城市的每一个角落都留下了他们的足迹和汗水，他们正在为城市的发展贡献着自己的力量。

在小说里，我重点塑造了苗育红这个角色，苗育红来自偏远山村，从小和爸爸苗善明相依为命，苗善明拼尽全力把苗育红供到大学毕业，原本她想回到故乡工作的，但无心插柳柳成荫，苗育红却成功应聘到省城的一所重点高中教书，从此成了新的省城人。身份的巨大转变让她有些不适应，为此她时时心怀故乡，始终无法真正融入大城市。她仿佛是一棵小草，思念的一直是故乡的山河。工作的几年里，苗育红经历了许多的人和事：好朋友尚静在民营教育机构打工，漂泊在城市里，就算生活艰难，依然在坚持着自己的梦想；青年教师潘小桐和乔敏年轻气盛，虽然看不惯单位的一些阴暗面，但依然在认认真真地教书；人到中年的白子川老师勤勤恳恳工作却总是轮不上评高级教师职称，但他依然热爱自己的职业；房东江尤天每天开着出租车拉客人，尽管辛苦却依然享受着生活的快乐；苗育红的邻居——河南小夫妻田芳芳和王顺顺早出晚归卖胡辣汤，虽然挣钱不多，但他们却有一个城市的梦想；大学教师陈天宇虽然不满足于大学的学术氛围，但依然对工作充满了激情；出版公司编辑蓝梅虽然放弃了人人羡慕的公务员工作，但她却在编辑工作中找到了人生的方向；不良少年程飞飞虽然误入歧途，但在苗育红的帮助下一步一个脚印正努力走向未来；从山村来到城市当保安的郝小伟，在陈天宇和苗育红的鼓励下，不但努力工作，而且还参加了高等教育自学考试，决心圆自己的大学梦。他们就像小草一样生活在城市的各个角落，只要有一点点阳光雨露就能茁壮成长。他们尽管毫不起眼，但却异常热爱生活，城市正是有了他们的存在才变得更加生机勃勃。

为了把这些平凡的人建立更广泛的联系，我把苗育红的生活作为一条主线。苗育红上大学时，一直暗恋着大学师兄黄尧，却羞于表白，只能把这份爱深埋心中。她大学毕业参加工作之后，经人介绍认识了大学教师陈天宇，两人还没有正式进入恋爱状态时，就被和陈天宇一起长大的蓝梅给插了一杠子，蓝梅是发自内心地喜欢陈天宇，以至于三个人的生活都掀起了不小的波澜。陈天宇的爸爸妈妈也竭力干涉陈天宇和苗育红，蓝梅的爸爸蓝政广为了女儿的幸福亲自去求苗育红离开陈天宇，却意外得知苗育红的故乡苗村正是他二十多年前扶过贫的村子。陈天宇想和苗育红好好谈谈，苗育红却在深思熟虑之后决定告别这段感情。为了打探自己昔日的恋人金凤的下落，蓝政广回到苗村，最后在苗育红爸爸苗善明那里才知道金凤已死，苗育红就是他和金凤的女儿。蓝梅知道苗育红是自己同父异母的妹妹时，痛苦而又坚决地离开了陈天宇。面对两个善良姑娘的相继离开，为了疗伤，陈天宇选择远走上海去读博士后。苗育红带着相依为命的爸爸来到省城，决心一刻也不离开含辛茹苦把她养大的爸爸，就在这时，她接到了黄尧师兄的来电，黄尧师兄博士毕业放弃了去北京工作的机会决定回到省城工作，更主要是为了回到她的身边。面对生活的挑战，苗育红感慨万千：无论怎么生活，都是一种人生，就算是一棵小草，也要努力绿化自己的人生。

小说描写的每个人的生活都没有固定标准，但他们又都有各自活着的理由，这些平凡的人用行动正诠释着生活的意义。从早上第一缕阳光还没有照进城市开始，他们就开始了一天的工作，直到万家灯火渐渐熄灭，城市进入了睡眠，他们才拖着疲惫的身体走进自己的家，第二天依然精神百倍地投入到生活的大熔炉里。日复一日，年复一年，他们为城市的发展流着汗、流着泪，甚至流着血，却毫无怨言，因为他们爱这个城市。

亲爱的人，当我们每天从城市的各个角落出发，一边喝着豆浆，一边吃着煎饼，走向前方的公交车或地铁时，你有没有回头看看身后的风景？当我们一边整理衣襟，一边放下背包，踏上工作岗位的时候，你有没有注意到窗外城市的色彩？当我们一边紧盯电脑，一边敲击键盘的时候，你有没有静下心来喝杯水？

不管你有没有时间享受生活的馈赠，我们都要一如既往地前行，哪怕迎接你的不一定是阳光，我们也要心平气和地去拥抱生活的每一个瞬间。

感谢生活！

李焕道

2021 年 4 月 2 日午后于大同

目 录
Mu　Lu

····

卷一　你好，城市

····

1

　　再有两天，苗育红就迎来了自己二十五岁的生日，自从来到省城，生日对她来说，就仅仅成了一个记录年龄的符号了，在她的记忆里，再没有了可以回味与憧憬的时刻。相反，每当生日来临的时候，她就有种惶惶不安感。倒不是感叹自己渐渐跨入大龄青年的行列，而是她有种沉重的孤独感，她再也找不到小时候过生日的那种快乐了。七年前她来到了省城，四年的大学时光，还有三年的工作经历，这七年她始终就像一片叶子一样飘荡在这个城市里，城市的繁华与她没有任何关系，远离了故乡和亲人的滋味，让她常常在半夜里突然醒来，眼泪会情不自禁地顺着脸颊淌下。

　　回忆是惆怅的，苗育红想忘掉过去，但对她来说真的很难。她十八岁从故乡考入省师范大学中文系来到了省城，大学时光一晃而过，她没有选择考研究生就直接应聘到了省城一所重点高中——省第三中学教书。她的很多同学都觉得她是幸运的，但她从一开始就没有表现出太多的兴奋，在她的意识里，省城就是一个概念，仅仅是比她的故乡——卫原县城大一点儿，人多一点儿，楼高一点儿。每天还不照样挤在集体办公室里备课、批改作业，然后走上讲台，面对五十多个学生？如果是在县城教书，无非也是这样的生活。

　　苗育红一直无法融入这个城市，因为她想念爸爸，想念他们的村子——一个叫苗村的美丽而又宁静的小山村，更想念村前的天门山和山脚下的艾拉河。"天门山"和"艾拉河"的名字，听爸爸说来源于一个动人的传说：据说从前天门山上有扇通往天上的门，老百姓称之为"天门"，天门山的名字就是由此得来的。那扇门平时是不开的，只有到了每年的农历三月初三这天才会打开，这天，山下村里的老百姓都会爬到山顶聚集在天门前，等到天门打开的时候，他们能看到天神显灵，于是就会祈求天神保佑他们的村子风调雨顺，平平安安。村子里有个采"艾草"药的姑娘，大家都叫她"艾姑"，艾姑心地善良，把采来的草药都用来医治乡亲们的疾病。突然有一天，村子里开始传播一种可怕的瘟疫，艾姑用尽一切办法来拯救乡亲，却收效甚微，痛苦的艾姑想到了天神，她爬上天门山，要敲响天门，她想请求天神来拯救老百姓。因为还不到农历三月初三，天门是不会开的，如果谁敲响了天门，就会触怒天神，是要受到惩罚的。艾姑冒着生命危险勇敢地敲响了天门，天神显灵之时，艾姑向天神请愿，希望天神能拯救山下的老百姓。天神拒不答应，艾姑哭着祈求天神，天神说除非她的眼泪能流成河才可以答应她。明知道眼泪流成河是不可能的，但艾姑还是不停地哭，没想到奇迹出现了，艾姑的一滴滴眼泪渐渐汇成了一条小河，顺着山涧流向远方，天神被感动了，老百姓才得以解救，然而艾姑却泪尽而亡。乡亲们的生命是被艾姑从鬼门关给拉回来的，为了纪念她，人们就把这条由艾姑的眼泪流成的河叫"艾拉河"。

　　每到暑假，苗育红都会回到故乡，那是她最快乐的日子。她和爸爸一起蹚过艾拉河，走过天门山弯曲的山道，进山劳动。有时候，爸爸会赶着驴车，她坐在车帮上，每隔一会儿，爸爸就会扭过头嘱咐："红，你坐好，扶好车帮。"苗育红一边答应着一边紧紧抓住车帮，她知道，在爸爸眼里，她永远都是个需要照顾的孩子。从她懂事起，她就和爸爸相依为命，从来没有妈妈的概念，在她小时候看到同村的孩子都有妈妈，她问爸爸，妈妈哪里去了，爸爸笑着告诉她，妈妈到天上去了，之后爸爸就沉默了。等她渐渐长大了，也就不再问了。

　　苗育红的爸爸叫苗善明，因为家里穷，苗善明小时候没有念过多少书，但却一直咬牙供苗育红上学。当年，苗育红在他们西岭乡中学念完初中后，同村的孩子都回家劳动了，苗育红也想回家帮爸爸劳动，但苗善明坚持要她继续考高中，她没有辜负爸爸的期望，一直念到大学毕业。原本大学毕业，她是打算回到故乡教书的，那时候，她高中的母校——卫原县一中已经联系她了，正在征求她的意见。可是，省第三中学正好也来省师范大学招聘，她的同班同学兼好朋友尚静前去应聘，也鼓励她去应聘，她考虑再三还是去试了试，结果，无心插柳柳成荫，她被录取了，尚静却被淘汰了。后来，她想放弃，仍旧是在尚静的鼓励下进了省第三中学。尚静由于没有找到合适的工作，又不肯委屈自己回到她的故乡，所以就一直漂在省城，毕业的三年里，尚静不断跳槽，做过很多工作，在一个单位通常干不到半年就会辞职，去年在苗育红的帮助下进了一家叫"求索教育"的民营教育机构当老师，算是暂时稳定了下来。

苗育红想着这些的时候，她已经来到了单位大门前，今天她没有坐公交车，而是骑电动车来上班的。早上从出租屋出来的时候，她看到天气很好，就想骑电动车去上班，赶公交车有时候还不如骑电动车，公交车上人太多了，她上车的地方又不是始发站，通常是没有空位子的。况且骑电动车也不用担心堵车的问题，省城太容易堵车了，尤其上下班的高峰期。有好几次坐公交，堵车让她痛苦不堪，回到出租屋已经很晚了。

苗育红骑着电动车慢慢进了学校，身边有很多老师开着车从她身边经过，驶向办公楼后面的停车场，偶尔也有像她一样骑着电动车或自行车的老师和她一前一后进了自行车棚，这是省第三中学早上上班时一道特有的风景。因为很多老师是开车来上班的，所以学校的停车场停满了车。这几年，大家纷纷在省城新开的楼盘买房，而新楼盘大多在市郊，离学校较远，开车的人也就多了。苗育红也有买房的打算，只是暂时她还买不起，但她已经开始努力攒钱了，除了自己的日常开销和每月按时给爸爸寄的生活费外，剩下的工资基本上都攒了下来。她想等过几年，她买了房就把爸爸从故乡接到省城来生活，她不想让爸爸一个人留在那个小山村里。

"早啊！育红！"

苗育红听到有人喊她的名字，回头看时，历史教研组的高凯老师推着电动车进了车棚。

苗育红朝高凯笑了笑，说："早啊！高老师！"

他们支好车，相跟着出了车棚，朝办公楼走去。

高凯说："育红，前两天我跟你说的那个事，你要不要考虑一下？"

听高凯这么一说，苗育红这才想起了高凯前几天说过要给她介绍对象的事，她还以为高凯只是随口一说，因为平常也有很多同事这么说，她就没当回事，想不到高凯是认真的，于是，就说："不好意思啊！高老师，我都忘了这件事了。"

高凯说："你要是觉得可以考虑，你就考虑一下，毕竟到了谈婚论嫁的年龄了。"

苗育红点点头，说："是啊！只是我是从农村来的，恐怕人家看不上我。"

高凯说："这有什么？关键看你们有没有缘分，明天给我个信儿，天宇还等你回话呢！刚才还问我你的态度如何。"

高凯向苗育红介绍的这个小伙子是高凯以前的一个学生，叫陈天宇，原先是在省第三中学毕业的，一直在四川大学从本科念到博士，获得文学博士学位之后，就来到了省师范大学中文系教书，比苗育红大五岁。只不过苗育红上大学时，陈天宇还在读博士，等到陈天宇博士毕业来到省师范大学工作，苗育红已经毕业一年了，他们并不认识。

说话间，苗育红和高凯就进了办公楼，苗育红的办公室在二楼，高凯的办公室在一楼，他们在楼梯口分了手。苗育红上了二楼，掏出钥匙打开了语文教研组的办公室，心事重重地坐在了自己的办公桌前，直盯着电脑发呆。

苗育红前几天听高凯说起陈天宇时，她真的没太在意，她觉得陈天宇是博士，自己是个普通本科毕业生，差距有些大，根本不可能的。现在好多人把学历看得很重要，像陈天宇这样做学问的，估计也不例外。不要说大学老师了，就是中学老师有时候也会把学历当作找对象的一个标准，他们办公室的潘小桐就是个典型例子。潘小桐是个硕士，他就要求未来的女朋友一定至少得本科学历，前一阵子他们语文教研组长崔世芳给他介绍过一个专科学历的女孩，潘小桐当场就拉起了脸，弄得崔世芳尴尬极了。后来办公室里的人都知道潘小桐把学历看得很重要，再加上他的其他要求也颇高，比如身高、外貌、性格等，所以二十八岁了还没有女朋友。

教学楼的铃声响了，办公楼都能听得清清楚楚，苗育红这才意识到已经下第一节课了，第三节课是她的课，中间还有一节课的时间，她拿出教材，想再看看已经备好的课。这时，潘小桐夹着书进了办公室，进门看到苗育红，就说："育红，你没课？"

苗育红说："我是第三节的课，你上完了？"

潘小桐放下书，喝了一口水，说："我上完了，也被气坏了。"

苗育红说："怎么了？"

潘小桐说："我今天讲李商隐的诗歌，有个学生竟然不知道李商隐是哪朝的诗人。"

苗育红笑了，说："现在这些孩子，基本功是越来越差了。"

潘小桐说："谁说不是呢？感觉一届比一届差。"

他们正说着话的时候，崔世芳进来了，问："你们聊什么呢？上楼梯时我就听到你们说话的声音了。"

潘小桐又把刚才的话说了一遍，崔世芳笑了，说："这也正常，我上课的时候见得太多了。"

苗育红没说话，低下头看起书来，其实，她哪有心思看书呢？依然想着刚才高凯跟她说的陈天宇的事，不知道该怎么回复他。她有些犹豫不决，又不好意思跟别人说，就站起身，准备到办公楼外走走，刚移了一下椅子，潘小桐就问："育红，你要出去啊？"

苗育红说："是啊！我出去一会儿。"

潘小桐说："学校的杏花开了，很漂亮的，我给你拍几张照片吧！"

苗育红不想拍照，但又不好意思拒绝潘小桐，毕竟在一个办公室工作，只好说："好啊！"

于是，潘小桐和苗育红就出了办公室，来到了校园里，他们在北教学楼前的小花园里，欣赏着满树的杏花。苗育红这才注意到春天真的来了。在省城的这几年，她几乎没了季节的概念了，每天都是忙忙碌碌的，没有心情关注季节的更替。这时，她突然想起了故乡的春天，杏花、梨花、桃花相继在春天开放的时候，满山遍野一片花的海洋。小时候，每到春天，她都会和伙伴们一块儿走过艾拉河，去山坳里看花，他们徜徉在花海里，还会从树上摘下几朵来，插到头发里，或者摘几枝，回到家插到装满水的花瓶里，可以开放好多天，那种快乐的滋味在省城是无论如何也找不到的。

"你想什么呢？快点儿站好，我给你拍照。"

潘小桐的催促把苗育红从回忆中惊醒，她赶紧站在一棵杏花树下，潘小桐掏出手机就帮她拍了一张。潘小桐不断地让苗育红变换姿势，苗育红很不自在，拍了几张后，苗育红说："好了，小桐，就拍这几张吧！"

潘小桐意犹未尽的样子，说："这么美的景，不拍可惜了。"

苗育红看看手腕上的表，说："我得准备上第三节课了。"

潘小桐有些不高兴，说："那好吧！"

他们出了小花园，朝办公楼走去，刚进办公室，第二节下课的铃声就响了，马上该上第三节课了，苗育红匆匆拿了教科书就出了办公室，走进北教学楼的时候，她已经决定和陈天宇见一面了。

2

苗育红和陈天宇是在省师范大学中文系教学楼前的凉亭里见的面，是高凯陪苗育红去的，只不过，见到陈天宇后，高凯只简单跟他们寒暄了几句，就很快离开了。

与苗育红想的很不一样，陈天宇不是她想象中的大学老师的模样。以前，她上大学时，教她的老师几乎都是穿戴很传统的那种，可陈天宇不是这样的，陈天宇竟然穿着破洞的牛仔裤，头发是黄色的，估计是有意染的。更令苗育红惊讶的是，陈天宇开口就问："你为什么叫苗育红？这个名字不够时尚啊！"

苗育红立刻就有点儿生气了，但出于礼貌，还是强忍着没有表现出来，只是说："名字是我爸爸取的，我觉得挺好。"

陈天宇说："你这个名字有点儿20世纪80年代甚至70年代的感觉，根本不像90后啊！是什么意思呢？"

苗育红说："爸爸告诉我，之所以取'育红'，是因为爸爸希望在他的养育下，我未来的生活能红红火火，就这么简单，这是一个父亲对女儿的最朴素的期待。"

陈天宇说："哦，这么说也挺有意思的。"

苗育红问："你为什么叫陈天宇啊？"

陈天宇拨弄了一下自己的黄头发，说："唉！别提了，我小时候爸爸妈妈可是对我抱有很大的期望的，他们希望我能纵横天地间，成就一番大事业，才给我取了'天宇'这个名字。可惜啊！让他们失望了。"

苗育红说："这有什么可惜的？你现在不也很好吗？"

陈天宇说："好什么呀？我爸妈希望我学理科的，可我不喜欢，我就喜欢文学，虽然学得还不错，可终究不是爸妈的心愿，现在每次说起来，我爸妈依旧觉得遗憾，总是说，你要是学了理科，说不准也像你表弟那样去了美国硅谷。"

苗育红说："人各有志，不能勉强的，我爸爸就从来没勉强过我。"

陈天宇说："那是你爸爸，要都是像你爸爸那样就好了，你不知道，我这个人又看不得爸爸妈妈对我失望的样子，当然，我是不希望他们难过，可又没什么办法，一切都成现实了，去硅谷的理想只能寄希望他们的孙子了。"

最后一句话把苗育红逗乐了，她突然觉得陈天宇并不像他的外形那样张扬，她似乎觉得他其实是个很幽默且孝顺的人。

陈天宇接着说："也不知道爸爸妈妈这辈子还能不能看到他们的孙子去硅谷？我连个女朋友都还没有呢？"

苗育红的脸有些红了，低声说："一切都会有的。"

陈天宇说："要不，你做我女朋友吧？"

苗育红不知道该怎么回答陈天宇了，她有意把目光投向了不远处的"柳湖"，柳湖是省师范大学的校内湖，由于湖岸边栽满了柳树而得名。像这样的校内湖泊，在北方的大学里是罕见的，省师范大学因为拥有柳湖而闻名于省内外，美丽的校园环境在大学的发展过程中也起到了重要的作用，据说很多考生由于听说了这个美丽的柳湖而决定报考省师范大学。当然，苗育红上大学不是出于这个原因，她高考时，并没有考虑这么多，而是觉得将来做个老师也挺好，还有寒暑假可以回家陪陪爸爸，所以就报考了省师范大学。只不过，她没想到自己会留在省城，按她当时的想法是要回到故乡做个高中老师的，但命运把她留在了省城，现在又把她推到了陈天宇的面前，也许这就是生活吧！

陈天宇见苗育红没有说话，觉得自己说话有些直接了，就说："你不用为难，觉得不合适，我们就做个好朋友。"

苗育红说："我……"

陈天宇说："看来难为你了，好吧，不说这个了，咱们沿着柳湖走走吧！"

苗育红点了点头。

他们沿着柳湖旁边的那条名叫"相思路"的曲折小道，一边走，一边轻轻拨弄着已经吐出绿芽的柳枝，有的地方柳枝茂盛挡住了他们的路，陈天宇还伸出胳膊撩起柳枝让苗育红通过。

陈天宇问："你上大学时，是不是经常来湖边读书？"

苗育红说："是啊！每到早晨，湖边全是大学生，大家都在背书，真的是个学习的好地方。"

陈天宇说："别看我是省城人，我以前对师大一点儿不熟，那时候也看不起师大，只想着要考到更好的大学去，所以一次也没来过师大，等回来做老师了，才第一次来到这里，发现与我原先想的很不一样，师大也是个蛮可爱的地方。"

苗育红说："那当然，七年前我爸爸来送我上大学时，他都被师大的美丽惊呆了，尽管他不会用什么词来形容，但我已能感受到他的惊讶与赞叹。"

苗育红说话间都带着自豪感，因为师大是她的母校。

陈天宇说："那是啊！"

他们上了柳湖上的一座"思桥"，其实桥刚开始并没有名字，之所以后来叫"思桥"，是因为很多教授和学生都爱在桥上思索，放眼柳湖，碧波荡漾，灵感往往油然而生，久而久之，大家就把它叫"思桥"了。

两个人扶着桥的栏杆，眺望着柳湖，三三两两的大学生从身边走过，不时还有人拍照。

陈天宇说："育红，我给你拍张照片吧？这么美的风景配上你这么漂亮的姑娘简直就是绝美了。"

很快，陈天宇就掏出手机，给苗育红拍了一张照片。

拍完照，陈天宇说："咱们加个微信，我把照片传给你。"

苗育红掏出手机，加了陈天宇的微信。

两个人继续朝前走，陈天宇说："要不，咱们去吃点儿东西吧！"

正在这时，苗育红的手机响了，是尚静打来的，苗育红对陈天宇说："不好意思啊！我接个电话。"

陈天宇说："没事儿。"

苗育红走到了一边，接通了尚静的电话。

尚静说："你在哪儿呢？"

苗育红说："我在师大呢！"

尚静说："去师大干吗？我找你有事。你先前不是说不想在那个出租屋住了吗？我帮你又找了一处住处。"

苗育红问："在哪儿？"

尚静说："一句话说不清楚，一个小时后你在三中门口等我，我过去找你，见面再说。"

苗育红还没有来得及说话，尚静就挂了电话。

苗育红走到陈天宇面前，说："真不巧，我现在有事，不能和你共进午餐了。"

陈天宇有些不高兴，又捋了捋他的黄头发，故作轻松地说："没事儿，你忙你的。"

苗育红说："我先走了。"

她匆匆朝前走了几步，陈天宇在后边喊："那个事你别为难。"

苗育红知道陈天宇说的那个事是什么意思，她回过头，说："不为难，再见！"

苗育红匆匆忙忙赶回了省第三中学，尚静已经在校门口等了一会儿了，两个人一见面，尚静就埋怨她："你也太慢了，是蜗牛都赶回来了。"

苗育红笑了笑，说："不好意思啊！刚才堵车。"

尚静问："你去师大干吗？"

苗育红暂时还不想让尚静知道她和陈天宇的事，她觉得还不知道未来是个什么结果呢，等过一段时间再告诉尚静也不晚。

于是，苗育红说："也没事儿，就是想回到师大看看，毕业好久都没回去过了。"

尚静说："你可真有兴致，是不是到师大去睹物思人了呀？"

苗育红说："思什么人呀？光剩下睹物了。好了，别贫了，走吧！"

尚静问："走什么走啊？你不看看都几点了？你不吃点儿东西啊？"

苗育红说："哦！好吧！那边有家麻辣烫，你有没有兴趣？"

尚静说："我好久没吃麻辣烫了，我还真有这个意思！"

两个人仍然像大学时那样，挎着胳膊吃麻辣烫去了。原本以为已经过了午饭点了，真没想到，吃麻辣烫的人还是很多，这种起源于四川、重庆地区的传统小吃，早已流行于全国各地了，尤其深受年轻人的喜欢。上大学时，她们学校周围就有好几家麻辣烫店，每次去吃都是满屋子的人。

尽管现在人很多，但依旧阻挡不住她们对麻辣烫的渴望。她们仍然像以前那样，采取"多素少荤"的选菜模式，选完菜，苗育红主动去结账，尚静不高兴地说："每次都是你结账，能不能给我个机会？"

苗育红说："下次，下次啊！"

尚静说："都多少次下次了。"

苗育红说："下次一定是你结账。"

苗育红抢着结账自有她的理由，她觉得在这个城市里，她有固定工作，而尚静始终在漂着，虽然有时候赚的钱也不少，但毕竟不像她心里踏实。多照顾一下尚静也是应该的，何况尚静对她的关心也不少。

吃饭的时候，尚静才说起了苗育红租房的事。苗育红和尚静原来一直一起合租，两人分摊房租，后来，尚静进了现在的"求索教育"工作，单位提供集体宿舍，为了节约开支，尚静就搬进了集体宿舍。为此，尚静觉得很是对不住苗育红，苗育红倒是能理解自己的朋友，原本尚静也不富有，在这样的大城市里，生活成本很高，谁不想节约一点儿开支呢？从去年以来，苗育红尽管一个人承担了出租屋的全部租金，但也还能接受。出租屋月底就到期了，她原本打算继续租下去的，可是前几天房东突然告诉她要涨价了，她听了心里很不舒服，也没有恳求房东便宜一些，她知道恳求也没用，只好托尚静帮她打听一下哪里的房便宜，准备另租他处。尚静因为以前换过很多单位，认识的人多，就四处帮苗育红打听。

尚静说："我帮你找了一处房子，一室一厅的。"

苗育红说："在哪儿？"

尚静说："音乐学院旁边，离你们单位有点儿远。"

苗育红说："远没关系，只要合适就行，况且我们学校门口有公交车通到音乐学院，挺方便的，要是坐地铁就更快了。"

尚静见苗育红不介意，就说："那房子我去看过了，比你现在租的那个小点儿，但也足够你住了。"

苗育红说："你还去看房了？你太有心了。"

尚静说："你将来还要住好长时间呢！我当然得先去看看合适不合适了。"

苗育红也不跟尚静客气，她知道尚静是个热心人，说："你看着行，那肯定就行。"

尚静说："那个房子是我一个同事的，是旧房子了，房龄大概有二十多年了，外墙都还是用砖砌的。当时是她爸妈盖的独栋三层楼，她爸妈去世后，就把楼留给了她和她弟弟了，三层归她，一层和二层归她弟弟。她结婚后搬出去了，原本她打算把三层无偿地送给弟弟，但她弟弟觉得爸爸妈妈的房子应该有姐姐的一份，就没要。这么多年，她的三层就一直空着。她说空着也是空着，不如租出去。"

苗育红说："省城还允许盖私人独楼啊？"

尚静说："那里原来是城市郊区的农村，20世纪省城还没大面积规划时就盖好了，后来城市扩建了，他们家刚好位置稍偏一点儿，就没有被拆迁掉。"

吃完饭，她们就直接去看房了。那栋楼坐落在省音乐学院西边，离音乐学院很近。苗育红根本没想到，这么繁华的省城，居然还有这么多低层独楼，虽说来到省城已经七年了，但实际上她并没有过多地了解这个城市，每天的生活也就是学校和出租屋之间来回移动，就像他们办公室的崔世芳老师说的，在学校和家这条线上耗尽了她的青春。苗育红想想也是，如果生活没有太大的改变，她的青春也会像崔老师那样在一条线上耗尽的。

进了那栋楼的院子，尚静的同事江尤美已经等候在院子里了，江尤美热情地迎了上去，说："尚静，你们来了！"

尚静说："江老师，这就是我说的育红，我大学同学。"说着，指了指身旁的苗育红。

江尤美对苗育红说："育红，你长得可真漂亮，早就听尚静说过你，今天才见到。"

苗育红说："江老师，我也常听尚静说起你。"

江尤美说："这是我爸妈早年建的独院，那时候这里还是一片农田，我爸妈就是附近村子的农民。没想到城市发展得太快了，周围都已经被高楼大厦围住了，我们想这里迟早要规划拆迁的，可这么多年过去了，一直没有拆迁。这附近有好多这样的独院，大都跟我们家一样。别看外表旧了点儿，住着还是挺舒服的，咱们上三楼看看吧！我弟弟已经收拾好了。"

苗育红趁机看了看院子，院子很窄，还放着两辆电动车，楼外墙已经很旧了，红砖都变成土灰色的了。但她觉得这都不是问题，只要房租便宜就行。

苗育红和尚静跟着江尤美从外梯上楼，来到二楼时，江尤美指着二楼的房间说："二楼租给一对河南来的小夫妻了，我弟弟住一楼。"

她们上了三楼，来到屋里一看，苗育红发现屋子收拾得还挺干净，厨房、卫生间都有，卧室还带着一个小阳台，更让苗育红感到温馨的是屋里还摆着好多花，散发着阵阵花香。

江尤美说："这间屋子是爸爸妈妈留给我的，当年我就住在这屋子，我弟弟住在二楼，我爸爸妈妈去世后，我弟弟就搬到一楼住了。我弟弟很勤快，也很喜欢养花，别看房子旧了，他把屋里屋外都收拾得干干净净的。每次我回家，看到整洁的院子就好像看到了爸爸妈妈一样。"

苗育红当下就决定要租，她问："江老师，租金怎么算？"

江尤美说："我和尚静是同事，你们又是好朋友，你象征性地付点儿租金就行。"

苗育红知道江尤美不好意思说价钱，就说："这怎么能行？朋友归朋友，但钱的事是一定要说清楚的。要不你跟尚静说一下价钱，随后让她转告我也行。"

江尤美答应了。

她们下了楼，江尤美的弟弟江尤天提着个包进了院子，一见弟弟，江尤美马上向苗育红介绍说："这是我弟弟尤天，以后有什么事你找他就行。"然后又对江尤天说："这是育红，她以后就是你的邻居了。"

江尤天朝苗育红笑了笑，说："你好！"

苗育红也礼貌地回敬江尤天："你好！"

尚静因为上次来过一次，见过江尤天，就说："尤天，以后你可要多多照顾育红啊！"

江尤天说："放心吧！都是我姐的朋友，我肯定会照顾好的。"然后他又对苗育红说:"搬东西的时候跟我说一声,我帮你搬。"

苗育红说:"谢谢!"

江尤天说:"不客气,我是开出租的,也方便,到时候给我发个微信就行。"

说着,江尤天和苗育红互加了微信。

跟江尤美姐弟告别后,苗育红和尚静就在附近的一个公交站牌分了手,各自坐公交车走了。苗育红下了公交车路过一家蛋糕店时,尽管有些不情愿,但还是订了一个六寸的生日蛋糕,毕竟生日就要到了。

3

第二天下午一放学,苗育红就去蛋糕店取了自己的蛋糕,刚回到自己的出租屋,手机就响了,是陈天宇打来的。

陈天宇问:"育红,有没有心情一块儿出去散散步?"

苗育红说:"天有些晚了,改天再去吧!"

陈天宇显得有点儿失望,说:"本想着今天的月色很美,想和你共享的,唉!看来你没有心情。"

苗育红赶紧说:"天宇,你别多想,我今晚有点儿事,明天吧,明天我一定陪你去。"

陈天宇说:"那好吧。"

挂了电话之后,苗育红心情很复杂,复杂有两个原因,一是生日让她感到孤单;二是陈天宇邀她散步。生日是她自己的事,她还可以自己承受。陈天宇的邀约就不仅仅是她自己的事了,关系到两个人。她现在还不知道该如何对待陈天宇,要不要和他发展下去是她接下来考虑的重点。

这个生日依然过得很揪心，她草草吃了几口蛋糕就斜靠在床上开始看书，她特别喜欢在静静的夜晚看书，一个人没有任何打扰，思绪跟着文字驰骋，那种美好的感觉是别的任何休闲方式都代替不了的。尽管现在很多人喜欢网上阅读，尤其随着智能手机的更新换代，人们的阅读方式正在经历前所未有的革新，那种碎片化的阅读，苗育红一点儿也不喜欢，她仍然喜欢看书，纸质文本散发出来的魅力让她陶醉。每每看到好多人在公交车上或者地铁里，甚至走路时低着头看手机，她就有种沉重的悲凉感，为什么非要做个低头族呢？难道就不能听听书的"声音"，感受一下墨香带来的快感吗？

也许是从小的习惯，也许是学中文的原因，她最喜欢看文学作品，但在诸多的文学作品中，她尤其喜欢长篇小说。她的书桌上摆满了各种各样的长篇小说，有很早以前出版的，也有最新出版的。课余时间，她最爱去的地方就是逛书店，但书店的书通常都比较贵，她在书店看好一本书后，通常会选择网上购买，主要是为了便宜。记得上大学时，教她们现代汉语的史学勤教授说他当年上大学时，由于家里穷，遇到喜欢的书，就挑最便宜的版本买，只要不影响阅读就行，哪怕是旧书。她受到史教授的影响，不太注重书的外表，只要内容好就行。她和史教授一样，奉行一个原则：用最少的经济付出获得最多的精神营养。

在众多的长篇小说中，苗育红最喜欢茅盾文学奖获奖作品，茅盾文学奖是我国长篇小说的最高奖，从20世纪一九八一年起，迄今已经举办了十届，她买了所有的作品。她看书非常认真，除了关注情节，更关注小说的思想艺术。她看过的书上总是圈圈点点，有的是注释一些生僻的字音词义，有的则是纠正书中的错字和用错的语法，这是一般读者都极容易忽略的地方，苗育红却不跳过每一处文字，大概是做语文老师的原因吧。苗育红有时候也纳闷，有好多书甚至是国内著名出版社出的，由于校对不够严谨，造成书中出现多个错字和用错的语法现象。她的同事潘小桐上次借了她一本书，看到书中的勾勾画画非常吃惊，就问："育红，你看书也太较真了吧！你在书上做的注释和批语堪比脂砚斋评点《红楼梦》了。"

苗育红说："你太高估我了，这只是我对书的一点儿见解，不过，读书细细读肯定是好的。"

潘小桐说："这样也好，我省事了，可以无障碍阅读了，省得有的地方不理解还得去查资料。"

我国幅员辽阔，各民族风俗习惯都不太一样，就算是同一个民族，生活的地域不同，风俗习惯也会有很大差异，很多小说里难免有大量的方言俗语。苗育红遇到这种情况，读书就会更加仔细，她要查阅资料，不弄清这个词的含义，决不继续读下去。上次她读了作家迟子建的《额尔古纳河右岸》这本书，为了搞明白小说中描写的鄂温克人的风俗习惯，她边读小说边查资料记笔记，读完全书她的笔记都写了好几千字。

苗育红捧着的这本书是作家周大新的长篇小说《湖光山色》，荣获第七届茅盾文学奖，小说里描写的乡村就像她的故乡一样吸引着她。她又想起了故乡，故乡巍峨的天门山，还有那条美丽的艾拉河都会闯入她的脑海。

有人敲门，苗育红想：这么晚了，谁在敲门？

她下了床，去开门，发现她的房东牛香莲站在门外，这个胖胖的矮个子女人说："育红，你下个月还租不租？"

苗育红说："不租了。"

牛香莲说："是不是嫌房租涨价了？你要是嫌贵，我再给你减去一百元，毕竟咱们相处了三年了。"

苗育红说："谢谢了，牛阿姨，我搬走是想跟我同学合租。"

苗育红不想跟牛香莲说真话，她知道这个女人爱打听事，还爱耍心眼儿，有些事没必要让她知道。牛香莲原来是城市郊区的农民，她和老公之所以在这个城市里拥有两套房子，一套租，另一套自己住，完全是由于当年城市扩建，把他们家的土地占用了，开发商分给他们两套房作为补贴。牛香莲能在省城拥有两套房，自然底气足，说话的时候还带着些许的刻薄，甚至还看不起苗育红这样的外地人。当然，苗育红也不会跟她一般见识，苗育红毕竟是大学生，据说牛香莲没什么文化，不知道上过初中没有，也没有一技之长。牛香莲还有个毛病就是爱偷偷进苗育红的出租屋，去年，苗育红有一次回出租屋，就发现牛香莲正在她屋里。见苗育红回来了，牛香莲就尴尬地说："育红，不好意思啊，进你的屋也没跟你说一声，我是来检查下水道的。"

苗育红很生气，心想：检查什么下水道啊？你明明站在我书桌旁乱翻。

从那时候开始，苗育红就有搬走的想法了，后来牛香莲又要涨房租，更坚定了她搬走的决心。

这时候，牛香莲问："还是跟那个尚静合租吗？"

因为之前，尚静和苗育红一直在合租牛香莲的房子，牛香莲对尚静是熟悉的，尚静搬走后，牛香莲好多次向苗育红打听尚静的情况，问尚静有没有男朋友啊？干什么工作啊？苗育红一概回答不太清楚。

听到牛香莲这么问，苗育红说："不是，尚静单位有宿舍，我是跟别的同学合租。"

牛香莲说："看来你真的要搬走了，挺可惜的，咱们都处了这么长时间的朋友了，有感情了，要是来个陌生人来租，说心里话，我还真不情愿呢！"

苗育红说："我原本不打算搬走，可我那同学想让我和她做个伴儿，你知道，我们在省城没什么亲人，合租也能互相有个照顾。"

牛香莲说："你说的也是啊！你们这些外地人来到这儿不容易，不像我是土生土长的城里人。"

牛香莲又说到"外地人"了，这让苗育红有些反感，也许在牛香莲眼里，外地人好像比他们本地人低一等似的。苗育红突然想打击一下牛香莲，说："牛阿姨，我记得你好像原来是省城郊区的农民。"

牛香莲一听，有些尴尬，忙说："那是很早以前的身份了，我现在是城里人了。"

苗育红趁势还想压压牛香莲的气焰，说："我以前和你一样都是农民，只不过我后来上了大学，毕业留在省城工作了。"

牛香莲没有上过大学，听苗育红说到上大学自然有些自卑，她知道今天遇上强势的对手了，心里多少有些怵，就不再跟苗育红互怼了，说："育红，什么农民不农民的，不说这个了。还是说说租房的事儿吧，你能不能和你那个合租的同学继续租我的房子啊？"

苗育红说："牛阿姨，真不凑巧啊！她已经在前几天刚租了一个。"

牛香莲很失望，连连叹气，说："唉！可惜了。"

苗育红不知道牛香莲今天为什么一个劲儿劝她继续租房，前几天提到这件事时，她完全不是这个态度，甚至还说房子地理位置好不缺人租的。

两个人又随意聊了几句，苗育红觉得特别无趣，就借口说还要备明天的课，牛香莲只好走了。

苗育红关上门，还没看几页书，尚静就发来微信了，告诉她，她已经和江尤美谈好了房租，问苗育红能接受不？苗育红当场就回话说能行，比牛香莲的房子便宜不少不说，关键是暖气费也不用交，只交水电费就行。

苗育红觉得有点儿饿了，晚上只吃了几口蛋糕，刚才只顾着和牛香莲聊天了，这时才感到肚里空空的，她准备把剩下的蛋糕吃完，顿时，又有些伤感。今天是她的生日啊！虽说来到省城后心里十分抵触过生日，可毕竟是生日，就算内心再排斥也还是要过的，这一天是永远不会绕过去的。小时候，尽管家里穷，可每到她的生日，爸爸是一定要给她过生日的。离生日还有好多天的时候，她就开始盼望了，猜想着爸爸会给她送什么礼物。爸爸事先都不会告诉她，总是把惊喜留在生日真正到来的那天。爸爸送给她的礼物基本上都是一些学习用品，笔和本送的最多，她知道这寄托了爸爸太多的期待，希望她努力学习。她小时候的生日里虽没有生日蛋糕，却让她回味无穷。

苗育红吃了几口蛋糕就吃不下去了，她又想起了小时候，因为村子里没有幼儿园，也没有学前班，只有一所年级不全的小学，她们村的孩子都是到了七岁就直接去上小学了。她七岁生日时，爸爸送了她一支铅笔和一个笔记本，说："红，你马上就要上学了，爸爸送给你这两个生日礼物，希望你好好学习。"

苗育红高兴地把铅笔和笔记本放在自己的枕头旁，一个晚上拿出来看了好几次，生怕第二天醒来不见了。

后来她带着爸爸送的铅笔和笔记本开始了她的学生时代，这么多年过去了，铅笔和笔记本已经换了无数个，但那美好的记忆却一直伴随着她。

爸爸尽管给她过了太多有意义的生日，但从来不过他自己的生日。童年时，苗育红就问爸爸什么时候过生日，爸爸说大人是不过生日的，只有小孩才过生日。苗育红信以为真，等渐渐长大了，她才懂了爸爸的心。她大学毕业参加工作的第一年，也想给爸爸过一个生日，就给爸爸寄了一部手机当作生日礼物，爸爸收到手机后逢人便说："这是我闺女送我的生日礼物。"

村里人都很羡慕，当时在苗村掀起了不小的轰动。她和爸爸就是通过那部手机联系的，现在那部手机已经很旧了，她想给爸爸换一部新的，但爸爸说还能用。她打算暑假回家时买个新的送给爸爸。

苗育红走到窗前，拉了一下窗帘，看了看楼下的街道，车辆依旧很多，忙碌的城市永不停息。这时候如果在村子里，早已是静悄悄了。在故乡，夜晚躺在小木床上一觉睡到天亮的感觉，在城市里是无论如何也不会有的，永无休止的吵闹让她心烦意乱。她真的太怀念故乡的夜晚了，就算是偶尔传来的夜虫的鸣叫声都会令她深深陶醉的。

在窗前发了一会儿呆，苗育红就又回到了床上，她想睡觉了，关掉台灯，闭上双眼，这时，手机响了一声，她拿过手机，看了一眼，是陈天宇发来的一声问候：晚安！

黑暗中，苗育红笑了一下，随即也回复了陈天宇两个字：晚安！

4

潘小桐兴冲冲地进了办公室，进门就喊："育红！"

答应他的不是苗育红，而是同事乔敏，乔敏比苗育红早来省第三中学两年，典型的城市女孩，说话直且不饶人。

乔敏听到潘小桐喊苗育红，就说："育红不在，乔敏在。"

潘小桐这才发现苗育红还没来，乔敏在她的办公桌旁鄙夷地看着他。

潘小桐说："哦！是你呀！你看到育红没有？"

乔敏说："看你着急的样子，怎么了？一会儿见不到苗育红你就失魂落魄了？"

潘小桐说："你说什么呢？我找她有事。"

乔敏不屑地说："别以为我不知道，你想跟苗育红套近乎呢！"

潘小桐说："套什么近乎？我前天给她拍了照片，修好了，我要发给她哩！"说着，他扬了扬手里的手机。

乔敏说："还说不跟苗育红套近乎呢？你怎么不给我拍？"

潘小桐揶揄地说："给你拍？你也得给我机会呀！况且你能看上我这业余水平？像你这样的气质应该找专业摄影师才行。"

乔敏说："少跟我说这些没用的，给我看看。"

潘小桐不想让乔敏看，就说："我得保护人家育红的肖像权。"

乔敏直接从潘小桐手里抢过手机，说："什么肖像权？不就是一个山里来的土人吗？"

潘小桐有些生气了，说："你说什么呢？你怎么能这样说育红呢？"

乔敏说："本来就是嘛！"

潘小桐瞪了乔敏一眼。

乔敏翻看着潘小桐手机里的苗育红的照片，尽管拍得很漂亮，但乔敏依然对潘小桐说："一个外地人值得你这么上心吗？"

这下把潘小桐惹恼了，他上前夺回自己的手机，说："乔敏，你过分了啊！外地人怎么了？"

他们正争吵着，苗育红夹着课本进了办公室，她刚才在门口听到了乔敏说的最后一句话，眼泪立刻就盈满了眼眶，这样的事以前发生过多次了，倒是潘小桐每次都为她鸣不平！她很感动。她强忍着满眼的泪水，走向了自己的办公桌。

因为苗育红的到来，潘小桐不再跟乔敏争吵，他对苗育红说："育红，我把那天拍的照片传给你吧，我修了图，你接收一下。"

苗育红说："好的，谢谢啊！"

很快，苗育红的手机就响了几声，苗育红打开微信，看到了那几张照片，经过潘小桐的精修，真的很漂亮，不过，她并没心思欣赏，还没有从刚才的郁闷中走出来。

潘小桐悄悄瞟了一眼乔敏，乔敏噘着嘴，他就故意对苗育红说："育红，不要客气，等过几天校园的春色浓了，我还要给你拍照呢！因为你太漂亮了，很上镜，要是当演员，也决不会输给那些当红的明星。"

听潘小桐这么说话，乔敏知道他是故意的，但她并没有立即跟潘小桐抬杠，而是对苗育红说："育红，真的，你很上镜，不去拍电影可惜了。"

苗育红听出了潘小桐和乔敏各怀心思，为了顾全大局，就说："我不知道你们是在夸我还是损我，反正，我可承受不起。一，我不漂亮；二，我也没当明星的命。"

苗育红这句话一出口，弄得潘小桐和乔敏都有些尴尬，他们两个都不说话了，办公室里静了下来。

苗育红对着电脑开始查资料了，下节课她准备讲《林黛玉进贾府》，这篇文章选自《红楼梦》的第三回。她很喜欢这篇文章，当然是出于对《红楼梦》这部小说的钟爱，她在高中时就读过《红楼梦》，那时候，很多地方读不懂，也没有太多资料可查。后来上了大学，她又借助于资料读了好几遍《红楼梦》，才懂了一点点。参加工作后，她不但继续读《红楼梦》小说，也读有关《红楼梦》的一些考证与评论性的书和文章。她把胡适写的《红楼梦考证》看了好多遍，还仔细阅读了周汝昌的《红楼梦新证》，她才知道《红楼梦》包含了太多的文化精髓，它不仅仅是一部长篇小说，简直就是一部厚重的百科全书。有一次她看过一篇文章说林语堂先生不喜欢妙玉，周汝昌先生不喜欢林黛玉，她想一部小说里的人物能让这些大师们如此痴迷，甚至争论不休，那曹雪芹该有多么伟大啊！她还在床头读过张爱玲的《红楼梦魇》，那些文字让她着迷，反观自己，觉得实在太渺小了，需要学习的东西太多了。去年，她还在手机上听了两遍《蒋勋细说红楼梦》，蒋先生不仅学识渊博，而且语言幽默，让她再一次感受到了《红楼梦》的魅力。接下来她还打算阅读台湾大学教授欧丽娟的《大观红楼：欧丽娟讲红楼梦》。

春节放寒假时，她买了一套最新的人民文学出版社出的《红楼梦》，作者依旧是曹雪芹，但续写者署名为"无名氏"，不再是沿用了很多年的高鹗，高鹗变成了整理者，这大概是红学研究的一大成果吧！高中课本里节选的《林黛玉进贾府》只是《红楼梦》的一个章节，故事还没有完全展开，苗育红决定尽心尽力来备好这一课。

崔世芳和另一位中年男老师白子川说笑着进了集体办公室。一进办公室，白子川就笑着说："嗬！大家都在啊！"

崔世芳也说:"趁大家都在,咱们现在开个短会。"

一听说要开会,乔敏就问:"什么事?崔老师,该不会是又给我们年轻老师布置任务吧?"

崔世芳喝了一口水,还没来得及回答乔敏,白子川抢着说:"估计又是你们年轻老师的事。"

崔世芳放下水杯,说:"还就是你们年轻老师的事,任务挺重。"

潘小桐叹了口气,说:"唉!又要折腾人呀!"

崔世芳说:"校长刚才在教研组长会议上说了,为了帮助年轻教师尽快成长起来,从今年开始,凡是三十五岁以下的青年教师必须参加学校组织的各项基本功比赛,为期十个月,而且以后每年都得参加。咱们办公室符合条件的就你们三人,你们打开学校的微信群,教务处已经发了具体名单和参赛细则,你们好好看看。"

崔世芳说的三人是指潘小桐、乔敏和苗育红。听崔世芳这么一说,他们打开微信看了看教务处下发的文件,个个都是唉声叹气的。

潘小桐说:"我二十八岁,还有七年才到三十五岁,这七年难熬啊!"

乔敏说:"我还有八年。"

苗育红没有说话,乔敏看了看苗育红,说:"育红,你还有十年。"

说完,乔敏就"呵呵"笑了起来,笑声里带有一丝揶揄,苗育红皱起了眉头,说:"可不是嘛,我还有十年。"

潘小桐对乔敏说:"乔敏,你也别笑育红,你比她少两年,说明育红比你年轻。"

乔敏立刻不高兴了,说:"潘小桐,你说什么呢?我有那么老吗?"

潘小桐故意说:"你真不算年轻了,都二十七了,虚岁就是二十八了。"

乔敏说:"你欺负我。"

崔世芳说:"好了,大家都不要吵了,会还没开完呢!我说呀!大家有意见我们都能理解，其实，学校组织这样的活动，也是对你们这些青年教师的促进，多学一点儿知识，多钻研一点儿教学，对自身业务能力的提高都是有好处的，你们真是遇上了好时机。我参加工作已经三十多年了，刚分配到咱们学校时，跟你们一样年轻，却没有你们现在的机会，完全是摸着石头过河才一步一步成长起来的，这个过程很漫长。你们就不一样了，起点就很高，再加上学校提供的各种提升的平台，发展空间更大了，我相信你们很快就能成熟起来的。"

崔世芳的一席话，让大家平静了下来，苗育红觉得崔老师的话很有道理，真不愧为老教师。崔世芳是 20 世纪 80 年代毕业的大学生，她经历了省第三中学从弱到强的发展历程。多年来，她兢兢业业地工作，在业务能力上，大家都很佩服的。

白子川说："崔老师的话是发自内心的，她也是为大家好，不瞒你们说，我刚来到咱们学校时，为了提升自己，我整整跟着崔老师听了三年课，她的课让我受益匪浅，学到了不少经验。你们都还年轻，学校这次举办青年教师基本功大赛，大家都不要错过机会，一定要踊跃参与。"

短会开完了，苗育红的心情久久不能平静，她进入省第三中学三年来第一次感到了压力，这是做老师的压力，尤其是做高中老师的压力。想想既然选择了做一名高中老师，那就认真工作吧！于是，她埋下头，继续备课。

晚上，回到出租屋的时候，牛香莲已经站在门口了。没等苗育红开口，牛香莲就说："你回来了，育红，我找你有事。"

苗育红感到惊讶，昨天晚上，牛香莲就来过一次，今天怎么又来了？难道又是说服她继续租房？

苗育红朝牛香莲点点头，问："牛阿姨，那进屋说吧！"

说着，她打开了门，两个人进了房间。

牛香莲满脸堆笑，一改往日那种鄙夷的样子，说："房子你继续租吧，我不涨价了。"

苗育红一听，心想：这人到底怎么了？是不是有什么事有求于我啊？

牛香莲见苗育红没有马上回答，就又追问了一次："我不涨价了，你接着租吧！"

苗育红说："可是我已经跟人家说好了，月底就搬过去的。"

这一次，苗育红没说她"同学"，而改口"人家"了。昨天晚上，苗育红是为了早点儿离开这个出租屋才撒谎说和她同学合租，今天看到牛香莲满脸诚恳的样子，就不好意思再说她"同学"了，说"人家"比较合适。原本是要搬到江尤美她弟弟的院子里去的，这样说不但符合实际，而且也不至于让自己的内心太恐慌，她真不是一个爱撒谎的姑娘。

牛香莲有些难过地说："那好吧，但咱们以后还要常联系啊！"

苗育红说；"那是肯定的呀！"

牛香莲连连叹气。

苗育红问："牛阿姨，是不是房子不好往外出租？要是这样，我帮你问问我们学校的几个年轻老师，她们也说要租房的。"

牛香莲摇摇头，说："不用了，我能租出去的，前几天还有人问我想租房呢！"

苗育红满脸疑惑，就问："你是有别的事吗？"

牛香莲说："我今天来的确有件事想麻烦你，今后你要是搬走了，可能就帮不了我了。"

苗育红问："什么事？"

牛香莲叹了口气，说："唉！真不好意思跟你说了，飞飞快把我气死了。"

苗育红一听就大致明白了牛香莲要说什么话了，她儿子叫程飞飞，在省第三中学上高二，估计是程飞飞学习上的事。记得程飞飞刚考上三中时，牛香莲自豪地把这个消息告诉了苗育红，希望苗育红能多多关照程飞飞，苗育红虽不教程飞飞的课，但毕竟是三中的老师，关照起来也方便些。苗育红确实也这么做了，经常把程飞飞叫到办公室，给他讲解语文方面的知识，还时不时送一本书给他。在苗育红的印象里，程飞飞是个很听话的孩子，今天听到牛香莲说程飞飞的事，就说："飞飞不是挺好的一个孩子吗？我昨天还在校园里见到他了。"

牛香莲说："别提了，育红，我一直没跟你说过，他最近学习退步得很厉害，都排到全年级一百多名了，我也不指望他考个名牌大学，我只希望他能考个二本就行，可现在看来二本也挺悬的，上次他们班主任高老师把我叫到学校，跟我谈了很多，说如果再不及时挽救的话，考大学就没希望了，我真不知道该怎么办了，用了很多办法都不行，希望你能帮帮我。"

苗育红立刻就觉得有些严重了，程飞飞在高二的文科班，高凯是他的班主任，全校高二年级共十八个班，其中有十五个理科班，只有三个文科班，通常每次模拟考试结束，理科班和文科班都是各自排名次的，三个文科班共一百五十多名学生，如果排在一百多名，考上理想大学的希望是很渺茫的。

苗育红问："飞飞到底出了什么问题？"

牛香莲说："本来初中的时候学习很好，考高中时按定向考取到了省三中，还算不错，谁知道上了高中，学习就赶不上了，一直在退步，后来才知道他迷上了上网打游戏，我和他爸是左劝右劝都不顶用，高一基本耽误了，数理化是跟不上了，在原来高一时的班主任的建议下，就选择了学文科，现在都已经高二了，仍然没有太大的改变，而且上次高老师和我谈话时，还提到飞飞好像早恋了，我打过骂过，在他身上起不到任何作用，我就想着你是老师，他又在你们学校上学，你看能不能帮帮我？"

苗育红这才彻底明白了，牛香莲不想让她搬走，原来真的是有求于她。她见过太多这样的家长，面对叛逆的孩子时，他们真的很无助。看到牛香莲现在这个样子，苗育红突然很同情牛香莲，于是，就说："牛阿姨，你别担心，我肯定帮你，就算我搬走了，我也帮你。"

牛香莲说："谢谢了，育红。"

苗育红说："咱们都处了这么长时间的感情了，不要客气。"

牛香莲点点头。

苗育红接着说："这可能需要时间，我们共同努力。"

牛香莲点头的时候，一股热泪涌出了眼眶。

这一瞬间，苗育红决定要拯救牛香莲的儿子了。

5

牛香莲的儿子程飞飞夹在众多放学的学生中间出了省第三中学的大门，他背着黑色的背包，推着一辆自行车，左右看了看，来到学校前边的街上，骑上自行车朝东边去了。不一会儿，他就来到了一条满是网咖的街上。每个网咖的门前几乎都停满了自行车或者电动车，有很多和程飞飞年龄相仿的男孩正走进或走出各个网咖。

程飞飞把自行车停在一处名叫"银河网咖"的大门前，正准备走进去，却听到身后有人喊他的名字。

程飞飞回过头来，牛香莲骑着一辆电动车过来了。程飞飞顿时脸色煞白，他知道妈妈盯上自己了，想跑是不可能了，只能待在原地，估计又是一顿劈头盖脸的骂了。

果然，牛香莲一停下电动车，就开始了训斥："飞飞，你怎么回事？又要去上网啊？"

程飞飞说："我就是路过。"

牛香莲说："什么路过？你以为我看不见啊？你不就是想进去玩吗？你是越大越不像话了。刚才我在你们校门口等你放学，一直都没看到你，我就知道你是故意躲着我，偷溜到这儿来的，你不来网吧会死啊？"

程飞飞说："妈！这大街上这么多人，你能不能到家再骂我啊？"

牛香莲说："你也知道丢人啊？知道丢人就不要来玩了。"

程飞飞不说话了，推起身边的自行车就要走。

牛香莲问："你去哪儿？"

程飞飞拉着脸说："还能去哪儿？回家啊！"

牛香莲说："横什么横？跟谁欠你五百块钱似的。"

程飞飞骑上自行车准备踩脚镫子走，牛香莲拽住了他的自行车后座，说："你先别走。"

程飞飞说："又怎么了？"

牛香莲说："走，跟我回学校去。"

程飞飞有些紧张，他想：该不会又去见高老师吧！说："都已经放学了，高老师回家了。"

牛香莲说："我知道，今天不去见高老师，苗老师在学校门口等你呢！"

程飞飞一听是苗老师找他，顿时放心了。说心里话，他真的害怕高老师找他，每次去高老师办公室，总少不了挨一顿训，他都有心理阴影了。

牛香莲继续催："走吧！"

程飞飞只好掉转自行车，也不搭理牛香莲，就飞快地骑自行车走了。看着他在人流和车流里来回穿梭，牛香莲在后面喊："你慢点儿骑。"

程飞飞很快就出了那条街道，牛香莲骑着电动车跟了过去。

不一会儿，程飞飞就来到了学校大门口，苗育红正朝他摆手呢！

程飞飞跳下自行车，说："苗老师！"

苗育红说："飞飞！"

赶过来的牛香莲下了电动车，说："育红，刚才放学时，我刚给你打了个电话，他就从我眼皮底下溜走了，再晚一会儿，他就进网吧了，要不是我抓了他个现形，他还不承认呢！"

程飞飞说："我没去网吧。"

牛香莲说："没去，你在网吧门口干什么？摆你的样子呢？"

苗育红说："好了，牛阿姨，你先回家吧，我和飞飞谈谈。"

牛香莲说："育红，你好好教育教育他。"

然后又对程飞飞说："好好听苗老师的话。"

牛香莲骑上电动车走了，程飞飞朝她的背影瞪了一眼。

苗育红拍了拍程飞飞的肩膀，说："走吧，回学校去，咱们到操场走走。"

程飞飞推着自行车和苗育红进了学校大门，他把自行车放到车棚，就跟着苗育红来到了学校的大操场。操场上有几个学生在训练短跑，旁边还有一个体育老师在指导。

苗育红和程飞飞沿着操场的环形跑道走着。

程飞飞做好了充分的心理准备，他知道接下来苗老师将要跟他谈什么。但令程飞飞完全没有想到，苗育红并没有提任何关于去网吧的事，也没有问他的学习情况，而是和他谈起了她的童年，谈起了她故乡的天门山和艾拉河。

苗育红把她童年的生活讲给程飞飞听，程飞飞仿佛插上了翅膀飞到了苗育红童年生活的地方，不知道为什么，他竟然被吸引住了。

程飞飞忍不住问："苗老师，您小时候就一直在那里生活吗？"

苗育红说："是啊！我十五岁才第一次走出大山到了县城上高中。"

程飞飞问："那一定很好玩吧？"

苗育红说："肯定啊！那时候，我和小伙伴们一放学就跑到山上去拾柴火，或者到艾拉河去捉螃蟹，夏天的时候，我们还到河里游泳。"

程飞飞说："您还会游泳啊？"

苗育红说："当然，我们村里的孩子都会游泳的。"

程飞飞说："我也会游泳，不过都是在游泳馆游，要是能到小河里游该多好啊！"

苗育红说："你要是愿意，等放了暑假，你跟我回故乡吧！我们去艾拉河游泳，肯定比在游泳馆好太多了，那是大自然的水。"

程飞飞立刻就皱起了眉头，说："估计我爸妈是不会同意的。"

苗育红说："也不一定啊！"

程飞飞叹了一口气，说："唉！难哪！我现在都不想跟他们说话，说不了两句就会吵起来，烦死了。"

苗育红说："那就不说，有话跟我说可以吗？"

程飞飞说："当然可以了，有时候，我就觉得您不是老师，像我姐姐一样。"

苗育红笑了，说："那你就叫我姐姐吧！"

程飞飞说："不太好吧？"

苗育红说："这有什么呀？我上高中时，我们班主任就不让我们叫他老师，让我们叫他哥哥。"

程飞飞说："姐！好亲切。"

苗育红说："那你就是我弟弟了！飞飞！"

从这一刻开始，他们就决定以姐弟相称了。苗育红觉得这样称呼便于和程飞飞沟通，程飞飞觉得有个姐姐般的人在身边，实在太幸福了。

他们沿着操场走了好多圈，程飞飞感到心情好了很多，刚才和妈妈的不愉快早已不知道去哪儿了。他望着操场边已经吐绿的垂柳和白杨，还有北边小花园里盛开的杏花，突然觉得校园好美啊！以前他怎么没注意到？每天一成不变的生活节奏让他感到压抑极了，他才想去网咖散心的，但今天怎么回事？校园为什么如此美丽？也许是春天到来了吧？

苗育红看出了程飞飞脸上有了一丝笑意，就又跟他聊了好多她小时候上学的事，她告诉程飞飞，她以前念书的小学就像电影《一个都不能少》里面的小学那样，这让程飞飞大吃一惊，他问："啊！姐！您小时候就是在那样的小学上学啊？"

苗育红说："是啊！我算幸运了，至少我们村子就有个小学，有的村子没学校，就得翻山越岭到别的村上学。"

程飞飞说："那样的学校，我只在电影里和网上看过。"

苗育红说："不过，现在好多了，去年村里盖了新学校，很漂亮的。"

程飞飞说："那还好！要是有机会我也想去看看。"

苗育红说："一定会有机会的。"

程飞飞没有再说话，长长地叹了口气，望着南边的教学楼发呆。苗育红知道他心里太压抑了，也没再问他。

天渐渐暗下去了，他们决定走了。

苗育红送程飞飞出了学校大门，并嘱咐他路上小心，然后她自己也准备回出租屋，今天没有骑电动车，只能坐公交车了。

就在苗育红朝公交站牌走的时候，身后传来了几声汽车的鸣笛声，她以为挡住人家的路了，赶紧躲到一边儿去了，没想到一辆轿车却停在了她身边，车窗玻璃摇下的时候，潘小桐露出半个脸，笑着说："育红，你还没回家呀？"

苗育红说："是啊！我今天有事儿就回得晚了。"

潘小桐说："那上车吧，我送你回家。"

苗育红说："不用了，我坐公交啊！"

潘小桐说："上来吧，我顺路。"

苗育红就上了潘小桐的车，坐在副驾驶座位上的时候，苗育红就问："不会耽误你的事儿吧？以前没少搭你的车。"

潘小桐说："说什么呢？我这正好是顺路，不光是你，遇到别人我也会这么做的。你就是爱跟我客气，都是同事，就不要说这些了。"

苗育红笑了笑，看了看车窗外灯光璀璨的街道。突然间，苗育红想请潘小桐吃个饭，她觉得在一起工作这么长时间了，没少得到潘小桐的照顾，潘小桐虽然骨子里有种大城市男孩的与生俱来的优越感，但从没有怠慢过她，相反很多时候还很关心她。于是，她说："小桐，待会儿咱们在前边停车，一块儿吃个饭吧？今天我请客，我知道前边有家'老掌柜火锅店'，我和我同学去吃过很多次，挺好吃的。"

潘小桐一听苗育红这么说，立即就答应了："好啊！能跟美女一块儿共进晚餐，是件非常美好的事。"

苗育红说："你又打趣我，我哪儿是美女啊？顶多就是一个村姑，人家乔敏才是真正的美女。"

潘小桐说："别这么说嘛！就算你生在穷乡僻壤，也丝毫掩盖不了你的漂亮。乔敏是不错，但比起你还是有点儿差距的。还有就是，她只不过善于打扮自己而已，要是你也像她那样上点儿妆，不知道比她强多少倍呢！"

苗育红赶紧说："你可不敢在乔敏面前这样说啊，说了她会不高兴的，她那性格，你又不是不知道。"

潘小桐说："我说了也没什么，我又不是没说过，她那种性格的女孩，就得时不时打击打击她，让她知道什么叫天外有天，要不她会更加飘飘然的。"

苗育红说："你可算了吧！还是不要说的好。"

潘小桐把车开进了一条巷子，停在了"老掌柜火锅店"门口，两个人下了车，走进了火锅店，店里已经坐满了人，好像已经没有空位子了。

潘小桐说:"好像没位子了,要不,咱们换一家吧!"

苗育红点点头。

就在他们转身要离开的时候,一位漂亮的服务员小姐走了过来,说:"二位!请跟我来。"

在漂亮的服务员小姐的引导下,他们找了个相对安静的角落,刚坐下,就听到旁边有人喊:"育红!"

苗育红和潘小桐一看,原来是乔敏在和他们打招呼,乔敏的对面还坐着一位挺壮实的小伙子。苗育红心里一惊,心想:真是不巧,怎么会在这里碰上乔敏?早知道她在这里,打死我也不会来的。街上那么多饭馆儿,随便进哪一家不行,怎么就偏偏来到了这一家。

苗育红不愿意在这个地方见到乔敏是有原因的,如果她单独一人来,乔敏也不会说什么,关键是今天她和潘小桐一块儿来的,乔敏肯定又要把他们当作新闻说上好一阵子了。她觉得尴尬极了,但又不好意思不跟乔敏搭腔,于是就说:"真巧啊!乔敏。"

潘小桐也对乔敏说:"没想到你也在这儿啊!"

乔敏说:"怎么了?就兴你们来,我就不能来了?"

潘小桐说:"我是说能在这儿遇到你,是缘分。"

乔敏说:"少来这一套。"

潘小桐指向乔敏对面的小伙子,问:"乔敏,这位是?"

乔敏赶紧说:"我都忘了介绍了,这是我大学同学尹韶峰,刚从上海回来。"

随后,又向尹韶峰介绍:"这两位是我的同事苗育红和潘小桐。"

尹韶峰站起来,笑着跟潘小桐和苗育红一一握手,然后说:"那就一起坐吧!"

乔敏马上说:"坐什么坐?你没看出来啊?人家两个人今天是特意来约

会的，不要破坏了人家浪漫的气氛嘛！"

苗育红的脸瞬间就红了，倒是潘小桐不以为然，说："是啊！我和育红今天就是来约会的，你和韶峰也是来约会的吧？"

乔敏说："我们不是来约会，我们是来叙旧的。"

潘小桐说："谁信呢？"

苗育红悄悄坐回了原来的位子，低下头胡乱地翻看着手机上的新闻。

后来，苗育红都不知道怎么吃完了这顿饭，稀里糊涂的，直到潘小桐把她送回出租屋时，她依旧没有彻底回到现实中来，说不上心里是什么滋味，潘小桐知道苗育红心里难过，临走对苗育红说："育红，你别听乔敏胡说八道，我有办法对付她。"

苗育红没有回答潘小桐的话，就把门关上了，一头扎进被子里，眼泪顿时涌了出来。迷迷糊糊的不知什么时候睡着了，等她醒来的时候，已是后半夜了，她想看看几点钟了，就拿过手机，却发现微信上都是陈天宇的留言。陈天宇从昨晚七点约她吃饭，到八点问她为什么不回信息，再到九点追问是不是出了什么事？又到十一点发了个沮丧的表情符号，最后是十二点的"晚安"两个字。

苗育红一下子清醒了，一股愧疚之情涌上心头，也不管现在已是后半夜了，赶紧给陈天宇发了微信，说自己昨晚跟同事吃饭去了，一直没看手机，非常抱歉。

发完信息，苗育红已没有睡意，盯着黑暗中的天花板，突然间，她非常想念远在故乡的爸爸。

6

陈天宇早上醒来已是七点多了，他看到苗育红发来的微信，心里除了激动之外还有一丝失落。激动是因为苗育红能在后半夜给他发微信，说明心里还是有他的；失落是因为苗育红没有和他一起吃饭，而是和别人吃饭去了。不管怎么样，苗育红也算真诚，于是，他很快给她发了微信，问候她早上好。

苗育红收到微信的时候，正在上早自习。她回到办公室才看到陈天宇的问候，她想回复陈天宇一条问候，但想想昨晚上的确有些对不住陈天宇，干脆趁这个机会给他打个电话吧！她起身离开办公室，到了校园里，给陈天宇打了一个电话。

陈天宇正在刷牙，一看是苗育红的来电，就边刷牙边接电话。

陈天宇说："喂！育红，早啊！"

苗育红说："早啊！昨晚实在抱歉，没有及时回复你。"

陈天宇说："没关系，谁还没个应酬啊？"

苗育红说："那就好！你别往心里去就行。"

陈天宇笑着说："你要是觉得实在过意不去，那今天晚上我们一起吃个饭吧！"

苗育红想了想，说："好吧！"

陈天宇说："那就说定了，到时候我去你们学校门口接你。"

苗育红赶紧说："不用，我去师大找你吧！"

苗育红是不想让同事们看到，尤其是不想让语文教研组的老师看到。她不是要故意躲着大家，主要是她和陈天宇还不知道将来能发展到什么结果，现在连她自己都说不清楚，怎么能立刻张扬出去呢！说心里话，她对陈天宇并没有强烈的心跳的感觉，只不过觉得可以试着谈一谈。一切都还没有定论之前，她是不可能让陈天宇来她们学校接她的。

陈天宇也没再坚持，就说："也行。"

挂了电话之后，苗育红又回到了办公室，开始备课。期间，不断有老师进了办公室，苗育红都没有抬头跟别人搭腔。直到乔敏笑着走进办公室，才打破了刚才的安静。她还没有坐到自己的办公桌前，就向大家宣布了昨晚上苗育红和潘小桐共进晚餐的事，而且还添枝加叶地提到了"约会"两个字。

听到乔敏这么说，苗育红的脸立刻就红了，潘小桐却大方地回应乔敏："乔敏，纠正一下，我和育红只是相约吃饭，而非约会，倒是你，昨晚是真正的和尹韶峰在约会，看样子，你们已经进入状态了。"

白子川来了兴趣，问乔敏："乔敏，真的吗？你太保密了，怎么就没听你说过啊？"

乔敏一时间不知道该怎么回答了，支支吾吾着："白老师，别听小桐瞎说，那是我大学同学。"

苗育红暗暗佩服潘小桐，果然潘小桐有一套，原本乔敏是要开她和潘小桐的玩笑的，想不到潘小桐却占了先机，这下，看乔敏该如何收场。

崔世芳也在一旁说："乔敏，就是啊！这是好事，我还等着吃你的喜糖呢！"

潘小桐说："不能光吃喜糖，还得喝喜酒，乔敏，要不要提前请我们一次。"

乔敏一下子慌了，原本她认为苗育红和潘小桐才是议论的焦点，她真的没想到大家都把"矛头"对准了她。

乔敏争辩着："现在的重点是育红和小桐。"

潘小桐说："敢做就敢当，你就承认了吧，我看人家尹韶峰蛮不错的，高大帅气，完全配得上你。"

旁边办公室的个别老师以及路过他们办公室的老师听到吵闹声，都进了他们办公室，纷纷问："什么事儿？你们这么大的声音。"

崔世芳赶紧解释："没事儿，我们探讨问题呢！"

大家笑着走了，估计听到了只言片语。

乔敏站了起来，说："潘小桐，你太过分了。"

潘小桐说："我过分？是你先过分的。"

这时，崔世芳说："好了，你俩不要争了，现在开始备课。"

白子川朝大家挤挤眼，说："大家都听组长的，开始备课。"

崔世芳说："今天的主备人是育红。"

苗育红赶紧拿出整理好的教案，和大家一起交流起接下来要讲授的内容——白居易的《琵琶行》。

备完课后，乔敏第一个出了办公室，出门的时候，把门狠劲儿拉了一下，"嘭"的一声关上了。

潘小桐立刻站起来说："什么人嘛！"

白子川说："再怎么着也不该拿门撒气啊！"

崔世芳说："算了，都很有个性。"

苗育红没有说什么话，说心里话，她原本担心乔敏会拿她和潘小桐的事大做文章，没想到火苗还没点起来，就被潘小桐给熄灭了，乔敏不但没得逞，反而把自己的事给暴露了。想到这儿，苗育红就觉得好笑，可又不好意思在办公室里笑，就假装去提水，也出了办公室。

苗育红提着水壶来到开水房打开水，正好高凯也在打水。苗育红生怕高凯问她和陈天宇的事，就抢先问高凯："高老师，程飞飞是在你们班吧？"

高凯说："是啊！你们认识啊？"

苗育红说："他是我房东的儿子。"

高凯说："飞飞那孩子表现不够好，我看他心思都没用在学习上。"

苗育红说："这也是他妈最恼火的事。"

高凯说："再不挽救就来不及了。"

苗育红说："你多帮帮他。"

高凯说："那是肯定的，孩子是个好孩子，就是走了弯路。"

苗育红说："是啊！"

水壶接满水后，高凯和苗育红相跟着出了开水房，苗育红朝自己的办公室走去，没想到高凯在下楼梯时又叫住了苗育红："育红，你和天宇还好吧？"

苗育红一下子又紧张起来了，本来她以为今天高凯不会提这件事，没想到现在又要面对了，只好说："还好！"

高凯扶着楼梯说："你们好好接触接触，多了解了解，没事儿的时候相约看看电影，吃个饭什么的，加深一下感情，这感情就是慢慢培养的。"

苗育红微笑着朝高凯点了点头，然后就匆匆进了办公室。

一回到办公室，潘小桐就说："育红，你的手机响了半天了，有人给你打电话。"

苗育红赶紧放下水壶，看了看手机，一看是江尤天打来的，于是就给江尤天回了电话问他什么事。

江尤天正开着出租车，说："育红，马上到月底了，你什么时候能搬过来，我帮你搬。"

苗育红说："那就后天下午吧！你那么忙，不用麻烦你，我自己随便找个出租车就行。"

江尤天说："搬那点儿东西都是顺路的事，好了，不说了，就这么定了。"

苗育红还想说点儿什么，电话很快就被江尤天挂断了。苗育红把手机放到办公桌上，坐了下来。

潘小桐听到苗育红打电话时提到"出租车"就想问问她干什么用，但又觉得那是人家的私事，怎么好意思问呢？他在办公室待了一会儿就夹着课本去上课了。刚走进教学楼时，正好与出教学楼的乔敏相遇，潘小桐上前和乔敏打招呼，乔敏却没搭理潘小桐，拉着脸很快出了教学楼，弄得潘小桐尴尬极了。旁边还有几个老师经过，潘小桐觉得他们似乎都看到了这一幕。

潘小桐尽管心里有气，但还是以饱满的激情上完了课，他回到办公室，发现办公室里只有乔敏一人低着头在看书，他没有再跟乔敏打招呼，坐在办公桌前，打开了电脑。

乔敏悄悄抬起头朝潘小桐看了一眼，又低下头继续看书，其实，从潘小桐进办公室的那一刻起，她就没有心思看书了。刚才在教学楼前没搭理潘小桐，她现在有点儿后悔了，觉得自己太小家子气了，但又不好意思向潘小桐道歉，本以为潘小桐进了办公室一定会像往常一样跟她打招呼，甚至还会哄哄她，潘小桐却什么也没做，这让乔敏有些意外。

潘小桐盯着电脑屏幕，他一会儿敲击键盘，一会儿用笔做着记录，根本没有任何与乔敏说话的意思。过了一会儿，乔敏忍不住了，站起来走到潘小桐身边，敲了几下他的办公桌，说："你什么意思？"

潘小桐睁大了眼睛，看着她，问："怎么了？我又惹你了吗？"

乔敏说："进办公室这么长时间，为什么不跟我说话？"

潘小桐说："说什么话？我刚才在教学楼前跟你打招呼，你连理我都不理，我要再跟你说话，岂不是热脸贴什么什么吗？"

乔敏说："你就那么小肚鸡肠啊？还是不是个男子汉？"

潘小桐说："我总不能自找苦吃吧？"

乔敏说："亏你还是个硕士呢？还没有本科境界高。"

潘小桐说："你这是什么逻辑？"

乔敏说："乔敏逻辑。"

一句话把潘小桐逗乐了，说："你那叫胡搅蛮缠。"

乔敏说:"我这叫不跟你一般见识,好了,说正事,下午放学后,我要搭你的车。"

潘小桐顿时皱起了眉,问:"你怎么想起搭我的车了?平时你都嫌我的车有失身份的。"

乔敏说:"搭你的车是看得起你,怎么那么多废话呢?"

潘小桐说:"乔大小姐,你有没有搞错?是你要搭我的车呀!说话还这么强硬。"

乔敏抱起一摞作业,说:"我没工夫跟你斗嘴了,我要去上课了。"

说完,她就出了办公室。

过了一会儿,苗育红进了办公室。潘小桐就把刚才乔敏对他的态度跟苗育红说了一遍,还问苗育红:"乔敏这是什么意思?"

苗育红笑了,说:"这还看不出来?她是喜欢你呗!"

潘小桐说:"育红,你不会在跟我开玩笑吧?她怎么会喜欢我呢?人家身边有尹韶峰呢!"

苗育红倒了一杯水,放到潘小桐桌上,说:"别激动啊!先喝杯水,有很多事说不清楚的,要不她怎么会搭你的车呢?"

潘小桐说:"也许……唉!算了,不说她了,烦心,反正她也不是我喜欢的类型。"

苗育红说:"小桐,我说了你也别介意,其实,依我看来,你比乔敏还要高傲,尤其在找对象方面。"

潘小桐说:"不是高傲,是真的没遇到合适的,人总得有一定标准吧!难道你就没有标准吗?"

苗育红说:"你说的也是啊!标准肯定每个人都有。"

潘小桐说:"这不就得了,我倒觉得你很高傲呢!"

苗育红说:"我比不上你和乔敏的,没有高傲的资本,你们都是省城人,我是外地人。"

潘小桐说:"什么外地、省城的?我问你,你不是也有省城户口吗?既然有省城户口,那就是省城人。再说了,省城和外地,在你心里真的有很大区别吗?"

苗育红说:"说心里话,我还是很难融进省城,梦里依旧是故乡。"

潘小桐说:"我能理解,但现实是你已经是省城人了,跟这个城市的每一个人没有任何区别,而且你还拥有足以骄傲的职业——省三中的教师。千万不要轻易看轻自己。"

苗育红说:"这倒没有,我仅仅是思念故乡。"

潘小桐说:"其实,我挺羡慕你的,每到假期,你还可以回到你美丽的故乡,我就只能在这吵闹的大城市里浪费青春了。"

苗育红说:"你不也经常到山川大河去旅游吗?"

潘小桐叹口气,说:"唉!那都是短暂的逗留,深入不到骨髓中的。"

苗育红突然觉得"故乡"两个字是多么美好啊!后面潘小桐又说了什么话,她一句也没听清楚,她又沉浸到故乡的回忆当中去了。

7

傍晚,苗育红如约来到省师范大学南门,陈天宇还没有到来。苗育红就在那里等,身边都是进进出出的大学生,有到附近的小吃街去吃东西的,有到学校对面的大超市去买生活用品的,当然其中也不乏谈恋爱的,大学生情侣们拉着手朝学校西边或东边的街心公园走去。

三年前,苗育红也像这些大学生一样,无数次从学校南门进进出出,只不过她很少去小吃街,也极少去学校对面的大超市买东西,通常她在学校里面的超市买一点儿，或者和好朋友尚静到省农业大学旁边的自由市场去买东西，那里的东西相对来说便宜很多。至于谈恋爱，上大学时，她没有谈过恋爱，不是没有人追求，不光在中文系，就是在别的系，也有男孩子追求过她，她都委婉拒绝了。那时候，她一门心思是要回到故乡工作的，不想在毕业后由于分隔两地而分手给自己和对方造成太多的痛苦，她有很多师兄师姐都是因为毕业到不了同一个城市工作而被迫分手的。要说没有一点儿爱情的苗头也不完全对，她从大一开始就暗恋过上大三的黄尧师兄，因为上大学的第一天报到时就是黄尧师兄帮她办理的所有入校手续。在接下来的两年里，黄尧师兄给了她太多的帮助，无论是生活上还是学习上。但她从来没有向黄尧师兄表白过，她不是怕黄尧师兄拒绝她，而是她知道黄尧师兄不满足于读一个本科，他还有更高的理想，他要继续攻读硕士和博士的，那样的话，他一定会到别的城市去的。想到这些，苗育红不想伤自己的心，也不愿拖累黄尧师兄。随着黄尧师兄毕业考上南京大学研究生，她只能把这份感情埋在心中，这几年，虽然黄尧师兄偶尔还会跟她联系一下，但彼此也仅限于工作和生活层面的交流。倒是尚静，从大一开始，就和她的老乡兼高中同学——物理系的杜明杰谈起了恋爱，尚静说她和杜明杰在高中时就彼此十分欣赏，为了在一起，他们同时报考了省师范大学，但美好的感情在他们毕业的时候戛然而止了。原因是杜明杰执意要回到故乡教书，而尚静坚决选择留在省城，谁也无法说服谁，相持不下，最后以两个人在师大南门口大吵一架而告终。尚静还抱有幻想，分开一段时间双方冷静冷静也好，她坚信过不了多久，杜明杰肯定还会回过头来找她，但毕业后长达一年的时间里，杜明杰从来没有跟她联系过，像人间蒸发了一样，看来距离在很多时候是产生不了美的。为此，尚静痛苦至极，删掉了杜明杰所有的联系方式，接下来的日子，她经历了很长时间的感情空白期，不是没有机会，而是她不愿接受新的感情，她真的害怕重蹈覆辙。

苗育红看了一下手机，按照约定的时间已经过去了半个小时，陈天宇还没有来。是不是他有什么事呢？她想给陈天宇发个微信问问，但很快就打消了这个念头，一个女孩儿是不能太着急的，再等等吧！她抬头看了看校门上的"省师范大学"几个大字，想起了她刚考上大学来报到时，爸爸指着这几个大字说："红，大学和高中就是不一样，你看这几个大字写得多好。"

那是爸爸第一次看到大学，就像他第一次送苗育红上高中时看到高中那样兴奋。爸爸无论如何也不会想到，今生他会和女儿一起来到省师范大学。爸爸激动地说："红，走进这个大门，你就是大学生了。"

苗育红点了点头。不经意间，她看见爸爸眼眶里含满了泪花，那一瞬间，苗育红的眼泪也夺眶而出。

新生报到处接待她的是已经该上大三的黄尧师兄，黄尧师兄热情地帮她办完了所有的入校手续，苗育红至今都记得大热天里黄尧师兄帮她跑前跑后的身影。

爸爸回故乡的时候，走出好远了，还回头看了看省师范大学的校门。在那一瞬间，苗育红突然觉得应该在校门口和爸爸照张相留个纪念。当时的手机还没有今天这么多功能，没有办法照出清晰度高的照片，况且苗育红没有手机，她是大二时才买的手机。于是，她又找到黄尧师兄，说了自己的想法，黄尧师兄想都没想立刻就去宿舍取他的数码相机，在校门口拍照时，爸爸说一定要把"省师范大学"那几个大字拍进去，黄尧师兄按照爸爸的意思给她和爸爸拍了一张合影。现在那张合影不但在故乡的家里堂屋的相框里，而且也保存在她的手机里。

这都是七年前的事了，一晃都过了这么久，她都参加工作三年了，黄尧师兄博士也就要毕业了。

有人喊苗育红的名字，苗育红回头看时，陈天宇正朝她走来。一来到苗育红身边，陈天宇就连连道歉："育红，真不好意思，让你等了这么久。"

苗育红看了一下手机，说："你迟到了一个小时，按照惯例，你应该向我做出解释。"

听苗育红这么一说，陈天宇知道苗育红生气了，赶紧说："刚才系里开紧急会议，蔡主任亲自主持，我实在抽不开身，又不能给你发微信告知，蔡主任，不用我过多介绍，估计你也知道，那是个严厉到骨髓的老顽固，他规定开会时不许玩手机，如果谁违反规定，扣除本月的奖金，他是说到做到的。"

苗育红知道陈天宇说的是实话，她上大三的时候，中文系的梁振群主任晋升为副校长，接替他的是中文系原来的副主任蔡俊廷，这是一位在古代文学领域颇有建树的教授，对待工作一丝不苟，对待学生一向以严厉著称。蔡俊廷20世纪80年代末毕业于北京大学，之后分配到省师范大学中文系教书至今，期间跟随梁振群教授完成了硕士和博士学位。他是梁振群教授的第一个硕士生，也是第一个博士生，深得梁振群教授器重，当然他自己的实力也很强大。他能够当上中文系的主任，除了自身的能力之外，与梁振群教授的培养也不无关系。

苗育红说："但愿你说的是真的。"

陈天宇说："你相信我就行，走吧！"

苗育红问："去哪里？"

陈天宇说："小吃街开了一家烤鱼店，很好吃的，你有没有兴趣？"

苗育红说："当然有了，不过事先说好，我买单。"

陈天宇惊讶地问："为什么？我一个大男人哪能让你买单呢？"

苗育红说："谁规定必须男人买单的？"

陈天宇这才意识到苗育红不是一个一般的女孩，一下子改变了苗育红上次留给他的印象。

陈天宇只好说："那好吧！"

两个人朝小吃街走去，陈天宇很想和苗育红并肩走，甚至想拉起她的手，但苗育红似乎有意和他保持一定的距离。来到小吃街，人好多啊！当然大部分是省师范大学的大学生，让人禁不住感叹，大学生真的是一个巨大的消费群体。中国的每一所大学周围实际上都是一个超级市场，不光有餐饮，还有服装、住宿、影视、健身、医药等很多领域。这个市场完全是大学带动起来的，消费的主体当然是大学生，附近的居民和一些民工只占一小部分。

两个人进了烤鱼店之后，才发现人真的很多，他们在服务员的引领下坐在了一个角落里，点过菜之后，陈天宇的手机响了，陈天宇看了一眼，就挂了电话。

苗育红问："你怎么不接电话啊？"

陈天宇说："是我妈，没事儿，让我回家呢！"

苗育红说："那你也不能挂阿姨的电话啊！你说清楚就行了。"

陈天宇说："很多事以后慢慢跟你说，我家的事挺复杂的，你不知道，我一回到家都烦死了，我现在每天都住单身宿舍，落得个清净。"

苗育红说："你是身在福中不知福。要是我，我天天盼着回家呢！"

服务员端上了烤鱼，苗育红主动招呼陈天宇："好了，吃！吃！"

陈天宇夹起筷子，说："育红，对了，我还不知道你老家在哪儿呢？"

苗育红说："我老家在卫原县的大山里。"

陈天宇给苗育红倒了一杯饮料，惊讶地说："哦！你是山妹子啊！"

苗育红喝了一口饮料，说："是啊！听你这口气是看不起我了？"

陈天宇赶紧解释："没有啊！我其实是夸你淳朴呢！我说话有些直，有时候不过脑子随口就说出来了，但没别的意思，你别介意啊！"

苗育红笑了，说："你说话也的确很直。"

陈天宇说："就是因为这个，惹了不少人。上学时惹同学，工作了惹同事。"

苗育红说："不过我不计较这些，我不喜欢那些说话拐弯抹角，半天猜不出什么意思的人。"

陈天宇点点头，说："嗯！同感！"说着，夹了一块儿鱼肉，夹到苗育红吃饭的小碟子上，接着说："赏你个大鱼块儿，我的知音。"

苗育红顿时被陈天宇的幽默逗乐了。

陈天宇又说："像你这么乖巧漂亮的女孩，一定是爸爸妈妈的宝贝，你回到家是不是跟爸爸妈妈有很多话说？唉！我就不行，回到家跟爸爸妈妈的共同语言越来越少了。叔叔阿姨好福气，有你这么个女儿。"

听陈天宇这么一说，苗育红低下了头。

陈天宇看到苗育红不说话了，就问："怎么了？我是不是说错什么话惹你不高兴了？"

苗育红抬起头，眼圈红了，说："没有，不是你的原因。"

陈天宇问："那你怎么是这个表情啊？"

苗育红说："我没有妈妈，从小和爸爸相依为命。"

陈天宇感到非常震惊，连忙向苗育红道歉："不好意思啊！我不知道。"

苗育红用纸巾擦了擦眼睛，说："没事儿，不怪你。"

陈天宇真的没想到苗育红是在单亲家庭长大的，他不知道她是如何从那个山坳里考上大学的，但他知道苗育红一定很刻苦，所以，很多人在走进大城市之前，你都不知道他背后付出了多少汗水？顷刻间，陈天宇就多了一份对苗育红的钦佩。

吃完烤鱼，陈天宇提议沿着省师范大学前的街道走走，苗育红愉快地答应了。期间，陈天宇提出想拉苗育红的手，苗育红委婉地拒绝了，她说还没到拉手的时候，陈天宇虽不高兴但也表示理解。

街上依然是灯光璀璨，夜色中的城市分外迷人。苗育红捋了一下额前的头发，她漂亮的大眼睛在灯光的映照下格外有神，陈天宇忍不住说："育红，你真漂亮！"

苗育红有些不好意思，说："我这还算漂亮啊？你看看这城市里随便一个走过我们身边的姑娘都比我长得好看。"

陈天宇说："她们是借助于化妆品粉饰出来的，你这是自然美，本质不同的。"

陈天宇的手机又响了，这一次，陈天宇看了看接通了，第一句话就说："妈！我今晚有事，真回不去。"

陈天宇一阵"嗯嗯……啊啊……"之后就挂了电话。

苗育红说："阿姨让你回去，你就回去吧！"

陈天宇说："不说这个了，咱们聊咱们的。"

他们继续朝前走，有点儿起风了，陈天宇赶紧脱下自己的外套给苗育红披上，苗育红感到一阵温暖。她想起了小时候，天冷的时候，爸爸的怀抱就是她温暖的港湾，长大了不能再钻进爸爸的怀抱了，但爸爸依然给了她无尽的温暖。今天，这个刚认识没多久的男孩让她有了一丝温暖的感觉，她不知道这种感觉会持续多久。

不知过了多久，苗育红说："我该回去了。"

尽管陈天宇还想和苗育红多待一会儿，但的确有些晚了，街上的车流量开始减少，身边的行人也少了许多，他只好说："我去送你。"

苗育红说："我打车回去就行。"

陈天宇说："我不放心。"说着，就伸手拦了一辆出租车。

陈天宇为苗育红打开后车门，让她先上车，随后他也上车了，坐在苗育红的身边。

出租车很快来到了苗育红的出租屋的楼下，下车后，苗育红和陈天宇告别后就匆匆上楼了，陈天宇没有马上离开，而是站在楼下往上张望，直到苗育红的屋里亮起了灯，他给苗育红发了一条"晚安"的微信就转身离开了，不过，他没有回自己家，而是回了省师范大学的单身宿舍。

8

　　乔敏原本想搭潘小桐的车回家的，谁知下班时学校临时通知她做高一演讲比赛的评委，她只好让潘小桐先走了。

　　演讲比赛结束时天已经有些晚了，乔敏回到办公室时，没想到潘小桐还趴在办公桌上看书，乔敏问："小桐，你还没走啊？"

　　潘小桐说："等你啊！你不是要搭我的车吗？"

　　潘小桐的话让乔敏非常感动，说："小桐，谢谢你啊！这么晚还在等我。"

　　潘小桐说："乔小姐的吩咐，我哪敢不服从呢？"

　　乔敏笑着说："油嘴滑舌。"

　　潘小桐说："我这可不是油嘴滑舌，我这是奉命行事，我有言在先啊！今后乔小姐如有吩咐，我依然是随叫随到。"

　　乔敏说："这可是你说的啊！"

　　潘小桐说："君子一言，驷马难追。"

　　他们走出办公室的时候，学生们已经开始上晚自习了，抬头一看，天空布满了星星。

　　潘小桐开着车载着乔敏出了校门，来到第一个十字路口时，乔敏接到了尹韶峰的电话，乔敏问什么事时，尹韶峰说来了就知道了。乔敏本想委婉拒绝，尹韶峰却说他需要乔敏的帮助，乔敏只好同意了，但心里还是有些不情愿，不知为什么，她今天特别想和潘小桐多待一会儿。这样一来，刚才的好心情一下子被尹韶峰的电话搅乱了。

　　乔敏对正开车的潘小桐说："小桐，不好意思啊！我要下车了。"

　　潘小桐问："就在这儿下车啊？"

乔敏说："我临时有事。"

潘小桐开玩笑说："你不说我也知道，肯定是有人约你吧？"

乔敏原本不是冲着潘小桐的，由于心里还想着尹韶峰那件事，就没好气地说："是又怎么样？"

潘小桐一听乔敏这么大的火气，立刻皱起了眉头，刚才还好好的，这态度变得也太快了吧，于是就生气地说："哎！乔小姐，有没有搞错？你这是搭我的车呀，态度还这么蛮横？

乔敏说："谁蛮横了？你会不会用词？"

潘小桐说："我不会用词，你会用？说出的话都带着火药呢！"

乔敏说："我不就搭你一次车吗？至于这么损我吗？"

潘小桐说："好！好！我不跟你吵了，我还开车呢！"

乔敏说："停车！"

潘小桐说："这儿不能停车的。"

乔敏说："我要下车了。"

潘小桐说："你别闹了好不好？说风就是雨，就你这脾气，怕是一辈子也嫁不出去的。"

乔敏说："我嫁不嫁得出去，与你有什么关系？快停车。"

潘小桐说："你别着急行不行？等我左转后就停，待会儿你怎么回家啊？"

乔敏说："不用你管。"

车左转后，潘小桐在路边停下了车，乔敏很快下了车，潘小桐还是很有礼貌地说："乔敏，你注意安全。"

乔敏说："没事儿，我会注意的，你也小心点儿。"

潘小桐开车走了，乔敏随手拦了一辆出租车，一上出租车，她就给潘小桐发了一条语音。

正在开车的潘小桐听到手机响了一下，随手点了一下微信，传来了乔敏的声音："小桐，抱歉，刚才我态度不好，你别往心里去，我知道你不会怪我的，我刚才下车不是你的原因，我是真的有事，你不用担心，我会安全回家的。"

潘小桐听了，脸上露出了笑容，路灯映着他那帅气的脸，忍不住自言自语："好你个乔敏，这性子真叫人捉摸不透。"

随后，潘小桐就回复了乔敏一条语音："我已经记心里了，明天上班我们接着吵啊！"

乔敏听了潘小桐的语音，也忍不住笑了，立即回复了潘小桐："好的，我奉陪到底，你晚上睡个好觉，明天好有精力跟我吵架。好好开你的车，不必回复了。"

潘小桐听了，对着前车窗玻璃眨了一下眼，笑着摇了摇头，自言自语："挺可爱！"

璀璨的灯光下，潘小桐开着车朝前驶去。

乔敏在万达广场下了出租车，尹韶峰已经等在那里多时了。

一见到乔敏，尹韶峰就问："你怎么才来？"

乔敏说："接到你电话，我一刻也没停就赶过来了，堵车又不怪我。"

尹韶峰说："我又没怪你，这不就问问吗？"

乔敏说："说正事，找我什么事？"

尹韶峰说："没事就不能约你一起看个电影啊？你不是说很久没有看过电影了吗？"

乔敏迟疑了一下，说："今晚我也是加班到现在，有些累了，要不改天吧？"

尹韶峰说："来都来了，要不电影就不看了，一起吃个饭吧！"

乔敏说："我们不是昨晚才一起吃的饭吗？况且我现在一点儿食欲都没有。"

尹韶峰说:"昨晚吃过又怎么了?我还想天天和你一块儿吃呢!好了,看在老同学的面上,赏个脸,就当陪陪我了,多少吃一点儿吧!"

尹韶峰都说到这个份上了,乔敏只好说:"好吧!"

接下来的事让乔敏根本没有想到,他们在万达广场三楼的自助餐厅吃自助餐的时候,尹韶峰委婉地对乔敏说:"乔敏,我这次从上海回来,很大程度上也是为了你。"

乔敏睁大眼睛问:"我?"

尹韶峰点点头,说:"我喜欢你,我们要不要处一处?"

乔敏大吃一惊,但她立刻就明白了尹韶峰的话的含义,她尽管是一个性格开朗的姑娘,但面对一个男孩子突然提出这样的问题,她还是像大多数女孩那样红了脸。

乔敏说:"你突然这么问我,我一点儿思想准备都没有。"

尹韶峰说:"我性子比较直接,心里想什么就直接说出来了,你别介意。"

乔敏一下子陷入困惑中去了,他们上大学时,两个人尽管是同学,其实并没有太多的交往,仅仅限于同学而已,毕业后,就更没什么联系了,尹韶峰一毕业就去上海工作了。

乔敏不知道该怎么回答尹韶峰的话了,低着头拨弄自己的手机,不知为什么,她这时候多么希望潘小桐能突然出现在自己面前,或者接到潘小桐的电话也好。可是,手机什么消息都没有收到。

尹韶峰看到乔敏这个样子,就问:"你是不是不舒服?"

乔敏摇摇头,说:"没有。"

尹韶峰说:"上大学时,我就悄悄喜欢你,只是那时候觉得你离我很遥远。毕业这几年,其实我一直无法忘记你。"

乔敏疑惑地看了看尹韶峰,她不知道尹韶峰这句话到底是不是发自内心的，上大学的时候，只记得尹韶峰每次上课总是坐在后排，也不太爱和班上的女孩子说话，上完课就背着包匆匆走了，再加上他长得比较壮实，所以当时尹韶峰在女同学中有"冷面壮牛"的绰号。不过，在校园里见面他还是会和同学们打招呼的。今天，尹韶峰能说出这样的话，乔敏表示怀疑也在情理之中。

乔敏没有说话，尹韶峰自然觉得乔敏可能心有顾虑，于是，就又问："你是不是有什么顾虑？没事儿，如果你有顾虑，可以直接告诉我，我不会强求你的。"

乔敏说："韶峰，我只是觉得事情有些突然，这几年，你一直在上海，我并不了解你的情况，你刚回到省城就突然向我提出这么重要的问题，我怕一时难以回答。"

尹韶峰说："哦！我都忘了告诉你了，当年我去上海是到我舅舅的教育培训学校工作，主要是积累工作经验，后来，舅舅在省城开了分校，先前聘用的校长辞职了，暂时招不到合适的校长，舅舅就让我回来管理，我就回来了。"

乔敏问："你们学校叫什么名字？"

尹韶峰说："'求索教育'，取自于屈原《离骚》中的两句诗'路漫漫其修远兮，吾将上下而求索'的最后两个字。"

乔敏说："哦！挺有名的一个培训学校啊！韶峰，你也太强了吧！"

尹韶峰说："不是我强，是我舅舅强，我也是给他打工的。"

乔敏说："那也很了不起了。"

尹韶峰说："我刚回来，对省城这方面的教育培训情况还不是太熟悉，需要你的帮助，你毕竟是高中老师，是教育战线的一员，我得向你请教。"

乔敏说："你高估我了，我只是一个普通的老师，不过，如果需要帮助，我一定竭尽全力。"

尹韶峰说："谢谢！等我真正上班了，还真得经常打扰你。"

乔敏说："你还没去上班啊？"

尹韶峰说："我刚回来没几天，家里有事，就还没有去培训学校上班，刚才你来之前，学校的副校长给我打了电话，问我什么时候去上班，我说这几天马上就去，一旦开始工作，我会全力以赴的。"

乔敏说："嗯！相信你。"

尹韶峰说："为了表示对你的感谢，以后我一定得好好请你吃顿饭，今天这顿饭太寒酸了。"

乔敏说："都是老同学，你不要这样，我会受不了的。"

尹韶峰说："我们都不要客气，随意一点儿才是老同学之间应有的表现。"

乔敏点了点头。

后来尹韶峰又回到原来的话题，想追问乔敏的态度，但直到吃完饭，乔敏也没有明确回答尹韶峰。他们从万达广场出来的时候，因为乔敏不愿让尹韶峰送她回家，就提前悄悄给潘小桐发了微信，让潘小桐给她打个电话就说找她有急事。潘小桐看到乔敏发来的微信后，不知道乔敏又要耍什么花招，本想在微信上问问她，但想想乔敏肯定有她的原因，就没给她发微信，直接给她打了个电话。

乔敏接通电话就问："小桐，什么事？"

潘小桐说："找你有急事。"

乔敏说："那你来接我吧，我在万达广场。"

随即，就挂了电话。

旁边的尹韶峰完全没有听出是乔敏的"表演"，乔敏说："韶峰，不好意思啊！我同事找我有急事，他一会儿过来接我，要不，你先回家吧？"

尹韶峰满脸失望，说："我本想送你回家的。"

乔敏说："不用了，等会儿我同事来了，让他送我吧！"

尹韶峰说："我和你一块儿等他吧？这样我也放心。"

乔敏觉得再催尹韶峰离开有些不妥，就说："好吧！"

过了一会儿，潘小桐开车来了，看到街边的乔敏和尹韶峰，大吃一惊，心想：这乔敏想干什么？这么晚折腾我来这儿，她却和尹韶峰在一起，这不是故意显摆吗？于是，他摇下车窗，拉着脸问："乔敏，你这是……"

潘小桐的话还没说完，就被乔敏给打断了："哦！小桐，你找我什么事？上车说吧！"

乔敏很快拉开了潘小桐的车门，一屁股坐在了副驾驶的位置上，朝潘小桐递了个眼色，然后摇下车窗，对还在街边的尹韶峰说："韶峰，我们先走了，你开车慢点儿。"

尹韶峰朝他挥了挥手。

乔敏对潘小桐说："开车！"

潘小桐瞪了乔敏一眼，一踩油门，车开走了。

潘小桐说："乔敏，你是不是故意折腾我啊？"

乔敏说："不好意思啊！我真的需要你的帮助，才撒谎说你找我有事的，难为你这么晚来接我。"

潘小桐说："接你倒没什么，关键是你和你的男友约会，他怎么不送你？让我来接你，说不过去吧！"

乔敏说："打住啊！首先尹韶峰不是我男友，其次，我让你来接我就是想找个理由离开他。"

潘小桐惊讶地问："找个理由？"

乔敏说："是啊！不找个理由怎么离开他？"

潘小桐说："你一贯是个利索的人，怎么也这么啰唆，你还用找理由，直接拒绝就行。"

乔敏说:"你说得容易,我和他是老同学啊!这不伤人吗?"

潘小桐说:"那你怕伤害他,就不怕伤害我吗?"

乔敏说:"不怕。"

潘小桐一踩油门,过了一个十字路口,说:"算你狠!"

不管怎么说,潘小桐还是安全地把乔敏送到了她家小区门口,乔敏临下车时,对潘小桐说:"谢谢啊!我今天跟你说个实话,尹韶峰在追求我,但我没同意。"

说完,乔敏甩了一下头发,下车走了。

潘小桐闷在车里,回味了半天乔敏这句话的含义,然后自言自语:"他追求你不追求你,跟我有什么关系。"

夜渐渐深了,潘小桐开着车消失在街道的尽头。

9

苗育红正在出租屋收拾自己的东西的时候,手机响了,是江尤天打来的电话,江尤天说已经来到了出租屋的楼下准备帮她搬东西。苗育红有些过意不去,说会耽误江尤天拉客人的,江尤天却说自己是顺路,苗育红知道江尤天一定是专门来的。江尤天的热心,让苗育红感动不已,她说让他在楼下稍等一会儿,因为还有一些东西没有收拾完。挂了电话后,苗育红就开始往箱子里装书桌上的那些书,这是她每次搬家必带的,她真的离不开这些书,这几年,书已经彻底融入了她的生活。正装着,有人敲门,苗育红拉开门,江尤天已经站在门口了。

没等苗育红开口,江尤天就说:"我帮你收拾吧!"

苗育红笑了笑,说:"太麻烦你了!谢谢啊!就是屋里太乱了。"

江尤天说:"没关系。"

江尤天进了屋子,苗育红并没有拉上门。

江尤天干活很麻利,在他的帮助下,屋子很快被收拾干净了,苗育红的东西都被放入了几个收纳箱里,整齐地摆放在门口。

江尤天说:"育红,你休息会儿,我把这几个箱子搬到车上去。"

苗育红说:"我和你一块儿抬下去吧,太重了。"

江尤天一挥手,说:"不用,两个人抬反倒不轻松了,我一个人能行,我最不缺的就是力气了。"

苗育红看着江尤天那憨厚的样子,心底顿时涌起一股暖流。

江尤天搬起其中的一个收纳箱就下楼去了,看着江尤天下楼的背影,突然间,苗育红想起了陈天宇,按说,这时候,应该是陈天宇帮她搬家的。她没有告诉陈天宇她要搬家了,如果告诉他,她想他一定也会来帮她的。她之所以不告诉他,是因为她觉得他们之间的关系还没有到那种非得要他帮忙的地步。

这时,牛香莲走了进来,她一进门就说:"哎哟!育红,这么快你就收拾好了?"

苗育红见牛香莲进来了,就拉过一把椅子,说:"坐,牛阿姨,我也是刚刚收拾完。"

牛香莲说:"你走了,我还真舍不得,不管怎样,飞飞的事你一定得帮我,不能因为搬走了就不管他了。"

苗育红说:"那是肯定的,飞飞这孩子其实是个好孩子,我已经在帮他了,他也很乐意和我交流,不瞒你说,他由'老师'改叫我'姐姐'了!你说这是不是他肯接受我帮助的表现呢?不过,等他彻底改好还需要时间哩!"

牛香莲听苗育红这么一说,激动地说:"育红,让我说什么才好呢?要不是你，我和飞飞他爸都不知道该怎么办了，你多费费心，我们一定会感谢你呢！"

这个曾经那么看不起苗育红的女人，在残酷的现实面前，为了孩子，也终于低下了自己高傲的头来求苗育红了。苗育红心里很不是滋味，一个母亲为了孩子，什么都可以做出牺牲，不管这个母亲在生活中是个什么样子，但对孩子的爱始终都没有改变过。苗育红从小没有妈妈，她没有体会过母爱的滋味，但她有爱她的爸爸，爸爸把所有的爱都给了她，如果不是爸爸咬着牙供她念书，她现在怎么能来到省城？又怎么能成为省第三中学的高中老师？为此，她想起了她童年的好朋友郝小荣，爸爸如果也像小荣的爸爸郝贵年大伯那样在小荣初中毕业时就让小荣回家务农，说不准她也会像小荣一样过早地把命运交给一个没多少感情的男人，然后死心塌地地跟着男人在土地上劳动或者进城务工，上次回家见到小荣的时候，她已经生下了第二个孩子。这是她不敢想的生活，这念书不念书，人生会有很大的不同的。每次回到故乡，见到小荣，小荣就会难过得掉眼泪，原本小荣也和她一样学习很好的，郝大伯的一个决定改变了小荣终生的命运。

两个人正说话的时候，江尤天进来了，他搬起另一个收纳箱就又下楼了，牛香莲惊异地看着江尤天下楼的背影，问苗育红："他是你男朋友吧？"

听牛香莲这么一问，苗育红也觉得好笑，但她又不想告诉牛香莲江尤天是她未来的房东，于是就笑着说："什么男朋友啊？他是我雇来的出租车司机，帮我搬家的。"

牛香莲说："不好意思啊！我还以为是你男朋友呢！你别说，这小伙子长得还挺帅。"

苗育红只是笑了笑，然后就把房门的钥匙交给了牛香莲。等江尤天又上来搬最后一个收纳箱的时候，苗育红对江尤天说："尤天，你不用上来了，就剩下一些小物件了，我自己拿下去就行。"

江尤天说："行！"说着，他就搬起了那个收纳箱下楼去了。

苗育红拿着自己的零碎的小物件就和牛香莲告别了，牛香莲说还要在屋里待一会儿，她要重新收拾一下，准备迎接新的租客了。

江尤天开着车把苗育红送到了自己的院子，他又把那些收纳箱帮苗育红搬到三楼，累得满头大汗，苗育红很不好意思，说："今天真是谢谢你了，要不，我一个人搬来搬去的也挺麻烦。"

江尤天说："你说什么呢？都在一个屋檐下住了，快别说那些客气话了。好了，屋子我都给你收拾好了，你放心住就行，我还要去跑出租，有事给我打电话就行。"

苗育红朝他点点头，江尤天就下楼了。苗育红正准备收拾自己的东西，就听到楼下有人和江尤天打招呼："哦！尤天，你今天没出车啊？"

苗育红朝楼下看了看，原来是那对河南小夫妻回来了，上次来看房时听江尤美说过。

只听江尤天说："我这就出车啊！刚才帮育红搬家了。"

夫妻俩异口同声："育红？"

江尤天说："是新搬来的，我把三楼租给她了，人家是个高中老师。"

然后，江尤天就朝三楼喊："育红，你下来一下，跟二楼的芳芳和顺顺认识一下吧！"

苗育红听到喊声，立刻就下楼了。

苗育红一来到院子里，江尤天就说："你们认识一下，我还要出车，我先走了。"说着，他就出了院子。

那对河南小夫妻就抢着向苗育红自我介绍。女的说她叫田芳芳，男的说他叫王顺顺。苗育红也赶紧说了自己的名字。

田芳芳一下子就拉起了苗育红的手，说："苗老师，你真漂亮，以后咱们就是邻居了。"

苗育红说："还是叫我名字吧！你也很漂亮。"

田芳芳立刻说："行，叫你名字听起来也亲切，育红！"

田芳芳问过苗育红的年龄后，她惊讶地说："咱俩同岁啊！你看我都结婚了，儿子都两岁了，你有对象没？"

苗育红摇摇头，说："还没有。"

田芳芳说："你得赶紧找了，眼光不能太高，要不，年龄大了就不好找了。"

一旁的王顺顺赶紧说："芳芳，你说啥哩？人家育红是老师，跟咱们不一样，不着急找对象的。"

田芳芳说："不好意思啊！育红，我说话太直了，你别介意。"

苗育红说："没事儿啊！这很正常啊！到年龄了就该找对象了，这本来就是自然规律嘛！"

田芳芳说："呀！还是当老师的会说话啊！"

王顺顺插嘴："当然了，你以为都像你一样说话不着调吗？"

田芳芳来气了，上前捶了王顺顺一拳头，说："就你说话着调？要不是我每天替你挡着，你不知道惹了多少人了？说不准咱那生意都让你搅黄好几回了。"

王顺顺立刻就拉下了脸，说："是，都是你的功劳。"

田芳芳说："怎么的？你还不想承认，我嫁给你就是你烧了八辈子高香了。"

王顺顺瞪了一眼田芳芳，然后对苗育红说："我先上楼了，育红。"说完，就径直上楼去了。

田芳芳看王顺顺上楼了，就指着王顺顺的背影对苗育红说："你看我们家那个傻大个，就光长个子了，不知好歹的东西，说他两句就给我甩脸子。"

苗育红笑了笑，说："芳芳，不能这么说，我看顺顺也挺好的。"

田芳芳说："好啥呀？本事没有，脾气倒挺大，算了，不说他了，咱们也上楼吧，我去给他按按脖子，昨晚上他落枕了。"

田芳芳的后半句话，苗育红突然感到田芳芳是个刀子嘴豆腐心的人，尽管嘴上说着王顺顺的不是，可心里还是想着王顺顺，这大概就是夫妻之间的爱吧！

她们走上楼梯的时候，苗育红问："平时谁帮你们看孩子呢？"

田芳芳说："儿子在老家，由他爷爷奶奶看管，我和顺顺来省城要挣钱，拖一个孩子来，也不是个办法，只能留在老家了。"

苗育红说："那倒也是。"

来到二楼时，田芳芳说："育红，你别做饭了，待会儿来我们家吃吧！"

苗育红推说自己待会儿有事还要出去，就上三楼去了。等她收拾完自己的屋子后，下楼时，路过二楼田芳芳和王顺顺的屋子时，听到两个人在屋里有说有笑的，完全没有了刚才在院子里吵架的一丝气息了。苗育红顿感好笑，这夫妻俩，就像小孩儿似的，吵过之后也不影响两人的感情。其实，这也是一种生活，总比两个人冷战要强很多。生活中，有很多夫妻虽然不吵不闹，但感情却亮起了红灯。还好，看起来，田芳芳和王顺顺人都还不错，和他们做邻居应该不会让人失望的。

苗育红出了院子，来到街上，附近音乐学院的大学生正三三两两走出学校大门，涌向苗育红租房的这条街上，因为到了午饭点了，估计都是来这条街上吃饭的。这和省师范大学很相似，师大旁边也有条小吃街，那是大学生们最爱光顾的地方。没想到在这里租房，依然有条类似的街道。苗育红禁不住感叹，全国的每个大学周围应该都是这样，这是专门为大学生服务的街道，因为大学生是一个巨大的消费市场。

苗育红其实没什么事，主要就是想来这里转转，熟悉一下周围的环境，上大学时，因为省师范大学离音乐学院较远，她几乎没来过这里，更谈不上熟悉了，只是和尚静坐公交车路过一次，那还是在公交车上看到的音乐学院，之后就没再来过，在她的印象里，学音乐的学生都是不食人间烟火的，也是不容易接近的。她虽没有进过音乐学院，但省师范大学有音乐系，上大学时，从中文系的教学楼出来回宿舍时，会路过音乐系，她和尚静就经常停下来听音乐系的学生唱歌或弹琴，有几次她们还混进音乐系的教学楼，看到了音乐系的学生上课。那时候，她就觉得音乐系的学生好浪漫啊！每天都能伴着美妙的音乐如醉如痴地歌唱。可尚静却有不同的看法，她说音乐系的学生也苦着呢！每天都得练声、练琴，一点儿都不浪漫。如果不够努力，专业水准一下子就可以看出来，因为你唱出来的好听不好听，弹出来的流畅不流畅，都是外在的。

正想着这些的时候，手机响了，是尚静的来电。接通手机的那一瞬间，苗育红就听到了一个惊人的消息，尚静说三年都没有任何消息的杜明杰突然又跟她联系上了，这让尚静措手不及、极度迷茫，她需要立刻见到苗育红来商议这件对她来说非常重要的事情。

苗育红也不追问，她知道她的朋友不会在电话里细说的，肯定是要当面交流的，以前她们无论谁有事，无论多忙，都会毫不犹豫地聚在一起马上进入深刻交流的状态。苗育红告诉尚静她刚刚搬家，尚静说明白，就匆匆挂了手机，一个小时后就赶到了苗育红的面前。两个人依然像往常一样选了一家饭馆边吃饭边聊，这次她们吃过桥米线，两人要了一个二十元的大锅，没有要饮料，她们都喝饭馆的免费的纯净水，这是两人多年的习惯了。大学时是为了节约，现在更多是为了健康。

尚静在苗育红面前一点儿都不委婉，直接说了杜明杰在她几乎要遗忘了他的情况下突然给她打了一个电话。

苗育红问："他说什么了？"

尚静说："他问了我的现状，还说要来省城找我。"

苗育红问："你怎么回答他的？"

尚静说："我说我的生活与他无关，不麻烦他费心了。"

苗育红问："后来呢？"

尚静说："后来我就挂了他的电话。"

苗育红说："你呀！依旧是那个倔脾气，你也不问问他到底要干什么就挂了人家的电话，不礼貌啊！"

尚静说："他三年前离开我的时候，对我礼貌吗？"

苗育红说："人各有志，你不能强求他，就算普通朋友也不要撕破脸好不好？"

尚静喝了一口水，把筷子放下，不肯吃米线了，苗育红看见她的眼圈红了。

苗育红往尚静的碗里夹了好多米线，说："好了，再难受也得吃东西啊！你也不用瞒我，你的眼睛告诉我，你依然没有放下他。"

尚静泪眼蒙胧地望着饭馆外的街道，三三两两的音乐学院的大学生从饭馆前经过，其中不乏恋爱的同学，她又想起了她和杜明杰上大学的时光，心里一阵阵难受。苗育红看出了好朋友的心事，就说："你今晚别回去了，就住我这里吧！如果你觉得心里不痛快，在我这里想住多久就住多久。"

尚静回过头来看了看苗育红，感动得一句话也说不出来。

在这个繁华的城市里，两个外地来的大学同学，心总是贴得最近的。

苗育红说："尚静，什么也不要想，来！我们继续吃！如果不够，我们再要一锅。"

尚静用抽纸擦了擦眼泪，朝苗育红点了点头。

・
・
・

卷二　走在边缘

・
・
・

10

陈天宇是很多天之后才知道苗育红搬了新家的，他见到苗育红第一句话就责问她："你搬家为什么不告诉我？难道把我当成外人了？"

苗育红向她解释："时间太紧急，还没有来得及告诉你。"

陈天宇把头发一甩，说："什么时间紧呀？我看你这纯粹是借口，要不是我傻愣愣地跑到你原先的出租屋楼下等你，你还不知道要瞒我多久？"

苗育红觉得很不好意思，她知道陈天宇没提前通知她就跑到她原来的出租屋楼下等她完全是为了给她一个惊喜，可这回让他白折腾了一次。要早知道是这样，还不如一开始就告诉他，但那时候只是单纯地认为他们之间的关系还没到必须要告诉他的地步。这下看来，陈天宇是真的生气了。

苗育红只好说："这件事怪我，你不要往心里去啊！"

陈天宇说："你好歹跟我说一声，我帮你搬家不好吗？那些体力活应该由我来做。看来，你还没有把我当成你的男朋友。"

苗育红有些感动，觉得陈天宇虽说是从小在省城长大的，但还真不像她的同事乔敏那样处处有高人一等的傲气。尽管在外形上可能有城市男孩子的那种时尚与不羁，但骨子里却充满了温暖的情怀。这或许只不过是一个文学博士读书读到这份儿上的一种自我欣赏罢了，我们不能过分去苛求一个人的外表，更多要注重他的内心。

苗育红理了理头发，说："天宇，好了，这件事到此为止，不再提了，今天中午我请你吃饭，以表我的歉意。"

陈天宇说："算了，还是我请你吧！我一个大男人怎么好意思一直让一个女孩买单呢?"

苗育红开玩笑说:"那好,我倒要看看陈老师能请我吃什么?"

陈天宇立即"回敬"说:"如果苗老师不嫌弃的话,就请你光临寒舍,我要亲自给你做饭吃。"

苗育红听了,赶紧说:"不麻烦了,随便在街上吃点儿算了。"

陈天宇却坚持说:"不行,我一定要给你做饭吃。"

两人僵持了一会儿,苗育红见实在拗不过陈天宇,就只好跟着陈天宇回了省师范大学他的单身宿舍,这是苗育红第一次去一个男人的宿舍,心里还是有点儿紧张的,人一紧张,说话就有些语无伦次了。陈天宇觉察到了苗育红的紧张状态,笑着说:"你不用担心,我只是到宿舍给你做一顿饭,我不会对你有任何非分之想的,而且我会一直开着宿舍的门。另外,我宿舍旁边都是其他年轻老师的宿舍,他们会从过道里走来走去的,就算我做了什么出格的举动,你只要喊一句,就会有人冲进来。"

苗育红涨红了脸,说:"你说什么哩?别说得那么龌龊好不好?"

陈天宇说:"这不叫龌龊,这叫实话实说。"

苗育红说:"我没你读的书多,我说不过你,都是你的道理,我保持沉默行不行?"

陈天宇说:"你信我就行,保持沉默就不必了,我还要和你做深层次的交流呢!"

说话间,两人来到了陈天宇的单身宿舍,果然像陈天宇说的那样,他把门打开后就没再关上,苗育红想这样也好,毕竟是第一次来一个男孩子的宿舍嘛!以前爸爸就不止一次告诉过她,在面对陌生男人或者不太熟悉的人时一定要多多提防。

陈天宇换了双拖鞋,说:"你就不用换鞋了,随便坐啊!"

苗育红看了一眼宿舍,阳台、卫生间、厨房都有,虽说面积小了点儿,在省城能有这样一个宿舍已经很好了，大学的单身宿舍就是不一般啊！

苗育红说："你这宿舍是麻雀虽小五脏俱全啊！我要是有个这样的宿舍就知足了，可三中不是大学，连个单身宿舍也没有。"

陈天宇说："这是学校近几年专门为年轻老师盖的公寓，早几年可不是这样的，估计你也知道以前的住筒子楼。"

苗育红说："我记得我刚上大学时，学校有一栋博士楼，听说楼里都是大平方米的房子，是专门分给具有博士学位的老师的，你是博士，怎么不住博士楼啊？"

陈天宇说："别提了，我什么都没赶上，你说的那是以前，现在这几年具有博士学位的老师太多了，博士楼早就没房子了，新来的博士生，只能住教师公寓的单身宿舍，我看再过几年，连单身宿舍也没有了，博士遍地都是了，什么东西只要一多，就不值钱了。"

陈天宇说着还叹了口气，朝阳台走去。

苗育红说："没想到大学的形势这么严重啊！"

陈天宇说："不光大学，各行各业都是这样，你刚才不是说你们三中不也是这样吗？连个单身宿舍也没有，你还得到外边租房子。要我说，你们学校也太小气了，就不能空出几个学生宿舍，让单身老师们住吗？用不用我去找找你们校长说说这件事？"

苗育红摆摆手，说："你可算了吧！找也没用，我们也不是没找过，校长一句话就打发了我们，人家说学校有困难，让自己想办法。"

陈天宇看到苗育红仍旧站着，就说："你找个地方坐下啊！老站着干吗？"

苗育红看了看周围，皱起了眉头，刚才光顾着看宿舍的整体，忽略局部了。这陈天宇的单身宿舍真够乱的，苗育红觉得坐在哪里都不舒服，书桌上到处都是书，椅子上搭着衣服，床上也是衣服还有一些书，墙角的鞋随意摆放着，有两双明显都脏了，地板看来也好久没扫过、拖过了。

苗育红问："你这屋子多久没有收拾了？"

正在阳台上摆弄那几盆花的陈天宇，回过头来，笑着说："不好意思啊！让你见笑了。"

苗育红没有坐下来休息，而是直接开始整理陈天宇的书桌，陈天宇说："哟！育红，你这是要帮我整理宿舍啊？"

苗育红把书摆在书架上，说："再不收拾，我是没法儿在这儿待下去了。"

陈天宇从阳台上走过来，拿起笤帚扫地，边扫边说："平时一个人，我也懒得收拾，其实，我还是很爱干净的。"

苗育红整理好书本，又从卫生间端来一盆水。开始擦桌子，说："干净不干净不是光说说就行的，那得有实际行动的。"

陈天宇说："今天太仓促，我事先真没想过要来宿舍的，不巧让你发现了，我保证今后一定以整洁的舍容来迎接你的每一次到来。"

苗育红说："但愿吧！"

两个人费了老半天才把陈天宇的单身宿舍收拾干净，陈天宇看着整洁的宿舍，觉得很是对不住苗育红，就说："育红，没想到你第一次来我宿舍竟然是帮我打扫卫生来了，我很是过意不去，所以，为了表达我的歉意，从现在开始，你什么也不要做，就坐下来休息，我给你做饭。"

苗育红坐在椅子上，拿起一本书，翻了两下，说："你说话算话啊！我倒要看看你能给我做什么好吃的。"

陈天宇在小厨房里说："你就等着吧！"

苗育红说："要不要我帮你忙？"

陈天宇说："你什么都不用管，只管等着吃饭就行了。"

陈天宇在厨房忙活开了，苗育红看起了书。

　　有个年轻的男老师从陈天宇的宿舍门口经过，往屋里看了看，就朝里喊："天宇，做什么好吃的呢？整个楼道都闻到香味了。"

　　陈天宇从厨房探出半个头，手里还拿着一条鱼，说："哟！韩冰，你的鼻子真灵敏。"

　　那个叫韩冰的男老师说："待会儿我来蹭饭啊！"

　　陈天宇说："今天不行，改天吧！今天我有客人。"

　　韩冰朝屋里看了看，这才看到了坐在椅子上的苗育红，他顿时明白了几分，但依然问："谁呀？"

　　陈天宇笑着说："我女朋友。"

　　苗育红听了心里"咯噔"一下，瞪了陈天宇一眼。

　　韩冰听说陈天宇的女朋友在，就说："那就算了，你可真够保密的，什么时候谈的女朋友？我怎么不知道。"

　　陈天宇说："我没有必要向全世界宣布吧？"

　　韩冰说："好！好！你忙吧！我走了。"

　　韩冰走开了，苗育红趁机把门关上了，关门的力量挺大，"砰"的一声。

　　陈天宇听到关门声，就又从厨房探出头来，问："育红，你怎么关上门了？不怕发生什么意外吗？"

　　苗育红说："不关门才会发生意外呢！你刚才是什么意思啊？谁承认是你女朋友了？生怕别人不知道是不是？"

　　陈天宇说："这不是迟早的事吗？再说了，我一说女朋友，他不是就不好意思来蹭饭了吗？"

　　苗育红说："都是你的理，从我认识你第一天起，你就是这么油嘴滑舌的。"

　　陈天宇说："油嘴滑舌，你算说对了，待会儿我一定会让你也变成油嘴滑舌的，因为我往菜里放了很多油，你吃一口，保证立刻让你油嘴滑舌。"

苗育红被陈天宇的话逗笑了，说："陈天宇，我真拿你没办法，你饶过我吧！"

陈天宇端出一盘菜，放到桌子上，说："我也没办法，这事得这盘菜说了算，马上你就会油嘴滑舌的。"

陈天宇转身又回厨房了，他放在书桌上的手机响了。

苗育红说："你的电话。"

陈天宇说："看看是谁打来的。"

苗育红看到手机屏幕上出现的"妈妈"两个字，就说："是阿姨打来的。"

陈天宇从厨房出来，拿起手机，一阵"嗯嗯、啊啊"的，苗育红也不知道陈天宇和他妈妈说了些什么。

挂了电话后，陈天宇拉着脸进了厨房。

等他端着一条做好的鱼出来时，脸色依旧很严肃，对苗育红说："育红，咱们吃饭吧！"

苗育红看到陈天宇这副模样，就问："你没事儿吧？"

陈天宇说："没事儿，待会儿吃了饭，我先送你回出租屋，我顺便回家一趟。"

苗育红不再问下去了，她猜想着陈天宇不高兴的原因，估计是他妈妈又对他说了什么话，惹他难过了。

一顿饭，陈天宇都没再说什么话，一改刚才的滔滔不绝，像变了个人似的。苗育红是个聪明的姑娘，她想安慰一下他，就说："要是有什么难事，说出来也许会好一些，我虽不能帮你什么大忙，至少可以倾听你的诉说。"

陈天宇惊讶地看着苗育红，说："啊！你的话让我感到好温暖啊！我已经好久都没听到这么温暖的话了。"

但是，陈天宇暂时还不打算把心里话告诉苗育红，况且也没有必要，这是他的私事，他觉得自己是一个男人，一定能自己解决的。

苗育红又说:"不管遇到什么事,要多往好的方向想,坏事情有时候也会变成好事情的。"

陈天宇给苗育红夹了一块儿鱼,说:"你不但人长得漂亮,还有一颗智慧的大脑,懂这么多道理。跟你比起来,我是白读了一个博士。"

苗育红也给陈天宇夹了一些菜,说:"这个不在于读书多不多,其实,我也是孤陋寡闻,这些道理都是我爸爸从小讲给我听的,有些东西,书本上是学不来的。"

陈天宇说:"哦!叔叔在你心目中肯定占据了最重要的位置。"

苗育红说:"那当然,没有爸爸的鼓励与坚持,我怎么能从故乡那个偏僻的小山村来到这繁华的省城呢?爸爸虽然没有什么文化,但看问题看得很透彻,目光远大。"

陈天宇说:"我真羡慕你有这么好的爸爸,你是幸福的。"

苗育红并没有接着陈天宇的话继续说,她知道再说下去可能会触及他的敏感的神经。

吃完饭后,陈天宇先是开车把苗育红送到她的出租屋,然后就直接回家去了。

11

陈天宇回到家后,爸爸妈妈早已等候在客厅了。老爸陈有发的脸上见不到一丁点儿笑意,老妈隋玉华也是满脸的不高兴。

陈天宇小心翼翼地说:"爸!妈!我回来了。"

隋玉华说:"我看你是越来越不像话了,眼里还有没有我和你爸,三番五次给你打电话,你架子也太大了,死活都不回来。"

陈天宇说:"我真有事,您也知道,大学里各种琐事太多了。"

陈有发说:"你别找理由了,你是怎么想的,你心里有数。"

陈天宇立刻低下了头。

隋玉华问:"天宇,我就问你一句话,你和梅梅的事,你是怎么想的?"

陈天宇心里一阵惊慌,他知道爸爸妈妈这次是真要拿这件事做文章了,看来真的是躲不过了。

隋玉华说的梅梅叫蓝梅,是陈有发的同事蓝政广的女儿。他们两家关系一直很好,蓝梅大学毕业后考取了公务员,但她工作了一年之后,悄悄辞职,进了一家出版公司做她喜欢的编辑工作。为此,蓝政广很生气,狠狠地批评了蓝梅,说:"有多少人削尖脑袋想当公务员,你却主动辞职。"

蓝梅倔强地说:"我不喜欢那样的工作。"

蓝政广气得还病了一场,但蓝梅依然没有动摇,很长时间,父女之间都处于冷战状态。后来,陈有发多次劝蓝政广,说:"天宇当初也是违背了我的意愿选择了自己喜欢的文科,今天看来也还好,毕竟当了大学老师。"

几年间,蓝梅在编辑岗位上做得还不错,成了出版圈小有名气的责任编辑。毕竟是自己的女儿,哪个父亲不爱自己的女儿呢?蓝政广就渐渐接受了这个事实。

时间过得真快,陈天宇和蓝梅走过了童年和少年,一起来到了青年时代。两家都有意撮合他们,蓝梅也多次说过她喜欢陈天宇,但陈天宇从没有就此表过态。

从内心来说陈天宇只是把蓝梅当作童年和少年的伙伴,他们之间更多的是纯洁的友谊。今天,妈妈提到这件事,陈天宇内心很为难,不知道该怎么回答爸爸妈妈,他知道爸爸妈妈一向很喜欢蓝梅。

"天宇,你倒是说话呀?"隋玉华有些忍不住了。

陈天宇支支吾吾:"我不……不太喜欢……蓝梅。"

陈有发猛地站了起来，严肃地问："你到底喜欢谁？梅梅哪一点儿配不上你？梅梅现在是有名的编辑了，你不就是个教书的吗？"

听爸爸这么一说，陈天宇的脸一下子涨红了，不知哪来的勇气，跟爸爸争辩着："爸爸，教书的怎么了？不许你羞辱我的职业。"

陈有发听到儿子竟然跟自己顶嘴，这在以前是从来没有过的事，一股怒气涌上心头，拿起茶几上的一个玻璃水杯狠劲儿地摔在地上，"啪"的一声，玻璃杯粉碎了，骂着："不知好歹的东西，教训起老子来了。"说着，脸色铁青，双手颤抖，一阵眩晕，差点儿晕倒。

陈天宇吓得两腿发抖，呼吸急促，不敢看爸爸。

隋玉华赶紧上前扶着陈有发，安慰他："老陈，你消消气，坐下来休息一会儿吧！"

然后，隋玉华又命令陈天宇："还不快来扶你爸一下。"

陈天宇紧张地走上前去搀扶爸爸，没想到被爸爸推到了一边。

陈有发说："不用你管。"

隋玉华数落陈天宇："天宇，你看你把你爸都气成什么样了？你不知道你爸的身体不好吗？白养你这么大，一点儿都不懂我们的心。"

隋玉华扶着陈有发在沙发上坐下，陈天宇匆忙去给爸爸倒了一杯水放到爸爸身边，他十分后悔刚才的话，眼前的这个生气的人毕竟是自己的爸爸呀！

这时，门铃响了，隋玉华说："去开门，天宇。"

陈天宇走到门口，拉开了门，一下子惊呆了，蓝梅抱着一束百合花站在门外。

陈天宇觉得尴尬极了，平时一贯能说会道的他，竟然不知道该怎么跟蓝梅说话了，只是牵强地说："来了！蓝梅！"

蓝梅朝陈天宇点点头，就在这一瞬间，蓝梅突然发现陈天宇的脸色不太好，聪明的姑娘什么也没问，只是微笑地看着陈天宇，弄得陈天宇浑身上下不自在。

"快进来吧！梅梅！"隋玉华和陈有发异口同声。

蓝梅抱着鲜花进来了，屋内顿时芳香四溢。

隋玉华说："好香啊！"

蓝梅走到隋玉华跟前，说："阿姨，我给您买了一束百合。"

隋玉华笑着说："梅梅，你真是个懂事的孩子，知道阿姨爱花，就给阿姨送来了百合花。"

隋玉华对陈天宇说："赶紧去把阳台上的那个花瓶拿来。"

陈天宇慌忙去阳台拿花瓶。

蓝梅从挎包里掏出一个血压计，对陈有发说："叔叔，您血压高，我给您买了个血压计，您得经常量一量。"

陈有发说："梅梅，叔叔都不知道该说什么才好了，好孩子，快坐！"

蓝梅看到陈有发脸色有些苍白，就问："叔叔，您怎么了？脸色不太好啊！"

陈有发正要回答，被隋玉华抢了先："没事儿，就是稍微有点儿感冒，休息一下就好了。"

蓝梅看到地上都是碎玻璃碴子，就拿起墙角的扫帚开始清扫，边扫边问："阿姨，地上怎么这么多玻璃碴子啊？"

隋玉华赶紧解释："刚才你叔叔不小心，把一个玻璃杯蹭到地上了。"

蓝梅抬起头时，却发现隋阿姨瞪了一眼正拿着一个花瓶从阳台走来的陈天宇，她很快低下头继续清扫玻璃碴子。陈天宇把花瓶放到客厅的茶几上，正准备插那束鲜花，隋玉华说："天宇，你真是的，花瓶这么脏，你也不知道清洗一下。"

蓝梅用小簸箕把玻璃碴子倒进墙角的垃圾篓里，走过来拿起花瓶，说：

"阿姨，我来吧！"

蓝梅很快拿着花瓶到卫生间清洗花瓶去了，隋玉华趁机对陈天宇说："看看，这么好的姑娘，你上哪儿找去？别再倔了。"

隋玉华说话的声音尽管很低，但还是被卫生间里的蓝梅听到了，她似乎明白了什么。

等蓝梅清洗好花瓶并灌满水出来后，她看到陈天宇的脸色更加难看，她依然若无其事地轻轻地走过陈天宇身边，就像飘过陈天宇身边的一枚柳絮，然后小心翼翼地把那束鲜花插了进去，摆放在隋玉华身边的茶几上。

隋玉华上前拉住蓝梅的手，说："梅梅，刚才天宇还一直念叨你呢！你今天晚上一定要在阿姨家吃饭，天宇为你准备了很多好吃的。"

其实，从一进屋，蓝梅就已经觉察到了这个屋里曾经发生了什么，隋阿姨在她面前这么为陈天宇说好话，蓝梅知道这是阿姨的良苦用心，但她是个很明智的姑娘，于是就说："阿姨，我今天就是想来看看您和叔叔的，我从小没了妈妈，我爸爸经常跟我说，如果没有您和叔叔的照顾，我哪儿能长这么大呢！再过一段时间，等我装修好新房，我想把您和叔叔接到我家里住一段日子。"

蓝梅的话让隋玉华热泪盈眶，她悄悄看了看陈有发，老陈的眼里也闪着晶莹的泪花。是啊！蓝梅的妈妈在她三岁的时候就病逝了。出于两家的友情，隋玉华几乎承担了一个母亲的角色，她对待蓝梅就像对待陈天宇一样。小时候，两个孩子经常在一起玩，就像一对亲兄妹，可是长大后，隋玉华却发现他们在渐渐疏远。唉！有时候，人生啊！真是捉摸不透！

蓝梅又说："叔叔！阿姨！我跟一个作者约好今天见面谈出书的事，待会儿我就得走，不能让人家等我，抽空我再来看你们。"

说着蓝梅就拿起自己的包，准备往外走。

隋玉华赶紧说："好，让天宇送送你。"

蓝梅朝隋玉华点了点头，还看了看陈天宇。

陈天宇和蓝梅出了屋子，他们一同来到了小区里，陈天宇没说什么话，蓝梅说："天宇哥，你回去吧，不用送我了。"

陈天宇说："蓝梅，今天我……"

陈天宇的话还没说完，蓝梅就一挥手，说："不用说了，从我一进屋门，我就看出来了，你和两位老人有过争执，地上的玻璃碴子就能说明一切。"

陈天宇说："有些事可能不像你想的那样，还希望你能理解。"

蓝梅说："你也不用担心，我今天就是来看看阿姨和叔叔的，并不是来看你的，你不要想太多。"

陈天宇说："那就好！"

蓝梅说："好了，你回去吧！省得你看着我难受。"

陈天宇说："蓝梅，你说什么呢？别说得那么难听好不好？"

蓝梅说："本来就是嘛！"

陈天宇说："蓝梅，你变了，再不是那个常常跟在我身后的天真无邪的小姑娘了。"

蓝梅说："是你变了吧？你也不是以前那个经常护着我关心我的哥哥了。"

陈天宇说："我们不要吵了，好不好？"

走在前边的蓝梅猛地回过头来，说："天宇哥，请留步，让我自己走吧！"

陈天宇停住了脚步，满脸无奈的表情，蓝梅匆匆朝前走去。

蓝梅很快出了小区，她没有打出租车，而是沿着街道步行，一边走一边抹眼泪，她感到委屈极了。她想起了小时候，她常常住在天宇哥家，两个人总是手拉着手在小区里玩，那时候，天宇哥把她当作了亲妹妹般护着，不允许谁欺负她。有一次一个小男孩欺负她，天宇哥竟然把那个小男孩打得鼻青脸肿的，以至于小男孩的妈妈找到隋阿姨和陈叔叔要医疗费，陈叔叔当场就打了天宇哥一顿。那时候，她看着天宇哥被打，她自己就一直哭，哀求陈叔叔不要再打天宇哥了。后来，她拉着天宇哥的手问他疼不疼，天宇哥笑着说："一点儿不疼。"她就信以为真了，但天宇哥转过身就摸着自己的屁股"哎哟"叫了一声。那沉重的叫声至今让她难以忘怀，也叫疼了她那幼小的心。从那一刻开始，她就觉得她无论如何是离不开天宇哥了。

回忆是幸福的，现实是冰凉的，蓝梅含着满眼的泪水走上过街天桥，她扶着天桥的栏杆，俯视着桥下川流不息的车辆，心情极其复杂，人们都是如此的忙碌，以至于忘记了生活原有的色彩。每一个行驶的汽车里，都有一个或美丽或暗淡的故事。她就是这个故事里的一分子，只不过现在她的故事里没有美丽，只有暗淡。

蓝梅抬起头，望着高楼林立的城市，感慨万千，这个全省最大的城市里，每天都在上演着各种各样的悲欢离合，以前觉得离自己很遥远，现在却突然发现自己从来都没有离开过悲欢离合。在她还不曾记事的时候，妈妈就因病去世了，她只能从妈妈留下的照片中看看妈妈的模样，照片上的妈妈年轻漂亮，始终在微笑着。爸爸为了照顾她，一直没有再婚。听隋阿姨说那时候有很多人给爸爸介绍对象，爸爸都拒绝了。隋阿姨！在蓝梅的心里早就把她当作了妈妈，她记得爸爸工作忙的时候，总是隋阿姨在照顾她，隋阿姨给了她太多母爱般的温暖，人不能忘本，就算天宇哥不能接受她，她也决不会忘记隋阿姨和陈叔叔的恩情。她听隋阿姨说爸爸由于妈妈的去世而悲痛万分，当时正好赶上他们单位要派一名干部去下乡扶贫。本来定的是陈叔叔，但陈叔叔让给了她爸爸，原因一是爸爸能力出众，二是可以趁机去散散心。爸爸一走就是两年，两年里，她完全成了隋阿姨和陈叔叔家的一员，她和天宇哥整天在一起，原本隋阿姨还担心天宇哥会欺负她，但是天宇哥一见到她就拉起了她的手，把他所有的玩具都给她玩。对于她这个妹妹的到来，天宇哥表现出了超乎寻常的喜欢，逢人便说他有妹妹了。

蓝梅的手机响了，是那个约好的作者打来的，蓝梅这才从回忆中清醒过来，今天是要和那位作者谈出书的事的，约好在咖啡厅见面的，人家都已经到了，她还在天桥上回味生活呢！唉！不要再想了，还是去工作吧！

蓝梅匆匆下了天桥，朝约定的咖啡厅走去。

12

乔敏上完课回到办公室的时候，只有潘小桐趴在办公桌上写东西，乔敏故意干咳了一声，想引起潘小桐的注意，果然，潘小桐抬起了头，看到乔敏就说："你上完课了？"

乔敏说："是啊！"

潘小桐说："校长刚才找你，你赶紧去看看吧！"

乔敏眉头一皱，问："校长有没有说找我什么事？"

潘小桐说："你做好心理准备，估计不会是什么好事。"

乔敏的心一下子紧张起来了，她知道，这是校长一贯的做法，神秘地把某个老师叫到他的办公室，学校的老师——不管是年轻的还是年老的几乎都有过这种经历。事先他不会告诉你什么事，等你真正面对他的时候，他才会严肃地告诉你，紧接着就可能是一顿批评。

乔敏说："小桐，你帮我推测一下，校长到底会找我有什么事？"

潘小桐说："我哪儿知道啊？他一贯做事都是那么神秘的，你又不是不知道？"

乔敏着急地说："你就不能帮帮我吗？"

这时，苗育红进了办公室，还没来得及坐在椅子上，潘小桐对乔敏说：

"刚好，育红来了，你让育红帮你参谋一下。"

苗育红问乔敏："什么事？搞得这么严肃，还参谋参谋！不会是搞什么破坏吧？"

乔敏不想让苗育红知道，就说："没事儿，别听小桐瞎说。"

苗育红说："没事就好。"

然后，苗育红就打开了自己的电脑，准备查一些资料，下午想帮程飞飞补补课。程飞飞的语文成绩下滑得很厉害。当然，苗育红不想用牛香莲那一套粗暴的教育方式，她想通过学习加教育相结合的方法来扭转程飞飞目前的颓势。

乔敏一时间没了主意，本来想和潘小桐好好合计合计的，现在苗育红来了，她也不好意思继续说下去了，就转身出了办公室，忐忑不安地朝校长办公室走去。

乔敏刚走，潘小桐就对苗育红说："育红，乔敏可能要挨批了。"

苗育红抬起头，问："怎么回事啊？"

潘小桐说："校长要找她问话了，我估计不会是什么好事。"

苗育红心里"咯噔"一下，她也觉得校长找乔敏肯定不会是好事，但嘴上却说："也不一定吧！说不准是表扬她哩！"

潘小桐鼻孔里"哼"了一声，说："等着瞧吧！"

潘小桐之所以这么说，是因为上次他也经历过一次，只不过他们办公室的人都不知道罢了，因为校长没有让别人传话给他，而是在校园里碰到他时直接把他叫到校长室的。那一次校长说他批改作业不认真，他很难过，后来回到办公室，他不愿提这件事，大家也都不知道，所以今天当校长找乔敏有事时，他马上就想起了他以前的经历。

苗育红暂时只想着程飞飞的事，没有太多的心情去关注乔敏，于是，她便不再和潘小桐议论乔敏的事了。

乔敏来到校长办公室，紧张得要命，抬起手想敲门，然后又放下手，接着抬起手又放下，这样反复了好多次，她最终还是敲了敲门。

"进来！"

屋里传来了校长略带沙哑的男中音，这大概是抽烟过多的男人通常会发出的声音。

乔敏推门进去了，看到校长正伏案写着什么，头也不抬，这个叫谭玉旺的校长是三年前来到省第三中学的，先前他是市教育局基教处的处长，后来调到省三中任校长的。

乔敏站在原地，浑身感到不自在，过了好一阵子，谭玉旺才抬起头，说："哦！乔敏！"

乔敏问："校长，你找我什么事？"

谭玉旺扶了扶鼻梁上的眼镜，说："最近有学生反映你讲课不太认真，你可要注意影响啊！要不，对你今后的教学是非常不利的。"

乔敏立刻就气坏了，那帮学生竟然在校长面前告她的状，她真想即刻赶到教室，把那些告她状的学生骂一顿，但是在校长面前，她没有这样做，只是低声说："是！"

谭玉旺又埋下头，继续写他的东西。边写边说："乔敏，有缺点你一定得改正，现在的学生跟以前不一样了，你稍微表现不好，他们是很敏感的。"

乔敏心跳得很剧烈，情绪也开始波动，甚至还喘起了粗气，愤怒地说："他们也太小题大做了吧？与其那么浪费时间去敏感，还不如好好地去做几道题呢！他们这么不信任我，那干脆把我换掉算了，让更有经验的老师去给他们上课。"

谭玉旺放下笔，又扶了扶眼镜，笑了笑，说："乔敏，听你这话，你很有情绪啊！你先平静一下，作为一个年轻教师，你不能因为学生不满意你，你就闹情绪，需要慢慢磨炼自己才是。我听过你几节课，你存在的问题的确很多，对教材理解不透，照本宣科，甚至出现知识点讲错的现象，学生们对你有意见也是正常的，接下来，你要摆正心态，努力改正，多向有经验的老师学习，比如可以多听听崔世芳老师的课，虚心向人家请教。"

听谭玉旺说了这么多，乔敏心里烦透了，她真想直接回怼谭玉旺一顿，但现在她强忍着没有发作，只是说："谭校长，你放心，接下来我一定好好改正自己。"

话是这么说出口的，但乔敏的心里并不服气。

谭玉旺说："好了，乔敏，今天就到这儿，你先回去，好好上课，我相信你的能力，学校也会为你的发展保驾护航的。"

乔敏连声"谢谢"都没说就转身出了校长办公室，一瞬间眼眶里就含满了泪水，她感到委屈极了。

一回到办公室，乔敏就趴在办公桌上伤心地哭了起来，潘小桐和苗育红都惊讶地看着正在哭泣的乔敏，苗育红走上前问："乔敏，你怎么了？是不是哪里不舒服？"

潘小桐也走了过来，问："有事说出来心情也会好一点儿。"

乔敏抬起头，泪水涟涟地说："育红！小桐！你们都别管我，让我哭一会儿吧！"

说着，她就又趴下继续抹眼泪。

为了不打扰乔敏，好让她平静一下心情，潘小桐给苗育红递了个眼神，示意她到外边走走。苗育红心领神会，他们相跟着出了办公室，来到了校园里，在教学楼前僻静的小花园里，潘小桐对苗育红说："我看乔敏这是被校长批了，要不，她不会哭的。"

苗育红问："到底什么事呢？"

潘小桐说："校长找她能有什么好事？无非就是说工作的事，你想，她的教学成绩又不是太好，每次考试都落后其他班不少，估计校长对她不满意了。"

苗育红说:"其实,乔敏也挺努力的。"

潘小桐说:"努力不一定能有好成绩,这年头大家看的都是成绩,尤其在高中,将来是要面对高考的。"

苗育红心里一阵慌乱,说:"我的教学成绩也不好,校长该不会很快也会找我谈话吧?"

潘小桐说:"这你就多虑了,你的成绩还是很不错的。"

他们正说着话的时候,看到高凯走了过来,他们就停止了议论乔敏的事。

高凯笑着对他们说:"你们在这儿干吗呢?"

苗育红正要说,潘小桐却抢了先,说:"我和育红在欣赏美景呢!高老师,你看这花开得多漂亮。"

高凯开玩笑说:"真不愧是语文老师啊!说出的话都带有文学的气息。"

潘小桐同样开玩笑:"在一个资深的历史老师面前,我们还是不敢当。"

高凯说:"不要这么说嘛!"

苗育红突然想起了程飞飞,就趁机问:"高老师,我正要问你呢!飞飞这几天表现怎么样?"

高凯说:"比之前稍好一点儿,但依旧没有一心一意扑在学习上。"

苗育红说:"那就麻烦高老师多费费心。"

高凯说:"那是肯定的。"

苗育红说:"我还想烦请你告诉飞飞,让他放学到我办公室来一趟,我再跟他谈谈。"

高凯说:"行!那你们聊,我先走了。"

高凯转身走的时候,又回过头来,说:"育红,你和天宇……"

苗育红立刻就知道高凯要问什么了,赶紧打断了他:"哦!高老师,我们一切都好。"

高凯说："那就好！"说完，他就走开了。

一直在旁边站着的潘小桐，听到苗育红和高凯的谈话，马上就明白了，他感觉到苗育红似乎恋爱了。不知道为什么，他心里竟然有点儿失落的味道，尽管那是苗育红的事，与他没有太大的关系，但人往往就是这样，与自己没有关系的事有时候也会在脑海里泛起一丝涟漪。

于是，潘小桐就问苗育红："育红，高凯老师刚才没说完话就被你打断了，你和什么天宇怎么回事啊？"

苗育红顿时有点儿紧张，说："哦！没事儿啊！"

潘小桐说："你就告诉我吧！"

其实，苗育红不愿让潘小桐知道她和陈天宇的事，但今天看来，潘小桐要追问了。她也了解潘小桐的性格，遇到事总是爱问个水落石出，要不，他得很长时间心里有疙瘩。

苗育红只好说："是这样，前段时间，高凯老师给我介绍了个对象。"

潘小桐顿时来了兴趣，问："他是干什么的？什么学历？"

苗育红说："他是个大学老师，博士。"

潘小桐说："育红，行啊！你也太保密了。"

苗育红说："不是保密，因为才刚刚认识，所以不好意思说。"

潘小桐又问："你对他感觉怎样？"

苗育红说："我也说不清楚，还不知道未来怎么样呢？"

潘小桐说："你要是不介意，改天让我见见他，帮你把把关。"

苗育红说："好啊！"

正在这时，潘小桐的手机响了一下，他打开手机一看，是乔敏的一条微信：你在哪儿？我需要你立刻出现在我面前。

潘小桐眉头皱了一下，紧接着就对苗育红说："育红，我有点儿事。"

苗育红没有问潘小桐是什么事，只是说："快去吧！"

潘小桐转身走出几步，然后又回过头来，说："你说话算话啊！改天带我见见你男朋友，看看我和他谁帅？"

潘小桐故意说了要和苗育红的男朋友比比谁帅的话，苗育红朝他笑了笑，说："当然算话！不过，我事先声明啊！他还不是我男朋友，我们只是认识了而已。"

不知道为什么，听苗育红这么一说，潘小桐心里竟然涌出一股莫名的兴奋来，他说："这么说，我还有……"

潘小桐没有说完这句话，他不好意思说出口，苗育红问："你还有什么？"

潘小桐说："我是说我还有好多话要对你说呢！"

苗育红说："都是同事，以后有的是机会，快去办你的事吧！"

潘小桐这才想起了乔敏的那条微信，他赶紧跑向了办公室，没想到，乔敏没在办公室，这下，潘小桐有些不高兴了，心想：这个乔敏，你找我有事，也不说自己在哪儿，这不是耍我吗？于是，就直接打电话给乔敏："你在哪儿呢？"

手机里传来乔敏的哭腔："小桐，我在学校对面的饮品店。"

潘小桐生气地说："是你有求于我呀！却害得我到处找你。"随即，就挂了电话。

潘小桐急匆匆地出了办公室，迎面遇上正要进办公室的白子川，白子川看到潘小桐慌慌张张的样子，就问："小桐，你干什么去？"

潘小桐说："我有急事。"

白子川又问："该不会是去相亲吧？"

潘小桐说："白老师，我哪有心情相亲啊！"

白子川说："怎么了？你不是三天两头去相亲吗？"

潘小桐哭笑不得，说："谁说我三天两头相亲了？白老师，别跟我开玩笑了。"

白子川说："没跟你开玩笑啊！大家都这么议论你的，我还想着改天也给你介绍一个呢！"

潘小桐说："好了，白老师，抽空我请你吃饭，咱们好好聊聊，好不好？这会儿我真有事，我先走了。"说着，潘小桐就跑走了。

白子川看着潘小桐的背影摇了摇头，然后转身进了办公室。

不一会儿，苗育红也进了办公室，白子川看见苗育红进来了，就问："育红，刚才小桐那么着急出去，他怎么了？有什么事吗？"

苗育红说："我也不知道啊！他只是说他有点儿事，具体什么事，他没说，我也没问。"

白子川说："都是同事，其实你该问问的。"

苗育红说："那是人家的私事，万一人家不愿意说，该多尴尬啊！"

白子川说："我猜他是相亲去了。"

苗育红大吃一惊，但故作镇静地说："那是好事啊！如果是真的，我们让他请我们吃喜糖。"

白子川一拍桌子，说："我也是这个意思。"

13

潘小桐心急火燎地进了学校对面的饮品店，乔敏正坐在西边的一个角落里抹眼泪，桌子上放着一杯插了吸管的橙汁。

潘小桐来到乔敏面前，还没来得及说话，乔敏就眼泪汪汪地说："小桐……"

本来潘小桐还打算数落乔敏一顿出出气，因为乔敏刚才没告诉他具体地方，让他白跑到办公室，现在看到乔敏这个样子，他立刻就改变了原来的想法，温和地问："怎么了？乔敏。"

潘小桐坐在乔敏的对面，乔敏把橙汁推到他面前，示意让他喝，潘小桐想推辞，乔敏说："就是为你买的。"

潘小桐说："你喝吧！我不渴。"

乔敏说："我没心情喝。"

潘小桐又问："到底怎么了？大小姐。"

乔敏这才鼻子一把泪一把地把校长找她谈话的事说了，潘小桐听后大为震惊，看到乔敏哭哭啼啼的样子，这时候也只能安慰她："你大可不必难过，谁的生活中也不会一直是阳光。"

乔敏抹了一把眼泪，说："我每天努力工作，没想到最后在学生们心中竟然是这样的，谭玉旺把我说得一无是处，我真受不了。"

乔敏故意提了校长的大名，而没有直接说谭校长，人在生气的时候，通常不会把一个人的职务说出来，都是直接说名字来表达对对方的不满。

潘小桐说："他是校长，当然要批评你几句的，你大可不必在意的。"

乔敏说："我就是觉得他都没为我着想，我是他的下属啊！发生学生打小报告的事，他应该维护我的声誉的，可是……"

潘小桐没等乔敏说完就打断了她的话："好了，你别给自己制造痛苦了，校长说让他说去，你该怎么上课还怎么上课，那是你的风格，至于学生们，学习是他们的事，你只要做好自己就行。"

乔敏说："我就是过不去心里这道坎儿。"

潘小桐说："算了，跟我回学校吧，就当什么事都没有发生过。"

乔敏说："我还不想回学校，回到办公室，大家看到我这个样子，肯定会嘲笑我的，尤其是育红，我不想让她看到我的落魄样。"

潘小桐说："你说什么呢？育红不是那样的人，是你想多了。自从育红来到咱们学校，我就发现你好像并不欢迎她。"

乔敏争辩说："谁让她处处都表现得那么强势，一个外地人根本没把我们这些城市人放在眼里。"

潘小桐听乔敏这么一说，顿时生气了，把手里的半纸杯橙汁"啪"地摔在桌子上，橙汁通过吸管都溅了出来，他严厉地说："乔敏，你这样说太不道德了，外地人怎么了？人家育红比你少胳膊还是缺腿，不就是你生活在地球的这边，人家出生在地球的那边吗？不都是地球人吗？"

乔敏听到潘小桐这么说，心情自然更加糟糕了，瞪了一眼潘小桐，说："我是让你来安慰我的，不是来听你训斥我的。每次一说到苗育红，你就情绪失控，我真的就纳闷了。"

潘小桐把脸撇向一边，看着饮品店门外的街道，不说话了。乔敏看了看潘小桐，知道自己可能说得有些重了，十分后悔，可又不好意思向潘小桐道歉，两个人就这样僵持了一会儿。潘小桐站起来，说："你要是没什么事，我先走了，我还得回办公室备课呢！"

乔敏的眼泪又来了，说："你什么时候也能像关心苗育红那样关心关心我啊？"

潘小桐回过头，说："我关心你还不够吗？"

乔敏抹了一下眼角的泪水，说："我需要你一直关心我。"

潘小桐不想再跟乔敏争吵，况且饮品店也不是个争吵的地方，就说："好了，回去吧！整理一下心情，好好休息休息，跟谁都能过不去，但就是不能跟自己过不去。"

乔敏点了点头，用两个手指头拨了一下额前的碎发，站了起来，跟着潘小桐出了饮品店，回学校去了。

两个人走过校园小道时，迎面走过的老师们纷纷跟他们打招呼，有的还带着异样的目光朝他微笑着，有的甚至跟他们开起了玩笑，说他们俩走在校园里简直就是一道美丽的风景，潘小桐知道这些话的含义，弄得他有些尴尬，倒是乔敏感到不以为然，反而觉得她和潘小桐就真的是一道风景，脸上禁不住流露出一丝自豪感，刚才的不快似乎暂时消失了。

等他们相跟着进了办公室，崔世芳正和白子川还有苗育红商量着学生演讲比赛的事，他们看到潘小桐和乔敏进来了，白子川就开起了潘小桐的玩笑："我说小桐啊！你和乔敏干什么去了？该不会是去约会吧？要是真的，就一定请我们吃喜糖啊！"

潘小桐立刻感到脸上有些发烫，说："白老师，你开玩笑开大了吧？我倒没关系，你让人家乔敏怎么想？"

没等白子川解释，乔敏就抢了先，她大方地说："我没想法，既然白老师这么说，小桐不介意的话，我们去约会也没什么大惊小怪的，都到了这个年龄了，约一次会也很正常啊！"

潘小桐满脸惊诧，盯着乔敏，喘了口粗气。

白子川这下心里有底了，笑着说："看看，乔敏都承认了，你还藏着掖着干什么？大家又不是外人。"

苗育红在一旁没有说话，只是低着头假装写东西，实际上在纸上胡乱涂画着，心里不知道为什么有些不是滋味。潘小桐作为一个年轻老师，又不好意思顶撞白子川，只好转身准备出办公室躲开一会儿，免得尴尬继续蔓延。他刚转过身就被崔世芳叫住了："哎！小桐，说正事，下周要举行演讲比赛了，你尽快把你们班的名单报上来。"

潘小桐头也不回，甩过来一句："知道了。"

潘小桐走后，白子川还想跟乔敏开玩笑，被崔世芳止住了，崔世芳说："子川，差不多得了，你没看刚才小桐都生气了。"

白子川摸了摸头，说："他生什么气？要是为了一句玩笑就生气，也太小肚鸡肠了吧？何况人家乔敏都承认了，是不是？乔敏！"

乔敏坐在自己的办公桌前，说："白老师，你说得对！"

乔敏的声音很洪亮，她是有意让苗育红听的，她悄悄瞟了一眼苗育红，发现苗育红依旧低着头在写着什么。

等潘小桐再次回到办公室的时候，白子川已经上课去了，潘小桐这才舒了一口气，不是他经不起白子川开玩笑，而是压根儿没有的事都能被白子川说得以假乱真。而且，白子川开玩笑通常不分场合，要说白子川也是四十岁的人了，确实到了应该收敛的年龄了，可从他的言谈举止上表现不出一丁点儿收敛的迹象，相反依旧像年轻的时候一样。听崔世芳说，白子川刚来到省三中时，由于爱开玩笑又不分场合，不知惹恼了多少同事，好在他为人实在、又很热心，这么多年和同事们相处得还算不错。潘小桐也觉得，白子川除了心直口快爱开玩笑外，其他没什么毛病，遇到谁有什么事，他表现出来的热情就像他自己的事一样。去年有一次，潘小桐打球时不小心扭伤了脚，当时球场上那么多打球的人，只有白子川来不及换衣服就把潘小桐背到了自己车上，然后送到了医院，跑前跑后的不说，还在拍 X 光片时，由于不满有人加塞儿跟人大吵一架，潘小桐很是过意不去，这原本不关白子川的事，却要人家来出面。

潘小桐想着想着就对自己刚才的行为有些后悔，不该在白子川开玩笑的时候有意躲开，显得太没有风度了。他悄悄坐到自己的椅子上，刚想看看接下来要讲的课，桌上的手机就响了一下，他打开一看，是乔敏发来的一条微信：我心情依旧不好，晚上陪我去看电影！

潘小桐抬头看了一眼乔敏，乔敏正坐在她的办公桌前撒娇似的噘着嘴看着他。因为办公室还有崔世芳和苗育红在，潘小桐暂时克制住了自己的情绪，但还是给乔敏发了一条微信：你是不是太过分了？我成你的仆人了，随叫随到啊？

没想到乔敏的回复如此快：你要是做我一辈子的仆人该多好啊！！！

后面连带三个感叹号，潘小桐看了想都没想就回了三个字：想得美！！！

后面也带了三个感叹号。

潘小桐和乔敏的手机不断地发出微信接收信息的响音，崔世芳忍不住了，她开玩笑说："你俩的手机怎么回事啊？该不会是你们在互发信息吧？有什么不能直说的？要是你两觉得说话不方便，我和育红出去，把空间留给你们。育红！咱们出去吧！"

苗育红随声附和："好！"

潘小桐说："崔老师，你也拿我们开玩笑？"

崔世芳已经站起来了，说："不是开玩笑，我说的是事实，好了，我和育红要出去了。"

崔世芳和苗育红出去了。

乔敏不高兴了，她并没有说崔世芳，而是嘀咕苗育红："苗育红也跟着起哄，什么人嘛！"

潘小桐说："育红自始至终就只说了一个'好'字，你怎么能这样说人家呢？"

乔敏说："一个'好'字已经说明一切了，她就是在看我们的笑话。"

潘小桐说："别把人家说得那么难听，好不好？"

乔敏说："好了，不说她了，每次说到她，你就帮她说话，真不知道你们之间是什么关系。"

潘小桐说："你说什么呢？再说我就不理你了。"

乔敏压低了声音，口气缓和了不少，说："不说还不行吗？说正经的，晚上陪我散散心，去看场电影，好不好？"

潘小桐说："非得我陪你呀？你就不能让你男朋友尹韶峰陪你吗？"

乔敏立刻拉起了脸，说："他不是我男朋友，你要是再这样说，我就生气了，反正你今天就得陪我去看电影，我有话要跟你说。"

潘小桐说："现在说不行吗？"

乔敏说："我现在要去上课了，好了，就这么定了，晚上八点，万达电影院见。"

乔敏夹着课本出了办公室，潘小桐连连叹气，原本打算好好看看课本的，这一来一点儿看书的心思都没有了。他胡乱地把课本合上，之后闭上了眼，仔细回味着刚才乔敏对他说过的话。为什么乔敏每次遇到不顺心的事都要他来陪，难道乔敏是有意的？其实他只不过是觉得大家都是同事，能帮忙的尽量帮忙，不光是乔敏，就是苗育红或者崔世芳还有白子川有什么事，他也会帮忙的。他天生就是这样的人，心里为别人想得多，总担心别人受委屈，别人只要张口说了，他一般都不会拒绝。但乔敏近段时间有些过分了，时不时都"有求于他"不说，还说些不疼不痒的话，让人浮想联翩。上次都那么晚了，乔敏还让他去万达广场接她，况且还是和她一起演戏骗尹韶峰。乔敏撒谎，他也跟着成了撒谎的人了。临下车时，乔敏还对他说了尹韶峰在追求她，但她不同意，现在想想，乔敏是故意这么说的。今天的事就更不用说了，乔敏被校长批评首先想到的又是他，还让他陪她去看电影，这种种迹象表明什么？难道乔敏喜欢上他了？潘小桐忍不住一阵恐慌，心里重复着：这不可能啊！不可能！

然而谁又能确定这真的不可能呢？潘小桐有些担心，他不是担心乔敏喜欢他，而是担心他未来该如何面对乔敏，说心里话，他并不喜欢乔敏。是乔敏不漂亮吗？不是！是乔敏不够优秀吗？也不是！是乔敏配不上他吗？当然更不是。他主要是觉得和乔敏在一起只是出于好朋友间的友谊，并没有什么恋爱的感觉。

唉！也许是我想多了吧！潘小桐捶了一下自己的胸脯，觉得十分好笑。算了，或许人家乔敏根本就没有这个意思，只不过她希望能得到我的关怀而已。

潘小桐无心看书，就出了办公室，走向了学校的大操场。操场上有几个班的学生正在上体育课，同学们生龙活虎的样子，他又想起了自己的高中时代。那时候，他是班上的体育委员，每次上体育课他都表现得异常积极，虽然他们班是文科班，班上的女生多一些，但他依然能把众多女生团结起来一起踢足球。他因为长得高大帅气，再加上球技也很出众，在球场上自然是一道亮丽的风景。每踢进一个球，女生们总能欢呼好长时间。当然，在学习上，潘小桐也是名列前茅，他们班上的好几个女生都暗暗喜欢他，有个叫何菲的女生在高中即将毕业时还塞给他一封信，向他表白爱慕之情，他委婉地拒绝了何菲，何菲当场就哭着跑走了，他心里也难过了好长时间。其实，不是说何菲不好，而是潘小桐有自己喜欢的人，他只喜欢班上一个叫肖娜的女生，肖娜不爱说话，个子也不高，但成绩非常好。他羞于表白，也不愿打扰肖娜的学习，他原本想等考上大学再向肖娜表白，可是高考成绩公布后，肖娜以省城文科状元的成绩考入北京大学英语系，他自己虽然考得也不错，最后考上了一所985大学，但毕竟没法跟北大相比，他自觉与肖娜有了差距，也就打消了当初的念头。后来大学毕业，他继续在本校攻读硕士学位，肖娜则到剑桥大学留学去了，他觉得两人之间的差距越来越大了，就不再念叨这件事了。

唉！青春啊！有太多美好的回忆。

手机响了一下，潘小桐看了一眼手机，是乔敏发来的微信：晚上八点，不见不散啊！

不知道为什么，潘小桐想都没想，就直接回了一个字：行！

14

　　傍晚放学后，程飞飞来到了苗育红的办公室，苗育红正坐在办公桌前看报纸，看到程飞飞进来了，就笑着说："飞飞，你怎么才来呀？我都等你老半天了。"

　　程飞飞摸了摸头，吐了一下舌头，说："姐，不好意思啊！高老师临时让我和几个同学去了趟图书馆，往班里搬下学期要用的新书，所以就晚来了一会儿。"

　　程飞飞一个"姐"字，让苗育红心里暖暖的，要是她真有这么个弟弟该多好啊！他们约定以姐弟相称，多半是出于一种平等而且温暖的交流。

　　苗育红让程飞飞坐在自己身边的椅子上，仍然像往常一样，她并没有直接问程飞飞的学习情况，也没谈打游戏的事，更没涉及早恋的问题，而是饶有兴趣地和他谈起了 NBA 的球星科比。苗育红知道程飞飞很喜欢看 NBA 的比赛，尤其喜欢洛杉矶湖人队的科比，他的背包上还印着科比的头像。因为说到了科比，程飞飞一下子兴奋起来了，他告诉苗育红科比就是他的偶像，还说到科比五次获得过 NBA 总冠军，是 NBA 历史上最年轻的 30000 分得分王，连续 15 次入选 NBA 全明星赛，两次获得奥运会金牌，职业生涯总得分甚至超越了迈克尔·乔丹……

　　苗育红听着程飞飞滔滔不绝的"演说"，尽管苗育红对 NBA 并无多大兴趣，但此时她仿佛听得也像程飞飞一样激动。说到科比，苗育红立刻想到了科比的奋斗经历，于是，就问程飞飞："科比能取得这样的成就，你知道其中的原因吗？"

　　程飞飞说："我知道啊！是科比刻苦训练的结果，他每天凌晨四点就行走在洛杉矶黑暗的街道上去训练了。"

苗育红趁机说："正是由于科比日复一日年复一年地努力训练，才取得了今天的成功。所以，我们不能光看到别人取得成功时的荣耀，要看到他们成功背后的付出。学习也是一样，每一个成绩好的学生，每一个考上北大清华的学生，肯定都付出了辛勤的汗水。"

程飞飞点点头，不住地来回捏着手指头。

苗育红接着说："飞飞，你不要泄气，其实，我知道你是个好孩子，不知道有没有心情跟姐姐分享一下你最近的学习情况啊？"

程飞飞低下了头，说："我落后别人太多了，我都不好意思说了。"

苗育红问："你有没有分析过原因？是注意力不集中呢？还是做题马虎？"

苗育红有意没有涉及程飞飞的主要问题，她想委婉地帮助一个处于迷茫中的少年。

没想到程飞飞说："我都没有心思学习，光想着打游戏的快乐，只要一打游戏，什么烦心事都忘了。"

苗育红赶紧说："打游戏也不是坏事啊！我也喜欢打游戏，你有没有从打游戏中发现一点儿有益的事呢？哪怕是一点点也好。"

程飞飞说："有倒是有，每场游戏其实都充满了竞争，需要充分调动手、眼、大脑，集中注意力才有可能战胜对方赢得胜利。"

苗育红说："这就对了，你是不是也应该在学习上像打游戏一样充分调动手、眼、大脑，集中注意力呢？"

程飞飞羞愧地低下了头，脸上感到火辣辣的，不知道该怎么回答苗育红的话了。

苗育红看出了程飞飞脸上那羞愧的表情，知道她刚才的话触动了他的内心，她不想让他太难堪，也不愿强迫他回答，就说："飞飞，你不要想太多，要不，我陪你到网吧去打会儿游戏吧！我也挺想玩的。"说着，她就站了起来。

程飞飞惊讶地看着苗育红，脸上写满了疑惑，问："姐，你也想玩啊？"

苗育红说："想啊！生活需要放松一下的。"

程飞飞站起了身，他们来到了校园里，沿着幽静的校园小道，沐浴着初夏的暖风，苗育红说："飞飞，玩游戏你得教我，你是行家。"

没想到，程飞飞却说："姐，我不想去玩了。"

苗育红问："怎么了？你不是很喜欢玩游戏吗？"

程飞飞说："我知道你是为我好才这么说的，其实你不喜欢玩游戏的。"

苗育红说："不，我是真的喜欢，快走吧！待会儿网吧都没位子了。"

程飞飞却迟迟不肯迈步，红着脸说："姐，我错了。"

这让苗育红大吃一惊，她真的没想到程飞飞会这么说，就问："怎么了？飞飞！"

程飞飞竟然抽搭开了，说："我不该去打游戏。"

苗育红如释重负，这是多天以来，程飞飞对她说的最重要的一句话。苗育红感到欣慰极了，拉起了程飞飞的手，说："飞飞，你长大了，哪能哭鼻子呢？好了，那咱就不去玩游戏了，要不咱们去学校门口的'状元书店'看看书吧？"

程飞飞当即就表示同意，可爱的男孩用手指头抹了一下眼泪，跟着苗育红向学校外走去，快到校门口时，程飞飞去车棚推出自己的自行车。他们很快就出了校门，程飞飞把自行车停在了"状元书店"门口的台阶下。

省第三中学门口的"状元书店"离第三中学太近了，只看书店名字就知道主要是对学生营业的，大概希望每一个学生读者将来都能够"金榜题名"，高中"状元"吧！这当然是为了吸引更多的读者而采取的营销型名称，但也包含了一种美好的希望。不得不说"状元书店"的老板真有眼光，把书店开在这里，书店里出售的书大部分是小学和中学的复习资料，而且很多书折扣力度很小，这是一个巨大的市场。附近的别的学校暂时不说，光省第三中学就有近三千高中生，每一个高中生几乎都曾光顾"状元书店"多次，而且高中生是"铁打的营盘流水的兵"，每年都会有高三学生毕业考入大学，而新的高一学生又会走进省第三中学，这样就保证了"状元书店"每年都会有固定的读者数量。当然，再加上周围多个学校的读者群，"状元书店"每年的盈利太可观了。这几年，"状元书店"扩大了规模，也开始销售其他类型的书，读者群就更大了，苗育红也是这里的常客，没事的时候总爱到这里来看看书。

苗育红和程飞飞进了书店，苗育红说："飞飞，你先随意看看，喜欢什么就看什么书。"

程飞飞点了点头，就径直走到了高中复习资料专柜前，苗育红觉得自己对程飞飞的教育引导已经初见成效了。她没有跟着程飞飞去看那些高考复习资料，而是走到了现当代文学专柜前，随手抽出了一本印着"蓝色天堂"四个字的书，这是毕淑敏的一本关于游记的书，书里讲述了作者环球旅行途中看到的沿途风物美景、人文地理，既有对神秘玛雅文明遗址的亲身探险，也有对金字塔与西藏冈仁波齐峰神秘关系的畅想，还有揭秘西方殖民者利用天花征服广袤南美大地等鲜为人知的历史。以前，苗育红上大学时，在省师范大学的图书馆里借出来读过，当时就被书中记叙的内容震撼了，今天在书架上再次看到这本书时，依然对书充满了期待。她很快就决定买下来送给程飞飞，她觉得让一个高中生读一读也挺好，不但有益于他的学习和生活，而且还能开阔他的视野。

苗育红拿着那本《蓝色天堂》走到了程飞飞跟前，程飞飞正在翻书架上的那些复习资料。苗育红说："飞飞，你找哪方面的资料呢？"

程飞飞说："我想看看语文的模拟题，我的语文太差了。"

苗育红说："你要是做题的话，我还是建议你先去感受一下历年的高考真题，高考真题的针对性更强一些，能让你提前进入高考的状态，模拟题良莠不齐，我们一下子也辨别不出好坏来。"

程飞飞就按照苗育红的建议，从书架上抽出一本《高考语文历年真题选》，翻了一下，递给苗育红，问："姐！你看这本怎么样？"

苗育红看了看，说："挺好，你现在是高二，可以提前感受一下真题的做题规律，你目前还是要把主要精力用在教材的钻研上，把基础打扎实，等到了高三复习时，就有了底气。"

程飞飞说："是啊！我基础太差了。"

苗育红说："我觉得你不是基础差，主要是你落的课有些多了，但我相信你一定能赶上的。"

程飞飞有些不好意思地笑了一下，脸顿时红了，接着又翻看别的书。

他们在书店待了一阵就准备离开了，结账的时候，苗育红没让程飞飞付款，她一并把《蓝色天堂》和《高考语文历年真题选》的钱结了。程飞飞觉得过意不去，说："姐，我身上带着钱呢！早上我妈给了我五十块钱，我都还没花呢！"

苗育红说："那是你妈妈的钱，这是姐姐的钱，另外，这本《蓝色天堂》送给你，很好的一本书，你可以在学习累的时候读上几页，既可以当作学习的调剂，又可以扩大视野。"

程飞飞激动得不知说什么才好，连手都不知道放那儿合适了，只是一个劲儿拽着自己的衣角，结结巴巴地说："姐……你……真好！"

考虑到天色已晚，他们就在书店门口分别了，程飞飞骑着自行车走了很远了，他又回头看了看，苗育红还站在书店门口的台阶上目送着他，不知为什么，此刻，这个十七岁的男孩两眼盈满了泪水，

苗育红目送着程飞飞渐渐消失在街道的尽头，才转身朝学校走去，她准备去骑自己的电动车。正在这时，手机响了，是江尤天打来的。

江尤天说:"育红,你回家没?"

苗育红说:"我正要回呢!"

江尤天说:"那你在你们学校门口等我吧!我今天刚好路过这里,你搭我的车回家,我两分钟后就到了。"

苗育红刚说了一个"不用",江尤天就挂了电话。苗育红只好站在学校大门口等。

不一会儿,江尤天开着出租车过来了,他摁下车窗,露出半个头,朝苗育红笑着招招手,说:"哎!育红!上车。"

苗育红走到车前,不好意思地说:"尤天,我还是骑电动车走吧!"

江尤天说:"我是碰巧路过,又不是故意来接你,况且天又快黑了,快上车吧!"

苗育红听了,觉得江尤天的话有道理,就拉开车门坐在了后排,江尤天顺手递过来一瓶矿泉水,苗育红刚想推辞,江尤天说:"天气干燥,补充点儿水分,你也不用不好意思,以后打交道久了,你就明白我是个什么人了。"

苗育红接过矿泉水,拧开盖子,喝了一口,想想觉得江尤天真是个热心人,早前帮她搬家,今天又主动捎她回家,哪见过这么好的房东?转念一想,江尤天该不会有什么企图吧?苗育红很快就打消了这个念头,什么企图?难道谁帮谁一把都一定要出于什么目的吗?她觉得压根儿就不应该这样想。

江尤天一边开车,一边说:"你们老师都是文化人,我一个没念过多少书的人,要是说错了什么,你可千万别往心里去。"

苗育红说:"不会的。"

江尤天说:"我总觉得你们老师念过很多书,素养很高,不像我们卖力气的,没什么素质。"

苗育红说:"人的素养的高低并不在于念书多少的,有的人念了很多书,懂了很多道理，却走上了犯罪的道路，你看看最近那些落网的高官，哪个念的书少？有好多都接受过良好的教育，这又能说明什么问题呢？相反倒是有些读书不多却能保持一颗淳朴善良的心的人更值得尊敬，就像你一样。"

江尤天被苗育红的话感动了，他原以为自己一个开出租车的司机，处于生活的底层，没有人会看得起他，然而，苗育红却如此尊敬他，他真有点儿受宠若惊的感觉了，他想对苗育红说句感谢的话，但又不知道怎么表达才好，只好说："你的话，我都有些不好意思了。"

苗育红说："本来就是嘛！你每天风里来雨里去的，接送客人，方便了太多人，当然应当受到别人的尊敬了。"

江尤天说："我开了这么多年出租车，头一次听到有人这么评价我和我的职业，我很感动哩！不瞒你说，我虽然生活在省城，但实际上一直都不属于这个城市，原来我家是省城郊区的农村，我是地地道道的农民的后代，只是后来城市一直在扩大，我们的村子没有了，变成了城市的一部分，我才由农民变成了半个城市人。你不知道，那些城里人总是把我们这些在城市郊区长大的孩子看作乡下人。"

苗育红说："你不用自卑，他们爱怎么看就让他们怎么看，所谓的城里人三辈以上，哪个不是农民？说实话，我老家还是在大山里呢！又怎么了？我不也在省城生活得好好的吗？"

苗育红在安慰江尤天的时候，其实，她自己又何尝没有这种体会呢？她的感受甚至比江尤天还要强烈，江尤天至少是在省城的郊区长大，而她呢？原本就不属于这里，真正融入这个城市有多难？这时她想起了前几天看的一篇文章，说是很多到国外定居的华人，就算拿到象征定居国身份的证件，甚至加入人家的国籍，生活的区域依然限定在华人社区，交际的范围也还是华人，很难融入当地人的生活圈子的。苗育红不知道这是不是真的，但就这篇文章本身所表达的观点而言，她这时候是深有体会的。

人，真是奇怪，劝慰别人容易，安抚自己就很困难了。

他们聊着聊着，出租车就来到了江尤天家的院子前，停车后，江尤天说："育红，你先回家吧！我还要出去办点儿事。"

苗育红下了车，江尤天就开着车走了。苗育红知道江尤天所说的办事实际上就是拉客人，他原本可以多拉几个客人的，却非要接她回家，苗育红的眼眶立刻就湿润了，她撩了一下额前的碎发，转身进了院子。

15

潘小桐在万达电影院前的广场等了半个小时，乔敏才姗姗来到，一见面，潘小桐就埋怨乔敏："你怎么才来？我已经等你半个小时了，你有没有搞清楚？今天是你约我来的啊！"

乔敏也不争辩，只是在潘小桐身边转来转去的，浑身散发着一股刺鼻的香味儿。潘小桐忍不住捂了一下鼻子，惊异地盯着乔敏。他这才发现，乔敏今晚是特意打扮了一番的，尽管是在晚上，但广场上的灯光足以让潘小桐看清乔敏的脸。乔敏不仅描了浓眉，还涂了鲜艳的口红，一贯的马尾辫变成了披肩发。这是什么人？与人民教师差别太大了，这简直就是一个时尚女郎。

潘小桐真不想再看下去，就故意看着远处的人流。

但乔敏那尖尖的高跟鞋踩着地砖发出的"嗒嗒"声让潘小桐心里很不舒服，而且乔敏根本没有停下来的意思，依然在潘小桐面前晃来晃去。潘小桐觉得乔敏今天不像是来散心的，倒像是来展示自己婀娜的身姿的。

潘小桐正在纳闷的时候，乔敏甩了一下自己的长发，说："小桐，你有没有对我今天的形象想要说点儿什么？"

潘小桐说："说什么？我看今天你不是来散心的，倒像走秀来了。"

乔敏说：“正是因为我心情不好，所以我才想改变一下自己的形象。”

潘小桐不想跟乔敏争辩，只好说：“走吧！去看电影。”

没想到乔敏却说：“我不想看了。”

潘小桐惊讶地问：“你不是想让我陪你看电影吗？我都挤出时间来了，你又不看了，这不是放我鸽子吗？”

乔敏说：“我现在想逛街了，你就不能陪我逛逛街吗？”

潘小桐说：“你这人真是的，耍我的是不是？不看电影也不早说，早知道你这样，我就不来了。”

乔敏委屈地说：“你说话就不能温和点儿吗？平时你对苗育红说话总是那么温暖，一跟我说话就凶巴巴的，要是你对我有对苗育红的一半也好。”

潘小桐说：“你不要提人家育红好不好？今天是咱们的事，与育红无关。”

乔敏说：“我就是举个例子嘛！反正我说什么你都不爱听，我做什么你都觉得是错的。”

潘小桐说：“你说什么呢？再说就离谱了啊！”

乔敏说：“反正我做什么都不合你的心意，我知道你很讨厌我。我今天刻意为你打扮了一番，你连看都不看我。”

潘小桐感到好笑，立刻反驳乔敏：“我们每天在一个办公室，不知道我每天要看你多少遍，你都快印到我眼睛里了，还说我不看你？你说话负点儿责任好不好？”

乔敏说：“那是在办公室，我想单独让你欣赏一下。”

潘小桐又是一阵叹息，盯着乔敏的脸随意看了看，说：“好了，我欣赏完了，你今天涂的粉很厚，口红抹得太浓了，只有眼睛是真实的。”

乔敏一听就噘起了嘴，说：“你根本就没把我放在心上，这么长时间你就没有看出我的心思吗？”

潘小桐有些紧张，他知道乔敏可能要说什么话了，为了阻止她说出口，他故意岔开话题，说："你不是要逛街吗？咱们赶紧逛去吧！再晚了，店铺都该关门了。"说着，他就要朝前走。

没想到乔敏一下子拽住了潘小桐的衣角，说："你能不能不要这样，每次说到正事，你就故意岔开话题，什么意思嘛！"

潘小桐心里一阵惊慌，好在他面对的是乔敏，不是苗育红。如果是苗育红，他还真不知道该怎么对付，因为苗育红心思更细腻，神经更敏感，她说出的话，很多时候让人捉摸不透的。但乔敏不一样，乔敏性子直，心里有什么话都挂在脸上和嘴上了，她说话是难听点儿，但潘小桐总能轻松应付她。想到这里，潘小桐就说："什么正事？你今天不就是让我来陪你散心的吗？是你刚才说不想看电影，想去逛街的，我赞同去逛街，这有什么错？你现在是不是已经不需要我了，要是不需要我了，我这就回家。"

乔敏说："你能不能听我解释一下，不管是看电影还是逛街都是次要的，我就是想让你陪陪我，不可以吗？"

潘小桐说："我这不一直在陪你吗？"

乔敏撩了一下额前的头发，说："那你回答我刚才的问题。"

潘小桐故作镇静，摊开两只手，问："什么问题？"

乔敏上前捶了一下潘小桐的胸口，说："你少跟我来这一套，你比谁都聪明，我今天也不顾脸面了，我就直说了，这么长时间我一直喜欢你。"

"啊！"潘小桐惊叫一声，尽管他已料到乔敏的意思，但想不到乔敏如此直接。一个女孩子如果没有十足的勇气是不会轻易说出这句话的。潘小桐既慌乱，又感慨。慌乱的是不知道该怎么面对乔敏了，觉得异常尴尬；感慨的是想不到有人这么喜欢他。

因为不知道该怎么接乔敏的话，潘小桐只是连连咂嘴，没说话，乔敏沉不住气了，说："你也不用纠结，我不会强求你，你不喜欢我就算了，我还没有到嫁不出去的地步。"

潘小桐硬着头皮说："乔敏，你先冷静冷静，我觉得你这么漂亮，又有很体面的工作，一定会有人喜欢……"

潘小桐的话还没说完，就被乔敏打断了："你不用这么抬举我，我没你说的那么好，不喜欢我直说就得了，用不着这么绕弯子。"

说完，乔敏就跑开了，潘小桐见乔敏跑走了，就追了过去，边追边喊："你去哪儿？等等我。"

乔敏根本没有回头，只顾朝前跑，她的自尊心受到了严重的伤害，泪水不断地涌出眼眶，她夹在熙攘的人群中，觉得自己如此孤单，陌生的面孔不断从她眼前闪过，她想尽快逃离这个地方。

潘小桐左顾右盼，身边是嘈杂的人群与川流不息的车辆，已经不见了乔敏的踪影。他掏出手机拨打乔敏的电话，无人接听，他不知道该怎么办了，双手抱起了头，惆怅地望着城市的夜空。他懊恼极了，忍不住跺了几下脚，一个女孩鼓足勇气向他表白爱慕之情，他却硬生生地拒绝了，这算什么男人？他真害怕乔敏会走极端，就接二连三给乔敏打电话，但乔敏一次都没接，他只好发微信给她：你在哪儿？我送你回家。

依旧没有任何回音，潘小桐痛苦地扶着街边的梧桐树连连叹气。

乔敏躲开潘小桐后，就一口气跑到了穿城而过的香水河边，绝望的姑娘在河边哭得死去活来。夜色下的香水河被两岸的灯光映照得格外迷人，但乔敏的心却一片灰暗。她真想一头栽进河里死了算了，省得每天受这么多折磨，工作上的、感情上的，人活着实在太煎熬了。但仔细想想又不甘心，凭什么他潘小桐看不上我？他有什么资格拒绝我？他仅仅是比尹韶峰学历高一点儿，论长相，论家境，哪一点儿能比上尹韶峰？尹韶峰我都看不上，一个条件不如尹韶峰的凭什么在我面前摆架子？不，我不能跳河，跳河了只能证明我是弱者，就更让潘小桐看不起我了。潘小桐，你不要太高傲，我一定要征服你，咱走着瞧。

手机又响了，是潘小桐打来的，乔敏想都没想就直接挂断了。她就是想让潘小桐惊慌一阵。果然，潘小桐又发来一段语音："乔敏，你到底在哪儿？我过去找你，我现在都快急死了，你倒是接我电话呀！外边太不安全了，你注意安全，我送你回家，好不好？"

乔敏听了之后就关机了，然后，就打车回家了。

等潘小桐再次拨打乔敏的手机时，手机里便传来了"你所拨打的电话已关机"的声音，潘小桐垂头丧气地呆在原地，对自己刚才的行为很后悔，就算是不喜欢人家，也不应该伤了人家的心。看着灯光闪烁的城市，潘小桐心中涌起无限感慨，不知道是什么滋味。唉！我们每个人都无法准确预估未来，但生活还是要继续的。乔敏！这个勇敢向他表白却被他伤害的女孩，他也依然要面对的。

不知什么时候，天空落雨了，潘小桐一点儿都没有要躲雨的念头，他看到行色匆匆的行人护着头奔向各个能避雨的地方，他却依旧站在原地，任凭雨水顺着头发、脸颊一直淌到衬衫上、裤子上、鞋上。雨水和泪水混合着纵横在脸上，顿时模糊了视线。

很长时间过去了，雨渐渐停了，潘小桐才拖着沉重的脚步向前走去，他感到浑身发冷，一连串地打喷嚏，啊！是要感冒了吗？他摸了一下额头，跟跟跄跄地朝家的方向走去……

第二天上班，乔敏刚走进办公室，崔世芳就告诉了大家一个惊人的消息：潘小桐脚踝骨折住院了。

乔敏一下子就自责起来了，潘小桐骨折很大程度上是她造成的，她如果稍微收敛一下自己的情绪，也许潘小桐就不会是这个样子。于是，她焦急地问崔世芳："崔老师，小桐到底怎么了？"

崔世芳说："昨晚，小桐回家的路上淋了雨，由于路滑，再加上街上的积水，他不小心踩进一个积水坑儿里，造成脚踝骨折。"

乔敏紧张地问："严重不？"

崔世芳说："我也不太清楚，是他妈妈打来的电话"

乔敏又问："他现在在哪个医院？"

崔世芳说："省五医院。"

乔敏立刻出了办公室，她想尽快见到潘小桐，就在学校门口拦了一辆出租车，直奔省第五人民医院去了。

乔敏十万火急地来到潘小桐的病房，进门就哭了，问："你到底怎么了？严重不？"

潘小桐却安慰她："我没事儿，你别担心，过几天就好了。"

乔敏边抹眼泪边说："都是我不好。"

潘小桐说："不怪你，是我不小心摔倒的，与你没有任何关系，你千万别多想。"

乔敏看了看潘小桐打着石膏的右脚踝，惭愧地问："挺严重吧？"

潘小桐故意轻松地笑了笑，说："不严重，就是脚踝处有点儿轻微骨折，医生说打上石膏后，在医院观察两天就能回家静养了，不过，我可能暂时上不了班了，我的课估计得麻烦你和育红了。"

乔敏说："什么叫麻烦？原本就应该我来代你上的。"

乔敏说这句话的时候，只说了自己，没说苗育红，她觉得是她的责任，理所当然，她应当担起潘小桐的课。

虽然潘小桐一再说自己没什么大碍，但乔敏依旧十分懊恼，她真想扇自己几个耳光，说："小桐，都是我把你害成这样，你打我两下吧，出出气。"

潘小桐觉得好笑，他知道乔敏的性格，她就是这样的人，心里有什么话就直接说出来了。

潘小桐跟乔敏开起了玩笑，说："好啊！不过，我现在没力气打不了你，等我脚好了，有了充足的力气，我会狠狠揍你一顿的。"

乔敏一听就乐了，擦了擦脸上的泪水，说："你就会逗我。"

他们正说着话的时候，潘小桐的爸爸妈妈进来了。潘小桐赶紧向爸爸妈妈介绍乔敏，乔敏很有礼貌地向潘小桐的爸爸妈妈问好。

潘小桐的爸爸叫潘树林，妈妈叫楚玉梅。潘树林和楚玉梅都是 20 世纪 80 年代的大学生，他们从遥远的故乡考到省城来上大学，毕业后被分配进省城的一家科研所工作，潘小桐出生在省城，他成了新一代的省城人。

乔敏觉得潘叔叔和楚阿姨都在旁边，她不好意思再和潘小桐说话了，就站起来说："叔叔，阿姨，我先走了，等有时间我再来看小桐。"

楚玉梅说："不麻烦你的，小桐也没什么大事，你放心吧！"

随后，楚玉梅把乔敏送到医院大门，转身又回了病房。

她刚一进病房，就追问儿子："小桐，刚才这个姑娘是不是你女朋友？"

潘小桐哭笑不得，说："妈！你想哪儿了？她是我同事。"

楚玉梅说："我看挺好的一个姑娘嘛！要不要处处看？"

潘小桐为了不让妈妈继续说这件事，就说："人家有男朋友的。"

楚玉梅惊讶地问："有男朋友？那还来看你干什么？"

一直没有说话的潘树林说："小桐刚才不是说了嘛！他们是同事，同事来看看不也很正常吗？"

潘小桐趁机说："还是我爸说的对。"

楚玉梅白了潘小桐一眼，说："你们真是父子俩，说话都是同一个腔调，看来我是多余的。"

潘小桐说："妈！妈！你一点儿都不多余，你是咱们家的顶梁柱，我和爸爸都得围着你转才行。"

楚玉梅"扑哧"笑了，说："你就会哄你妈开心。"

潘树林在一旁说："当然了，咱们家首先就得把你哄好，哄好你了，我们都才能有好果子吃。"

楚玉梅洗了洗毛巾，给儿子擦了擦脸，说："我算是栽到你们爷儿俩手里了。"

窗外一束阳光照进了病房。

16

尚静接到杜明杰的电话时，正从"求索教育"学校出来，想不到杜明杰真的来找她了。她心事重重地走过街道，站在路边等杜明杰。原本不打算见他的，可终究过不了心理这道坎儿。从上次杜明杰说要来省城看她，她实际上就已经屈服了。痛苦与埋怨肯定是有的，但三年前的感情还是战胜了烦躁不安的内心。她很快就决定要和杜明杰见一见，看看他究竟要带给她什么消息。

尚静在街边等杜明杰的时候，给苗育红打了一个电话，说："育红，杜明杰已经来了，他要见我，我很犹豫。"

苗育红说："你当然应该见他，见面后，你要克制住自己的情绪，如果有必要，我可以陪你去。"

尚静说："不用了，都过去三年了，该有的情绪都磨没了，我想他不会把我怎么样的，如果他威胁我，我就报警。"

苗育红说："你言重了吧！怎么会呢？如果他只是以普通朋友的身份和你聚聚，你一定要客气待他；如果他旧事重提，你就要保持高度警惕，随时给我打电话。"

听了好朋友的规劝，尚静说："好！"

随后尚静就挂了电话，没过多久，杜明杰就来了，他没有坐公交车，而是打的来的，一下车，他就招呼尚静："尚静，让你等很久了吧？"

尚静没有回答，只是朝杜明杰摇了摇头。她看到杜明杰，大吃一惊，三年不见，他变化太大了。先前那个虽青涩却阳光的大男孩已经蜕变成了一个略带沧桑的男人了。头发剪得很短，都可以清晰地看到头皮了，脸不再白净，变得黝黑，嘴唇上下的胡茬儿似乎更浓了，身材也发福了不少。全身上下变化太多了，只有那双眼睛还是尚静印象中的样子——深邃且透着某种期盼。

尚静的眼泪立刻就涌出了眼眶，为了不让杜明杰看到，她故意俯下身系了一下鞋带，趁机抹了一把淌出眼眶的泪水。

杜明杰不知道接下来该说什么，又不想这么尴尬，就说："要不咱们找个地方聊聊吧！"

尚静出于礼貌，朝杜明杰点了点头。

杜明杰随手拦了一辆出租车，他们上了出租车，杜明杰说想回省师范大学看看，征求尚静的意见，尚静想都没想就同意了。

出租车来到省师范大学南门，杜明杰下车后第一句话就是："师大，我又回来了。"

然后，他掏出手机，对着省师范大学的校门，自拍了一张照片。尚静在一旁有些伤感，三年前，正是在这个大门前，他们告别了大学时光，也告别了他们的爱情。每次路过这里，她心里既高兴又失落，高兴的是这是她的母校，失落的是她在这里失去了爱情。唉！上天不会让一个人事事顺心的，你在这方面得到什么，另一方面就可能失去什么。

杜明杰走到尚静跟前，说："要不，咱们来张合影吧？"

尚静有些不情愿，她不情愿是有理由的，上大学时，他们有太多的合影，每张合影背后都有一段美好的回忆；可是后来分开了，那些合影就成了痛苦的源泉了，她虽然删掉不少，但依然保留了几张有纪念意义的，看到时还会伤心很久。上次她无意间翻看朋友圈，看到一张他们以前的合影，内心挣扎了好长时间，她自己也说不清是爱还是恨。

杜明杰再次追问尚静时，尚静竟然不由自主地站在了杜明杰的身边，跟他合了影。杜明杰让尚静看拍好的照片，尚静象征性地朝杜明杰的手机看了看，其实她根本没看清，但还是说了句"挺好"。

两个人相跟着走进校园，杜明杰提议到他们以前常去的柳湖走一走，柳湖是省师范大学最引以为傲的景观，一所大学拥有一个湖泊，在全国都不多见，但省师范大学就是这少数中的一个。尚静听杜明杰说要到柳湖走一走，心里一阵惊慌，她之所以惊慌，是因为他们在柳湖边留下了太多的记忆，有美好，也有痛苦。可以说是柳湖见证了他们的青春。上大学时，他们无数次手拉手走过柳湖岸边的那条名叫"相思路"的小道，相思路就像它的名字那样是一条充满思念的小路，小路上几乎每天都在上演各种各样的思念，有校友对母校的思念，也有同学之间的思念，还有朋友之间的思念，当然更有恋人之间的思念……曲折的相思路同样蕴涵着尚静和杜明杰之间的思念，因为这条小路留下了他们爱情的足迹。那时候，他们年轻且充满朝气，对未来有许多憧憬，可是，临近毕业，面对迷茫的未来，他们也是在这条小路上发生了多次争执，因为尚静不肯跟杜明杰回到故乡去工作，她第一次甩开了杜明杰的手，哭着跑走了，再后来就有了学校南门口的那一幕——他们分道扬镳了，三年来杳无音信，仿佛从来都不曾认识过。

回忆虽然有痛苦，但毕竟还是美好多一些。何况现在这个人来到了她的身边，还能说什么呢？重走一下柳湖边的相思路吧！就权当是寻找昔日的美好了。

于是，尚静说："好吧！我也想走走相思路了。"

杜明杰心里一阵惊喜，他走在前面，尚静在后面，他很想拉住尚静的手，但他不敢这样做，因为上次拉她的手还是三年前，三年过去了，很多事情都改变了。两个人谁也不说话，就这么默默地走着，身边不时有大学生走过，其中不乏牵手者。杜明杰想起了曾经的他们，那时候，他总是拉着尚静的手，悠闲地走过柳湖边的相思路，他们在这条小路上探讨各种各样的问题：学习上的、生活上的，还有政治上的，甚至是与他们的专业相去甚远的艺术上的。时光在不经意间从他们身边溜走了，记不清是什么时候了，只记得那是一个美妙的夜晚，天上有没有月亮也忘记了，但柳湖岸边的灯光把柳湖点缀得格外迷人，那一刻，也是在这条静悄悄的相思路上，和着温暖的夜风，他第一次亲吻了尚静，那种甜蜜的感觉直到今天依然记忆犹新。

两个人沿着相思路继续朝前走，好长时间谁都没说话，又似乎谁都有很多话要说，却又不知道从何说起。如果他们是普通同学，见了面之后肯定会东拉西扯说上一阵的，可现在他们曾有过一段"难以忘怀"的情感，而那种情感从他们的高中时代一直延续到大学，这样一来，就不会像普通同学那般随意了。唉！人啊人！如果真能忘记过去该有多好！

很长一段时间的沉默之后，还是杜明杰先说话了，他问："静静，这几年你还好吗？"

"啊！"尚静心底涌起一股暖意，上次杜明杰这样称呼她，还要追溯到三年前，三年来，几乎没有人这么叫她的名字，就连她最好的朋友苗育红叫她，也总是喊她"尚静"的。爸爸妈妈在故乡喊她，通常是叫"小静"的。当一个人称呼你的名字时，把最后一个字重叠起来时，你是什么感受？反正尚静是感受到了三年来从未有过的温暖。

于是，尚静说："我还好，在育红的帮助下，我在一个教育培训学校落脚了，生活是没有问题的，就算我走投无路了，也还有育红那里可以蹭饭吃，你呢？"

"唉！"杜明杰长叹一声，紧接着说，"一言难尽啊！当初我执意要回到老家，我知道是我伤害了你，请你原谅啊！"

尚静说："不怪你，那不是你的错，那时候，我们都还年轻，我又爱慕虚荣，一心想留在省城。"

杜明杰说："我回去后，其实也不是我想要的生活，除了工作还是工作，付出的与回报的永远不成正比，工作三年，我在县城连套房子的首付都付不起，那种一眼就能看到头的工作，我真不甘心就这么度过一生，可又有什么办法呢？夜深人静时，常常想起你，本来很早就想来看看你，可始终没有勇气。"

一口气说了这么多，杜明杰竟然泪眼蒙眬了。他望着面前的柳湖，微风吹过，柳湖泛起阵阵涟漪。有几只鸭子在水面上自由自在地游来游去，还时不时把头伸到翅膀下或水面下，潇洒地梳洗着自己的羽毛，然后和同伴欢快地嬉闹着。

尚静突然问："明杰，你今后有什么打算？"

杜明杰拨弄了一下岸边的柳枝，说："我还没有规划好，你呢？"

尚静说："我暂时就在培训学校工作，但不会放弃参加省城的公办学校教师招聘考试，能进入体制内更好，进不了也没关系，凭自己的双手在这个城市里我不会饿死的。"

杜明杰沉默了，他原以为经过了三年的磨砺，尚静或许对生活有了新的认识，但现在看来，她依然留恋大城市。还能说什么呢？对大城市的热爱，有什么错？谁不想留在大城市？如果当初给他两个选择，留在省城和回到故乡都有正式的工作，那他肯定也会毫不犹豫地选择留在省城。他丝毫没有看不起尚静的意思，只是觉得内心有些失落。

"你想什么呢？"尚静问杜明杰。

杜明杰这才回过神来，苦笑了一下，说："没什么，这三年你有没有遇到心仪的男朋友？"

尚静摇了摇头，惆怅地望了天空一眼，一群白鸽正飞过天空。

杜明杰说："你有没有想过我们再重新开始？"

"啊！"尚静的心"咯噔"一下，杜明杰最终还是说出了这句话，尚静脑子里一片空白，不知道该怎么回答眼前的这个人。

杜明杰见尚静不说话，就说："你不用担心，我不会逼你。如果你愿意和我一起重回老家，当然更好；如果你不愿意，我就辞职回到你的身边。"

尚静赶紧说："明杰，你千万别冲动，你在老家是有正式教师编制的，你回到省城是要漂泊的。"

杜明杰从裤兜儿里掏出一包烟，抽出一支，点上，抽了一口，说："我已经不在乎那些了。"

尚静看到杜明杰抽烟，就问："你什么时候开始抽烟的？"

杜明杰说："回到老家没多久就开始抽烟了，一个人苦闷的时候，就抽上一支，先前抽得少，后来就抽得凶了，你别介意。"

尚静说："我倒不介意，只是你得注意身体，抽烟毕竟不好。如果你心里难受，那你就抽吧！"

杜明杰吐了一口烟圈后就掐灭了烟，随手丢在了旁边的垃圾桶里。

两个人虽不再说刚才的话题，其实心里都没有放下。

后来，他们一起在学校附近的小吃街吃了饭，杜明杰就和尚静告别了，告别的时候，尚静问他："你住哪儿啊？"

杜明杰说："先在师大家属楼的地下室住下再说。"

尚静说："地下室阴暗潮湿，你身体会受不了的，要不，你和我一块儿走，到我们学校去，我们学校有宿舍，你可以在男宿舍临时住下。"

杜明杰说："算了，静静，不麻烦你了，这会影响你的工作的，再说了，我对师大熟悉，我更喜欢住在师大。"

尚静还想坚持，杜明杰一挥手，又说："我知道你的好意，我心领了，你放心，我就在地下室住几晚而已，很快我就会搬出去的。"

尚静知道杜明杰的性格，就不再劝他了。

之后，两个人就在省师范大学南门分别了，尚静临上公交车时，又回过头来，说："明杰，你千万不要为了我放弃你拥有的一切。"

杜明杰朝她笑笑，还潇洒地甩了一下根本甩不起来的头发，说："放心好了，我心中有数。"

尚静转身上了公交车，一瞬间，眼泪夺眶而出。

17

苗育红回到出租屋时，天色已晚，但二楼的田芳芳和王顺顺两口子还没有下班，他们回家的时间通常比苗育红要晚好长时间，因为要照顾他们的生意；江尤天就更不用说了，开出租车是不论时间的，只要有客人，多晚都得跑，他是最晚回家的。

田芳芳和王顺顺这几年离开河南老家，他们的生意其实就是经营了一个临街的小吃店儿，面积不到五平方米，主要是卖河南的特色小吃——胡辣汤和油饼兼油条，虽然店面小了点儿，但他们依然给小店取了个名字叫"顺顺胡辣汤"。小两口热情大方，附近的居民都喜欢吃他们做的胡辣汤和油饼，这其中有很多来省城务工的河南老乡，也包括本地人，甚至是其他省的流动人口。只要有人吃，哪怕时间再晚，田芳芳和王顺顺也会等到最后一个客人走，他们才会回家，而且从不计较钱多钱少，有时候客人说没吃饱，他们就再盛一碗给客人，第二碗就不收钱了；至于油饼和油条，给客人的量总是很足，带孩子来的，客人临走，他们还不忘让客人带回一根油条或一片油饼给孩子吃。

有时候，田芳芳也会跑上三楼，给苗育红带一点儿打包好的油饼或油条，或者是一碗胡辣汤。苗育红刚开始不喜欢喝胡辣汤，但觉得不能枉费田芳芳和王顺顺夫妻俩的好心，就忍着喝了胡辣汤，渐渐的，她竟然喜欢上了这个河南小吃，也很感激这对河南小夫妻。出于礼尚往来，苗育红有时候也把从学校带来的书给夫妻俩看，他们都很羡慕苗育红上过大学，尤其是田芳芳总觉得自己没读多少书，人生有太多遗憾，就想趁空闲时间多读一点儿书。苗育红还带着她去过几次省图书馆，并帮她办了一个图书证。晚上如果苗育红没事，田芳芳还会上三楼来跟她聊会儿天。

现在，苗育红已经吃过晚饭，她出了门往楼下看了看，院子里静悄悄的，他们都还没有回来。苗育红顿时觉得心里空荡荡的，她看了看手机，按说这个时间，田芳芳和王顺顺应该回来了。她又回到屋里，走到北边的阳台，看了看夜幕下的城市，灯火辉煌，有人已经回家，有人却还在忙碌着。在这个全省最大的城市里，有多少人离开故乡来到这里，他们在获取应得的报酬的同时，也在为这个城市贡献着力量，尽管处在城市的边缘，实际上是城市不可或缺的一分子。

苗育红感到有些累，想躺一躺，就斜靠在床上。这几天，她和乔敏共同分担了潘小桐的课，工作量骤然增加。原本乔敏想一人揽下潘小桐两个班的课的，可苗育红主动承担了其中一个班的课。大家都在一个办公室工作，谁有困难，基本都会伸出援助之手的，何况以前潘小桐也帮助过她不少。前几天，她去医院看潘小桐时，潘小桐还说了好多感激她的话，她都有点儿不好意思了，当下就说潘小桐没把她当知心朋友，知心朋友一般不会这么客气的，潘小桐只好开玩笑似的说以后对她决不客气。

不知过了多久，苗育红听到了推院门的声音，紧接着，院子里的灯光亮了，映照到三楼她的窗户上了。她欠了欠身，知道是田芳芳和王顺顺回来了，紧接着就是二人上楼的声音。她从床头抽出一本书——《湖光山色》，准备去楼下送给田芳芳，因为前几天田芳芳说喜欢看乡村题材的小说。育红觉得这本书不错，就想送给田芳芳看。

苗育红起身下床，正欲开门，手机响了一下，拿起一看，是陈天宇发来的，哦！她已经好几天都没收到陈天宇的微信了，她又不好意思问，她始终觉得，陈天宇不跟她联系肯定是有原因的，她没有必要追着人家问，要是万一发生什么事，可就尴尬了。陈天宇如果心里惦记她，一定会跟她联系的，这不，陈天宇的微信说来就来了。

陈天宇发来的微信只有两个字：抱歉。

苗育红不知道什么意思，随即发过去一个"？"。

陈天宇很快发回来一条语音："有时间详谈。"

苗育红感到非常奇怪，以前陈天宇不是这样的，也许他有什么事吧！经过这些天的相处，苗育红对他渐渐产生了好感，别看他谈吐不够斯文，其实人还是蛮好的。今天，他发来这条微信，不知道发生了什么事，他抱歉什么？会不会是不想和她处下去了？还是有了新的女朋友？如果是这样的话，那不是在欺骗她的感情吗？她顿时有些生气，可又一想，不会吧？凭她对陈天宇的判断，他不可能这么快就改变态度，或许是真的遇到了什么难言之隐。她想打个电话给他，好详细问问原因，如果真是事出有因，她也决不会难为他。她准备拨打电话的瞬间，理智阻止了她，还是不要这样冒失，要是能打电话的话，陈天宇肯定会打电话跟她详细说的，他刚才微信上不是说了有时间详谈的吗？这就说明他暂时不方便。唉！算了，还是冷静一下吧！不知道为什么？她突然想起了黄尧师兄，她已经很长时间都没有收到黄尧师兄的微信消息了，黄尧师兄的朋友圈也停止更新太久了，她知道黄尧师兄要做博士论文了，估计是太忙的原因，她真的很想问候一声，可是又怕打扰到黄尧师兄，上一次他们联系还是两个月前了。那次，是黄尧师兄问她有没有继续考研的打算，如果有这个打算的话，他鼓励她报考南京大学，她委婉地告诉黄尧师兄不想再考了，因为爸爸这么多年供她上学花销太多了，再加上爸爸年龄渐渐大了，需要人照顾，等过几年她攒够了钱，想首付买一套小平方米的房子，把爸爸接到省城来住。黄尧师兄听了，立刻就被她的孝心感动了，当即在微信上给她发来一个大大的"大拇指"表情符，表示对她的赞美，她当时就脸红了，但孝顺爸爸也是她真实的想法。黄尧师兄，你是个好人，在静悄悄的夜里，她还能时时想起他。

思绪好乱啊！苗育红赶紧到卫生间拧开水龙头，洗了洗脸。这是她一贯的做法，每当遇到棘手的事或者烦乱的心情，她总是会去洗洗脸，清醒一下，然后对着镜子化个淡妆，说是化妆，其实就是在脸上搓一点儿廉价的润肤霜什么的，眉毛用眉笔稍微修饰一下就行。在洗脸和化妆的那几分钟里，她的心情也会随之做出调整。小时候，每当她委屈时，爸爸常常用衣袖揩干她脸上的泪水，然后告诉她去洗个脸，漂漂亮亮的就不会受委屈了。从那个时候开始，她就一直用洗脸来抚慰自己的心灵，只不过上大学后，洗过脸后还要稍稍化一下妆。以前她是很抗拒化妆的，后来实在抵挡不住好朋友尚静的无休止的劝说，尚静说苗育红要是不化妆的话真对不住她那张漂亮的脸。尚静经常化妆，还不断地用自己的化妆品在苗育红的脸上比画，在尚静的"引诱"下，苗育红才慢慢接受了化妆，但就算化妆也仅限于淡妆而已。

二楼传来了田芳芳的声音："顺顺，把油条给我，我给育红送去。"

苗育红赶紧拿着那本《湖光山色》出了门，来到田芳芳和王顺顺的家门口，说："芳芳，你们回来了？"

田芳芳看到苗育红来了，立刻从屋里出来了，说："哟！育红，我正要上楼给你送油条呢！你还没吃饭吧？"

苗育红说："我今天回来得挺早，已经吃过了，我是来给你送书的，这本书是写农村故事的，你不是早就想看农村题材的小说了吗？"

苗育红把书递给田芳芳，田芳芳拿着书，看了一眼，上前一把抱住了苗育红，说："育红，你真好，我争取抓紧时间看，看完就还给你。"

苗育红说："不用还，送你的。"

田芳芳说："真的呀？我爱死你了，育红！"

王顺顺走了过来，说："芳芳，你看你，还不快让育红进屋？"

田芳芳松开苗育红，吐了一下舌头，说："快进屋吧！"

苗育红进了他们的屋子，王顺顺指着沙发，说："育红，坐！你和芳芳聊，我先做饭去了。"说着，王顺顺就进了厨房。

苗育红坐下来，说："你们也挺辛苦，每天早出晚归的。"

田芳芳说："唉！没本事，就得这么拼命赚钱啊！还有一大家子要养活呢！我们要是小时候像你一样好好学习，也不用这么受苦了。"

田芳芳这样一说，苗育红顿时有些后悔，她觉得自己刚才的话好像刺疼了人家的心，但想想自己也不是故意的，只是出于关心他们而已。他们没有读太多的书，往往容易触景生情。于是，苗育红安慰田芳芳："其实不管做什么工作都一样，也都需要付出的。"

王顺顺从厨房探出个头，说："育红，你说的在理。"

田芳芳说："可我们干的活儿是低档次的。"

苗育红说："不能这么说吧！我觉得只要是凭自己的双手劳动，都是值得尊敬的。我们的职业不同，我教书，你们做胡辣汤，包括尤天开出租车，实际上都是在为这个城市做贡献哩！你们想想，这个城市假如没有我们这些普通劳动者，没有从事我们这些职业的人，会是什么样子？人们的生活马上就不方便了。比如说大街上的环卫工人，如果没有他们的辛苦劳动，我们的城市哪来的干净卫生？正是有了我们这些人的存在，这个城市才会发展，人们的生活才会便利许多。"

田芳芳立刻睁大了眼睛，羡慕地说："育红，你懂得真多，我们从来都没想过这些。"

王顺顺把炒好的一盘土豆丝放到田芳芳面前的餐桌上，说："人家育红是上过大学的，当然懂得多了，你以为都像你一样啊？"

田芳芳立刻噘起了嘴，瞪了一眼王顺顺，说："你别说我了，我至少每天还看看书，你都快成文盲了。"

苗育红感到他们夫妻俩又要抬杠了，就赶忙说："芳芳，顺顺炒的菜好香啊！你快吃吧！"

王顺顺准备递给苗育红一双筷子，说："育红，你也尝尝。"

苗育红说："我早就吃过了，你们快吃吧！"

因为大家都已经很熟悉了，互相就不再推让了。王顺顺又递给田芳芳一双筷子，还给她端来一碗小米粥，什么也没说就又回厨房端饭去了。苗育红趁机小声对田芳芳说："芳芳，你看顺顺对你多好！"

田芳芳夹了几根土豆丝，边往嘴里放，边说："他是故意做给你看哩！"

王顺顺端着一碗小米粥和一盘馒头从厨房出来，坐在田芳芳的对面，说："我有没有做给育红看，你心里比谁都清楚。"说着，递给田芳芳一块儿馒头。

田芳芳咬了一口馒头，说："你耳朵真灵，我这么小的声音你都能听见。"

王顺顺说："你一张口我就知道你要说什么话。"

苗育红没说话，只是觉得这夫妻俩真的很可爱。她看见田芳芳转身从包里拿出一瓶药，倒出两颗，递给王顺顺，说："你光知道跟我抬杠了，把吃药的事都忘了，给，把这药吃了，医生说要你饭前吃药的，你的胃真让人担心。"

王顺顺把药放到嘴里，田芳芳递给他一杯水，他一仰脖子喝了下去。

田芳芳对苗育红说："他这两天胃有些不舒服，医生给开了药。"

苗育红说："这胃病真不能耽误的，有空到大医院做个全面检查。"

王顺顺说："没事儿，小毛病。"

田芳芳说："什么小毛病？你就是犟，人家育红都说了，得去大医院检查检查，你抽空去做个检查，如果没事儿，咱不就放心了吗？"

王顺顺只是低着头，看得出脸上有几分笑意。

一股暖流涌上苗育红的心头，她知道这对小夫妻，吵归吵，但彼此心里都时刻惦记着对方。什么叫感情？这就是感情。在很多情况下，感情的维系并不是靠记得对方的生日，送对方一颗钻戒，也不靠甜言蜜语，甚至不靠别墅和豪车，反而靠的是日复一日，年复一年的互相体贴和关爱。

苗育红一下子就羡慕起田芳芳和王顺顺了，两个人一路走来，离开故乡来到这里，尽管辛苦，但彼此相爱，幸福其实就是这么简单。其实，幸福有时候并不是你拥有多少财富，也不是你拥有多么高贵的职业，它只是一种心灵的感受，只要两颗心在一起，就算栉风沐雨，也是幸福。

田芳芳和王顺顺吃完饭，田芳芳抢着去收拾碗筷，被王顺顺拦下了，说："我来吧！你陪陪育红。"

王顺顺端着碗筷进厨房洗涮去了，苗育红说："芳芳，我也该走了，那本书挺好看的，你好好看看。"

田芳芳说："再坐一会儿呗，天还早着呢！"

苗育红已经站起了身，说："不耽误你们休息了，明天早上你们还得早起做胡辣汤呢！"

田芳芳把那袋儿油条递给苗育红，说："好吧！把这个拿上。"

苗育红也不推让，就提着那袋儿油条跟还在厨房忙活的王顺顺打了个招呼就走了，王顺顺跑出来，说："常来啊！育红！"

苗育红回过头来，说："一定的。"

苗育红刚上三楼，就听到院门又响了，她朝楼下看了一眼，江尤天进了院子，只听见二楼的王顺顺朝江尤天喊："尤天，你回来了？还没吃饭吧？要不来我们家吃点儿吧？"

江尤天朝楼上回应："不用了，顺顺，我在街上吃过了。"

王顺顺说："待会儿我把这个月房租给你送去。"

江尤天说："不着急的，等等再说吧！"

苗育红听到这里就进屋去了，她心里暖暖的，在这里租房离单位远是远了点儿，可住着舒服。要比当时租牛香莲的房子强很多。牛香莲虽然人并不坏，可她那张嘴有时候说出的话太尖刻了，让人接受不了。牛香莲还一度看不起苗育红，认为她是农村来的，但苗育红也不示弱，她有"战胜"牛香莲的资本，那就是她上过大学，又有很好的工作，这些都是牛香莲所不具备的。苗育红只要提起这两个优势，牛香莲就没了脾气，毕竟她还是很自卑的，因为没有上过大学，又没有工作的人是最不愿提这些的。不过，苗育红通常不会跟牛香莲提这些，除非牛香莲太不像话的时候，她才会偶尔提一提，压一压牛香莲的气焰。当然，牛香莲现在对苗育红的态度好多了，原因是苗育红不但不计较过去，而且还要帮助她的儿子程飞飞进步呢！所以，牛香莲时不时还会客气地跟苗育红打个电话，问个好什么的。

牛香莲看不起外地来省城的人，其实，她自己原本也只是省城郊区的农民，只不过省城扩大了，她失去了土地，才摇身变成了城里人，就开始"傲"起来了，这一点儿，她就不如江尤天。江尤天和牛香莲的出身一样，都是省城郊区的农民，但江尤天和牛香莲最大的不同就在于他能充分看清自己，决不高估自己，不但不高估，反而有时候觉得还很自卑，对苗育红这样的文化人很尊敬，就是对田芳芳和王顺顺这样在省城打工的人，也是热情相待。

人啊人！真是有区别！

当然，感情是相互的，你善待人家，人家也会善待你。

18

又是几天过去了，陈天宇自从上次发来"抱歉""有时间详谈"这两条微信后就没再联系苗育红了，苗育红这几天虽然一直挂念着这件事，但并没有追问陈天宇，她已经做好了心理准备，一切顺其自然，生活里有很多事是没有办法完全遂愿的。

苗育红从学校出来没有回家，而是去了潘小桐家，潘小桐给她发微信说已经出院回家静养了，她说要去看看他，潘小桐愉快地答应了。

等她打出租车来到潘小桐家的小区门口时，又接到了潘小桐发来的微信，潘小桐告诉她要她晚一会儿去，说家里现在有客人不方便，到时候他会发微信给她。苗育红能理解潘小桐的意思，潘小桐是想单独和她聊聊的。于是，她就下了出租车，沿着潘小桐家小区门前的街道溜达着。

天渐渐黑了，街上流光溢彩，苗育红原本打算看望潘小桐后再吃饭，现在看来不太可能了，就决定先吃了饭再说。她在街边的一个快餐店吃了一碗面，然后就出来了，刚想坐在街边的长椅上休息一下，听到手机响了一下，她原以为是潘小桐发来的，可仔细一看却是江尤天发来的，江尤天问她回家没，她说要去看一个朋友，估计肯定会晚些时候才能回家，江尤天问她去哪里看朋友，她想都没想就说了潘小桐家所在的小区，没想到，江尤天说他正好在附近，待会儿顺便接她一块儿回家。苗育红正想说不用时，江尤天发来一句话：待会儿见，我现在正忙。

"唉！"苗育红叹了口气。她之所以叹气，就是不想麻烦江尤天，他开出租车也不容易，为了让她乘车，肯定要耽误他拉客人的。她知道这一次又是江尤天故意这么做的，他就是好心，时不时地帮人一把。原来，她只是以为江尤天可能真的是碰巧或顺路，后来多次碰巧之后才明白了江尤天的一片好心。不光是帮助苗育红，他也是这么对待田芳芳和王顺顺两口子的。苗育红亲眼见过江尤天帮他们拉东西，他们搭乘江尤天的车就更多了。

苗育红去街边的水果店买了一袋儿苹果和一袋儿香蕉，准备待会儿去看望潘小桐。可是过了好一阵子，苗育红还没有收到潘小桐的微信，想问问吧，又怕人家不方便，只能就这么等着。看着街上来回穿梭的车辆，苗育红心里很不是滋味，一面是为江尤天，一面是潘小桐。为江尤天是因为她过意不去，为潘小桐是因为她不知道潘小桐为什么让她等这么长时间。两种思绪交错在一起，她真的有些不知所措了。

好不容易，潘小桐发来了微信说很不好意思让她久等了，她开玩笑似的回复说没关系，还说等他是一种荣幸。潘小桐给她发来一个大大的"拥抱"的表情符。她起身就朝小区大门走去，刚走了没几步，就远远看到有人从小区出来，多么熟悉的身影啊！她仔细一看，原来是潘小桐的妈妈楚玉梅送乔敏出了小区，她上次去看潘小桐时已经见过潘小桐的爸爸妈妈了。她看见楚阿姨亲自把乔敏送上了出租车，才转身进了小区。

苗育红顿时明白了潘小桐的苦心，他是怕她撞见乔敏才让她晚点儿去的。她两手有些麻木，提塑料袋儿都有点儿费劲儿，两腿也不听使唤了，不肯朝前走了。她能想到乔敏来看望潘小桐，但真的没想到乔敏也是今天来。其实，乔敏来不来与她没有太大的关系，大家都是同事，来看望一下潘小桐也没什么，关键是她们都选择今天来，这就让人心里不是滋味了。待会儿见了潘小桐，两个女同事都来看他，一前一后，潘小桐心里肯定没什么，潘叔叔和楚阿姨就不敢保证不会多想了。唉！今天来得真不是时候，但已经来了，能转身回去吗？绝对不可能的。算了，别想了，也许自己想多了，苗育红撩了一下耳边的长发，朝潘小桐家的小区大门走去。

等苗育红来到潘小桐家的，潘小桐正坐在沙发上玩手机，看到苗育红进来了，他把手机放在旁边，朝苗育红打招呼："育红来了！"

苗育红朝潘小桐点了点头。

潘树林和楚玉梅起身迎了上去，因为上次见过面，他们对苗育红已经很熟悉了。

楚玉梅说："来就来吧，还买东西干吗？"说着，接过了苗育红手里的两袋儿水果。

苗育红笑着说："也不是什么稀罕物，我就是想来看看小桐。"

潘树林问："还没吃饭吧？我去给你做饭。"

苗育红说："叔叔，我已经吃过了。"

这时，潘小桐说："育红又不是外人，她说的是实话，爸爸，不用这么客气的。"

楚玉梅走过来对儿子说："你看你，说话这么没礼貌，育红来咱们家看你，吃顿饭还是应该的。"

潘树林说："就是嘛！厨房有现成的东西，很快就好的。"

苗育红赶紧说："阿姨，叔叔，我真的吃过了，我是吃过饭才来的。"

潘小桐在一旁撇撇嘴，说："好了，大家都不要来回推让了，都是自己人。"

潘小桐的一个"自己人"，让苗育红红了脸。

后来，潘树林和楚玉梅就到小区里散步去了，说是每天这个时候散步已经是多年的习惯了，其实他们是想让潘小桐和苗育红单独在家里聊天，潘小桐和苗育红心里都清楚。

潘树林和楚玉梅一到楼下，楚玉梅就对潘树林说："你发现没？育红比乔敏漂亮一点儿，不知道儿子怎么看？"

潘树林问："你什么意思？"

楚玉梅说："我的意思是儿子喜欢哪个呢？"

潘树林说："你说什么呢？人家两人跟小桐是同事，只是来看望小桐的，你想哪儿去了？"

楚玉梅说："我看事情没那么简单，我怎么觉得儿子似乎更喜欢育红呢！"

潘树林问："为什么？"

楚玉梅说："我看儿子对育红说话的态度上看出来的，对育红是随意的，对乔敏是客气的。"

潘树林说："你可真会推理，快成侦探了。"

楚玉梅说："你就走着瞧吧！"

潘树林没跟她搭腔，一个人朝前走了。

楚玉梅紧走几步追上潘树林继续说："两个姑娘，我都喜欢，要说喜欢谁多一点儿，我觉得还是育红。"

潘树林"嗯"了一声，又大步朝前走去。

气得楚玉梅在后面一跺脚，骂："你个老东西。"

客厅里，苗育红关切地询问潘小桐的脚踝怎样了，潘小桐说："已经好多了，再过几天石膏拆除了，就能下地活动了。"

苗育红说："不管怎么说，伤筋动骨一百天，你一定得小心才是。"

潘小桐说："你说的是哩！"

两个人聊着聊着就聊到了学校，这大概是出于职业的原因吧，潘小桐很感激苗育红能替他上课，苗育红说："这是我应该做的，换作别人，也一样会这样做。况且又不是我一人替你上课，还有乔敏也在帮你上课，所以客气的话就不要说了，你刚才不是说都是自己人吗？"

潘小桐忍不住笑了，看了苗育红好久，苗育红有意把目光投向了旁边的茶几上。

潘小桐突然问："你和陈天宇怎么样了？"

苗育红没有正面回答，只是说："一言难尽。"

潘小桐说："什么意思啊？"

苗育红说："我说不清楚。"

潘小桐说："好吧，既然你不愿说，我也就不问了，只是有句话我要送给你，感情的事你要好好把握，不要轻易下结论。"

苗育红点了点头，随即就问："你呢？按说你也不小了，应该比我着急才对。"

潘小桐说："一直也没有遇上合适的。"

苗育红说："你就是条件太高，很多姑娘，你都看不上。"

潘小桐说："也不全是，主要还是没有遇到那个对的人。不过，就在我崴脚的那个晚上，有人向我表白了。"

"谁啊？"苗育红来了兴趣。

潘小桐叹了口气，说："唉！我也不隐瞒你，是乔敏，但我没同意。"

苗育红听了大吃一惊，随即就说："其实乔敏也挺好的。"

潘小桐说："可是……"

他没有继续说下去，苗育红知道他有难处，就跟刚才她说"一言难尽"一样，谁心里肯定都有一个秘密不愿说出口。于是，苗育红说："小桐，不管怎样，这件事你自己一定要把握好。"

潘小桐朝苗育红点点头，说："还是你懂我。"

因为时间不早了，苗育红还得回出租屋，她就和潘小桐告别了，等她下楼后，正好遇到散步回来的潘叔叔和楚阿姨，互相打了招呼后，楚玉梅上前拉着苗育红的手，说："育红，以后常来家里坐坐。"

苗育红心里一阵温暖，说："一定的。"

接着，潘树林和楚玉梅一直把苗育红送出了小区大门，苗育红正准备招手拦出租车，这时，旁边的一辆出租车鸣了两声笛，苗育红就和潘叔叔和楚阿姨告别了，走向了出租车，拉开门才发现是江尤天的车。

苗育红惊讶地问："尤天，你一直在这儿等我啊？"

江尤天朝她笑笑，说："我也是刚过来。"

苗育红说："我还以为你已经回家了呢！"

江尤天说："我说过要接你一块儿回家的，就一定要做到的。我今天不但接你，待会儿还要绕道去接芳芳和顺顺，他们的电动车坏了，说是明天才能修好，今天回家不方便了，我反正也是顺路，正好把你们都接走。"

苗育红不知道说什么才好，说些感激的话吧，以前她也说过不少，为此，江尤天还生过气，说她太客气了，后来就不说了。一路上，他们也没说什么话，还说什么呢？一切都在不言中了。

江尤天开着车来到田芳芳和王顺顺的"顺顺胡辣汤"店时，还有几个客人在吃饭，江尤天和苗育红就一直在旁边等。田芳芳和王顺顺都很过意不去，但江尤天和苗育红都说反正晚上回去也没别的事，等上一会儿也可以趁机感受一下城市的夜市。后来江尤天把苗育红、田芳芳和王顺顺拉回家时，已经有些晚了，大家各自回自己的屋子休息去了。

苗育红回到自己的屋里，突然想跟远在故乡的爸爸打个电话，每次想念爸爸的时候，不管什么时候，她都会跟爸爸通电话，爸爸就算再忙再累也会跟她说说话。她毫不犹豫拨通了爸爸的手机，苗善明听到手机响时，刚刚从邻居郝贵年家出来，来到自家院门前就听到了屋里手机的响声，他推开院门，三步并作两步，一路小跑进了屋，拿起手机一看是女儿打来的慌忙就接通了，喘着气，说："红！"

苗育红听出爸爸喘气的声音，问："爸爸，您去哪儿了？怎么喘着气呢？"

苗善明说："刚从你郝大伯家回来，到门口听到屋里的手机响了，就赶紧跑进来接你的电话，生怕晚了你挂了。"

苗育红说："爸爸，您不要这样着急哩！您接不到电话，我还会再打的，以后不要这样了，您都上年纪了，天又这么黑，我不放心哩！"

苗善明说："我没事儿，爸爸身子骨硬着哩！刚才，你郝大伯还羡慕我身体比他好呢！"

苗育红说："唉！郝大伯身体也还好吧？"

苗善明说："以前壮得像条牛，现在不如以前了，特别是最近小荣的事。"

苗育红着急地问："小荣怎么了？"

苗善明叹了一口气，说："小荣离婚了！"

"啊！"苗育红惊叫一声，随即就问，"为什么离婚了？"

苗善明说："小荣男人经常打小荣，小荣一直忍着，后来被你郝大妈发现了就问小荣，小荣才说了实话，说想离婚，本来你大伯和大妈都觉得为了小荣的两个孩子就将就着过下去吧，谁知她男人依旧打她，尤其喝过酒后更是往死里打小荣。有天半夜，小荣哭着跑回家了，看到小荣哭成那个样子，你大伯大妈都很难过，小荣她弟弟小伟忍不住了，要替姐姐出气，连夜骑个摩托车找到他姐夫，把他揍了个半死，后来小荣男人几次来想把小荣接回家，小荣都没回去，再后来他们就离婚了。"

苗育红问："那孩子们呢？"

苗善明说："儿子蛋蛋大一点儿，三岁了，留在她男人家了；女儿丫丫才八个月，跟着小荣在你郝大伯家。你有空了，给小荣打个电话吧！她心里委屈，又没人可说，你们一块儿长大，她最信任你。"

说着，苗善明又是连连叹气。

苗育红说："爸爸，您放心，我一定给小荣打电话。"

父女二人都觉得话题有些沉重了，苗育红知道他们家和小荣家是多年的邻居了，就像一家人那样，爸爸心里难过，她心里也难过。

为了不让爸爸继续伤心，苗育红很快转移了话题，说："爸爸，我想接您到省城来住一段时间。"

苗善明说："爸爸清静惯了，嫌大城市太吵。"

苗育红说："我住的地方很清静的，等我将来买了房，我就直接把您接到省城住了，您就不是住一段时间了，您得天天住大城市了。"

苗善明在手机那头笑了，说："那好吧！我要享闺女的福了。"

苗育红说："爸爸！我不在家，您一定照顾好自己。"

苗善明说："你放心吧！倒是你，让爸爸不放心，要是身边有个人照顾你就好了。"

苗育红鼻子一酸，眼泪顿时淌了出来，她知道爸爸说这话的含义，天下哪个父母不关心自己的孩子？就算孩子再有出息，在父母眼里，孩子永远是孩子。

苗育红强忍着，说："爸爸！天不早了，您歇着吧！"

苗善明说："红！你也歇着，明儿早还得上班呢！"

随后，父女俩就挂了手机，苗育红关了灯，躺在床上好久都没有一点儿睡意。

啊！小荣！我童年的伙伴！

啊！爸爸！这个世界上我最亲的人！

苗育红辗转反侧，她多么想立刻回到故乡啊！回到生她养她的那个小山村！那里有她的亲人和朋友！

不知过了多久，苗育红听到院门响了一下，随即就关上了。她才从故乡的回忆中回到了现实，她知道是江尤天赶早要到火车站拉第一趟下火车的客人去了，每天早上，他几乎都是这时候出门的。

啊！天就要亮了。

19

　　陈天宇的心情苦闷到了极点，他最近一直住在省师范大学的单身宿舍里。他不回家是不想和爸妈谈蓝梅的事，那种无休止地争吵，他受够了。蓝梅不优秀吗？不，蓝梅甚至比苗育红还要优秀，但他就是对蓝梅产生不了感情。在他眼里，青梅竹马的感情只能让他们成为兄妹，不可能成为恋人。然而蓝梅却不这么看，她是个有主见的姑娘，她认准的事，她就一定会坚持下去的，就像当初她放弃公务员去做自己喜欢的图书编辑一样，无论谁劝她都不曾动摇她的决心，蓝叔叔发那么大的脾气也最终没有改变她的选择。唉！一切都是这么棘手，陈天宇真不知道该怎么面对这件事了，更不知道该怎么面对苗育红了，所以一直没去找她或者约她。他毕竟受过良好的教育，虽然痛苦，但还是冷静的。前几天鼓足勇气给苗育红发了微信，想找个时间跟她详谈一次，但他不知道他们能谈成什么结果，也不知道苗育红是否能理解他。

　　哦！年轻人啊！一时失去了生活的方向！

　　由于心情不好，陈天宇上课时还出了差错。在上"中国古代文学作品选"鉴赏柳永的《雨霖铃》的时候，他直接说柳永是南宋婉约派代表词人，柳永其实是北宋词人，引起了同学们的哄堂大笑，弄得陈天宇尴尬极了，随即改口纠错。没想到刚过几分钟，他再次出错，说到"都门帐饮无绪"一句时，他说"都门"的"都"指国都，这里代指唐代的国都长安，又立即引起同学们捧腹不止。有个别学生甚至起哄了，这里的"都"应代指北宋首都汴京，即今天的开封。

　　看到大学生们起哄，陈天宇忍不住了，训了几句："我不就说错一句话吗？你们能保证自己一辈子不犯一点儿错吗？你们都是大学生了，至于这样吗？太不尊重人了，这节课没法儿上了。"随即宣布下课，他夹着书慌慌张张出了教室。

　　一节课出了这么多错误，陈天宇走出阶梯教室时懊恼极了，堂堂一个古代文学博士，竟然连这么简单的问题都会犯错，以前他很少犯这样的低级失误。事情还远没有结束，不知哪个调皮的学生往系主任的信箱里塞了一张纸条，把陈天宇上课出错的事告诉了中文系主任蔡俊廷。蔡俊廷知道后，立刻打电话给陈天宇，要他在十分钟内赶到系主任办公室。这个性子急躁且严肃的系主任，做事从来都是雷厉风行，今天的事决不拖到明天去做，这不，刚得知陈天宇的消息，立刻就通知他来问话。

　　陈天宇忐忑不安地赶到蔡俊廷的办公室时，蔡俊廷坐在办公桌后严肃地说："陈老师，你是不是应该反思一下你的教学了？"

　　蔡俊廷的这句话顿时把陈天宇搞蒙了，平时，蔡主任都是喊他"小陈"的，但今天突然喊他"陈老师"，这么严肃的称呼，陈天宇立刻就知道自己闯祸了。

　　陈天宇解释："蔡主任，我也就是上课时不小心出了点儿小错。"

　　蔡俊廷说："这是小错吗？学生都反映到系里来了，这说明学生对你上课极其不满意，你一个堂堂的古代文学博士，怎么这么随心所欲，你一点儿小错给中文系造成了多不好的影响，你知道吗？"

　　陈天宇一下子被激怒了，当场争辩："谁能不犯错？蔡主任，你难道一辈子做的事都是对的？"

　　蔡俊廷气得"腾"一下从椅子上站起身来，说："你怎么说话呢？我今天找你来是让你攻击我的吗？"

　　陈天宇也不示弱，说："你批评我，我接受，但你不能用那么苛刻的字眼挖苦我。"

　　蔡俊廷问："我怎么挖苦你了？"

　　陈天宇说："什么叫堂堂的文学博士？这不是挖苦，这是什么？"

蔡俊廷说："我只不过是在陈述一个事实，难道不是吗？"

陈天宇说："那好，我也可以用同样的语言来陈述你，你作为一个系主任，又是堂堂北大毕业生，难道不应该讲究一下对下属的态度吗？真是有失领导的身份。"

蔡俊廷气得直喘粗气，胸口一起一伏的，他拿起办公桌上的一本《中国文学批评史》"啪"的一声摔在了地上，说："简直不像话！"

陈天宇正要反驳，甚至准备好了措辞，却被闯进来的同事韩冰给劝住了："天宇，你干什么呢？"说着，就捡起了地上的那本《中国文学批评史》放到了蔡主任的办公桌上。

韩冰抓着陈天宇的胳膊往外拉，陈天宇知道这是韩冰想让自己离开呢！免得和蔡俊廷发生更大的争端。他象征性地挣扎了一下，但力量明显小了很多，韩冰明白他是趁势下台阶呢！

韩冰一边拽着陈天宇，一边对蔡俊廷说："蔡主任，您消消气，天宇做得不对，您别跟他一般见识。"

陈天宇没再说什么，顺势跟着韩冰出了主任办公室。

在回单身宿舍的路上，韩冰批评他："你怎么回事啊？跟主任吵架，将来能有你的好果子吃吗？"

陈天宇说："管不了那么多了，他说话太难听了，"

韩冰说："他是什么脾气，你又不是不知道？犯不着跟他计较。"

陈天宇说："可我就是受不了他那种居高临下的样子。"

韩冰捶了陈天宇一拳，说："哎！你有没有搞清楚？你是在人家手下混呢！小心将来给你小鞋穿啊！"

陈天宇满不在乎地说："天塌不下来，他爱怎么做，随便，他要是将来真给我穿小鞋，那他就是一个小人，不配他那北大毕业的身份和系主任的头衔。再说了，我又没犯罪，我还真就不信他能开除我，他也没这个资格。

退一万步说，大不了，我离开中文系，又不是没人要我。我告诉你，前几天，省文理学院还想挖我走哩！"

韩冰说："好了，好了，你有本领，是个香饽饽，大家都争着要你。你先冷静一下好不好？事情还没严重到那份上，要我说，你亲自给主任道个歉，我想主任也不是那种小肚鸡肠的人，他脾气是暴一些，人倒是还不错。"

"凭什么跟他道歉？"陈天宇一甩胳膊，"想都别想。"

"你呀！比蔡主任脾气还大。"韩冰丢下一句话跑开了。

陈天宇站在原地，平静了一下心情，心想：难道我的脾气真的很大吗？

陈天宇摸了一下额头，人在屋檐下，有时候该低头还得低头，可他真的不想跟蔡俊廷道歉，一是觉得自己没有错，二是抹不开面子，三是自幼清高惯了。

正在这时，陈天宇的手机唱起了歌儿，是蓝梅打来的，蓝梅说她现在就在省师范大学，问他在哪儿，想见一面。陈天宇本不想跟蓝梅见面，可蓝梅已经来了，就只好简单说了一下位置就挂了手机，他自言自语："真能添乱，没事儿来师大干什么？"

不一会儿，蓝梅背着个包走了过来，她看到陈天宇，就招呼他："哎！天宇哥！"

陈天宇回头一看，蓝梅已经来到了他身边，他看到蓝梅今天似乎精心打扮了一番，长发披肩，淡紫色的碎花连衣裙显得大方又不失风度。黑色的真皮高跟鞋使她增高不少，站在陈天宇身边就是一道美丽的风景。但陈天宇心里却异常不爽，本想打击一下蓝梅今天的造型，但想想算了，就忍住没说，问："蓝梅，你今天怎么想起来师大了？"

蓝梅说："怎么？我不能来吗？师大又不是你家开的。"

陈天宇说："你看你，说话太冲了，我就是问你现在来师大有什么事，你就这么尖刻！"

蓝梅说："什么叫尖刻？亏你还是中文系的老师，你这用词太不当了吧，在一个女士面前这样措辞，有失一个男人的风度。"

陈天宇说："好了，我没风度，你要是没什么事的话，我就先走了，我还有事。"

听陈天宇这么一说，蓝梅顿时有些生气，就毫不客气地说："陈天宇，你太高估自己了，我今天来师大根本就不是来找你的，你也别自作多情了。"

蓝梅说完，扭头就走，陈天宇在后面喊："你去哪儿？"

蓝梅回过头，说："我去哪儿和你没关系。"然后，快步走开了。

陈天宇顿时有些后悔，每次见到蓝梅，他都是一副爱理不理的样子，是不是有些过分了？小时候可不是这样啊！难道仅仅是因为不愿和她谈恋爱吗？还是由于苗育红的存在？不管怎么说，他们毕竟是童年和少年的伙伴，总比一般朋友要好一些，于是，她追上蓝梅，问："蓝梅，你别生气，好不好？刚才是我态度不好。"

蓝梅也不看他一眼，只管朝前走，说："我没生气，你想多了。"

陈天宇说："我们还像以前那样做兄妹，好不好？不要一见面就吵架。"

陈天宇一边跟着蓝梅走一边说。

蓝梅停下脚步，严肃地说："天宇哥，我的好哥哥，你别跟着我了，我真有事，我真不是来找你的。"

陈天宇快走了两步，挡住了蓝梅，问："那你去做什么？"

蓝梅说："我做什么与你没关系。"

陈天宇不罢休，说："你不说，我就不让你走。"说着，还伸出了胳膊要拦住蓝梅。

蓝梅说："好，你厉害，我告诉你，我今天是去找你们中文系的蔡俊廷主任的，请你让开。"

陈天宇一下子紧张了，又问："你找他干吗？"

蓝梅说："有必要告诉你吗？"

陈天宇说："太有必要了，你要不告诉我，我会睡不着觉的。"

蓝梅朝前走了几步，说："那你就别睡了。"

陈天宇又跑到了蓝梅前边，继续问："你找他到底什么事吗？告诉我呗！"

蓝梅哭笑不得，她知道陈天宇就是这副"德行"，不问出个究竟决不罢休，但蓝梅还不想立即告诉他，她突然想逗逗他，就说："放心，我找你们蔡主任不会闹出绯闻的，再说了，我也不会看上一个半老头子的。"

"你！"陈天宇有些生气了，"你怎么这样呢？"

"我就这样。"蓝梅甩了一下长发，继续朝前走。

陈天宇仍不死心，又三步并作两步跨到了蓝梅前面，那阵势，意思是你不说我就不罢休。

两个人身边不断有三三两两的大学生经过，都好奇地看着他俩，蓝梅觉得有些不好意思，就说："你别跟着我了，好不好？我找蔡主任是谈他出书的事。"

"是这么回事啊！"陈天宇吁了一口气。

蓝梅说："好了，你也知道了，我也该走了，再不走我就迟到了，人家蔡主任还等着我呢！"

陈天宇说："那好，千万别提我的名字啊！"

蓝梅说："我为什么要提你？跟我有什么关系？"

陈天宇说："对，跟你没关系。"

"德行！"蓝梅丢下一句话，就头也不回地朝中文系走去。

20

蔡俊廷坐在办公椅上抽闷烟，他还没有彻底从刚才和陈天宇的争吵中平静下来，他依然是余气未消，分明还在生陈天宇的气，他觉得他的权威受到了极大的挑战。蓝梅的敲门声，让他更加心烦意乱，就冲着门外喊："谁啊？我正忙，抽空再来吧！"

蓝梅一听，心凉了半截儿，心想：蔡主任怎么了？往日在出版公司接触过几次，蔡主任不是这样的人啊！谈吐都很大方得体，知性随和，难道回到中文系自己的工作岗位，脾气就变了？高级知识分子都这样吗？刚才陈天宇也是这个样子。

一时间，蓝梅有些茫然，约好的事，如果回去，这不白跑一趟吗？谁的时间不是时间，你忙，我也忙呢！是你要出书，又不是我非求你不可，爱出不出！

于是，蓝梅转身就准备离开，可又一想：来都来了，这一单业务如果谈不成，回到公司，还不被同事嘲笑啊！堂堂的优秀出版人，连一单小业务都搞不定，这会让同事说上好多天的。不，决不能退缩，再说了，时间也耽搁不起，接下来还有好几个作者要谈，本来就是做这个工作的，又是自己喜欢的工作，耐心点儿好不好？

蓝梅重新整理了一下头发，深吸了一口气，然后，鼓起勇气继续敲门，只是声音比刚才小了很多，屋里又传来了蔡俊廷那不耐烦的男中音："不是告诉你了吗？抽空再来，我正有事哩！"

蓝梅说："蔡主任，我是蓝梅，之前我们约定谈您出书的事。"

一听是出书的事，蔡俊廷赶紧从椅子上站起身，掐灭了烟，随手丢在烟灰缸里，走到门边，拉开了门，微笑着说："哟！蓝编辑，不好意思啊！我刚才还以为是别人呢！快请进！"

蓝梅说："没关系的，我能理解您，一般来说，像您这种职业的学者，平时都很忙的。"

蔡俊廷说："过奖了，快进来吧！"

蓝梅进了蔡俊廷的办公室，蔡俊廷给她接了杯水，然后请她坐下详谈。

蓝梅喝了一口水，说："蔡主任，我先前发给您的合同，您已经看过了吧？"

蔡俊廷也喝了一口水，说："看过了，只是……"

蓝梅说："没事儿，有什么想法，您尽管说。"

蔡俊廷说："我还是觉得费用贵了一些。"

蓝梅说："这已经是我们公司核定的最低收费标准了，您知道现在出书很难的，书出版后销售更难。况且，您写的是学术著作，读者的范围非常有限，上市销售的话估计也不会太乐观。现在很多出版社不是不想帮作者出书，是真的不敢盲目出，出版社也要赚钱的，就算作者写得再好，他们一般也不愿出版那些没有什么市场前景的书。如果是名人的话，写得不好，也会有一定市场的。所以，如今的出版行业面临很多挑战的。"

蔡俊廷说："这些我都知道，如果不是有国家科研经费的资助，我们的书就更难出版了。"

蓝梅说："是啊！你们还好，毕竟是大学老师，有些基层的作者出一本书就更难了，我两个月前遇到一位作者，是个农民，写了一本关于他们当地民俗的书，书写得挺不错，但由于没有资金资助，至今还没有出版，我们出版公司又不可能冒险去为他垫资出版，那样最后亏的还是我们公司。"

蔡俊廷说："不瞒你说，找你们出版公司之前，我曾联系过几家出版社，的确有难度。"

蓝梅说："我敢肯定，有很多出版社不愿出您的书，就算勉强愿意接受，出版的费用也是非常高的，您心里一定有一杆秤，要不，您不会选择我们公司。"

蔡俊廷点点头，说："其实，我就是看了你们以前出的书才决定和你们合作的。"

蓝梅说："我们本着诚信的理念，一切为作者服务的宗旨，这么多年为社会奉献了不少好书。良好的信誉是我们公司发展的先决条件，我们能在行业内占领一定的市场份额，靠的也是这个。如果您没什么意见的话，就把合同签了吧！"

说着，蓝梅就从包里掏出两份合同，放到了蔡俊廷的面前，蔡俊廷看了看合同，随即签了字。

合同签好后，蓝梅站起来，跟蔡俊廷握了握手，说："后续的工作，咱们一切按合同来做，合作愉快！"

蔡俊廷说："合作愉快！"

蓝梅说："如果没别的事，我就先走了，咱们保持联系。"

蔡俊廷微笑着点了点头。

蓝梅转身走到门口，突然又回过头来，问："蔡主任，你们系里有个叫陈天宇的老师，您知道吧？"

蔡俊廷立刻皱起了眉头，蓝梅怎么问起陈天宇来？刚才跟陈天宇争吵的怒气还没有彻底消散，听蓝梅这么一问，心里又有点儿生气，但也不好对着蓝梅发作，只好说："是，知道，你们认识？"

蓝梅说："她是我男朋友，您多多关照。"

"啊！"蔡俊廷惊叫一声。

蓝梅问："蔡主任！您怎么了？"

蔡俊廷赶紧说："没什么，我是觉得这世界太小了，没想到你们还有这层关系。不过，蓝编辑，这谈对象的事，你们可得好好处处，多了解了解。"

蓝梅说："您说的有道理，不过，我和陈天宇从小一起长大，青梅竹马，我们互相都很了解。"

蔡俊廷说："那就好！"

蓝梅走后，蔡俊廷自言自语："唉！这么好的姑娘怎么会和一个愣头青谈朋友？可惜了，真是太可惜了！"

蓝梅走在省师范大学的校园里，心情很复杂。她本来应该高兴才对，因为今天和蔡主任的合作很愉快。她的业务能力很强，这毋庸置疑，但是就算今天她工作干得再出色，也拯救不了她此时的心情。她心情不好，一是因为陈天宇对她的态度；二是因为蔡俊廷说的那句不冷不热的话——"这谈对象的事，你们可得好好处处，多了解了解。"

陈天宇对她的态度，她不会计较，毕竟从小一起长大。蔡主任的话让她摸不着头脑了，按说陈天宇是他的下属，在一般情况下，他应该祝福他们的，可是他非但没有祝福，反而还有些让她提高警惕的意思。她不知道蔡主任的话究竟是什么含义，难道陈天宇在中文系表现很差？或者与同事们相处不够融洽？

蓝梅一路猜测着，不知不觉来到了师大的"思桥"。她想给陈天宇打个电话，一则告诉他，她办完事要回公司了；二则想跟他交流一下蔡主任刚才那句话。在即将拨出陈天宇的手机号时，她又改变了想法，觉得没有必要跟陈天宇交流那句话，谁知道他知道后会是什么态度，弄不好还会嘲笑她无知，人家随便的一句话也值得深究一番吗？

算了，蓝梅决定回公司去，就朝师大南门走去，刚走了没几步，没有想到，陈天宇却给她打来了电话，陈天宇问她事办完了没有，如果办完了，中午就一块儿吃个饭。这让蓝梅大感意外的同时又受宠若惊，这是几个月来她听到的陈天宇对她说的最温暖的话了。

两个人没有去陈天宇的宿舍吃饭，而是去了师大有名的"学子餐厅"。

吃饭时，陈天宇问："你和蔡俊廷谈得还顺利吗？"

蓝梅说："挺顺利啊！"

陈天宇问："你有没有提到我？"

蓝梅说："提了。"

陈天宇问："怎么提的？"

蓝梅说："我说你是我男朋友，让他多多关照。"

"啊！"陈天宇惊叫一声，"你怎么能这么说？"

蓝梅说："本来就是嘛！"

陈天宇说："都是没影儿的事，你……"

蓝梅瞪了他一眼，说："你变了，天宇哥，这顿饭我吃不下去了。"

陈天宇见蓝梅生气了，赶紧说："蓝梅，你先别生气嘛！咱们能不能好好说？不要吵了。"

蓝梅说："谁想跟你吵？每次都是你挑起的。"

陈天宇说："都是我不好，我也不瞒你，你刚才说的那句话真把我吓着了。"

蓝梅说："哪句话？不就是说你是我男朋友吗？你至于吗？这可不是你一贯的风格啊！记得你以前对什么都不在乎的。"

陈天宇说："这句话是次要的，关键是下一句，你让他关照我？他不背地里谋害我，我就烧高香了。"

听陈天宇这么一说，蓝梅又想起了蔡俊廷的那句话——"这谈对象的事，你们可得好好处处，多了解了解。"于是，就趁机问："你和蔡主任之间是不是有什么过节？"

陈天宇叹了一口气之后，就把刚才和蔡俊廷之间发生的不愉快告诉了蓝梅，蓝梅听了，才明白了蔡俊廷那句话的含义，原来他们之间有这层隔阂啊！随即就笑个不停，因为嘴里还嚼着菜，差点儿呛了嗓子，好一阵子才说:"天宇哥,不是我说你,你上课出了错,本来就是你的不对嘛!人家蔡主任是系领导,学生告了状,为了给学生一个交代,当然要批评你几句的,要不怎么能体现人家的领导地位呢?况且他也不一定是批评你,就是走个程序而已,这对你也是一种促进。你白念了这么多年书,这点儿道理都不懂。"

陈天宇说:"我就是看不惯他那种高高在上的样子,对谁说话都那么傲慢。"

蓝梅说:"人家蔡主任有这个资格,等你做了领导,你也会这样的。"

陈天宇说:"我才不稀罕当个什么破系主任呢!"

蓝梅说:"你这是吃不到葡萄说葡萄酸,你说话也太不着调了,我看你就不是当领导的料。"

陈天宇觉得蓝梅看不起他,说:"你别小看人,我要当就当校长。"

蓝梅说:"好,好,你厉害。"

蓝梅低下头吃饭,不想再跟陈天宇说话。

陈天宇觉得挺没趣,又不想太尴尬,就没话找话:"蔡俊廷出的什么书?"

蓝梅说:"这是行业秘密,在书正式出版之前,我不能告诉你。"

陈天宇说:"有什么秘密?不就是他的那些荒谬的观点形成一堆毫无生机的文字吗?"

蓝梅马上说:"你说什么呢?不许你侮辱我的作者,作为他的责任编辑,我有权反驳你。再说了,他是你们系主任啊!你怎么能这么不尊重人呢?"

陈天宇十分不屑地说:"本来就是嘛!他那些文章都是胡说八道,别人不知道,我还不清楚吗?"

蓝梅说:"你凭什么低估他人?你有本领也出本书给我看看。"

陈天宇说:"我是不屑出书,要出,我一年能出好几本。"

蓝梅说："口气倒不小，那是需要有真材实料的，你空口白牙说大话，也不觉得愧疚吗？"

陈天宇说："愧疚什么？我说的是实话，你们出版机构一年生产多少学术垃圾？你作为一个专业编辑，肯定比我清楚。"

蓝梅气得"啪"放下了筷子，说："你是明显带有个人情绪的，你不但攻击蔡主任，还攻击整个学术队伍，甚至攻击我们出版机构。"

陈天宇也把筷子一放，说："我说的难道不是实话吗？我就看不惯蔡俊廷之类的人，你不要用这样的眼光看我。"

蓝梅索性不吃了，说："你到底是请我吃饭呢？还是请我生气呢？"

陈天宇觉得饭桌上争吵有些不妥，就说："好，好，不说这些了，吃饭！"

毕竟蓝梅太喜欢陈天宇了，当一个人喜欢另一个人时，就算对方表现得不够好，也通常会容忍的，所以蓝梅刚才的怒气很快就消失了。

吃完饭后，蓝梅原本还想和陈天宇一块儿在校园里散散步，但陈天宇说他累了想回宿舍休息一下，最后，蓝梅只好失望地离开了省师范大学回公司去了。

21

杜明杰在省城的这段日子，他一直租住在省师范大学家属院的地下室里。他暂时还没有离开省城回故乡的打算，他要等尚静考虑清楚再做决定。如果尚静想通了准备和他回故乡，他自然很高兴；如果尚静依然想留在省城，那他就会毫不犹豫地留下来。但是，令杜明杰没想到的是，突然有一天，尚静给他发来一条微信：明杰，我想来想去，觉得你还是回去吧！我不值得你为我做出牺牲，都三年过去了，一切都在改变，我已经不是原来的那个静静了，如果你执意要这么做的话，你最后什么也得不到。我实话实说，我心里已经有别人了。

杜明杰看到微信的一瞬间立刻懵了，清醒之后，他打电话给尚静，尚静没有接，他又接二连三打了好几次，尚静都没有接。杜明杰不死心，心急火燎地赶到了尚静工作的"求索教育"学校。他在学校大门外，给尚静发了一条微信：我已经来到你们学校门外，出来谈谈好吗？

这时的尚静正在开会，手机响了一下，她悄悄瞄了一眼手机，没有理会，随即就把目光投向了前面，"求索教育"的校长尹韶峰正坐在台上讲话。尹韶峰自从离开上海来到了省城负责"求索教育"的管理工作后，他就成了校长，原先的校长在他到来之前就辞职了，由于原校长的辞职，他被上海总部的校长兼舅舅白启明派来负责工作的。白启明当年在上海创办"求索教育"的时候，只是租了一间十平方米不到的临街铺面，如今已经形成了全国著名的连锁的民营教育机构了。

尚静清楚地记得尹韶峰刚来"求索教育"上任的第一天就把大家逗乐了，他没有架子，俨然就是一个阳光大男孩，年龄比很多老师都要小。开会的第一句话就说："我以后就跟大家在一起混了，还请大家多多指教，要是对我的做法有意见可以当面提，只要是为咱们学校好，我都无条件接受。"

大家听了，觉得这是什么校长啊？该不会是总部实在抽不出人来了吧？后来才知道尹韶峰的舅舅是上海总部的校长白启明，这下大家才明白了他为什么年纪轻轻就能坐上这个位置。不过，大家也没有太多要议论的，因为"求索教育"是民营教育机构，是白启明一手创办的，白启明想用谁那肯定是他说了算。如果是在公立学校，突然间调过来一个新校长，那大家说不准会怎么议论呢？关系？后台？背景？……会议论好多内容的，倒是个人的能力通常不在议论范围之内。

尹韶峰年轻有魄力，大胆地向上海的总部提出了许多有创造性的想法，都得到了白启明的支持。今天他主持召开这次会议，就是要安排下半年的招生计划与教学计划。

尹韶峰认为一个民营教育机构要想长久发展，不能仅仅满足于课外辅导与培训。以前"求索教育"只是面对高中生的课外辅导，高中生平时在公立学校上课，只是在放学后或周六、日才会来到"求索教育"学校补课，这样获取的效益毕竟有限。要想拓宽资源，就必须招收全日制"高中生"，为此，他计划招收一部分艺考生，为这部分学生提供专业的美术、音乐、播音等方面的课程，还要提供文化课教学。这样一来，对于参加艺考的高三学生来说，高三整个学年就会在"求索教育"学校学习。这样做，既可以提高他们的专业课水平，又不会落下文化课。这也是很多民营的教育培训学校惯用的一种教学方式。

尹韶峰的到来，让"求索教育"在未来有了更大的发展空间，大家都很期待。现在他坐在台上讲述这些设想的时候，台下很安静。这样的安静局面很快就被打破了，尚静的手机唱起了歌，尚静神色慌张地拿起手机，是杜明杰打来的，整个会场的老师都把目光投向了尚静，她手忙脚乱地赶紧摁了"拒接"键。

台上的尹韶峰严厉地说："我们是在开会，上次说过开会时需要把手机设成静音的，有的老师就是不听，一点儿纪律性都没有。"

尚静红着脸低下了头，旁边的江尤美伸出手悄悄握了一下尚静的手，那意思是在安慰她。自从来到"求索教育"学校，江尤美就像大姐姐般关爱着尚静，尚静很是感激。

江尤美来到"求索教育"学校工作的时间比尚静要早几年，由于她学历低，只是大专毕业，所以在这里她只能担任教学秘书的工作，主要负责排课表、查课、复印教学资料等工作，也兼任学校的宣传和教育咨询工作。她人缘很好，待人热情，尽管不教课，但大家都习惯称她"江老师"。

尚静是在苗育红的帮助下来到"求索教育"学校工作的，她那时候刚从先前的公司辞职，正处于无业状态，苗育红的一个学生家长在"求索教育"学校任副校长，刚好托苗育红寻找一名高中语文老师到"求索教育"代课，苗育红就把尚静推荐去了。尚静毕竟是省师范大学中文系正规毕业生，试讲之后立刻就被录用了。她来到"求索教育"时，第一个认识的就是江尤美，从此两人就结下了友谊。平时，尚静住学校，周末的时候，除了和苗育红相约逛街外，偶尔到江尤美家去玩，或者为江尤美正上小学的女儿辅导功课。江尤美老公是个建筑工人，经常奔波于省城的各个建筑工地。有时候忙得一连几天都回不了家，家里大大小小的事都落到了江尤美身上，尚静有时也去帮帮她。

突然，尚静的手机又唱起了歌，依然是杜明杰打来的，尚静又是一阵惊慌，手忙脚乱地挂了手机。台上的尹韶峰忍不住了，批评尚静："尚静，你怎么回事？现在是开会时间，能不能把手机设成静音？"

在座的同事们又一次都把目光投向了尚静，尚静很自责，由于刚才紧张，手机第一次"唱歌"之后，她竟忘了立刻设成静音，才导致第二次的尴尬出现。

会议继续开，之后尹韶峰说的是什么，尚静一个字也没听进去，她整个心都被杜明杰的电话占据了，当然也有些怨他，让她在开会时如此尴尬。

会后，尚静准备离开会议室时，尹韶峰却说："尚静，你到我办公室来一下。"

尚静忐忑不安地看了一眼尹韶峰，尹韶峰已经转身朝他的办公室走去了。

尚静知道接下来将会面临什么，心里又一次埋怨杜明杰，不该这时候打电话，但事情已经发生，只能硬着头皮面对了。

进了尹韶峰的办公室，真的没想到，尹韶峰一改在会场上的严肃，和颜悦色地说："尚静，你坐！"

尚静很是惊讶，坐在旁边的沙发上。尹韶峰说："没别的事，我就是想告诉你，以后再开会时把手机设成静音就行了。"

尚静说："抱歉啊！尹校长！"

"不要这样称呼！"尹韶峰一挥手，"叫我韶峰就行，我不习惯别人叫我校长，从我第一天来上班时，我就告诉过大家，直呼我名字即可，在'求索'，我们都是平等的。"

尹韶峰的话让尚静感动，这个从上海来的新校长就是不一样，连批评人都这么温和，她一下子不知道该怎么说话了，只是说："尹校……不……韶……韶峰，我……"

尚静的话还没说完，尹韶峰就说："好了，你不用紧张，我们在一起工作，今后如果你有什么困难，尽可以告诉我，能帮则帮，帮不了，我们尽量想办法。"

尚静说："谢谢啊！你的话让我感到很温暖。"

尹韶峰说："不谈谢，为员工着想，这是我应该做的。"

尚静说："我原以为你会批评我一顿的，没想到……"

尹韶峰又是没等尚静说完就打断了她的话："工作是工作，生活是生活，我们还要长期相处下去的。你如果不嫌弃，晚上一块儿吃个饭吧！"

尚静感动得差点儿流下眼泪，虽然尹韶峰盛情邀请，但她并没有答应，她觉得和自己的上司吃饭是非常难受的事，但对尹韶峰的好意，她记在心里了。后来，尹韶峰又和她随意聊了一些别的话，尚静就离开了尹韶峰的办公室。

等尚静出了尹韶峰的办公室后，江尤美立刻就迎了上去，问："校长没难为你吧？"

尚静说："没有啊！与我想象的完全不同，他态度温和极了。"

江尤美说："那就好，不过，下次开会前你一定要把手机设置成静音。"

尚静说："那是一定的，今天开会紧急，没来得及。"

尚静的手机响了一下，她掏出手机，杜明杰发来的一条微信出现在手机屏幕上：就算你不接我电话，我还是要等你的。

尚静脑子一片空白，不知道该不该见杜明杰，她现在的心情异常复杂，她也不知道接下来该怎么做，她真心不想让杜明杰为了她而失去故乡的工作，更不愿让杜明杰也像她一样漂泊在这个城市里，那样对双方都不好。

"你怎么了？"旁边的江尤美拍了拍尚静的肩膀。

"哦！"尚静笑了笑，"没什么。"

江尤美说："待会儿一块儿吃饭吧？我请你。"

尚静说："不好意思啊！我还有事，可能不能一块儿吃饭了，下次我一定请你，好不好？"

江尤美说："该不会是有人约你了吧？"

尚静说："还真是有人约了。"

江尤美说："那就不打扰你了，快去见你的王子吧！尚公主。"

尚静随后就出了"求索教育"学校的大门，站在门口的杜明杰看到尚静出来了，马上迎了上去，说："静静，你可出来了，我还以为你从此不理我了呢？"

尚静一阵难过，说："你刚才的电话让我尴尬极了，我当时正开着会呢！我们校长都生气了。"

杜明杰赶忙道歉："不好意思啊！我不知道你在开会，下次我决不会再这样做了。一定会事先问问你是否方便，等你方便的时候，我才会打电话给你。要是你觉得我很烦人，我会立即消失的；要是你觉得我很可爱，我才会慢慢靠近你，跟你说悄悄话的。不过，你也不要太担心，我不会影响你的生活。"

尚静忍不住笑了，说："你这是脱口秀啊！不去电视台当主持人，可惜了，我记得你以前不善言辞的。"

杜明杰说："这还不是受了你的影响吗？我要是不说话，你岂不是和我更没话说了，那我就更没机会了。"

这时，江尤美故意走过他们身边，跟尚静打了个招呼就走开了，走开的一瞬间，她悄悄瞟了一眼杜明杰，杜明杰给她的第一印象还不错。

江尤美走后，杜明杰原本想和尚静一块儿去吃饭的，但尚静说一点儿饿意都没有，杜明杰也说不饿，他们就朝附近的一个公园走去。

尚静问杜明杰："明杰，你什么时候回老家？"

杜明杰说："我不是说过了吗？你不回我也不回，你怎么还问我？"

尚静说："我的意思是……"

尚静的话还没有说完，杜明杰就打断了她："我知道你要说什么，你不就是想说我辞职了不值得吗？"

尚静说："你还真想错了，你辞职那是你的自由，我是说你要是回去的话，我跟你一块儿回去。"

杜明杰大吃一惊，问："静静，你想好了要跟我回老家工作吗？"

尚静说："你想哪儿去了？我很久都没有回家看爸爸妈妈了，我想回家一趟。"

"然后你还要回来？"杜明杰问。

"当然！"尚静满脸坚定的表情。

"唉！"杜明杰长叹一声，"我还以为你想通了要跟我回去，原来……"

"你说什么呢？"尚静说，"这几年，我留在省城要是想回去早回去了，何必要等到现在，听你这口气，对老家还是舍弃不下啊？你还是回去吧！"

杜明杰摇摇头说："不是，不是，你知道我是有条件的，你肯回去，我当然回去，你不愿回去，我就留下来。"

尚静说:"明杰,你不是小孩子了,面对现实好不好?再说我心里已经有别人了。"

杜明杰痛苦地问:"他是谁?做什么工作的?"

尚静摇摇头说:"你没有必要知道的。"

杜明杰说:"你不要骗我。"

尚静说:"我骗你干吗?"

最后,两个人不欢而散,杜明杰回了地下室,尚静心情不好,就径直去了省图书馆,到那里平静一下心情。

22

苗育红是在傍晚放学后给郝小荣打的电话,郝小荣接到电话时,还在山坳里劳动。接通电话的一瞬间,郝小荣就哭了。

苗育红说:"小荣,你要想哭就哭吧!"

郝小荣哭得说不出话来,在爸爸妈妈面前,她是从来都不哭的,但在她童年和少年的伙伴——苗育红面前,她是不会掩饰的,她有太多的痛苦要倾诉了。

郝小荣望着雄伟的天门山,迎着即将落山的太阳,边揩脸上的泪水,边说:"育红……我……"

一个"我"字刚出口,后面就说不下去了。

苗育红说:"我都知道了,小荣,你要坚强,我放暑假就回去看你。"

郝小荣带着哭腔说了个"嗯"字。

苗育红说:"不管怎样,你都为丫丫想一想,她太小了,还需要你抚养,生活是苦了点儿,但毕竟还得继续过下去。"

郝小荣说:"我就是命苦。"

苗育红说:"什么命苦命甜的?你不要再说这些丧气话了,人一辈子,谁能那么顺利呢?"

郝小荣说:"爸爸妈妈年龄大了,小伟还没有成家,我又是这个样子,想想都愁死了,有时候我就想从山岗上跳下去。"

苗育红批评她:"你不要这样想哩!你要是这样想,能对得起大伯大妈吗?小伟还没有娶媳妇哩!他也需要你这个姐姐的帮助的。这个家离不开你,过去的事都过去了,以后你要向前看啊!"

郝小荣说:"可我……"

苗育红立刻打断了郝小荣的话:"可是什么?天塌不下来,生活中不幸的事很多,就看你怎么对待了?虽然你经历一次打击,可至少你还有爸爸妈妈,我从小没有妈妈,我和爸爸不也过得很好吗?好了,你不要难过,我给你寄了一箱奶粉,你给丫丫补补身体,她现在正是需要营养的时候,过几天就收到了。"

郝小荣泪如泉涌,感动得不知道说什么才好,只是反复说着:"育红,育红,我,我……"

苗育红说:"什么都不要说了,你一定照顾好自己。"

两个好朋友都不想再谈论这件事了,苗育红又说到了小伟。

苗育红问郝小荣:"小伟最近做什么呢?"

郝小荣说:"刚在工地上干了一个月,受不了苦就回家来了,现在没事做。"

苗育红说:"要不,我看看能不能在省城给他找个工作干干吧!"

郝小荣说:"那可太好了。"

苗育红说:"我抽空帮他联系一下。"

郝小荣正要说句感谢的话,苗育红又说:"天不早了,你早点儿回家吧!

丫丫还在等着你呢！"

挂了电话，郝小荣就坐在山道上继续抹眼泪。山坳里静悄悄的，郝小荣想起了小时候，每到放学，她和育红就经常来这里玩。有时也带着弟弟小伟来。爬树、割草、摘果子……她们什么都干，从树上摘下的各种果子，用衣袖蹭几下就算洗过了，然后就坐在山道上吃，山坳里留下了她们太多童年和少年的美好时光。这样的日子一直到苗育红考上高中，本来她也考上了高中，但爸爸不让她继续念了，说是家里供不起了，要供弟弟小伟念书。她为此哭得死去活来，育红和苗叔叔都向她爸爸求情，但爸爸终究没同意。于是，她就这么告别了学生时代。全家本来指望着小伟能好好念书，谁知小伟压根儿不是念书的料，初中没毕业就辍学了。后来看到育红考上大学去省城念书了，她既羡慕又难过，爸爸大概看出了她的心思，就向她说了对不住她之类的话，她不想让爸爸难过，就安慰爸爸说自己原本也不想念书了。

唉！如今一转眼都过去好几年了，郝小荣还时不时会想起这些往事，如果爸爸当初也像苗叔叔那样供她念书，说不准现在她也和育红一样在大城市生活呢！可是生活没有如果，好在她的好朋友育红，虽然身在大城市，却依旧没有忘记她这个童年和少年的伙伴，她们的友谊并没有随着时间和环境的改变而发生丝毫的变化。育红每次从省城回来都会来看她，两人依然像小时候那样有说不完的话题，只是育红有时候说的话，她已经听不懂了，她知道这是她和育红的差距，但育红似乎并不认为她们之间有什么差距，不但给她买衣服，还给她带回来省城的各种小零食。她都不知道该怎么还育红这份人情了，她每次说将来要回报育红的时候，育红就会拉下脸，说如果她再说这样的话，从此她们就不再是好朋友。后来，她也就不说了，只是会在育红离开家回省城时送给育红一些山里的土特产，比如核桃、山楂、小米什么的。育红如果带不走，她就会跑到乡里的邮局给育红寄去。

天色渐渐暗了，周围开始有夜虫鸣叫了。天门山静静地耸立着，仿佛一位全副武装的勇士，为每一个夜行的人保驾护航。该回家了，郝小荣站起来准备回家，这时远远地听到有人喊"姐"的声音，她听出是弟弟小伟。

郝小荣答应着朝前走去，等走近了，看见小伟满脸惊慌，没等她问，郝小伟就埋怨她："姐，你怎么回事啊？打你手机关机，你没带手机吗？"

郝小荣说："我没听到啊！"

说着，她掏出手机，发现手机没电了，就不好意思地说："手机没电了，刚才跟你红姐通电话，说话时间长了，把电耗完了。"

"红姐？"郝小伟立刻就兴奋起来了，"我都好长时间没见到红姐了，她跟你说什么了？有没有提起我？"

郝小荣说："她就是问候一声，当然也很关心你。"

郝小伟说："我就知道红姐关心我，上次她给我寄的衣服，我都舍不得穿，现在还放在柜子里呢！"

"她什么时候寄的？我怎么不知道？"郝小荣惊讶地半张着嘴。

郝小伟说："红姐让我保密的，我今天一激动说了出来。"

"育红！"郝小荣叫了一声苗育红的名字，就又开始抹眼泪了。

郝小伟问："姐，你怎么了？"

郝小荣说："我是感动的，你红姐无论走到哪里都会想着咱们的，你要记住哩！"

郝小伟说："那是一定的。"

郝小荣说："小伟，你红姐还说帮你在省城找个工作干干哩！"

"真的吗？"郝小伟把一颗石子踢得老远，"哦！红姐！我好爱你呀！"

"看把你高兴的！"郝小荣拍了一下郝小伟的肩膀。

姐弟俩在夜色朦胧的山道上一边说着话，一边朝家里走去。走到村头时，碰上了苗育红的爸爸苗善明叔叔，苗叔叔推着一辆自行车正朝前走。郝小荣追上前，打招呼："苗叔，您去哪儿了？这么晚才回来。"

苗善明回过头来，说："哟！是小荣啊！我去乡里了，给红寄了点儿干豆角，她小时候最爱吃豆角，你们这是……"

郝小荣说："我和小伟刚从地里回来。"

苗善明说："小伟，你是个好孩子，你要好好照顾你姐姐哩！"

郝小伟知道苗叔叔这句话的含义，就说："苗叔，我知道哩！"

黑暗中，郝小荣的眼里含满了泪水，她突然间想起了小时候，她和育红上小学的日子。育红每天早上都会站在她家门口的土台子上喊她一块儿去上学，她挎着书包出门后，就会看到育红和苗叔叔已经在门口等她了，苗叔叔就会从他的旧军包里掏出一个苹果或者别的山果，塞到她的书包里。那时候，她就知道，苗叔叔给育红一份，也会给她一份。

上学的路上，苗叔叔一手拉着育红，一手拉着她。放学后，苗叔叔去接她们，依旧拉着她们的手。放学路上，走过山道的时候，苗叔叔还会给她们讲各种各样的故事。她很崇拜苗叔叔，因为苗叔叔知道的故事太多了，一张口就是一个故事，她和育红都听得入了迷。她有时候就想，如果她也是苗叔叔的女儿该多好，苗叔叔总是那么和蔼可亲，她很羡慕育红，她觉得育红很幸福。可是，她自己的爸爸似乎每天都很忙，不是在山里劳动，就是到城里打工。就算回到家也不常和她说话，总是蹲在墙旮旯里抽闷烟，她为此深感疑惑。直到有一天半夜，她听到爸爸和妈妈的谈话才有所明白，爸爸说小伟是男孩子，将来要为他盖房娶媳妇哩！不受苦怎么能挣到钱呢？妈妈还落了泪。

从那时起，郝小荣就明白了弟弟小伟在家中的地位，爸爸妈妈的辛苦都是围绕小伟来的，只是因为小伟是男孩，她是女孩。不管怎么说，爸爸妈妈还是让她念完了初中。爸爸妈妈其实是爱她的，她离婚后，是爸爸把她接回了家。爸爸说这里永远是她的家。妈妈虽然没说什么话，但妈妈的眼泪已经说明了一切。小伟就更不用说了，把那个可恶的男人揍了个半死。小伟说姐你放心，我养你一辈子。这让她满含热泪地看着弟弟，突然间，她发现弟弟长大了，再不是那个跟在她和育红身后的淘气的小男孩了。

"你想什么呢？姐！"郝小伟问姐姐。

郝小荣这才从回忆中回过神来，说："没什么，咱们回家吧！"

一旁的苗善明说："小荣，叔知道你心里苦，日子再苦也得过下去，要是难过了就跟红通通电话，再不行，就到省城红那里住几天，你们小时候好得跟一个人似的。"

郝小荣说："叔，我没事，育红刚才还给我打了电话。"

苗善明说："那就好，等红放暑假回来，让她多陪陪你。"

郝小荣说了一个"嗯"字就说不下去了，黑暗中，她悄悄抹了一把眼角的泪水。

三个人都不说话了，他们摸黑朝家中走去。

不知什么时候，星星布满了夜空。

回到家，小荣她妈咸春叶抱着丫丫就来到了小荣面前，丫丫伸着胳膊要挣脱姥姥的怀抱想要找妈妈，郝小荣赶紧伸出胳膊从妈妈的怀里接过丫丫，说："丫丫乖，今天想妈妈没有？"

丫丫还不会说话，借着院子里的灯光，郝小荣分明看到丫丫笑了。

小荣她爸郝贵年从屋里出来，说："都赶紧洗洗手，过来吃饭吧！"

郝小荣又把丫丫递给妈妈，去洗了洗手。

吃饭的时候，郝贵年一直在叹气，还时不时看小荣一眼，郝小荣看出了爸爸似乎有什么心事，就问："爸，您怎么了？"

郝贵年说："没事儿，吃饭吧！"

郝小荣说："您一直在叹气，哪像没事啊？"

郝贵年又叹了口气，郝小荣放下碗筷，问："到底怎么了吗？我知道肯定是为我的事。"

咸春叶在旁边忍不住了，说："今天他来家里了。"

郝小荣心里一惊，她知道妈妈说的"他"指的是谁。在她的心里，"他"早就死了。他叫许发，是离苗村五里外的羊村人。他和郝小荣是别人介绍认识的，当时，郝小荣只是觉得许发长得人高马大的，有力气干活，跟着这样的人肯定不会受罪的。她稀里糊涂地就跟许发结了婚，刚开始倒过了一段安静的日子，谁知道，后来，许发就像变了个人似的，经常无端地打她。为了两个孩子，她一再忍受，渐渐地，她实在忍无可忍了，她终于决定要结束这场没有希望的婚姻了。刚开始许发不同意，还威胁她。好在有爸爸妈妈和小伟，她才彻底告别了原来的生活。

"吃饭呀！姐！"不知什么时候，郝小伟在旁边说。

郝小荣这才从回忆中回到了现实里，郝小伟又说："姐！你该吃就吃，把身体养好比什么都强，你别担心，有我呢！许发要是再敢来，我打断他的腿。"

郝贵年在一旁只是叹气，没说话。

咸春叶说："你爸也是看你这日子难着哩！心里一直不好受，我和你爸慢慢都老了，也不能管你一辈子的，要是能过就还将就着跟他过吧，蛋蛋在家也挺可怜。他今天来就是想……"

咸春叶的话还没说完，郝小伟立即就表示了愤怒，说："妈，过什么过？许发是怎样欺负我姐的，你们不知道吗？这事啊！你们想都别想，我不同意，我姐没人管，我管她一辈子。"

"小伟！"郝小荣再也忍不住了，她一下子扑在弟弟的肩膀上，痛哭起来。

亲爱的弟弟！你已经长成大人了，你就像天门山一样，为姐姐挡住了凛冽的寒风，让我在冰冷的生活里感受到了永不间断的暖流。

郝小伟轻轻拍了拍姐姐的肩膀，说："姐！你别这样，这个家永远是你的，只要有我在，我就不会让你受一点儿委屈。"

郝贵年和咸春叶一下子惊呆了，想不到小伟会这样说，他们突然间意识到他们的儿子早已不是当年那个调皮的小男孩了，仿佛一瞬间，他就长成个大小伙子了，还能说什么呢？小伟能这样对他姐姐，老两口说不出心里是什么滋味。

郝小荣擦了擦眼泪，看着小伟，不知道说什么才好。

郝小伟说："大家今天都不要难过，我们从今往后都要好好生活。"

一家人都不再说话，郝小荣悄悄抬头看了看夜空，今晚的星星格外明净，在漆黑的天幕上不停地眨着眼睛。

23

潘小桐脚好了之后，就迫不及待地去上班了，一走进办公室，他就像衣锦还乡的英雄一样被大家围住了，当然这其中表现得最热情的就是乔敏了，乔敏上前一把拉着潘小桐的手，说："你可回来了，这段时间大家都很想念你。"

潘小桐觉得很不好意思，想抽开自己的手吧，又怕乔敏多心，就一直尴尬地被乔敏拉着手，只好一个劲儿地说："谢谢大家的关心。"

崔世芳在一旁跟潘小桐开玩笑："就数乔敏最关心你了，你看，你们都拉着不松手了。"

乔敏这才意识到自己有些失态了，就赶紧松开了潘小桐的手，红着脸坐到了自己的办公桌前。白子川看到这一幕，就说："乔敏，你不用在意崔老师的话，大大方方的，你该怎么拉小桐的手就怎么拉，我和育红都不会说什么的。"

　　白子川说最后一句话的时候，有意扯上了苗育红，这让苗育红心里"咯噔"一声，想：白老师啊！你怎么把我也扯上了啊？我可什么话都没说啊！

　　没想到，白子川依然没有停下的意思，接着问苗育红："育红，你说我说得对不对？"

　　苗育红一时不知道该怎么回答白子川了，只好说："白老师，我智商不够啊！对此只能保持沉默。"

　　白子川笑着说："育红，你真够谦虚的，这智商还不够高啊？你这话说得太有水平了。"

　　正在这时，历史老师高凯推门而入，进门就说："子川，你出来一下，我找你有事。"

　　白子川站起来跟着高凯准备出去，高凯又回过头来跟潘小桐打了个招呼，毕竟好长时间没见到潘小桐了。随后，两人就离开了办公室。

　　潘小桐心里有些不舒服，不舒服倒不是白子川和崔世芳跟他开玩笑，而是他觉得白子川扯上苗育红有些不妥。可是能有什么办法呢？白子川一贯都是这样的人，很多话不过脑子就"喷"出来了。别看他年龄到了四十岁，有些时候做事欠考虑。

　　其实白子川这个人并不坏，没什么恶意。上次他和崔世芳去看望潘小桐时，还顺便帮潘小桐家修好了抽水马桶。这还不算，为了让潘小桐尽快好起来，他还到城南的旧货市场淘了一副拐杖，取回家后，又经过重新加工改造，改成了一个既能辅助行走，又能坐下来休息的特制拐杖。他把拐杖送到潘小桐家时，潘小桐的父母潘树林和楚玉梅感动得不知道说什么才好。

　　人，就是这样，十全十美者是不存在的，我们在苛求他人的同时，也应该回过头来看看自身是否有问题。潘小桐有时候表现得远不如白子川，他在对待乔敏和苗育红的态度上，明显经常性地袒护苗育红，对乔敏苛刻的次数实在不少。乔敏有她的缺点，苗育红的确有她的优点，但不能一味地对两个人区别对待。

潘小桐不想再想这些事了，就拿出手机看了起来，其实他根本看不进去，他悄悄瞟了一眼苗育红，苗育红正在写着什么，又看了一眼乔敏，乔敏正对着电脑看，崔世芳正在批改办公桌上那一摞厚厚的作业。他突然觉得应该对苗育红和乔敏表示一下谢意，他生病的这段日子，是乔敏和苗育红担负起了他丢下的工作的，于是，就说："乔敏，育红，为了感谢你们分担我的工作，我中午请你们吃饭。"

说完，潘小桐才想起崔世芳也在办公室里，就又改口说："还有崔老师一起去啊！"

崔世芳刚张开口要说推辞的话，乔敏一下子就站了起来，兴奋地说："真的吗？那可太好了，我现在都饿了。"

乔敏的话音刚落，白子川就进来了，问："谁饿了？我桌兜儿里有饼干呢。"

崔世芳说："子川，你说什么哩？人家小桐邀请乔敏和育红吃饭呢，乔敏说她现在就感到饿了，你听成什么了？"

白子川说："哦！那不错啊！"

潘小桐赶紧说："白老师，咱们都一块儿去啊！"

白子川正要说话，崔世芳抢了先，说："算了，我和白老师就免了吧，你们年轻人在一起，我们不便掺和的，再说了，帮你忙的主要是乔敏和育红。"

潘小桐说："我请大家吃一顿饭还不是应该的吗？我生病这段时间，没少得到大家的帮助。"

白子川说："小桐，你的心意我和崔老师都心领了，我们就不打扰你们年轻人了。"

正在这时，高凯又来到了他们办公室，一个"子川"刚说出口，白子川立刻就又跟着他出了办公室。

两个人一走，崔世芳忍不住了，说："今天这两个人要干什么？搞什么鬼？三番五次挤眉弄眼的。"

一个"挤眉弄眼"把苗育红逗乐了，苗育红说："崔老师这个动词真可谓一语中的。"

"本来就是嘛！"崔世芳敲了敲桌子，"白子川和高凯是高中同学，他们同时考入同一所大学，毕业又一块儿来到咱们省三中工作至今，多年来形影不离，关系好得就差穿同一条裤子了。"

潘小桐说："这也可以理解，人家多年建立的友谊嘛！"

崔世芳说："关键是这关系有点儿不正常了。"

乔敏说："回来问问他，看看他们闹的什么名堂？"

过了一会儿，白子川回来了，大家问高凯找他干什么了，白子川叹了一口气，说："没什么，就是单纯聊聊天。"

崔世芳满脸不屑地说："谁信呢？三番五次地把你约出去，勾肩搭背的。"

白子川马上反驳崔世芳："崔老师，你用词不当啊！我们什么时候勾肩搭背了？"

崔世芳说："我觉得这'勾肩搭背'用到你身上再恰当不过了，你也别不高兴。"

乔敏问："白老师，该不会是你和高凯老师要干什么大事吧？"

白子川没有正面回答乔敏的话，借故自己还有课，就夹着课本急匆匆地离开了办公室。他一走，办公室里的人对白子川和高凯的行为做了各种各样的猜想，但最终也没有一个定论，最后，还是苗育红说："事情肯定会有水落石出的时候，到时候就会真相大白的。"

说完，苗育红就站起来准备出门，潘小桐冲着她的背影说："别忘了中午的饭局啊！"

苗育红回过头来，一只脚在门外，一只脚在门里，说："放心，我一定不会错过这么好的机会的。"

潘小桐说："那就'老地方粗粮馆'不见不散啊！"

苗育红说："一言为定，不许反悔。"

说完，她就走了，她的背影消失的那一瞬间，乔敏心里很不是滋味，她觉得潘小桐对苗育红过分热情了，似乎忽略了她的感受。

中午，在"老地方粗粮馆"，潘小桐、苗育红和乔敏如期而至。因为三个人毕竟不如两个人说话随意，多少会有些拘谨。乔敏原本有很多话要对潘小桐说，可是由于苗育红在，也就不好意思说出口了。说实话，这顿饭乔敏吃得很别扭。

不光是乔敏感到别扭，苗育红感到更别扭，她本想委婉谢绝的，可又觉得不能辜负了潘小桐的一片好意，就硬着头皮来了。一顿饭，她根本就没怎么吃，一点儿胃口都没有，只象征性地喝了几口饮料就借故有事提前离开了。

苗育红一离开"老地方粗粮馆"，她就像一只笼子里久关的小鸟重获自由一样，立刻就感到全身轻松了许多。

初夏的省城已处处洋溢着夏天的气息，街道两旁绿树成荫，绿草茵茵，各色鲜艳的花朵点缀其中，再加上身着各色裙子的女孩走过旁边，形成了一幅美丽的画卷。

苗育红在街边的长椅上坐下，想安静地待一会儿，这时，手机响了一下，她掏出一看，是陈天宇发来的一条微信：育红，晚上是否有时间，可否出来一聚？

苗育红一惊，离上次收到陈天宇的微信已过去好多天了，她原本以为他已经忘了她，她也就迫使自己不去想这件事了，就在她快要忘了他的时候，他突然发来微信，难道还想跟她说些什么？一时间，她不知道该怎么回复他了，但又不能不回复，装作没看到他的微信是行不通的。

在纠结要不要拒绝陈天宇的时候，苗育红情不自禁地从包里掏出一枚硬币，投掷一下决定自己的选择吧！正面就去，背面就不去。她抛向空中，硬币掉在了地上。她闭上双眼，不敢看，但还是忍不住睁开了眼，硬币是背面朝上，那就拒绝，硬币帮她做了决定。于是，她毫不犹豫地给陈天宇回了微信：我今晚有事，改天吧！

陈天宇很快又发来微信：你该不会是有意躲着我的吧？

苗育红随即又回了条微信：随你怎么想。

发完微信，苗育红已无心再待在那个长椅上了，她想回学校去，于是，把手机往包里一放，就朝学校走去了。

陈天宇不死心，一连给苗育红发了好几条微信，但再没收到苗育红的回信。他觉得苗育红可能误会他了，这段时间被各种事缠绕，的确对苗育红关心不够，要不是蓝梅出现在他的生活里，说不准他已经和苗育红谈婚论嫁了。可惜呀！他处在一个摇摆不定的位置上，既不想惹爸爸妈妈难过，又不想失去苗育红，他现在是左右为难，不知所措。

陈天宇想尽早结束这种纠缠，可哪有那么容易呢？爸爸妈妈是铁了心地希望他能和蓝梅在一起，蓝梅就更不用说了，她是发自内心地喜欢他。苗育红呢！虽说她到现在都没有真正答应过做他的女朋友，但他就是喜欢苗育红，苗育红的漂亮是一方面，更重要的是苗育红身上的那种特殊气质深深吸引着他。

其实，陈天宇也不知道未来究竟会是什么样子，他和苗育红能不能走到底都还是未知数，不管怎样，他都决定和苗育红长谈一次。

但现在令陈天宇伤脑筋的是苗育红不肯见他，他该想个什么办法呢？

苗育红下午回到学校上班，心里并不踏实，总想着陈天宇的事，她立刻就自我批评起来了，就算对陈天宇再有意见，也不应该直接拒绝他，至少应该和他好好谈一次，敞开心扉，把有些事说到明处就行，至于两个人的未来怎样，她已经不再抱有幻想了。

苗育红心神不定地坐在办公桌前，似在看书，其实一个字也看不进去，她竭力让自己平静下来，越是想平静就越难以平静，心烦意乱的感觉真不好受。如果这时候再接到陈天宇的微信，她一定会毫不犹豫地答应他，可是陈天宇在发了数条微信之后，在苗育红最期盼的时候，他却不发了。唉！人有时候真是奇怪，失望和希望总是相对而言的。

苗育红的这种情绪一直持续到下午放学，她头脑发胀地走出办公室，潘小桐跟在她后面，问："育红，你怎么了？是不是哪里不舒服？"

苗育红回过头，勉强一笑，说："没有啊！只是看书时间长了，眼睛有点儿发昏。"

潘小桐说："要不，我送你回家吧？"

苗育红说："不用，我骑电动车回去。"

潘小桐说："你这个状态，骑车是很危险的。"

苗育红一挥手，说："谢谢了，我真没事儿。"

这时，乔敏走了过来，拉了一下潘小桐的衣角，说："你干吗呢？我想搭你的车。"

潘小桐皱起了眉头，看了一眼乔敏，想拒绝却说不出口。

苗育红走上前说："小桐，你看看，乔敏要搭你的车，美女相伴，这是你的荣耀啊！做一个护花使者，是你的责任。"

潘小桐顿时红了脸，乔敏却很高兴，她想不到苗育红会这么说，这正是她期待的话。在她的内心深处，还真希望潘小桐能做她的护花使者，可是决定权在潘小桐手里，她不知道潘小桐是否会行使"护花使者"的职责。

潘小桐有些尴尬，一时间不知道该怎么办才好，他想去送苗育红，不想让乔敏搭车。他知道乔敏只要一上车，就会喋喋不休说个没完，而他最不愿意听的话，乔敏往往要说出口。

但最终乔敏还是上了潘小桐的车，苗育红看着他们离开，她才推着自己的电动车出了校门，准备回出租屋。

24

夏季的白天很长，虽然已经是傍晚下班的时间，但太阳还远没有褪去它的光彩，金色的夕阳映红了西半边天空。城市的街道上还是一片热闹的气息，再加上此时的温度非常舒适，繁忙的城市还远没有停下前进的脚步。

苗育红准备骑上自己的电动车，身后传来了一阵阵汽笛声，她没在意，觉得街道上每天都会传来数不清的汽笛声。她启动电动车向前骑去，没想到后面的汽笛声更加频繁了，她忍不住停下车回头一看，大吃一惊，看到陈天宇从他的车里探出个头，朝她打招呼："育红，上车。"

看来，陈天宇是不达目的不罢休啊！苗育红不想上陈天宇的车，就说："不用，我还是骑电动车吧！"

陈天宇从车里钻出来，一下子抓住了苗育红的电动车的车把，说："骑什么骑？"说着，陈天宇就推起苗育红的电动车抬腿骑了上去往省三中的车棚驶去。

苗育红没有阻拦，她知道陈天宇的脾气。又是一阵鸣笛声，苗育红回头看时，陈天宇的车挡住了后面驶来的别的车的道路，已经堵了好几辆了，那些车接二连三地鸣笛，有个耐不住性子的中年男司机从车窗里探出头来，尖刻地说："这是谁的车？长眼睛了没？乱停，有点儿公德心没有？"

苗育红站在那里尴尬极了，她左右为难，她一边朝学校大门里张望，一边期盼着陈天宇快点出来。可不知怎么陈天宇就是不出来。这时候，好几个司机都从车里钻出来骂了起来，其中还有个满头波浪卷儿的女司机，径直走到陈天宇的车前，拍了拍车窗，骂着："这是谁的臭车？干脆让交警拉走算了，省得在这儿挡道。"

陈天宇终于出来了，看到他的车后面堵了那么多车，觉得非常不好意思，就小跑了几步来到车前，边喊苗育红上车，边拉开了车门，刚才那个女司机见陈天宇拉开了车门，就说："哦！原来这是你的车啊？你一辆破车，耽误了大家多少时间，你知道不？"

陈天宇一听"破车"两个字，顿时火冒三丈，朝女司机嚷道："我看你的车也新不到哪里去，你也不睁眼看看，车头都烂成啥了，还有脸开到大街上，依我看，直接扔到垃圾场算了。"这下，女司机恼了，两个人大吵了起来，女司机骂骂咧咧的，挥舞着短短的粗胳膊，大有要跟陈天宇争个你死我活的气势。陈天宇也不示弱，跟女司机不断地争执着，苗育红上前拉了陈天宇一把，说："算了，本来就是你的不对。"

旁边的好多司机看到陈天宇和女司机吵架，就纷纷上来劝："算了算了，赶紧走吧，大家都还有事呢！"

陈天宇这才钻进车里，苗育红也跟着上了车，女司机依旧不依不饶的，不但瞪眼，而且还朝陈天宇的车"呸"了一下。陈天宇并没有看到女司机的这种恶劣的"表演"，要不，还会爆发一场"战争"。

陈天宇开着车驶出了好远，心情依旧难以平静，他不停地喘着粗气，胸部一起一伏的。苗育红在一旁说："你刚才干吗呢？还是个大学老师呢？跟人骂街也不嫌丢你的身份。"

陈天宇说："你没听那女的说话那么刻薄，谁能受得了？"

苗育红说："她不明事理，你也跟着糊涂啊？再说了，你把车随便一停，挡了别人的道，本来就是你不对嘛！"

陈天宇不说话了，只顾开着车朝前走，要是蓝梅这么说他，他一定会反驳她的，说不准还会吵一架，但今天坐在旁边的是苗育红，他跟苗育红是吵不起架的，因为他觉得苗育红在他面前始终都是讲道理的，不像蓝梅有时候蛮不讲理。

两个人沉默了好久，陈天宇才说："咱们找个地方好好谈谈，要再不谈，我就要疯掉了。"

苗育红忍不住笑了，说："你不是自以为什么事都难不倒你吗？今天怎么成这个样子了？"

陈天宇朝苗育红挥了一下手，说："我今天没心情跟你抬杠，待会儿你就知道了。"

苗育红预感到陈天宇将要跟她谈什么事了，她顿时紧张起来。尽管她还没有和陈天宇发展到热恋的程度，但不代表她不愿意和他在一起。既然已经有和陈天宇在一起的想法，如果陈天宇要谈些什么不利的话，她还真不能接受。

陈天宇把车停在一个叫"幻享咖啡"的咖啡厅前，两个人下了车，进了咖啡厅。坐定之后，陈天宇随意要了两杯咖啡，因为加了奶，苗育红一点儿都感觉不到咖啡的苦味，她没有说话，只是等待陈天宇开口。

陈天宇毫不隐瞒，也没有拐弯抹角，直接跟苗育红说了他和蓝梅的事，还说了家里如何给他施加压力，他如何不满的事。苗育红很平静，这在她的意料之中，她先前就猜出陈天宇可能会遇到这样的事，只不过她不知道具体是什么事，今天听陈天宇一说，她反倒平静了。这样也好，该来的一定会来的，和陈天宇大吵一架又有什么用呢？还不如面对现实。不过，她立刻有种预感：她和陈天宇不会走得太远，她甚至现在就想和颜悦色地和陈天宇摊牌——各自珍重就好。但她忍着没说出口，倒不是她有多留恋陈天宇，而是她发现陈天宇在陈述他和蓝梅的事时，表情极其痛苦，也很无奈。苗育红不想在一个人痛苦无奈的时候再伤人家的心，她唯一能做的只是静静地听着陈天宇接二连三的叹息。

陈天宇问："育红，我今天找你来，就是想问问你，你怎么看待我和蓝梅这件事？"

苗育红看了一眼陈天宇，说："这要看你是什么态度了？我只是一个局外人。"

陈天宇说："你怎么是一个局外人呢？你才是主角。"

苗育红说："什么主角？我连跑龙套的都不是。"

陈天宇突然站了起来，红着脸说："谁说的，你就是主角。"

陈天宇的声音很大，再加上他的夸张的动作，周围正在喝咖啡的客人纷纷把目光投向了他，一瞬间，苗育红感到一阵难堪，于是，苗育红说："我现在希望你能冷静一下，这是咖啡厅，不是你家。"

陈天宇重新坐了下来，说："我冷静不下来。"

苗育红说："你我先都平静一下情绪，好不好？这件事需要时间的。"

谈论没有任何进展，陈天宇一直在重复他和蓝梅的事，苗育红已经听不进去了，她想赶紧离开这个地方，可她又不能撇下陈天宇一人不管，只能把目光投向了窗外。华灯初上，美丽的城市夜生活刚刚开始。苗育红根本没有心情欣赏城市的夜景，相反，脑海中却又一次闪过了故乡的天门山和艾拉河，小时候，她、小荣、小伟无数次到天门山放牛、砍柴、采草药、摘酸枣……，无数次到艾拉河洗衣服、游泳、摸鱼、捉螃蟹……无论心情多么糟糕，只要一爬上天门山的脊梁，或者跳进艾拉河的怀抱，所有的烦恼都会随着蜿蜒的山道和奔腾的浪花消失得无影无踪。

陈天宇依旧在说着刚才的事，苗育红感到压抑极了，她现在急需要改变这种气氛，最好的办法就是转移话题。就在这一瞬间，苗育红突然想起了小伟的事，她觉得这时候可以跟陈天宇谈谈小伟的工作问题，看他能否帮帮小伟。让陈天宇把注意力转到小伟身上，也许能缓解一下他的情绪。于是，苗育红就岔开话题对陈天宇说起了这件事，本来她只是抱着试一试的态度，没想到陈天宇想都没想就答应下来了。但是，令苗育红纳闷的是陈天宇在答应完之后就又开始陈述他自己的故事了，苗育红也不好意思不听了，只能陪着他。

好不容易，陈天宇的倾诉总算告了一个段落，苗育红趁机说晚上还有事，起身就叫服务生来结账，陈天宇却一挥手，说："我来！"说着，他就结账去了。

当他们想跟着走出咖啡厅的时候，有人正要进咖啡厅，陈天宇一看，慌了，原来是蓝梅，两个人目光相撞，陈天宇不知道该说什么才好，只是说："蓝梅！你……"

蓝梅看了一眼苗育红，满脸惊讶，随后就指着苗育红冲陈天宇问："她是谁？你怎么解释？"

陈天宇急中生智，岔开话题，对蓝梅说："呀！蓝梅，我真的没发现，你跟育红长得还挺像，你们就像一对亲姐妹似的。"说着，陈天宇还指了指身边的苗育红。

蓝梅知道这是陈天宇惯用的"伎俩"，每当在僵持的关键时刻，他总会想出各种法子来转移她的注意力。不过，她悄悄瞟了一眼苗育红，她们两个人还真有点儿像，但她马上就又把注意力转移到刚才的话题上了，她才不会上陈天宇的当，于是，就又对陈天宇说："你少跟我来这一套，回答我刚才的问题。"

陈天宇尴尬极了，正当他不知道该如何开口时，苗育红大方地走到蓝梅面前，说："你不用问他了，你不是就想知道我是谁吗？我叫苗育红，是一名高中老师，是我的一个同事介绍我和陈天宇相亲的，我们目前还处在相互了解阶段，至于今后发展成什么关系，现在还很难说。"

蓝梅上前一步，对苗育红说："明人不说暗话，我叫蓝梅，和陈天宇青梅竹马，几年前，我就已经是他女朋友了，所以，你们不用发展下去了。"

蓝梅很快挎住了陈天宇的胳膊，故意把头斜靠在陈天宇的肩上，装出一副得意的样子。陈天宇想挣脱蓝梅，可蓝梅把他的胳膊紧紧地搂着，他根本挣脱不了。

苗育红很是看不惯蓝梅的这一举动，本来刚开始觉得蓝梅还挺有气质，蓝梅身上有种知识女性的干练，但现在，苗育红打心眼儿里看不起她，于是，毫不客气地对蓝梅说："你以为你这样就能得到陈天宇吗？依我看，你未必能得逞。"

蓝梅松开陈天宇，质问苗育红："你怎么知道我就不行呢？"

苗育红说："从你刚才极其幼稚的'表演'就能看出来。"

蓝梅说："我不行，就你行吗？你也太自信了吧？"

陈天宇在一旁想劝阻她们，但他的努力无济于事。

苗育红对蓝梅说："我不会在这儿跟你浪费时间的。"说完，她就走了。

陈天宇想挽回苗育红，朝前走了几步，朝她的背影喊："育红！"

苗育红没有回头，蓝梅却走上前拉了陈天宇一把，说："你喊她干什么？一个土里土气的人，有什么可留恋的。"

陈天宇扭过头，生气地说："蓝梅，你太过分了！"

蓝梅说："我怎么就过分了？"

陈天宇说："我跟你说不清楚，你蛮不讲理。"说完，他转身就走了。

蓝梅呆呆地站在原地，一颗泪珠滚落脸颊。她转身进了咖啡厅，朝服务员喊："给我来杯苦咖啡。"

蓝梅望着窗外夜色中的城市，一个人痛苦地喝着咖啡，眼里含满了泪水。

蓝梅从咖啡厅出来的时候，天色已经很晚了，她没有打车，而是一个人沿着繁华的平原路慢慢走着。夜色中的城市流光溢彩，这么热闹的城市，她竟然觉得自己如此孤单。仿佛这个城市都不属于她，她就像飘在这个城市的一片叶子，这是她从未有过的感受。以前她觉得这个城市是如此美好，她出生在这里，她爱这里。可是现在，她不敢看这个生她养她的地方，为什么这么陌生？

走过过街天桥，蓝梅扶着栏杆，满眼的泪水模糊了她的视线，她突然觉得整个世界仿佛都昏暗了。她真的不想就此离开陈天宇，那是她童年和少年的伙伴，两个人曾经一起走过童年和少年的许多美好时光，她从小培养起来的对他的感情绝不可能随着苗育红的出现就荡然无存，她这才明白陈天宇为什么会疏远她。如果今生不能和陈天宇在一起，她情愿选择孤独地老去。

蓝梅神色恍惚地回到家时，爸爸还没有睡，蓝政广问："梅梅，你回来这么晚也不给家里打个电话，给你打电话，你又不接。"

蓝梅慌忙掏出手机，说："不好意思啊！爸爸，我静音了。"

蓝政广说："爸爸不是告诉过你吗？不管有什么事都应该先给家里打个电话的。再说了，今天也太晚了吧？"

蓝梅不想让爸爸担心，于是就撒谎："今天公司有个选题会，开的时间长了，会后又接待了一个作者，聊出书的事，时间就拖得有些晚了。"

蓝政广说："唉！每天都是这么忙，你还没吃饭吧？我去给你热饭。"

蓝梅说："吃过了，爸爸，您早点休息吧！"

蓝梅转身正要进自己的房间，蓝政广却叫住了她，问："梅梅，你最近和天宇怎么样了？"

蓝梅一下子怔住了，不知道该怎么回答爸爸，只是说："挺好的。"

蓝政广看出了女儿的脸色不太好，就说："梅梅，你心里如果有事就说出来，爸爸永远都是你的后盾。"

蓝梅回过头来，朝爸爸笑了笑，说："真没事儿，爸爸，天太晚了，您早点儿休息吧！我也累了。"

蓝政广见女儿不肯说，就没再追问，只是叹了一口气。

蓝梅进了自己的房间，关上门，一下子扑在床上，失声痛哭起来。

25

尽管上次由于蓝梅的原因，大家闹得不欢而散，但陈天宇依然没有忘记苗育红托他办的事。他很快就帮郝小伟找到了工作，在省师范大学南门当保安。他打电话告诉苗育红时，苗育红当场就表达了对陈天宇的感谢，还说抽时间要请陈天宇好好吃一顿饭，陈天宇说不用客气，又说郝小伟在上岗前还需要到保安公司培训一段时间，苗育红说没问题。

挂了电话之后，苗育红第一时间就把这个消息告诉了郝小伟，她打通郝小伟的手机时，郝小伟正在山里割草，他一听就激动得把手里的镰刀扔出了好远，立刻就对着手机说："红姐！我好爱你！"

苗育红仍然像小时候那样，疼爱地说："好了，傻孩子，快回家准备准备吧！明天你就来省城，到时候我去接你。"

"红姐……"郝小伟说不下去了，他眼里盈满了泪水。

"你怎么了？小伟！"手机里传来了苗育红焦急的声音。

郝小伟抹了一把眼角的泪水，说："红姐！你就是我亲姐姐，我一辈子都是你弟弟。"

苗育红说："那当然了，快回家吧！"

郝小伟"嗯"了一声，就在山道上跑了起来，跑出好远了，他才想起了自己扔掉的镰刀，还有没来得及捆住的草，就又转回身拿起镰刀，捆好草，扛在肩上回家去了。

回到家，当郝小伟把他要去省城当保安的消息告诉全家人时，郝小荣第一个就哭了，她妈咸春叶忙拉了拉小荣的衣角，说："你瞧你，说哭就哭了。"

郝小荣揉了揉眼睛，说："我不是哭，我这是高兴，育红帮了小伟的忙，我能不高兴吗？"

咸春叶说："小伟，快去叫你苗叔，让他今天晚上到咱家来吃饭。"

"小伟，你别去了，你去收拾你的东西，还是我去吧！"一直在墙旮旯里抽烟的小伟他爸郝贵年撂下这句话，转身就出了家门。

等郝贵年把苗善明叫进家门时，郝贵年还一直说着感谢的话，苗善明一个劲儿地说："又不是什么大忙，再说了，帮这点儿忙那还不是应该的吗？"

郝贵年全家和苗善明就像一家人那样围在一张桌子上吃了一顿丰盛的晚饭，其间，他们聊得最多的就是嘱咐小伟到省城后要听他红姐的话，小伟什么话都没说，只是连连点头。

他们聊到很晚，苗善明才回自己家去了，临睡前，他给苗育红打了个电话，嘱咐她一定照顾好小伟。

第二天一大早，郝小伟就离开家去了省城，这虽然不是他第一次远行，也不是第一次坐火车，但依然是很激动的，激动的是他要去省城上班了，因为之前他还没有到过省城，而且还可以见到亲爱的红姐。

当他走出火车站的出站口时，一下子就被省城吸引了，这是他第一次来到省城，东看看、西望望，总也看不够，直到接到红姐电话，他才看到红姐正在前边的站前广场上向他招手，红姐一定是等他好久了。

苗育红紧走几步来到郝小伟的身边，上前接过他的背包，问："小伟，你怎么不跟我说一下车次？还是我问了郝大伯才知道的。"

郝小伟说："红姐，我是不想麻烦你啊！你那么忙还来接我。"

苗育红说："我就是再忙，也不差这点儿时间，谁让你是我弟弟呢！"

苗育红的一句话，让郝小伟鼻子一酸，差点儿落下泪来。

苗育红又说："饿了吧？走，去吃点东西。"

郝小伟拉着皮箱，说："红姐，我不饿。"

"算了吧！都坐了这么长时间的车了，我就不信你不饿。"苗育红边说边带着郝小伟朝前走去。

他们来到一家面馆，郝小伟吃了两大碗手擀面，连他自己都不好意思地笑了。

苗育红问："要不要再来一碗？"

郝小伟笑着说："我都吃了两大碗了，快撑破肚皮了。"

吃过饭后，苗育红拦了一辆出租车，姐弟俩一起来到了她租住的院子。原本苗育红打算让郝小伟住在自己的屋子里，她去找尚静，没想到，她告诉江尤天郝小伟是她弟弟需要暂时在她的屋子里借住一晚时，江尤天想都没想就说让郝小伟住他的房间，今晚他要去姐姐家给外甥女过生日，刚好不打算回来住，房间空着也是空着，住一晚上还是可以的。苗育红自然又是感谢了一番。每次在苗育红最需要帮助的时候，江尤天都能给她带来温暖，她从内心里感谢这个房东。

晚上睡觉时，郝小伟一点儿睡意都没有，激动得给家里人说了好多见闻，还拍了照片发给了姐姐。

第二天，苗育红在上班前把郝小伟送到了保安公司，他要在那里接受一段时间的培训，才可以到省师范大学做保安工作。

经过了一系列培训之后，郝小伟就顺利地到省师范大学南门当了一名保安，当然这中间多亏了陈天宇的帮忙。郝小伟在感激红姐的同时，也十分感激陈天宇，他本来叫陈天宇"陈老师"的，但陈天宇却不让他这样称呼，而是让他叫他"天宇哥"就行。郝小伟倍感温暖，看来哪里都是好人多啊！这都得益于红姐的关系。

有了工作，又是在省城，郝小伟对苗育红心存感激，在他心里，红姐就是他亲姐姐。如果没有红姐的帮助，他怎么可能来到省城工作？更不要说能在省师范大学当一名大学保安了。他每天看着进出校门的年轻的大学生，他们满脸荡漾着青春的朝气，他就打心眼儿里羡慕这些大学生，有时候还会后悔一阵子，如果当年他也好好学习的话，说不准也能考上大学，可是生活没有如果，他现在要做的事就是把工作做好，不给红姐丢脸。

不值班的时候，郝小伟会沿着省师范大学幽静的校园小道来回溜达，他尤其爱到柳湖岸边的相思路走一走，每当有大学生从他身边走过，他就会下意识地看看人家手里的书，尽管他不知道那是什么书，但他知道那书里面一定有很多他不知道的东西。他想象着，大概几年前，红姐也是这样夹着书走过相思路的吧！

郝小伟坐在湖边的一个小石凳上，看着静静的湖面上有几只鸭子在悠闲地游来游去，他想起了故乡的艾拉河，每到这个季节，艾拉河就会热闹起来，鸭子成群，河里嬉戏的孩子欢快的笑声时时荡漾在艾拉河的两岸。他小时候，经常在姐姐和红姐的带领下去艾拉河玩水，后来姐姐和红姐去乡中上学了，他就只能和其他小伙伴们在艾拉河里玩，一泡就是一整天，直到妈妈喊他回家吃饭，他才依依不舍地离开艾拉河。

"小伟！"

身后有人喊，郝小伟扭过头一看，陈天宇正向他走来，郝小伟马上站了起来，说："天宇哥！"

陈天宇来到郝小伟身边，笑着说："你怎么在这儿坐啊？"

郝小伟说："我没事的时候就爱沿着相思路溜达。"

陈天宇说："这么好的时间来回溜达就浪费了，你要不要做点儿别的事？"

郝小伟问："什么事？我也做不了啊！再说我是轮换值班，也没有太多时间外出做事。"

陈天宇说:"你误会了,小伟,我的意思是想让你利用空闲时间多读点儿书什么的。"

郝小伟脸顿时红了,不好意思地说:"天宇哥,我初中没毕业就不上学了,没什么文化……"

郝小伟的话还没说完,陈天宇就打断了他:"正是因为你文化底子太薄弱,我才想着让你多读点儿书的。"

郝小伟问:"那怎么读啊?我就喜欢读小说之类的,其他书也看不懂啊!"

陈天宇说:"这都没关系,慢慢学,我是这样想的,你有一定的空闲时间,你可以参加高等教育自学考试,既能提高文化修养,又能获得文凭,你如果选择中文专业的话,那就更好了,可以作为我们中文系的旁听生去听听课。"

"啊!"郝小伟惊讶地张大了嘴,"天宇哥,我没那本事啊!你看我能行吗?我一个初中都没毕业的人,怎么能去大学听课呢?"

陈天宇摸了摸郝小伟的头,说:"这有什么关系,不懂你可以问我吗?只要你肯下功夫就一定能取得成功的,你看这些大学生。"

陈天宇随手指了指身边走过的大学生,说:"他们和你一样的年龄,你就应该向他们看齐。"

郝小伟说:"我其实很羡慕他们呢!我很后悔当初没有好好念书,以致到今天啥都不会,要不是你和红姐帮我找的工作,我至今还在老家啃泥巴哩!"

陈天宇说:"所以你要把失去的时间找回来,从现在开始你就应该好好读书了。"

陈天宇的话一下子燃起了郝小伟的激情,问:"我能行吗?"

陈天宇鼓励他："当然能行了，我相信你的。"

郝小伟说："那我就试试吧！"

陈天宇说："不是试试，是必须参与其中，努力学习拿到文凭。你要是没有信心，我推荐一本书给你看看。"

郝小伟问："什么书？"

陈天宇说："《妈妈的心有多高》，是一个残疾妈妈写的，虽然写的主要是如何培养孩子成才的，但里面有部分内容是在说她自己如何克服困难参加高等教育自学考试最终拿到大学文凭的故事，人家是一位残疾人还能凭着毅力通过考试，你一个健康人就更没问题了。"

郝小伟沉思了一会儿，问："哪里有卖的？我要看看。"

陈天宇说："你不用买，到图书馆借一本就行，抽空你可以到学校图书馆办个借书证，没事的时候就到图书馆看书学习。至于将来考试的复习资料，我们中文系都有，你找我要就行。"

郝小伟感激地看着陈天宇，说："天宇哥，你对我太好了，谢谢你了。"

陈天宇说："谢什么？要谢还是谢谢你红姐吧！是她让我对你说这些话的。"

"红姐！"郝小伟顿时眼眶湿润了。

陈天宇说自己还有事就走了，郝小伟泪眼蒙眬地望着柳湖，心里充满了对苗育红的感激。

郝小伟毫不犹豫地拿出手机给苗育红打了电话，他有意省掉了以前惯叫的"红姐"的"红"字，第一句话就是："姐，谢谢你！"

苗育红听到郝小伟这么称呼自己，倍感温暖，其实他早把郝小伟当作亲弟弟了，说："谢什么？"

郝小伟就把刚才遇到陈天宇的事跟苗育红说了。

苗育红说："你好好学习就行，姐姐相信你哩！"

郝小伟响亮地回答了一个"嗯"字，苗育红又在电话里嘱咐了他几句，还说过几天会来看他，然后就挂了电话。

金色的阳光洒在湖面上，泛着点点光辉，一阵清风吹来，湖边的柳枝随风起舞。郝小伟信心百倍地朝学校图书馆走去，他先是办了一张借书证，然后就到二楼的文科书库去找天宇哥说的那本《妈妈的心有多高》。他好不容易才找到了那本书，随手翻了翻，立刻就被吸引住了，虽然书已经有些旧了，但丝毫不影响文字的魅力。他不好意思到一楼的自修室去看书，毕竟自修室里都是大学生，他只是一个保安。于是就悄悄出了图书馆，朝宿舍走去，他住的是集体宿舍，好几个保安住在一起，分上下铺，为了值班方便，他们的宿舍就在师大南门旁。

郝小伟夹着那本书回到宿舍，上了自己的上铺，躺在床上开始看书，主人公赵定军那不畏艰难，刻苦自学的精神深深感染了郝小伟，读着、读着，他的眼眶就湿润了。

一个残疾母亲不但含辛茹苦抚养教育自己的孩子成才，而且还努力自学，完成了学业。郝小伟越读越觉得后悔，怎么没有早日读到这本书，如果早一天读到这本书，也许他现在已经是一名自考的大学生了。大学是一个多么美好的地方啊！人的一生能上大学该是多么幸运的事。就算是能走进大学看看也是一种享受。

郝小伟以前对大学的概念是模糊的，他对大学的印象只是觉得很神圣，红姐考上大学的时候，他好羡慕红姐，不仅仅是因为红姐来到了大城市，更主要的是红姐从此成了大学生。大学生，在他们村里，通常被认为是脱离土地的象征，从此不用再进山里劳动了。难道不是吗？他想起了自己的姐姐，姐姐没有上大学，命运就被束缚在了山里，红姐上了大学，就成了省城的人。

郝小伟没有太高的人生境界，有很多道理还不太懂，看问题也不够长远，但是他决心要参加高等教育自学考试了。

"郝小伟！该你上岗了！"

窗外的保安队长朝宿舍喊，郝小伟立刻应声："马上到！"

郝小伟合上书，压在枕头底下，起身下床，昂起头走向了自己的工作岗位。

26

尚静心情灰到了极点，她不知道自己会夹在两个男人中间，尹韶峰和杜明杰就像两颗炸弹一样随时都可能在她面前爆炸。她听苗育红说尹韶峰以前一直在追求他的大学同学乔敏，可是乔敏看不上他，乔敏喜欢的是她们同一个办公室的潘小桐。

尚静不知道尹韶峰是什么时候喜欢上了她，尹韶峰三番五次请她吃饭，还会时不时地送她礼物，刚开始她并没有在意，只是觉得这是一个领导对员工的关怀。渐渐的，她发现问题不是她想的那样简单，直到有一天，尹韶峰向她表白，她才真正明白了先前尹韶峰的所作所为。因为在她的世界里还有一个杜明杰，她并没有答应尹韶峰，杜明杰为了她来到了省城，甚至有放弃故乡的教师编制的打算。

为此，尚静就陷入到了极度的苦恼之中，她不知道该怎么办才好，一边是她的领导尹韶峰的苦苦追求，一边是初恋男友杜明杰的耐心等待，她难以取舍。如果选择尹韶峰，等于选择了一个光明的未来，她就会永久地留在省城，而且会生活得很好。如果选择杜明杰，情况截然不同，留在省城的话，就得和杜明杰一起打拼，苦日子就在前方；要是跟杜明杰回到故乡的话，又不是她的心愿。

唉！人生有太多的路需要自己做出选择，尚静难以做出选择。她征求过同事江尤美的意见，江尤美鼓励她选择尹韶峰，原因很简单：不用怎么奋斗就可以留在省城生活，成为省城人的梦想就实现了。

尚静心情极其复杂，她心里的天平一会儿倾向于尹韶峰，一会儿又倾向于杜明杰，如果不是杜明杰消失三年后又突然来到省城，她肯定会毫不犹豫地接受尹韶峰的，但是现在，杜明杰的出现让她难以取舍。如果抛开物质，仅仅谈感情的话，在她心里，杜明杰还占据着重要的地位，毕竟他们两个人从高中开始就彼此欣赏，又共同度过了四年的大学时光，只是在大学毕业时志向不同才分开了三年。其实感情的基础仍然存在，只不过是各自还憋着一股或多或少的怨气。

为了这件事，尚静曾想征求一下苗育红的意见，但后来想了想，这是自己的事，怎么能事事都麻烦人家育红呢？况且育红也有很多事要做的。尚静就暂时没有去找苗育红。

就在尚静苦恼的时候，尹韶峰发来了一条微信：晚上一起共进晚餐。

尚静不知道该接受还是拒绝，尹韶峰已经邀请她太多次了，虽然尹韶峰多次说就是吃一次饭而已，但尚静知道那可不是一顿普通的饭。尚静没有回复尹韶峰的微信，就径直出了办公室，走过校长办公室的时候，她心里忐忑不安的，生怕尹韶峰看到她。她想悄悄走过去，都不敢看校长办公室的玻璃墙，就在她快要走过去的时候，校长办公室里传来了尹韶峰的声音："尚静，你进来一下。"

尚静只好停下脚步原地不动，尹韶峰隔着玻璃墙说："我已经看到你了，进来吧！"

没有办法，尚静轻轻推开了校长办公室的玻璃门，尹韶峰从沙发椅上起身，招呼尚静："你坐！"说着，指了指旁边的沙发。然后，给尚静接了一杯水递给尚静，之后，关上了玻璃门。

尚静喝了一口水，她知道尹韶峰要说什么，她在想如何回答他。

尹韶峰重新坐在办公桌后面的沙发椅子上，说："微信收到了吧？怎么不回复我？"

尚静故作镇静地说："哦！我还没有看到，不好意思啊！"

尹韶峰说："就当你没看到吧！那我现在邀请你共进晚餐，可以吗？"

尚静不知道该怎么回答，支支吾吾的。

尹韶峰说："不就是吃顿饭吗？有什么难为情的。你要是不愿意去，我也不会强求你的，尚静，你知道，我是喜欢你的，你一直都没给我一个正面回答。"

尚静说："尹校长……"

尹韶峰马上打断了尚静的话："说过多少次了，不要叫校长，直接叫韶峰。"

尚静说："那好吧，韶峰，你也知道，我只身在省城，什么都没有，既没有省城户口，也没有正式工作，你要好好考虑考虑的，凭你的条件，你应该找一个省城姑娘的。"

尹韶峰说："这些我都不在乎，什么户口不户口，什么正式工作不正式工作的？你能力并不差，咱们学校虽说是个民营教育机构，但你在这里的工作很出色，不比那些公立学校的老师差，再说了，你没有省城户口，我有啊！"

尚静说："可是……"

"可是什么？"尹韶峰又打断了尚静的话，"你什么也别说了，今晚跟我一块儿去吃饭，下班时，我等你。"

尚静说："我……"

尹韶峰一挥手，说："好了，就这么定了。"

尚静出了尹韶峰的办公室，没有回自己的办公室，准备去街上走一走，还没有出"求索教育"学校的大门，就被江尤美叫住了，尚静回头看时，江尤美走了过来，江尤美问："你去哪儿？"

尚静说："我想出去走一走。"

江尤美说："我陪你。"

两个人来到了街上，江尤美问："我刚才看见你从校长办公室出来，你们现在进展如何了？"

尚静叹了一口气，说："一言难尽啊！"

江尤美说："我都说过你多少回了？这有什么难的？你不要再犹豫了，尹韶峰条件比杜明杰强太多了，你得活在现实中。"

尚静说："江老师，我知道你这是对我好，可生活中有好多人更看重感情。杜明杰是比不上尹韶峰，可是我们毕竟有那么多年的感情基础啊！"

江尤美拍了拍尚静的肩膀，说："我的好妹妹，你想过没有，什么感情基础？如果真像你说的那样，你们有很深的感情基础，杜明杰就不会离开你回老家三年，把你一个人扔在省城了。要我说啊，他肯定是在老家找不到更合适的才回头又来找你的。"

尚静沉默了，她想想江尤美说的也有道理，杜明杰三年前执意离开省城回到故乡根本都没有考虑过她的感受，如果他真的爱她的话，不会三年没有任何音信。人，有时候得听一听别人的劝告。

看到尚静不说话，江尤美又说："你别再沉默了，其实我自己就是个例子。"

尚静抬起头，惊讶地问："你怎么了？"

江尤美说："当初，我谈恋爱那会儿，其实我有更多选择的，有人给我介绍过一个条件很好的公司经理，我们也谈了一阵儿，可是我那时候就是放不下我现在的老公，我们是初中同学，他家境不好，也是像你说的我们有感情基础，我执意嫁给了他。很快，那个经理就身价过亿了，现在回头想想，当初要是嫁给了那个经理，我现在也不用这么辛苦了。"

尚静说："江老师，可是我觉得姐夫人真的很好啊！你们也很幸福。"

江尤美说："人好顶什么用啊？还不得跟着他受苦。况且有钱的人不一定就不好啊！那个经理人也挺好的，人家把他老婆宠上了天。"

尚静觉得脑子里好乱，不知道该怎么办才好。江尤美的话让她有些迷失了自我，难道真的应该选择尹韶峰吗？

后面江尤美说了什么话，尚静根本没听清，只觉得耳朵嗡嗡作响。

晚上的时候，尚静在半推半就中和尹韶峰来到了一家餐厅。尹韶峰要了一桌子丰盛的菜，尚静一点儿胃口都没有，她知道尹韶峰对她很好，也是真心喜欢她，可是，她就是摆脱不了杜明杰的影子。她又一次想起了苗育红，原本不打算让育红知道这件事的，但是，在她无法抉择的时候，还是要求助于这个帮了自己无数次的好朋友。在她心中，育红是个有远见的姑娘，看问题很透彻。

"尚静，你吃啊！"坐在对面的尹韶峰催着。

尚静赶紧拿起筷子，羞涩地笑了笑，尹韶峰往她的盘子里夹了好多菜，边夹菜边说："这个罗锅酱肉你尝尝，这可是省城的名菜，五香可口，肥而不腻；还有这个桶子鸡，色泽鲜黄，咸香嫩脆……"

尚静说："好了，够多了，你也快吃吧！"

尚静吃了两口，又放下了筷子，看着窗外。

尹韶峰知道尚静有心事，就问："想什么呢？"

尚静回过头来，说："没事儿！"

尹韶峰说："我感觉你不太高兴啊！是不是我的原因？"

尚静说："你是个好人，可是我一时还难以接受。"

尹韶峰说："这我知道，我可以等你。"

尚静说："我害怕耽搁你哩！"

"没事儿！"尹韶峰倒了两杯红酒，递给尚静，"来，咱们干杯酒吧！"

尚静端起酒杯和尹韶峰的酒杯碰了一下，抿了一口就放下了。

尹韶峰问："尚静，这么长时间你都不肯答应我，我就想问问你，你心里是不是还藏着别人？"

尹韶峰的一句话，让尚静吃了一惊，她没想到尹韶峰会这么问她，一时间，她不知道该怎么回答他了，但又不能不回答。正在她感到尴尬的时候，突然手机响了一下，她趁机拿起手机看了一眼，是杜明杰发来的一条微信：静静，我找到工作了，我不回老家了，就留下来陪你。

尚静一下子沉默了，见尚静一直不说话，尹韶峰又说："是不是难为你了？要是你觉得难以回答，就当我没问。"

尚静觉得有些不好意思，如果不回答就太没礼貌了，这样对尹韶峰不真诚也不公平，尚静决定向尹韶峰敞开心扉。

于是，尚静说："韶峰，我是有个心结，不知道该说不该说？"

尹韶峰说："没问题呀！你大胆地说出来。"

尚静说："我大学时有个男朋友，他叫杜明杰，三年前，由于我想留在省城，他要回到家乡，由于彼此意见产生分歧，我们三年没有任何联系，如今，他突然从家乡跑来省城找我，我措手不及，他想重新唤回我们的感情。"

尹韶峰听了，喝了一口红酒，说："这么回事啊！那就要看你的态度了，你们毕竟三年都没有联系了，很多事都可能已经发生改变了，我没有资格说杜明杰别的话，但希望你要认真考虑，感情的事不能强求的。"

尹韶峰表现出来的高素质，让尚静倍感惊讶。惊讶之后，尚静马上就平静了，她也是接受过高等教育的，就说："韶峰，让我再想想吧！好吗？"

尹韶峰说："好啊！你再好好想想，我会等着你的。"

谈话尽管略有波折，但尚静却感到很温暖。

吃过饭，尹韶峰叫来一辆出租车，先把尚静送回"求索教育"学校的宿舍，然后他自己就又打的离开了，他没有回家，而是来到了穿城而过的香水河畔。

夜有些深了，河岸边的人已经很少了，他一个人漫步在河岸边的石子小路上，点燃了一支烟，他平日里是不抽烟的，但今天他特别想抽烟。抽烟在有些人看来是酷的表现，但在尹韶峰这里完全没有，他抽烟纯粹是为了缓解情绪。以前他曾喜欢过大学同学乔敏，但乔敏并不喜欢他，他是个理性的男孩子，就不再做那些毫无结果的无用功了。毫无疑问，他现在是喜欢尚静的，所有的心思都转移到尚静身上了。当然这并不是简单的情感转移，而是尚静的确有吸引他的地方。当他来到"求索教育"的时候，刚开始并没有注意到尚静，渐渐地，他发现这个女孩勤奋、刻苦、待人热情而且还具有奉献精神，如果和这样的女孩在一起，肯定要比那些冷若冰霜的姑娘强太多了，他真正需要的就是这样一个姑娘，他似乎找到了人生的方向。

唉！尹韶峰猛抽了一口烟，叹了一口气，望着灯光下的香水河，心情有些糟糕。他原本以为凭自己的条件，尚静一定会答应他的，可是现在看来并不是这样的。很多时候，物质尽管很重要，但并不都是起决定作用的，尚静就是一个例子。现在他又知道了她的身边还有一个杜明杰，这让他更加苦恼了。该怎么办呢？就此退出，他又不甘心。生活往往就是这样，不可能让你事事都顺心的。

尹韶峰痛苦地一支接一支地抽着烟，一直在香水河边待到天亮，他感到全身发冷，大概是着凉感冒了，于是就起身到就近的药店买了盒感冒胶囊，又匆匆朝"求索教育"学校走去了。

27

　　接下来的几天，尚静依然是心烦意乱的，但这并没有影响到她工作，她是个责任心很强的人，不管生活中有多大的磨难，只要她站在讲台上，一切痛苦都会抛到脑后去。然而，工作结束，痛苦又会重新袭来。杜明杰已经告诉她，他去了一家快递公司上班了，她先是一惊，怎么也没有想到杜明杰会去当一个快递员。他是省师范大学物理系的毕业生，怎么能去送快递呢？不是她瞧不起快递员的职业，她尊重一切为社会做贡献的劳动者，她只是觉得杜明杰应该学有所用，要不，他辛辛苦苦在大学里学的知识都白费了。

　　尚静已经坐不住了，她不想看着杜明杰每天走街串巷去给人送快递，他"沦落"到今天这个地步完全是为了她。不管怎么说，就算是出于朋友的关怀，她至少也应该去看看他。她一刻也静不下来了，想立刻见到杜明杰。于是，她上完课后就离开了"求索教育"学校。

　　阳光正强，街上像蒸笼一样闷热，热浪一阵又一阵，人们都躲到树荫下去了。尚静撑起了一把遮阳伞，掏出手机给杜明杰打了一个电话，问："明杰，你在哪儿？"

　　正在一个小区大门外给客户派送快件的杜明杰说："哦，静静，我正在送快件呢！"说着，他从身边的快递小车里取出一个快件递给了来领取快件的一位中年妇女。

　　尚静说："你给我发个位置，我过去找你。"

　　杜明杰说："我现在在工作呢！要不等到我下班吧！"

　　尚静说："等不及了，快发位置。"

　　杜明杰只好给尚静发了位置，发完，他继续工作，不断打电话给收件人，也不断有人从他手里接过快件，异常繁忙，一道道汗水顺着脸颊淌下。

二十分钟后，尚静赶到了杜明杰身边，一见面，尚静看到晒得黝黑的杜明杰，脸上还淌着汗，正在给客户派件，她顿时眼眶湿润了，心里很不是滋味。她没有立刻走上前去，而是静静地待在一边看着杜明杰。

杜明杰猛地回过头，看到了尚静，笑着抹了一把脸上的汗水，说："静静，你稍等我一会儿，我马上就派完了。"

尚静朝杜明杰点了点头，默默地站在一边。透过晶莹的泪花，她看到了杜明杰忙碌的身影，又是一阵难过。

杜明杰派完了最后一个快件，来到尚静的身边，说："让你久等了，真不好意思。"

尚静说："没事儿。"

杜明杰说："要不咱们找个地方说话吧？"

尚静说："不用，我只说几句话就走。"

杜明杰说："我去给你买瓶水。"说着，杜明杰就要转身。

尚静却一把拉住了他的手，说："你别去了，我不渴。"就在这一瞬间，尚静感受到了杜明杰的手是如此粗糙，甚至他手上的茧子划了一下她的手指，她下意识叫一了声，迅速抽回了自己的手。

杜明杰问："你怎么了？"

尚静赶忙摇摇头笑了笑。

杜明杰说："是不是我手上的茧子划破了你的手？抱歉啊！我的手太粗糙了。"

尚静说："不是。"

杜明杰说："我知道我现在这个样子，估计在你心里更是一落千丈了。"

尚静说："明杰，你要不要再重新考虑一下？你是师大物理系的毕业生，你应该站在讲台上的，你的手是用来书写文字的，不是用来分发快件的。"

杜明杰说:"这就是你来找我的真正原因吧?师大毕业又怎么样?没办法,我要在这里生活下去,就得这样工作。我的童年和少年都是在农村度过的,我的手没少干农活的,就算后来我大学毕业拿起粉笔教书育人,也不影响我现在分发快件,从小就习惯了。"

尚静哭了,说:"明杰,我就是觉得你太苦了,你不能为了我失去你应得的一切,这不值得。"

杜明杰一挥手,说:"你不用难过,这是我的选择,生活是我自己选的,没什么值得不值得,怎么过都是一辈子。"

尚静擦了擦眼泪,问:"你老家的工作怎么办?"

杜明杰说:"管不了那么多了,走一步说一步吧!"

尚静叹了一口气,说:"你脾气太倔了。"

杜明杰说:"为了心爱的人,倔一点儿也是应该的。"

"可是……"尚静的话还没说完,杜明杰就打断了她:"你不用说下去了,我知道你要说什么,我可以等你,除非有一天你跟别人结婚了,我就不再等下去了。"

尚静问:"到那时候你会怎么办?"

杜明杰说:"我也不知道,也许会继续留在省城,也许会回到老家,或者远走他乡。"

杜明杰惆怅地点燃了一支烟,猛抽了一口,在烈日下,他的脸上淌出滴滴汗珠,他胡乱地在脸上抹了一下,汗渍不规则地布满在他黝黑的脸上。尚静突然间有些心疼杜明杰,她从包里掏出一叠纸巾想递给他,说:"擦擦汗吧!天太热了。"

杜明杰没有接纸巾,对尚静摆了摆手,说:"纸巾是你们女孩子用的,我用不习惯的,我现在就是一个快递小哥。"

杜明杰的话让尚静有些难为情,她不知道该怎么说才好。

杜明杰又说："我知道我和你的差距越来越大，你现在有些看不起我，可是，没有办法，我得生活下去，就不能顾及那么多了，只要能赚到钱就行。"

尚静有些生气了，说："你说什么哩？我哪一点儿看不起你了，我也比你好不到哪里去，你打工，我也是打工，什么差距不差距的，你就会瞎想，再说这样的话，我就不理你了。"

"好好好！不说了。"杜明杰又抹了一下脸上的汗水，朝尚静笑了笑，露出满嘴的白牙。

这时，尹韶峰正开着他的宝马车路过，他无意间看到了尚静正站在街边和一个男孩子说着什么，他虽然不认识这个男孩子，但他凭直觉判断，这个男孩子应该就是尚静曾经说过的杜明杰。为此，他心里有些不舒服，想赶紧开车走，可又不甘心，仍想看看尚静。他很快就决定停下车，就算和他们打个招呼也好。

于是，尹韶峰开着宝马车停在了尚静和杜明杰身边，车窗摇下来之后，尚静才看清是尹韶峰，尹韶峰向尚静招手，问："尚静，你怎么在这儿？"

尚静大吃一惊，说："我和我同学说几句话。"说着，还指了指身边的杜明杰。

尹韶峰从车里出来，非常大方地上前和杜明杰握手，说："我叫尹韶峰，尚静的同事。"

出于礼貌，杜明杰自我介绍："我叫杜明杰，尚静的老同学。"

尹韶峰听到"杜明杰"三个字，心里"咯噔"一下，他刚才的判断没错，尚静上次说的杜明杰果真就是他啊！见到了杜明杰，尹韶峰才发现自己多少有些不自在，但他毕竟经历过大场面，很快就镇定下来了，说："哦！明杰，我以前听尚静说过你的，你是尚静的好朋友，就等于是我的好朋友。"

杜明杰心里一颤，心想：静静怎么跟他说我的名字啊？我对他有那么重要吗？我和他的生活有什么关系吗？什么叫尚静的朋友就等于是他的朋友？难道他就是静静常说的心里已经有了别人的那个"别人"吗？静静和他之间肯定不仅仅是普通的同事，这里面一定有故事。

杜明杰不敢往下想了，他有些担心。因为心里有了这样的想法，杜明杰不愿意再和尹韶峰多说什么话了，就索性把目光投向了车流滚滚的街道。

尚静在旁边有些尴尬，她想赶紧离开，可又找不到合适的理由，原本想着和杜明杰说几句话就走，这下好了，尹韶峰来了，该怎么离开啊？她独自离开，肯定不合适。跟尹韶峰走显然会伤害杜明杰；跟杜明杰走，尹韶峰肯定会不高兴。她心里忍不住埋怨起尹韶峰来："你来干吗呢？这不是添乱吗？"

尚静已经非常着急了，可是，尹韶峰好像根本没有要走的意思，不但不走，反而说："天这么热，咱们上我的车里聊吧！我车里有空调。"

杜明杰立刻说："不用了，谢谢啊！我待会儿还要去送快件呢！"

尹韶峰这才注意到不远处停着一辆快递小车，就问："明杰，你是快递员啊？"

杜明杰说："是啊！我是个快递员。"

尹韶峰觉得自己问得多了，很不好意思，可是话已经说出去了，也收不回了，只好说："快递员也挺好，正是因为有了你们，我们的生活才方便了很多。"

杜明杰说："有什么好的？不像你们坐在舒适的办公室里，我们顶着烈日，浑身都是臭汗。"

杜明杰显然是带着情绪说这句话的，他已经看出了尹韶峰的身份，不仅仅是尚静的普通同事，单凭他开的那辆宝马车就足以说明一切了。前些日子，尚静一直坚持说心里有别人了，瞬间杜明杰就确定了，那个"别人"一定就是他。如果不是他，他怎么会开着车偏偏停在尚静跟前？如果不是他，他又怎么会顶着烈日下车跟尚静打招呼？看来刚才的判断是对的。杜明杰心里更不是滋味了。

因为刚才杜明杰的话有些尖刻，弄得尹韶峰不知道该怎么接他的话了，但又不能冷场，就说："明杰，其实我们都一样，工作是不分贵贱的。"

杜明杰显然对尹韶峰有些反感了，说："能一样吗？要不咱们换换，你去送快件，我去开你的宝马车。"

尚静听不下去了，对杜明杰说："明杰，你说啥呢？能不能温和一点儿？人家韶峰也没说什么吧？你就这样对人家说话。"

杜明杰拉着脸，说："我就是这样说话的，不爱听就别听。"

"你……你怎么这样啊？"尚静生气地说。

尹韶峰赶忙说："好了，好了，都不要说了，都怪我说话不注意方式。"

尚静说："不怪你，你没错。"

杜明杰瞪了他们一眼，说："是我的错，行了吧？"

说着，他就走向自己的快递小车。

尚静问："明杰，你干吗去？"

杜明杰说："我送快件去。"

尚静问："这么着急吗？"

杜明杰说："我还要工作的，你陪他聊吧！"

尚静生气地说："你说的这叫什么话？"

杜明杰已经发动了快递小车，说："他有宝马车，你可以和他到车里聊天，那里有空调，舒服得很，我这是快递小车，风吹日晒的，委屈你了。你们聊吧！我要去忙了。"

尚静气得一阵脸红，喘着粗气，胸脯一起一伏的，说："杜明杰，你就是小肚鸡肠。"

杜明杰说："我就是这个样子，不奉陪了，再见！"

杜明杰开着快递小车走了。

尚静伤心地哭了，尹韶峰走上前，安慰她："算了，咱们回学校吧！"

尚静揩了一下眼角的泪水，说："韶峰，不好意思啊！刚才让你难堪了。"

尹韶峰说："没事的，咱们走吧！"

尚静摇了摇头，说："我不回学校，我想去找我同学育红。"

尹韶峰说："我去送你。"

尚静跟着尹韶峰进了他的宝马车，很快就追上了杜明杰的快递小车，经过快递小车时，杜明杰转过头看了一眼宝马车，脸色依旧很难看，车里的尚静痛苦地闭上了眼，一滴泪珠滑落脸颊。

杜明杰突然停下了车，他怆然地望着疾驶而过的宝马车，朝街边啐了一口浓痰，自言自语着："宁可坐在宝马车里哭，也不坐在快递小车上笑，什么人嘛？"接着，他长叹一声，猛地踩了一下油门，快递小车向前冲去。

尹韶峰把尚静送到省第三中学大门口后，他就走了，尚静一个人在大门外等苗育红。十分钟后，苗育红从学校里出来了，一见到苗育红，尚静就扑倒在苗育红的怀里哭了起来。弄得苗育红措手不及，她赶紧问尚静："你这是怎么了？这里是大街，让人看见了多不好，有话好好说嘛！"

尚静这才擦了擦眼泪，说了刚才杜明杰的事。

苗育红因为还有课，就说："尚静，你别难过，你今晚跟我回出租屋住，我还有课，你先到我们办公室等我，放学了，我们一块儿回去，就算这个世界抛弃你一万次，我也不会抛弃你。"

苗育红的话让尚静倍感温暖，育红总是在她失落的时候给她鼓励和勇气，如果不是有这个好朋友陪在身边，说不准她早就在省城撑不下去了。

晚上，尚静和苗育红回到了出租屋，两个人聊了大半夜，只围绕一个话题：尚静接下来该怎么办？接受尹韶峰，还是接受杜明杰？

苗育红不像江尤美那样鼓励尚静选择尹韶峰，苗育红完全是从本心出发，帮尚静分析了她目前的处境，选择尹韶峰还是选择杜明杰，她并没给出明确的答案，只是让尚静遵从自己的内心。

生活中有很多面临选择的时候，关键是你如何对待自己的本心，好多情况下，人们忽略了自己的本心，而匆忙地看到了眼前的利益，结果走了一条与自己的理想背道而驰的路。

28

省第三中学一年一度的评职称工作又开始了，白子川又一次陷入了焦虑之中。每年到评职称的时候，都是白子川最痛苦的时候，他到现在依然是中学一级教师，按说他这个年龄的人，早就该是中学高级教师了，可就是轮不到他。是他教学能力不行吗？当然不是，他所带班级的语文成绩很好，每次考试，不管是期中考试，还是期末考试；也不管是学校自行命题，还是全市或者全省统考，他教的班级的成绩是全校的前几名。就算是高考，省第三中学也会把各科成绩平均分排名，白子川有好几次都名列前三，有两次甚至排在第一，他已经带了好几届高三毕业班了。然而，每次评高级教师的时候，就是轮不到他。为什么呢？教师职称评定本来是评定教师教学水平和教育能力的，谁知道落实到省第三中学就附加了很多其他条件，比如，学校规定，所有评高级职称的老师，首先得具备至少五年的班主任工作经历，教育教学方面的要求虽然也罗列了很多条件，但只要你没有五年班主任经历，就会一票否决，连参评的资格都没有。在省三中，教育教学方面做得再好，似乎也比不过一个"五年的班主任工作经历"。白子川没有做过班主任，单凭这一条他就无法参评。做班主任工作的老师确实很辛苦，既要教学，又要管理班级，付出的劳动要比普通老师多很多，他们优先评职称是完全可以理解的，但把这一项作为一个硬性条件来跟职称挂钩，就很容易挫伤个别老师的积极性。

在省第三中学，像白子川这样教学成绩突出却没有做过班主任或者做班主任年限不够五年的老师还有很多，有的老师虽然教学成绩不够理想，但人家有五年的班主任工作经历，所以也就轻而易举符合了学校的要求，年纪轻轻就评上了高级职称。这让很多工作多年而没有做过班主任的老师非常难过，没有办法，为了评职称，很多老师主动要求当班主任。更有甚者，家里一大堆事，孩子还小，为了当班主任，不惜牺牲年迈的父母来帮助照顾自己的家庭，以便全身心地去做班主任。

然而事情远没有那么简单，就在大家都以为当班主任是省第三中学评定职称的首要条件的时候，谁又能想到，省第三中学在第二年的职称评定办法中又做了修改，除了有五年班主任工作的经历之外，又加入了"获得市级模范"一条，两个条件符合其中之一就有资格参评。白子川没有获得过市级模范，自然还不够资格，尽管这一年他的高考语文均分排名全校第一。同事们都很同情他，但大家能做的只能是安慰他。

为此，白子川接连好几天都十分痛苦。早在今年的职称评定还没开始的时候，他的老同学兼同事高凯就悄悄跟他说要他早点儿"下手"，早做准备。高凯就是前几年"下手"早而评上高级职称的，虽然白子川和高凯同时来到省第三中学工作，同样的资历，但高凯的工资每个月要比白子川高好几百元，这就是中学一级教师和中学高级教师的差别。其实高凯的教学成绩远比不上白子川，有几次高考，高凯所带班级甚至都没有完成学校下达的任务。能有什么办法？现实就是这么残酷。

白子川当然明白高凯说的"下手"的含义，那几天，他和高凯形影不离，就是在探讨这件事，引得办公室的其他同事还以为他们在搞什么鬼。到现在，崔世芳和潘小桐还在猜测白子川和高凯的秘密，白子川什么也不肯说，这样的事能说吗？肯定不能，不过，随着评职称的到来，大家渐渐明白了白子川和高凯要做什么事了。

有一次趁着办公室没别的人，崔世芳试探性地问白子川："子川，你和高凯整天神神秘秘地到底在干什么呀？"

白子川不好不回答，毕竟崔世芳和他共事多年，又是他们的教研组组长，只好含糊其词，说："为职称的事。"

崔世芳是个明智的人，就不再问了，白子川能告诉她已经是很尊重她了。后来，大家趁白子川不在办公室议论白子川和高凯的行为时，崔世芳跟大家说了白子川最近神秘兼忙碌的原因，大家听了都表示理解白子川。

白子川又一次被高凯叫出去探讨"下手"的事时，办公室里议论开了，崔世芳最先忍不住了，说："我看这几天子川为职称的事是拼了命了啊！"

潘小桐说："白老师这么做，也是迫不得已，每年就几个名额，大家肯定都要争一争的。"

乔敏说："不管是论成绩还是论资历，就算名额再少也应该有白老师一个。"

潘小桐说："事情不像我们想的那样简单，有些事我们没有办法改变。"

崔世芳说："当年我们评职称的时候就没有这么多限制，现在评个职称这么难，好在我已经评过了。"

一直没有说话的苗育红，只是静静地趴在自己的办公桌上写教案，她对学校的职称评定不是太在意，也许是她刚参加工作没多久的原因吧！她刚刚被认定为中学二级教师，离评中学一级教师还有好几年时间。她还没有深深体会到高级职称对一个高中老师的重要性。她通常不太关心这些，但今天听到大家的议论，再看看白子川老师的实际年龄，都四十岁的人了，她也忍不住为白老师叫屈。是啊！自从苗育红来到省第三中学教书，白老师虽说爱开玩笑，但工作踏实认真，对待同事也很热心，她经常向白老师请教教学上的问题，白老师总是很耐心地帮助她，而且为了提高自己的教学水平，她还多次去听白老师讲课，白老师从没有拒绝过。这样一位品行高尚且能力出众的老师，为什么连参评高级教师的资格都没有呢？她开始对学校的职称制度产生了怀疑。于是，就说："白老师教学成绩那么好，如果学校的职称制度加上一条'让学生和全体老师投票决定'最后的人选，该多好啊！那样的话，白老师一定会是最佳人选。"

听到苗育红说了这么一句，大家立刻把目光投向了她，潘小桐说："育红说得真好。"

乔敏不高兴了，心想：苗育红说什么都好，再好，人家也不会喜欢你。

乔敏虽然心里对潘小桐有意见，但也不会像以前那样立刻就爆发出来了，因为她最近发现潘小桐并不是特别讨厌她，上次两个人还一起看了电影。电影散场后，潘小桐还亲自送她回家。由于车无法开进小区，潘小桐还陪她一起走过了她家门前的那条胡同。在胡同里，乔敏还挽起了潘小桐的胳膊，甚至把头靠在了潘小桐的肩膀上，潘小桐都没有拒绝，这说明什么？当然是潘小桐开始喜欢她了。

于是，乔敏接着大家的话题继续说："育红的想法是不错，但是太天真了，而且这一条不知道什么时候才能加上。有时候我们想得过于美好，现实却无比残酷。所以，我们必须面对现实，前行的路上尽管坑坑洼洼，我们也要想办法迈过去。"

乔敏的一席话把大家镇住了，谁能想到，平时心直口快，做事草率盲目的乔敏，怎么说出了这么有哲理有深度的话？大家纷纷把惊异兼赞许的目光投向了乔敏，乔敏都有些不好意思了。

"啊！乔敏！"潘小桐说，"真没想到啊！你真有才，对生活的感悟好深刻，我以前都没有发现。今天听你一言，胜读十年书啊！我今后要对你刮目相看了。"

苗育红说："还真是啊！乔敏，了不起！"

乔敏说："你们也不用恭维我，我只不过是为白老师的经历有感而发，我也没有多了不起，只不过是真实地表达一下我的心情罢了。"

潘小桐还想说什么，崔世芳一挥手，说："算了，不说这些了，乔敏确实给了我们眼前一亮的感觉，但现在乔敏不是咱们讨论的焦点，我们还是先祝福一下子川吧！希望他今年能顺利评上高级教师！"

"那是当然了。"大家异口同声。

没过几天，学校公布了今年参评中学高级教师的名单，白子川又一次落榜了。高凯看到名单后，气得当时就冲进了语文组，见到白子川就嚷："白子川，你怎么回事啊？"

高凯的这一声喊叫，把办公室里的几个老师弄得摸不着头脑。只见，白子川站了起来，走到高凯身边，说："老高，你消消气。"

高凯拉着脸，说："我怎么消气？都快被你气死了。"

崔世芳走上前来，劝二人："有话好好说，这么大的声音，生怕别人听不到啊！楼道里老师们过来过去的。"

高凯马上缓和了口气，说："不好意思啊！崔老师！"然后，他又对白子川说："走吧，咱们不要影响其他老师了，咱们到外边说话。"

没想到，白子川把办公室的门一关，说："老高，咱今天就不去外边说了，没什么大不了的，他们都是我办公室的同事，不用藏着掖着的，有什么话说出来，让大家知道也好，做人就应该光明磊落。"

随后，白子川非常平静地说："老高，我知道你对我好，为了我的职称的事，你也没少费心，我打心眼儿里感谢你。你跟我说的那套办法，我想大家也都心知肚明是什么办法，我就不再明说了，可是我根本做不到，我也曾努力了好多次，就是无法做到，我想还是算了，顺其自然吧！将来能评上是我的幸运，评不上也无所谓，我自己对得起自己的良心就行，人活一世，不光是为了名利，好好生活才是主要的。"

高凯长叹一声，说："唉！你呀！老白，你就是一头犟驴，你的事，我今后不管了。"说完，他拉开门走了。

白子川重新把门关上，对大家说："我今年依旧没有资格参评高级职称，想必大家都已经知道了，我不符合学校的参评要求，我没有班主任经历，也没有获得过市级模范，我有的只是勤勤恳恳站在讲台上教书育人，尽我所能不落下每一个学生，让他们都能顺利考上大学。"

白子川说着说着，眼圈红了，大家都不知道该怎么安慰这个可怜的人了，这是一位默默奉献的老师，一位把心都交给教育事业的教育工作者。

崔世芳也揉了揉发红的眼睛，似乎流眼泪了。说："子川！我什么话也不想说了，你要坚强。"

潘小桐走上前拥抱了一下白子川，说："白老师，我们都很爱你。"

乔敏给白子川端来一杯水，说："白老师，明天的太阳还会升起的。"

苗育红递给白子川一片纸巾，说："白老师，你别难过，你的能力我们都看在眼里记在心里，你虽不是高级教师，但在我们心中，你早已经是高级教师了，我们为你骄傲！"

白子川擦了擦眼睛，又喝了一口水，说："谢谢大家！朋友们不要为我难过，我已经看开了。刚才高凯之所以愤怒，我能理解他，他是我从高中开始一直到现在的好兄弟，他为了我能评上高级职称费尽了心思，给我出谋划策，可是我枉费了他的一腔好意，我真的无法做到委屈自己去迎合某种阴暗面，我始终看到的是生活的阳光。"

白子川哽咽了，抹了一下淌出眼角的泪水，接着说："我是一个教师，我努力工作，问心无愧。这几天，我一直在读我最敬佩的作家周国平先生的散文，他在书中也说到了他曾经评定职称的痛苦心情，虽然他也没有评上他们那个行业的最高职称，但丝毫不影响他的伟大。在漫长的人生道路上，好好生活才是最重要的，也是最有意义的，我心里只有一个信念'生活至上'。"

白子川说完，崔世芳、潘小桐、苗育红和乔敏忍不住为白子川鼓起了掌，虽然只有四个人鼓掌，但掌声异常响亮。

一缕阳光照进来，窗台上的山茶花在阳光的照耀下正美丽地绽放着。

29

蓝梅竭力克制着自己的情绪，想全身心地投入到工作和生活中去，但她依旧无法摆脱陈天宇的身影。白天上班还好，她有太多的工作要做，暂时可以忘记陈天宇，可晚上回到家就做不了自己的主了，她满脸的伤感是掩饰不了的，安静地睡一觉都成了一种奢望。蓝政广看到女儿这个状态，心疼极了，问她原因，她又不肯说。不过，蓝政广已经猜到了女儿身上发生的事。终于在一次追问中，蓝梅连哭带说地告诉了爸爸，说陈天宇已经有了一个叫苗育红的女朋友，是个高中老师。

蓝政广当场拍了桌子，说："天宇也太过分了，一个高中老师有什么值得他着迷的？"

蓝梅说："可他就是着迷了，而且着魔了。"

蓝政广随即就给陈有发打了电话，电话里毫不客气地指责了陈有发是怎么管教儿子的。陈有发一听肺都气炸了，他不生蓝政广的气，而是生儿子的气，隋玉华也在一旁埋怨儿子。老两口当下决定去省师范大学找儿子，今天非把这小子教训一顿不可。

陈有发和隋玉华出门的时候，陈天宇并不知道，他刚上完课，准备走出中文系的教学楼回单身宿舍去。他刚下台阶，就接到了苗育红的电话。

苗育红说："天宇，我今天中午想请你吃饭。"

陈天宇大感意外，问："为什么要请我？"

苗育红说："你帮了小伟的忙，我应该感谢你。"

陈天宇说："你要是为这个，就不要请了，这点小事，是我应该做的，就算不是小伟，换作别人，我也会伸手援助的。"

苗育红说："不要再说了，我已经来到了师大南门，好了，你等着，我待会儿过去找你。"

苗育红挂了电话，走进省师范大学南门，向正在值班的保安打听郝小伟，值班的保安朝旁边的保安宿舍喊："小伟，有人找。"

很快，郝小伟从宿舍出来，看到苗育红，马上跑了过去，惊喜地说："姐，你怎么来了？"

苗育红说："我来师大有点儿事，顺便看看你，这个给你。"说着，苗育红就把手里的纸袋子递给了郝小伟。

郝小伟问："这是什么？"

苗育红说："我给你买了件 T 恤，天太热了，你下班后可以换上。"

"姐！你又为我买东西……"郝小伟说不下去了，眼眶湿润了。

苗育红拍了拍郝小伟的肩膀，说："好了，不说这个了。中午你跟我一块儿吃饭吧，还有你天宇哥。"

郝小伟愉快地答应了。

苗育红说："那你去宿舍把 T 恤换上，跟我走吧！"

郝小伟说了一声"好"就转身回宿舍了，等他出来的时候，那件 T 恤已经穿在身上了，他笑着说："姐，正合适。"

苗育红说："呀！太帅了。"

郝小伟吐了吐舌头，就跟着苗育红朝中文系走去。

见到陈天宇，苗育红说："走吧，我把小伟也带来了，你说去哪儿吃？"

陈天宇说："就在学校吧！我下午还要上课，懒得出去了。"

苗育红说:"也行,学校里也有好几个不错的餐厅,你喜欢去哪个?"

陈天宇说:"让小伟说吧,我们要让小伟好好吃一顿。"

郝小伟赶紧说:"我哪儿都行。"

苗育红说:"小伟,你说吧!反正你也来这里有一段日子了,就那么几个餐厅,你肯定也熟悉。"

郝小伟知道红姐和天宇哥是真心让他说的,尽管有些不好意思,但他还是说了学校里的"学子餐厅"还不错。

"学子餐厅"是省师范大学的一个中档餐厅,条件相对来说较好,像街上的饭馆一样可以点菜,其中不乏一些地方特色菜,甚至还有专门的包间。

他们三人很快来到了"学子餐厅",因为时间还有些早,餐厅里的人并不是太多,他们选了一个包间,点菜的时候,苗育红让陈天宇点,但陈天宇却让郝小伟点,这次,郝小伟没点,陈天宇只好点了,他不想让苗育红太破费,就随意点了几个简单的菜,苗育红又点了几个比较贵的菜。为了以防陈天宇结账,苗育红点完菜后就直接把账结了,弄得陈天宇一个劲儿埋怨苗育红,苗育红却说:"本来就是请你吃饭的嘛!"

吃饭的时候,苗育红和陈天宇都往郝小伟的碟子里夹菜,弄得郝小伟有些不好意思。他心里充满了感激,如果不是眼前的这两个人,他怎么可能来到省城?人一定要懂得感恩。

这顿饭,大家都吃得很踏实,陈天宇觉得很久都没有这样吃过饭了,他觉得每次和苗育红在一起浑身都充满了激情,非常享受和她在一起的时光,只是他还不敢确定和她是否能有个美好的未来,因为压在他身上的各种压力太大了。他自己又没有勇气单纯为了爱情而脱离家庭,所以只能寄希望于时间,慢慢说服爸爸妈妈。这时,他的手机响了,他掏出手机一看,是爸爸打来的,接通电话,还没等他说话。陈有发就问:"天宇,你在哪儿?"

陈天宇说:"我在学校吃饭哩?"

陈有发说:"我知道你在学校,告诉我确切位置,我和你妈已经来到了师大,找你有事。"

陈天宇顿时吓出了一身冷汗,说:"你们怎么过来了?我出去接你们。"

陈有发说:"不用,说,到底在哪儿?"

陈天宇只好说:"学子餐厅。"

电话随即就被陈有发挂断了,陈天宇目光呆滞地看着窗外,他知道爸爸妈妈为什么来了,他这次是躲不过了。

苗育红问:"怎么了?天宇。"

陈天宇呆呆地说:"我爸妈来了,他们找我算账来了。"

郝小伟诧异地看着天宇哥,不知道发生什么事了,也不便问他。

苗育红已经预感到了什么,说:"要不,我和小伟先走吧,你单独和叔叔阿姨说说话。"

没想到,陈天宇一把抓住苗育红的手,说:"你们不能走,既然事情已经到了这个地步,我也只好和他们坦白了。"

不一会儿,陈有发和隋玉华就来到了陈天宇他们吃饭的包间,陈天宇、苗育红、郝小伟赶紧站了起来,迎接两位老人。

陈天宇说:"爸!妈!你们来也不事先通知我一声,我好去接你们。"

隋玉华抢着说:"我们怎么敢劳驾你,你是谁?你的身份多尊贵啊!"

隋玉华明显是带有情绪的,说出的话就像钢针一样扎进了陈天宇的心窝。苗育红也觉得浑身不自在。

陈有发说:"梅梅的事,你准备怎么办?"

苗育红顿时明白了这两个个怒气冲冲的老人的真正用意了。

陈天宇说:"爸,妈,既然你们来了,我今天就跟你们坦白,我不喜欢蓝梅,我已经有女朋友了。"说着,他指了指身边的苗育红。

苗育红赶紧说："叔叔，阿姨，我叫苗育红。"

隋玉华看了一眼苗育红，觉得有些面熟，可一时又想不起在哪里见过。

郝小伟在一旁满脸茫然，啊！红姐是天宇哥的女朋友，他一直都没看出来，要是在平时，他一定会祝福他们的，可是现在这个场合，他只能静静地待在一边看着这几个人。

隋玉华走到苗育红跟前，说："姑娘，就是你把我们家天宇给迷住的？"

苗育红说："我没有迷住他，我和他只是在正常谈恋爱。"

隋玉华毫不客气地说："我今天告诉你，天宇是有女朋友的，她叫蓝梅，你如果是个明白人的话，就趁早离开天宇，省得将来闹得不愉快。"

陈天宇听他妈这么对苗育红说话，就说："妈，你怎么能这样对育红说话呢！"

隋玉华一把推开儿子，说："没你的事。"

苗育红心平气和地说："阿姨，你不能这么说，谁是陈天宇的女朋友，得天宇说才算数。"

隋玉华瞪了一眼苗育红，说："别叫我阿姨，我不是你阿姨，你是什么东西？"

隋玉华的话一下子震怒了苗育红，她本来就是强忍着怒火的，这时候再也忍不住了，说："我不是东西，我是人，是一个堂堂正正的人，是一个有尊严的人，不允许你侮辱我的人格。"

隋玉华气得拍起了桌子，说："就你这样没有教养的人，还不知道是什么家庭教育出来了的，也想做我们的儿媳妇，你想都别想。"

苗育红盯着隋玉华的脸，严肃地说："我原本都没有想，是你儿子要和我谈恋爱的，不是我求他的。我还可以告诉你，我凭自己的努力考上大学留在省城拥有国家给予我的正式工作，不需要看任何人的脸色；省城能够接纳我，足可以看出我的教养，不需要你在这里对我指指点点；我仍然可以告诉你，我来自全省最贫困的卫原县，我爸爸能把我从一个山里女孩供到大学毕业，足可以看出我的家庭是什么样子，你没有任何资格来藐视我的家庭。"

苗育红的话，让隋玉华很是难堪，她还要说什么，被身边的陈有发拉住了，陈有发大概也感觉到自己的妻子有些过分了，说："算了！"

"算什么算？"隋玉华仍不罢休，骂骂咧咧的，"一个山里丫头，凭什么在这里放肆？也不看看自己的样子，到底能不能配上天宇，不自量力。"

"你们这是干什么啊？有你们这么欺负人的吗？"一直在旁边没有说话的郝小伟再也忍不住了，"我们是穷了些，可我们活得光明正大，不允许你们这么看不起人。"

"他是谁？"隋玉华指着郝小伟问陈天宇。

郝小伟抢先说："你不用问天宇哥，我是苗育红的弟弟。"

隋玉华瞥了一眼郝小伟，轻蔑地说："真是有什么样的姐姐，就有什么样的弟弟。"

郝小伟愤怒地说："你们太过分了，我们惹不起，我们还躲不起吗？"

说完，郝小伟就上前拉住苗育红的手，说："姐，咱们走！"

苗育红就跟着郝小伟出了包间。陈天宇在后面喊："育红！"

"你喊她干吗？"隋玉华拉了儿子一下。

苗育红和郝小伟一走，隋玉华就又开始嘀咕陈天宇了："这么大一桌子菜，你还请他们吃饭，白花了这么多钱。"

陈天宇说："我没花钱，是人家育红掏钱请我吃的饭。"

隋玉华随即说："这还差不多，我还以为是你花的钱呢？"

陈天宇说："爸，妈，你看你们今天办的这叫什么事？好端端的一顿饭人家都没有吃成就被你们气跑了。"

陈有发说："走了更好，省得你还惦记她，我可告诉你啊！你蓝叔叔说了，梅梅这段时间很难过，你抽时间去看看她，向她认个错。"

陈天宇说："凭什么跟她认错？我又没有做错什么。"

陈有发说："还没错吗？你知不知道，你都把梅梅气成啥样了？你如果不向梅梅认错，我和你妈都没办法向你蓝叔叔交代。"

隋玉华也插嘴："就是啊！天宇，以后跟梅梅好好处。"

陈天宇叹了一口气，说："爸！妈！我说了我真的不喜欢蓝梅，我只能把她当妹妹看，当不了女朋友的。"

陈有发一下火了，说："你再说一遍试试。"

隋玉华虽然对苗育红毫不客气，但还是很心疼儿子的，生怕陈有发做出什么不妥的举动来，就赶紧劝陈有发："他爸，回家再说，这里是饭店。"

随后，隋玉华又对陈天宇说："你看你把你爸气的？待会儿跟我们回家好好说说这件事，我们都是为你好。"

陈天宇说："我下午还有课，回不了。"

隋玉华说："那就晚上回。"

陈天宇说："晚上我同事韩冰要我帮他修改论文。"

陈有发说："这么说你一天到晚都是忙了，我告诉你啊！你就是躲过了初一也躲不过十五的。"

说着，陈有发拉了一下隋玉华，说："咱们走。"

陈天宇说："我开车去送你们吧！"

陈有发说："用不起。"

说完，陈有发和隋玉华就出了包间，陈天宇一屁股坐在椅子上，心乱如麻。

陈有发一出门，就对隋玉华说："我看这孩子是着魔了，这么痴迷刚才那叫什么的姑娘？"

"叫苗育红！一听那名字就知道是小地方来的，太土气了。不过那姑娘长得倒也漂亮，我只觉得好面熟，像在哪儿见过似的？"隋玉华说。

陈有发说："你这么一说，我也觉得好像在哪儿见过。"

过了一会儿，隋玉华惊叫一声，说："她和梅梅长得挺像，可不就是面熟吗？"

陈有发说："要不是有梅梅，其实我觉得这姑娘也挺好。"

隋玉华马上反驳："好什么呀？小地方的人能好到哪里去？"

陈有发问："她刚才说是哪个地方的人？"

隋玉华说："好像是卫原县。"

陈有发说："是不是老蓝当年扶贫的那个县？"

隋玉华说："应该是吧，全省有几个卫原县？不就那一个吗？"

两个老人边聊边向前走。

苗育红和郝小伟出了"学子餐厅"后，郝小伟就安慰苗育红："姐，你别难过，我看天宇哥对你是真心的，他爸他妈的话你就当没听到。"

苗育红说："我没事儿，小伟，我原本也没想过一定要和陈天宇在一起。"

郝小伟说："其实我觉得天宇哥是一个很好的人。"

苗育红说："好又怎样？有很多事不是我们能左右的。不过，你今天能站出来为我说话，我真的没想到啊！"

郝小伟说："他们太看不起人了，我虽然没有多少文化，但遇到这种事就想说几句。说实话，姐，你对他们说的那些话，我觉得你说得对，让他们吃不了兜着走。"

苗育红说："我们虽然穷，但不能丧失尊严。"

郝小伟问："嗯！那接下来，你和天宇哥怎么办？"

苗育红说："顺其自然，没什么大不了的。生活中会遇到各种各样的事，我们要学会面对现实。"

郝小伟点了点头。

来到师大南门，姐弟俩即将分别的时候，苗育红叮嘱郝小伟："小伟，不管怎样，你都要尊重你天宇哥，好好工作，不能给他丢脸，我过几天再来看你。"

郝小伟说："姐，你放心，我还要告诉你个好消息哩，我已经报了自学考试了。"

苗育红一听，立刻兴奋地说："那你一定要好好学习啊！"

郝小伟说："嗯！我会的。"

他们在师大南门分别了，苗育红走出好远了，郝小伟还目送着她久久没有离开，喃喃自语着："姐，我一定会努力的。"

30

陈有发和隋玉华离开省师范大学后，没有回自己的家，就直接赶往蓝政广家，他们首先要做的就是向蓝政广表示歉意。

等他们心急火燎地赶到蓝政广家时，原本以为蓝政广肯定会大发脾气的，但蓝政广却热情地把他们请进屋里，还给他们泡了茶，蓝政广说："这是梅梅刚给我买的桐城小花，你们尝尝。"

陈有发抿了一口，就说："好茶！"

蓝政广说："你们要是喜欢喝，我让梅梅给你们买。"

陈有发说："不用了，梅梅已经给我们买了。"

蓝政广说："是吗？她都没跟我说。"

隋玉华说："梅梅是个懂事的孩子，给你买什么，也会给我们买一份的。"

蓝政广说："那也是应该的，她妈妈走得早，要不是你们帮着我，梅梅也不会有今天，只可惜……"

蓝政广没有说完，长长叹了口气。

陈有发知道他的意思，就说："老蓝，我知道你心里不痛快，你放心，天宇迟早会和梅梅在一起的，他要是敢违背我们，我不会饶了他。"

蓝政广说："我知道你们是喜欢梅梅的，可是天宇如果真的不愿意的话，我们谁也没办法，唉！梅梅是太喜欢天宇了。"

隋玉华说："是啊！要不是那个叫苗育红的死缠着天宇，我想天宇也不至于就这么做，我真就纳闷了，天宇怎么就那么迷恋她？"

蓝政广说："现在的年轻人真搞不懂。"

隋玉华说："一个小地方来的人，天宇也这么上心。"

蓝政广问："她不是省城人啊？"

隋玉华说："省城哪有那种人啊？一个外地人，有什么好的！"

蓝政广问："她是哪儿的人啊？"

陈有发说："好像是卫原县人，你当年不是在那里扶过贫吗？"

"卫原？"蓝政广惊讶地说，"我在那里待过两年，那地方太穷了，全省都排在倒数。"

隋玉华说："越是穷地方的人，心眼儿越多，我看苗育红就是这样的人，连找对象也很有心机的，就想着找个大城市的人。"

蓝政广说："也不能这么说吧！听梅梅说她还是个高中老师呢！"

隋玉华说："高中老师又怎么样？她就是有再体面的工作，也改变不了乡下人的俗气，那是骨子里带出来的。"

这时，有钥匙在锁眼儿里转动的声音，蓝梅开门进来了，看到屋里的三个长辈，一下子就明白了怎么回事。

"梅梅回来了。"隋玉华笑着说，"我和你爸爸还有你陈叔叔刚才还念叨你呢！"

蓝梅满脸憔悴，但她依然微笑着向长辈们问好，然后放下包，去卫生间洗脸，蓝政广心疼地叹了一口气，说："唉！梅梅最近都瘦了，这样下去怎么能行？"

隋玉华也跟着叹气，说："都怪天宇不好。"

陈有发说："老蓝，都是我们没有教育好天宇。"

蓝梅从卫生间出来，说："叔叔，阿姨，不怪你们的，天宇哥心里没我，是我做得还不好，也许我不够优秀。"

隋玉华说："梅梅，不要这么说，你是最优秀的，比那个苗育红强很多。"

蓝梅说："我就是再优秀，天宇哥也不会喜欢我的。"

陈有发说："我们回去就找那臭小子算账。"

蓝梅说："不用了，叔叔，我看也没必要了，您就是扭转了他的身，也扭不回他的心。"

蓝政广说："梅梅，你不能丧失信心啊！你不是说相信天宇会回心转意的吗？你们毕竟有从小培养起来的感情基础。"

蓝梅说："有什么用呢？他现在是全身心都在苗育红身上了，就算我再怎么努力，他都不肯看我一眼。"

蓝政广疑惑地问陈有发："老陈，天宇和苗育红到底怎么认识的？按说不会啊！梅梅和天宇二十多年的情意还比不过苗育红和天宇几个月的接触。"

陈有发说："我们也不清楚，可能是天宇的什么朋友介绍的吧？"

隋玉华说："介绍人也真是的，随随便便就给天宇介绍了这么个对象。"

蓝梅说："也不能怪人家介绍人，我觉得是天宇哥有意这么做的，他一开始就没打算和我在一起，我只是单相思，我太傻了。"

说着，蓝梅伤心地抹起了眼泪。大家赶紧上前劝她，她一边抹眼泪一边说："我觉得我这段时间都失去尊严了，我还从来没有这样被人看不起过。"

蓝政广看到女儿这么难过，愤怒地说："梅梅，既然咱高攀不起，那就算了，他陈天宇走他的阳光道，咱过咱的独木桥，今后谁也不欠谁。"

蓝政广的话说得太重了，陈有发和隋玉华都不敢说话了，两家这么多年的友情看来就要走到尽头了，现在唯一的挽救措施就是让天宇回心转意。陈有发对蓝政广说："老蓝，你消消气，我给你赔礼道歉了。"

蓝政广说："老陈，我不怪你，要是没什么事，你和玉华回家吧，让我和梅梅安静地待一会儿，梅梅需要安静。"

陈有发知道蓝政广下逐客令了，他是了解老蓝的，如果再在这里待下去，不知道会发生什么意外呢！于是，他拉了一把隋玉华，说："咱们回家吧！让梅梅安静一会儿。"

隋玉华也觉得很不好意思，就只好和陈有发转身准备离开，这时候，蓝梅却抹了一把脸上的泪水，对他们说："叔叔，阿姨，就算天宇哥不要我，我将来也会孝敬你们的，我从小没了妈妈，是你们把我养大的。"

隋玉华扭过头，说："孩子，阿姨对不起你。"

蓝政广鼻子一酸，差点儿流下泪来。

隋玉华的泪水已经模糊了视线，陈有发拉着她的手出了蓝政广家之后，在小区的一棵泡桐树下，隋玉华哭了好一阵子，他们才带着愧疚回家去了。

陈有发和隋玉华一走，蓝政广又安慰了女儿好长时间，等到两个人都平静下来之后，蓝政广才说："那个苗育红到底有什么本领让天宇这么着迷？我听你陈叔叔说好像是卫原县人，那可是爸爸年轻时扶过贫的地方，一个穷地方来的人，怎么有这么大的魅力？"

蓝梅说："爸爸，这与哪里的人无关，我们的看法都是次要的，关键在于天宇怎么看，在他眼里苗育红一切都是好的。苗育红，她也没什么了不起的，只是省三中的一名普通的高中老师。"

蓝政广问："省三中？你是怎么知道的？"

蓝梅说："省三中的校长谭玉旺要在我们公司出书，我们谈论出书的事时，我顺便问的。不过，在谭玉旺的印象里，苗育红还是一个不错的老师。"

蓝政广说："梅梅，你跟爸爸说心里话，要是天宇和你走不到一起，你会怎么办？"

蓝梅说："我长这么大只喜欢过天宇哥一个人，如果他真的和苗育红结婚了，那我可能就不再结婚了。"

"啊！"蓝政广惊叫一声，说，"梅梅，你不能这样啊！世上好男人多的是，你为什么非要吊死在一棵树上呢？"

蓝梅说："我就是喜欢天宇哥。"

"唉！孩子……"蓝政广不知道说什么才好，他知道女儿的性格，他想起来当初女儿辞去公务员去做编辑的时候，无论他怎么苦口婆心地劝说，都无济于事。

"爸爸，您也不用担心。"蓝梅边说边起身给爸爸倒了一杯水。

"我能不担心吗？你不结婚，爸爸永远不会放心的。"蓝政广喝了一口水。

蓝梅说："今天不要说这件事了，再说我就要死掉了，我想安静一下。"

蓝政广只好说："你去休息吧！待会儿爸爸给你做好吃的。"

蓝梅进了自己的房间，马上又出来，对爸爸说："爸爸，我那新房已经装修好了，过几天，我就搬到那里住，您的房间，我也收拾好了，要不，您跟我一块儿搬过去吧？"

蓝政广说："再说吧！这里是我和你妈妈结婚的地方，我在这里住习惯了，要是搬过去，你妈妈来了就找不到我了。"

蓝梅不说话了，顿时一阵心酸，她知道妈妈走了这么多年，爸爸还是没有忘记妈妈，妈妈好像从没离开过似的。她虽然对妈妈的印象是模糊的，但她能感觉到爸爸对妈妈的真挚的感情。她有时候就想，如果天宇哥对她也有这样的感情，那该多好啊！可是这世界根本没有如果，只有现实。

为了蓝梅将来的幸福，蓝政广决定去找苗育红谈谈。

说心里话，他是怀着忐忑不安的心情来找苗育红的，他不知道他们会谈成什么样子，苗育红会不会把他赶走？当他赶到省三中时，苗育红刚好去上课了，办公室里的潘小桐和白子川正在备课，潘小桐告诉他半个小时后才能下课，让他坐下来等一会儿。

可是，蓝政广不好意思在办公室里等，主要是考虑到影响人家备课，就说到办公楼外等吧，他很快就出去了。

蓝政广以前和学校打交道很少，上次走进校园还是蓝梅上高三时给她送东西，不过，蓝梅当时是在省第四中学念书，省四中是没法和省三中相比的，单纯从校园环境上就比不过省三中，升学率就更不用说了，好在蓝梅很努力，考的大学还不错。

蓝政广沿着校园小路，走到学校的橱窗前，橱窗里除了展示教学成果外，还有模范教师的大幅照片，在众多教师照片中，蓝政广一眼看到了"苗育红"的名字和照片，他虽然以前并没有见过苗育红，但第一眼看到照片的时候，有种似曾相识的感觉。看了一阵，他就开始想心事，这个姑娘怎么那么眼熟呢？哦！想起来了，很像他当年扶贫的村子里的一位叫金凤的漂亮姑娘。啊！金凤，一下子又把他带回了二十六年前，他在那个村子里扶贫，没少受到金凤的帮助，金凤做了什么好吃的都会送给他一份，后来，他离开了，就再没回去过，也不知道金凤现在怎么样了？

这时，下课铃声响了，蓝政广才从回忆中回过神来，他想去办公室找苗育红，可想了想，再等一会儿吧，等上课了，校园里安静了，再去找她，于是，他就继续看橱窗，橱窗的最右边，是省三中建校以来考入清华、北大的学生照片，啊！重点高中就是不一样，这么多考入清华北大的学生。

苗育红走进办公室，潘小桐立刻告诉她："育红，刚才有人找你。"

苗育红问："谁？在哪儿？"

"不认识，一个五十多岁的男人。"潘小桐指着窗外说，"那不在橱窗那儿的吗？"

苗育红隔着窗户往校园里看了看，蓝政广正站在学校的橱窗旁看着什么，然后，苗育红就说："我不认识他啊？他找我干什么？"

潘小桐说："我还以为是你的亲戚呢？"

苗育红说："我在省城没有亲戚的。"

潘小桐说："那就快出去看看吧！"

苗育红满怀疑惑地出了办公室，来到了橱窗旁，很有礼貌地问："叔叔，您好！我是苗育红，请问是您找我吗？"

蓝政广回过头来，苗育红正朝他微笑着，他一下子惊呆了，苗育红比照片上还要漂亮，跟金凤简直是一模一样。苗育红突然出现在他面前，原本想好的话，他却不会说了，只是点着头，说："是啊！我找你。"

苗育红说："您找我有什么事吗？"

蓝政广笑了笑，支支吾吾着："也没……没什么事。"

苗育红见蓝政广不像没事的样子，一定是有什么话不好意思说，为了缓和气氛，她说："这样吧，叔叔，要不，到我们办公室去聊吧！"

蓝政广赶紧说："不好吧，你们办公室那么多老师。"

苗育红说："没事儿啊！马上该上下一节课了，他们都要去上课了，我没课了，走吧！到办公室咱们好好谈谈。"

蓝政广这才说："好吧！"

他们便回到了办公室，大家因为有课都去上课了，苗育红热情地请蓝政广坐在她旁边的椅子上，然后还给他倒了一杯水，这让蓝政广非常感动，脑海里闪现的第一个念头就是：这姑娘素养真高，怪不得天宇这么喜欢她。

苗育红也坐了下来，说："叔叔，您有什么事尽管说啊！这里也没别的人了。"

蓝政广不想一下子就把话挑到明处，想委婉一点儿，就问："我听一个朋友说你是卫原县人。"

苗育红说："是啊！"

蓝政广说："不知道你是哪个乡哪个村的？"

苗育红说："西岭乡苗村的。"

蓝政广立刻就兴奋起来了，说："哎呀！好巧啊！"

苗育红更加疑惑地看着蓝政广，问："什么巧啊？叔叔！"

蓝政广说："我二十多年前在你们村扶过贫。"

苗育红也兴奋地说："是吗？那可真是巧了。"

蓝政广说："我在你们村待了两年，村里好多人我都认识，你知道金……"

原本蓝政广想打听金凤的情况，但又觉得不妥，只好改口："你知道金子总会发光的，你能来到省城工作，就是你们村的金子啊！"

苗育红说："叔叔，您过奖了。"

蓝政广问："你是谁家的姑娘啊？"

苗育红说："我爸爸叫苗善明。"

"啊！善明！"蓝政广说，"你爸爸可是个种庄稼的好手，一年四季都在地里忙活，勤快得很哪！而且人也很好，没少帮我的忙，常常帮我挑水。我离开的时候，他还没结婚呢！一晃姑娘都这么大了，真是岁月不饶人哪！你爸爸身体还好吧？"

苗育红说："这几年腿不太好，血压有些高，其他都还好。"

蓝政广说："那你可一定要嘱咐你爸爸注意身体啊！"

苗育红点点头。

之后，蓝政广又问起了郝贵年的情况，苗育红一一做了回答。最后，蓝政广才旁敲侧击地问起了金凤，但苗育红摇摇头说不认识金凤，这让蓝政广大吃一惊，难道金凤很早就离开村子嫁到别的地方去了？他立刻就产生了想去苗村看看的念头。

蓝政广和苗育红谈得很顺利，以至于蓝政广差点儿忘了自己这次来找苗育红的真正目的，也让苗育红误以为蓝政广就是听说她是卫原人而单纯来叙旧的。

临告别时，蓝政广才对苗育红说："我还有一件事有求于你。"

苗育红说："您说吧，只要我能做到，我一定帮您。"

蓝政广说："我叫蓝政广，是蓝梅的爸爸，今天是为陈天宇和蓝梅的事来的。"

苗育红心里"咯噔"一下，她怎么也没想到会是这样，刚才和蓝政广谈话的好心情顿时荡然无存了。

蓝政广接着说："叔叔知道你和陈天宇正处着朋友，可是蓝梅和陈天宇从小一块儿长大，蓝梅是太喜欢陈天宇了。你是个好姑娘，看在叔叔曾经和你爸爸是老相识的份儿上，就算叔叔求你了，给蓝梅一条活路吧！要不她这辈子就不结婚了。"

苗育红大致明白了蓝政广的话的含义，但她还是反问了蓝政广一句："您是要我退出吗？"

蓝政广点了点头。

苗育红说："叔叔，感情不是靠乞求就能得到的。"

蓝政广说："道理我都懂，可是如果不这样，蓝梅就要走极端了，我就这么一个女儿。我都没求过人，今天也是舍下这张老脸来求你了。"

苗育红心里很复杂，也很难过，她也不知道该怎么办才好，只好说："叔叔，您先回去吧！这件事不是您想的那样，就让时间来说话吧！"

蓝政广还想说什么话，苗育红借口说她要去文印室印卷子了，蓝政广只好离开了。走出校门的时候，有两件事萦绕在他心头：一件是金凤的，一件是蓝梅的。

不管怎么说，蓝政广都决定要回一趟苗村了。

·
·
·
·

卷三　有一种声音

·
·
·

31

苗育红觉得自己陷入到一个巨大的漩涡中去了，她怎么也没有想到，她和陈天宇的恋爱会牵涉到这么多人和事，蓝梅的介入，陈天宇爸爸妈妈的阻挠，蓝政广的乞求。一时间把她压得喘不过气来，她多想找人倾诉一下啊！可是找谁呢？尚静自己还痛苦着呢！她需要人安慰，潘小桐吧，没办法跟他说；她多么想和黄尧师兄说说啊！可是，又不好意思开口。唉！好难啊！有什么办法呢？生活还得继续。

苗育红心事重重地回到出租屋的时候，天已经全黑了，她路过二楼的时候，隐隐约约听到王顺顺和田芳芳在屋里说话，苗育红感到奇怪，他们夫妻俩通常都是忙到大半夜才回来的，今天怎么回来这么早？她想大概是有什么事吧，她也没有多想就径直上了三楼，进了自己的房间。

好长时间过去了，苗育红似乎听到了二楼有吵架声，她赶紧出了屋子，往楼下看了看，仔细听了听，这对河南小夫妻还真是在吵架，不过，大都是田芳芳在吵，偶尔才能听到王顺顺的声音。往常他们夫妻俩时不时会吵上一架，吵归吵，他们很快就和好了。苗育红和江尤天都很羡慕他们夫妻的感情，吵吵闹闹才是一家人，比那些打冷战的夫妻强多了。想到这里，苗育红又转身进了屋里，想着过一会儿他们就会和好的。没想到，这一次似乎真出问题了，他们的吵架一直持续着。苗育红坐不住了，就来到二楼，想看看怎么回事。

苗育红敲了敲门，说："芳芳！顺顺！"

门很快被拉开了，田芳芳出现在门口，两只眼红肿着，她看到是苗育红，勉强笑了一下，比哭还难看，说："育红……"

田芳芳还没说完话，就扑在苗育红的怀里哭了起来，苗育红感到非常突然，她仔细往里看了看，王顺顺坐在椅子上抽烟，耷拉着脑袋，看不清他的脸。

苗育红拍了拍田芳芳的肩膀，安慰她："别哭，芳芳，到底怎么回事啊？"

田芳芳松开苗育红，边拉着苗育红的手让她进屋边说："育红，我们这日子没法儿过下去了，顺顺他有别人了。"

"啊！"苗育红惊叫一声，问王顺顺，"怎么回事啊？顺顺，你们不是一直都好好的吗？"

王顺顺抬起头，脸色很无奈，对苗育红说："育红，你别听芳芳瞎说，我哪儿有那么大的魅力，谁能看上我？"

田芳芳边抹脸上的泪水边说："你还说没有，要不要我把证据给你拿出来？"

王顺顺猛抽了一口烟，说："有什么证据？你天天就知道疑神疑鬼的。"

苗育红觉得王顺顺不是那样的人，就对田芳芳说："芳芳，你和顺顺这么多年的感情也不容易，你们来到省城赚钱也挺辛苦，夫妻两个要互相信任的。"

田芳芳说："育红，我没有疑神疑鬼，是我亲眼看见的，他和小红在我们店里……唉！丢人死了，我都不好意思说出口。"

苗育红问："小红是谁？"

"你让他说吧！"田芳芳指了指王顺顺。

王顺顺把烟掐灭，站起来，说："小红是我们前段时间雇佣的一个帮工，上个月，我们小吃店旁边的包子铺的老板不干了，我想着我们店太小了，就想扩大规模，也把包子铺的店面盘下来了，这样，我们的店面就扩大了不少，当然，我也不会做包子，依旧卖我们的胡辣汤。店面扩大后，客流量就大了，我和芳芳顾不过来了，就想着雇一个帮工。因为小红是我们店对面超市里的服务员，她经常来我们店喝胡辣汤，一来二去就熟了，有一次，小红说不想在超市干了，正好我们也需要人，她就来我们店上班了。小红很勤快，也是我们河南老乡，更加拉近了我们的距离。后来，我们熟了之后，才知道小红因为家境不好才出来打工的，我就经常照顾她。"

"说主要的，你净说了些皮毛，都没说到正点上。"田芳芳打断了王顺顺的话，插了这么一句。

苗育红说："芳芳，你让顺顺把话说完，你再表达你的态度，好不好？"

王顺顺瞪了一眼田芳芳，接着说："每次都不让我把话说完，就吹胡子瞪眼的，今天要不是人家育红来，你根本都不允许我说一句完整的话。"

田芳芳说："谁不让你说话了，我又没堵上你的嘴。"

苗育红说："好了，芳芳，你平静一下，我刚才不是说了吗？先让顺顺把话说完。"

王顺顺说："今天小红上班时，眼里进了灰尘，我帮她吹吹眼睛，刚好被芳芳看到了。芳芳就抓住这个不放了，硬说我和小红要亲嘴，当场骂了小红一顿，要赶小红走，你说她一个小女孩，省城又没有亲戚朋友，一下子让她上哪儿去。我不同意，芳芳就跟我吵架，弄得胡辣汤也没法儿卖了，客人们都来劝我俩，我一气之下就暂时关了店面，早早回来了。可芳芳她还不依不饶，临回来又骂了小红不要脸，我们关门走了，小红就蹲在墙根儿哭，挺可怜的，我又转身回去告诉小红，让她先回出租屋休息，明天早上按时来上班。这下不得了了，芳芳又把我骂了一顿，骂了还觉得不解气，又对我拳打脚踢的，我一个大男人，在大街上被老婆打骂，丢人死了。"

"知道丢人就别做那些恶心的事。"田芳芳依旧不依不饶的。

苗育红基本明白了两个人吵架的前因后果了，就安慰田芳芳："芳芳，我看顺顺不是那样的人，你应该多理解他，他和你在一起这么多年，对你好不好，你应该心里有数的。"

田芳芳说："他对我好，我知道，可是我就不想让他对别人也好。"

苗育红说："对别人好怎么了？说明顺顺是个好人，他对我也好，你也不让啊？"

田芳芳说："那不一样的，你哪儿能看上他，你是个老师，他就是个打工的，我根本不会多想的，可是小红就不一样了，小红和他是一类人。"

苗育红笑了，说："芳芳呀！我看你是太爱顺顺了，怕别人抢走你家顺顺的。"

田芳芳噘着嘴说："我才不爱他呢！"

苗育红说："口是心非，你要是不爱他，你就不会生这么大气了。依我看，小红也不一定就是你说的那种人。"

田芳芳说："育红，真的说不准的，小红的确挺能干，可关键是她长得太漂亮了，就算是个服务员，往那里一站也很惹眼的，就顺顺那个德行，在街上见了漂亮姑娘还要看一眼呢，更别说有个漂亮姑娘天天在眼前晃来晃去了，他心里咋想的，我还不知道啊？"

"我咋想的？"王顺顺冲田芳芳问。

"你不就看上小红漂亮了吗？"田芳芳也毫不示弱。

王顺顺说："你就是无理取闹，小红长得漂亮也是错吗？你有能耐，你也漂亮一回啊！"

田芳芳拍了一下桌子，指着王顺顺，骂："好你个王顺顺，嫌我难看了，是不是？有本事你跟我离婚，娶小红啊！"

苗育红眼看他们又要吵架，就说："你们别吵了，吵是解决不了问题的。你们越说越离谱了，顺顺，你也是，说话太伤感情了，就算芳芳再有错，她也是和你同甘共苦这么多年，没有功劳还有苦劳呢！你怎么能这么说她呢？"

王顺顺抱着头蹲在地上不说话了，为自己刚才的话感到懊恼。

苗育红又对田芳芳说："芳芳，你不能动不动就拿离婚说事，这离婚是容易的吗？况且你们还有孩子，这都是伤人的话。不要说你们还有这么深的感情基础了，就算是那些感情破裂的夫妻，为了孩子，也坚持不离婚。不是我说你，真的不要再说这样的话了。"

田芳芳听了，低下头抽搭开了。

苗育红接着说："芳芳，顺顺，咱们在一起也好长时间了，如果你们信得过我，就好好想想我刚才说的话。你们都冷静冷静，这么多年的感情不能为了一件小事说散就散，我知道你们都是很在乎对方的，正是因为你们彼此心里都有对方，你们才会吵架的。芳芳，我能理解你的心情，但你不要多想，顺顺他不是那样的人，如果他真是那种人，他就不会坐在这儿和你吵架非要论个你高我低了，他之所以下班仍和你一起回来，就说明他眼里还是有这个家的。顺顺，你也要顾及芳芳的感受，她是一个女孩子，跟着你来到省城吃苦受累不说，还给你生了孩子，她是一心一意跟你过日子的，她今天跟你吵架也是为了你们将来的日子能好一些。你们两个都要体谅对方，信任对方，这样日子才能长久。至于小红，我虽没有见过她，但从顺顺刚才的话里，我觉得她也不是个坏女孩，你们该把她留下来还是要留下的，她也是漂泊在省城的受苦人，和你们有同样的经历。我要说的就这么多，今后不管发生什么事，你们都要好好生活下去，我借用我同事的一句话送给你们——'生活至上'，好了，赶紧收拾收拾吃点儿饭吧，你们肯定还没吃饭呢！"

苗育红准备离开了，田芳芳又一次扑在苗育红的怀里，说："育红，你真好！"

王顺顺在一旁也说："谢谢你，育红！"

苗育红说："都不要客气了，你们好好的，我也高兴。"

"你们在聊什么呢？"不知什么时候，江尤天站在了门口。

苗育红开玩笑："刚才芳芳和顺顺打架，我来劝架的，这不，两个人让我一劝，立刻就和好了。"

江尤天说："那就好。"

田芳芳和王顺顺不好意思地笑了。

苗育红和江尤天离开后，王顺顺关上了门，一把拉过田芳芳，忘情地吻了起来，田芳芳半推半就地说："起开，死鬼！就知道欺负我。"

王顺顺说："是你先欺负我的。"说着，就又吻下去了。

过了一会儿，王顺顺说："芳芳，你想吃啥？我给你做。"

田芳芳说："你的腰还疼不疼了？前几天你不是说腰扭伤了吗？你歇着吧，我去做。"

王顺顺说："早不疼了，怎么？心疼了？"

田芳芳撇了一下嘴，说："我才不心疼你呢！我是嫌你做的饭不好吃，我才想去做饭的。"

王顺顺听了，一股热泪涌出了眼眶，他看着田芳芳去做饭了，背过脸，悄悄揩了揩眼角的泪水。

什么是爱情？这就是爱情。

江尤天和苗育红先后离开王顺顺和田芳芳的家，在楼梯上告别的时候，江尤天又问了刚才发生的事，苗育红就删繁就简地说了其中的大概。江尤天沉默了片刻，说："其实，家家都有本难念的经。"

苗育红说："是啊！生活不可能永远是平坦的大道，但我们不能因为活着很累就失去生活的信心。不管未来的路有多坎坷，好好生活永远是第一位的。"

江尤天说："你说的是哩！我虽然只是个出租车司机，没有什么文化，但也能明白人活着的意义。育红，你是个好姑娘。"

苗育红说："你也很好，帮了我不少忙。"

江尤天说："都是应该的，以后你把这里当成你的家就行。"

苗育红说："我早已把这里当成家了。"

江尤天说："你要是能一直住在这里该多好啊！"

江尤天的话让苗育红感到非常惊讶，她不知道江尤天为什么这样说，或许是大家住在一起习惯了，有了亲人的感觉吧！

苗育红和江尤天各自朝自己的房间走去，苗育红上三楼，江尤天下一楼去了，临转身的时候，江尤天又看了一眼苗育红的背影，欲言又止的样子，最后还是说出五个字："育红，我喜欢……"

江尤天说不下去了，苗育红扭过头，问："尤天，你怎么了？你喜欢什么？"

江尤天支支吾吾地说："哦！没……没事儿，我是说我喜欢晚上拉客人，很安静，待会儿我还要去火车站拉客人，回来可能会很晚，你早点休息吧！"

江尤天改变了后半句话的内容，苗育红似乎听出了一点儿特别的含义，但不管江尤天后面的话是什么意思，都触动了她的心弦，江尤天像嘱咐亲人般地嘱咐她，她感到很温暖。

江尤天今天提前回家本来是想和苗育红好好聊聊的，但现在一种难以言表的自卑感涌上了心头，让他丧失了勇气，人家苗育红是高中教师，他是什么？他只是一个开出租车的司机，差距太大了。他无心再待在家里，只好重新开着出租车驶向了热闹的大街，说是去拉客人，实际上他只是漫无目的地在街上穿来穿去，眼前老是晃动着苗育红的身影。

第二天一大早，王顺顺和田芳芳高高兴兴地去上班了，临行前，田芳芳给苗育红发了一条微信：谢谢你！育红！（还附着两个笑脸的表情符号）

苗育红看到微信，就知道这两口又和好了，她真为这夫妻俩高兴，也为自己感到骄傲，因为她做了两件好事：既让田芳芳和王顺顺和好如初了，又让可怜的小红保住了工作。于是，她心满意足地上班去了。

当苗育红推着电动车出院门的时候，突然发现江尤天正在擦车，往常这时候江尤天早出车了，今天怎么还没有出车？她就走上前问："尤天，早啊！你今天出车晚了啊？"

江尤天看到苗育红，说："昨晚上回来晚了，就多睡了一会儿，我马上就出车，要不要我送你一程？"

苗育红赶紧说："不用了，我骑电动车就行。"

江尤天说："都是顺路的事，你别骑电动车了，长时间骑车对膝盖不好。"

苗育红说："没事儿，我有护膝呢！好了，我先走了。"

苗育红趁机骑上车走了，江尤天在后面喊："路上注意安全！"

江尤天一直看着苗育红的背影消失在街道的尽头才钻进了车里。

32

王顺顺和田芳芳天还没亮就赶到了"顺顺胡辣汤"店，他们看到小红已经站在店前的台阶上了。王顺顺把电动车停在台阶前，田芳芳从电动车后座下来，他们走到小红跟前，还没有说话，小红就哭了，对他们说："顺顺哥，芳芳姐，对不起！"

王顺顺说："啥对得起对不起的？走，进店里吧！"

小红说："不了，我今天要走了，我是来跟你们告别的。"

王顺顺说："小红，你说啥话呢？你往哪儿走啊？"

小红边抹眼泪边说："顺顺哥，我在这儿净给你们添麻烦了，昨晚上我想了一夜，还是不在省城待了，这儿也不是我的久留之地，我要回老家了。"

王顺顺着急地说："傻孩子，我这儿还需要你帮忙哩！你怎么能说走就走呢？”

一直在旁边没有说话的田芳芳忍不住了，含着泪花走上前一把抱住了小红，说：“小红，姐姐错怪你了，你别走了，我和你顺顺哥都需要你。”

小红趴在田芳芳的肩膀上又哭开了，田芳芳拍了拍小红的肩膀，又摸了摸小红那乌黑的长发，说：“不哭了，都是姐姐不好，我今后不会这样了。”

小红抬起头，田芳芳给她擦了擦脸上的泪水，接着说：“好孩子，不要哭了，这么漂亮的脸蛋，一哭就不好看了。”

一句话逗得小红含着泪笑了，田芳芳说：“小红，你笑起来更漂亮了。”

王顺顺说：“好了，过去的事都不要提了，咱们开始干活吧！”

小红“嗯”了一声就转身进店里去了，后面的王顺顺和田芳芳互相看了一眼，也笑着进店里了。

他们三人很快就忙开了，为了更好地迎接上早班的市民，他们通常是赶在居民早上上班前把胡辣汤、油条和油饼准备好，这样，客人来店里不用等就能吃上。附近的很多居民因为要上班，来不及在家里做饭，为了图个方便实惠，就都到“顺顺胡辣汤”来喝碗胡辣汤，吃根油条。

王顺顺由于盘下了隔壁的包子铺，把原来的包子铺改装了一下，店面就扩大了两倍，客人自然也增加了不少。他们三个人配合默契，王顺顺是熬制胡辣汤的高手，他主要负责做汤，他把胡辣汤做好后，然后就开始炸油条；田芳芳负责做油饼兼给客人端送油饼和油条；小红负责招呼客人，还要给客人盛汤和端汤。有时候忙不过来，他们三人也互相“兼职”。至于收钱，客人通常是扫描墙上的二维码，有个别交现金的，一般是由田芳芳来收款，当然二维码收款也是收到田芳芳的手机里的。田芳芳说她从小就是管钱的高手，等攒够了钱，她和顺顺打算把儿子从老家接来。当然，田芳芳还有更大的打算，还想将来在省城买房呢？只不过她这个想法只和顺顺在被窝里说过，还不敢轻易告诉别人的，生怕人家笑他俩痴心妄想。顺顺还有自己的设想，将来把店铺再扩大，就不只卖胡辣汤了，还要经营其他别的小吃，这都是他们的想法，还没有付诸行动。不过，他们现在已经把店面扩大了，这就是成功的第一步了。

不知什么时候，一缕阳光从对面的大厦后照过来，照在"顺顺胡辣汤"几个大字上，格外耀眼，啊！又是新的一天。

苗育红骑着电动车故意绕了道，专门路过"顺顺胡辣汤"店，当她远远看到王顺顺、田芳芳还有那个叫小红的女孩忙里忙外的身影，她倍感欣慰，昨晚的劝说起作用了，看着他们三人这么和谐融洽，她放心了，微笑着离开了。

等苗育红快到学校大门口的时候，手机响了，她停下车，掏出手机，一看，惊呆了，是黄尧师兄的来电。她怀着万分激动的心情接通了电话。

苗育红第一句话就语无伦次了，说："喂！师……师兄。"

黄尧说："育红，你还好吗？"

苗育红说："我还好，你也还好吧？"

苗育红尽管常常期待黄尧师兄的电话，但真正面对的时候，又不知道该说些什么才好，兴奋往往会冲昏头脑，她此刻脑子里一片空白。

黄尧说："我也还好，我刚来到省城。"

"啊！真的吗？"苗育红问，"你是博士毕业回省城来工作吗？"

黄尧说："我马上要毕业了，还不确定是否回省城来工作，可能留在南京，也可能去北京或上海。我这次来是想看看省里的几个单位，因为省政府有一个人才引进计划，如果合适，也许会留下。"

苗育红多么希望黄尧师兄能留在省城工作啊！可是，她没有理由让他留在这里，人往高处走，像黄尧师兄这样的人才应该到更大的城市发展的。一时间，她好矛盾啊！

不知道该说什么，苗育红只好说："你可以先了解了解，对比一下，如果适合你，你就可以考虑考虑；如果不适合，你就可以选择别的城市，总之，只要有利于你的发展就行。"

黄尧说："我也是这么想的。"

苗育红突然说："你有没有想过回师大教书？"

黄尧说："前几天，师大中文系蔡俊廷主任就邀请我回来教书了，说实话，我不想教书，就没有同意。"

听黄尧师兄这么一说，苗育红觉得自己问得太冒失了，为了弥补刚才的话，她鼓起勇气说："不管你干什么工作，我都支持你！"

黄尧说："谢谢啊！育红！"

黄尧的一个"谢谢"让苗育红有些失落，说明黄尧师兄依然是把她当普通朋友来看的，她真的想和黄尧师兄走得更近一点儿，当然她更希望黄尧师兄也是这么想的。但这只是她自己的想法，她并不知道黄尧师兄怎么想。

苗育红说："师兄，不要客气啊！有什么需要我帮忙的，你尽管说啊！"

黄尧笑着说："那是肯定的，以后少不了麻烦你的。这样吧，育红，电话里说不清楚，你晚上要是没事的话，我们一起吃个饭吧！到时候好好聊聊。"

黄尧师兄的最后一句话让苗育红心跳得异常厉害，她立刻就说："好啊！"

黄尧说："那你先上班吧，晚上我给你打电话。"

苗育红说："嗯！"

说这个叹词时，苗育红的语调都变了。

挂了电话，苗育红抬头看了看天空，今天的天空瓦蓝瓦蓝的！一群白鸽飞过城市的上空，啊！好美的一幅图画啊！

苗育红推着电动车进了学校大门，她一直沉浸在和黄尧师兄刚才的谈话中，非常期待晚上和黄尧师兄见面。

苗育红从车棚出来，准备走向办公楼，她心情很好，忍不住哼起了歌。

她沿着校园幽静的小路，抬头看了看路两旁的白杨树，她停下脚步，呼吸着清新的空气，刚下早自习的学生，三三两两地从她的身边走过，有说有笑的，有认识的同学还不断地跟她打招呼，她亲切地朝同学们问好。

"姐！"

有人在后面喊了一声"姐"。

苗育红回过头来，不知什么时候，程飞飞走了上来，他手里拿着一个包装精美的纸盒。

苗育红惊讶地问："飞飞！你这是……干什么哩？"

程飞飞说："我刚才去办公室找你，没找到，就准备回教室，看到你在这里，我就过来了，这是我妈妈送给你的。"

说着，程飞飞就把那个纸盒递给了苗育红。

苗育红问："这是什么？"

程飞飞神秘地说："你打开就知道了，我先去上课了。"

说完，他就转身跑走了。

苗育红看着他的背影，说："这孩子！真可爱！"

苗育红提着纸盒回到了办公室，办公室没人，大家都去上课了，苗育红小心翼翼地把纸盒打开，纸盒里是一条漂亮的裙子，还有一封短信。苗育红拆开信，一段歪歪扭扭的文字展现在她的眼前，信是牛香莲写的。

育红：

感谢你这段时间对飞飞的帮助，让飞飞有了很大的进步，我也不知道该怎么感谢你，上次让你来家里吃饭，你也没来，我就给你买了一条裙子，也不知道你是否喜欢？送给你吧！以前，我有对不住你的地方，请你谅解啊！

香莲

苗育红赶紧给牛香莲打了个电话，开口就说："牛阿姨！你太客气了！还送我裙子。"

牛香莲说："我真得感谢你哩！一条裙子也不值什么钱的。"

苗育红说："你的心意我领了，我下午让飞飞带回去，我真的不需要。"

双方来回争了一阵，最后还是苗育红说服了牛香莲，说傍晚放学让飞飞把裙子带回家。

过了一会儿，苗育红就去上课了。

傍晚放学后，苗育红先是把裙子交给程飞飞带回家，然后把电动车留在了学校，拦了一辆出租车如约去和黄尧师兄见面了，他们相约在省政府旁边的一家餐厅，附近就是香水河，环境很好。她走进餐厅的时候，黄尧已经在那里等了一会儿了。

苗育红进来就说："不好意思，师兄，我来晚了。"

黄尧笑了笑，说："没事儿，我也刚来没多久。"

苗育红这才仔细看了看黄尧师兄，一副学者的风度，透过黑框眼镜的目光更加睿智了，只是头发似乎比以前少了很多，脸也消瘦了一些，可能是做学问累的原因。黄尧师兄从省师范大学毕业的这几年，他们见面很少，苗育红的印象中大概只有两次，一次是在庆祝省师范大学建校七十周年时，另一次是黄尧师兄回母校参加一次学术会议时，两次见面都很匆忙，没有太多时间交流，只是互相说了几句客套话。

像很多年前一样，黄尧师兄依旧很热情地问苗育红："你想吃点儿什么？我今晚请客。"

苗育红说："师兄，怎么能让你请客呢？你是客人，我是东道主啊！再说了，你还没有参加工作，我已经工作好几年了，我应该请你的。"

黄尧说："不要再跟我争了，我已经决定请你了。"

苗育红知道黄尧师兄的性格，就不再勉强，说："行，你简单点一点儿就行。"

可是，黄尧却点了一大桌子菜，苗育红都觉得不好意思了。

吃饭的时候，黄尧一个劲儿地给苗育红夹菜，这让苗育红心里暖暖的，连连说着"谢谢，谢谢"。

黄尧问："育红，你现在工作怎么样？累不累？"

苗育红说："还好，高中有高考的压力，肯定轻松不了。"

黄尧说："那你多注意身体。"

苗育红说："嗯！你也要注意身体，我看你比以前都瘦了不少。"

黄尧说："是瘦了点儿，主要是前段时间做博士论文压力大造成的，不过现在好了，我的论文已经通过了答辩。"

苗育红高兴地说："祝贺你啊！我挺羡慕你的，在你面前，我觉得自己知识面太窄了，还是继续读书好啊！"

黄尧说："那你还想不想继续考研？你要是有这个打算的话，我可以帮你。"

苗育红摇了摇头，说："不考了，我的家庭情况，你也知道，我爸爸年纪大了，还需要人照顾。"

黄尧说："你说的也是，不知道叔叔的身体怎样？"

苗育红说："还好，就是腿不太好，血压有些高，"

黄尧说："叔叔辛辛苦苦供你读书不容易，你一定要孝敬他。"

苗育红说："嗯！我想过几年把他接到省城来跟我一块儿生活，照顾他也方便一些。"

黄尧说："你是个好姑娘，要不是家庭的原因，其实你完全可以读到博士的，不过教高中也挺好。"

苗育红说："我能从那个偏僻的小山村考上省师范大学，又能幸运地留在省城工作，我很知足的。"

黄尧说："那是你努力的结果。"

两个人聊着聊着就聊到了黄尧未来的工作上，苗育红想知道黄尧师兄的真实想法，于是就问："师兄，你有没有认真考虑过回到省城来？"

黄尧说："我打算这几天看看省里的几个单位，相对来说，省城肯定比不过北京、上海这样的大城市，连南京也比不上，说心里话，我挺想去大城市发展的，毕竟大城市的机会肯定比省城要多，可有时候也很矛盾，省政府的人才引进优惠政策还是挺不错的，我可以选择我喜欢的工作岗位，如果去大城市，面临的竞争压力也是非常大的。"

苗育红趁机说："你说的是啊！面临抉择的时候一定要谨慎一些。"

黄尧说："嗯，我真的需要认真考虑考虑了。"

苗育红多么想让黄尧师兄回到省城来工作啊！因为预示着他们将有更多的时间和机会待在一起。可是，她又不好意思说出口，要是黄尧师兄回来工作，耽误了他的发展，那可是一辈子的事，她负不起这个责任。她心里只希望黄尧师兄能有一个好工作，将来发展得好一些。但是，如果黄尧师兄去了北京或者上海，他们之间就会渐行渐远了，这也是她不愿意看到的结果。

苗育红很纠结，黄尧大概看出了她有什么心思，就问："育红，你怎么了？"

苗育红说："没什么，我可能是见到你有些激动吧！"

黄尧笑着说："你这个孩子呀！还是像刚考上大学那会儿一样可爱。"

苗育红有些不高兴了，说："师兄，我不是孩子了，我只比你小三岁啊！"

苗育红不高兴，是因为她不想让黄尧师兄把她当作孩子看待，她有自己的想法，她的想法目前只能藏在心里。

黄尧听苗育红这么一说，赶紧改口："哦！你是大姑娘了。"

苗育红的脸有些红了。

吃过饭，黄尧提出沿着旁边的香水河走一走，苗育红当然很高兴地答应了。他们一起走了很长一段路，聊了很多。没想到即将分别的时候，黄尧突然问苗育红："育红，你有男朋友没？"

苗育红又一次红了脸，她不想说她和陈天宇的事，因为她觉得和陈天宇不会在一起的，不光是半路上出现了蓝梅，还有前几天陈天宇的爸爸妈妈大闹"学子餐厅"的影响，当然也有两个人的性格、理念等原因。

于是，苗育红就说："还没有，介绍过，但不合适的。"

黄尧说："这找对象一定得首先看人品，其次才是看物质条件。人品好比什么都强，没有物质将来可以创造，人品不好，有再多的物质也没有意义。"

苗育红点了点头。

这一晚，他们聊得很尽兴。

后来，黄尧拦了一辆出租车先把苗育红送回出租屋，之后，他才回到了省政府旁边的宾馆，回到房间的时候，还没来得及放下包，就收到了苗育红的一条微信：师兄，我希望你能回到省城来工作。

黄尧看了看，笑了一下，回复了苗育红一个笑脸的表情符，就直接躺到了床上。

33

蓝政广心情很复杂，他很快就离开了省城来到了卫原县，一刻也没有停留，又坐上了县城开往西岭乡的公共汽车。等他风尘仆仆地赶到苗村时，已临近中午时分，他在村头下了车，望着高耸的天门山，听着山脚下艾拉河的歌唱，顿时热泪盈眶。二十六年前，作为一名下乡的扶贫干部，他被派到这里来，在这个地方生活了两年。两年里经历了太多的事，当然最令他刻骨铭心的还是和金凤的相识。

蓝政广当年来扶贫时，住在金凤家，那时候，金凤家就她和她爹两个人，她娘很早就去世了。金凤很能干，不但干庄稼活是一把好手，而且家里的缝缝补补、洗衣做饭也是样样在行。所以，蓝政广来了之后，没少得到金凤的照顾。蓝政广刚死了妻子，在金凤这儿似乎找到了心灵的慰藉，时间长了，渐渐和金凤有了感情。但金凤她爹是个明白人，觉得闺女和蓝政广是不可能走到一起的，就对金凤说："凤儿啊！咱是庄稼人，人家蓝干部是省城人，咱跟人家相差十万八千里呢！你收收心吧！"

金凤倔强地说："这有什么？只要他对我好就行了。"

她爹说："他终究是要走的，到时候你就明白了，可等你明白了就晚了，听爹一句劝，我看善明是个好小伙儿，又是近邻，你也了解他，他也挺勤快……"

没等她爹说完，金凤就打断了她爹的话："爹，善明是不错，可我不喜欢他。"

金凤的话，让她爹很为难，他知道闺女的脾气，她是不撞南墙不回头的那种人。她爹也担心把金凤逼急了，她要是走了极端，那可就完了。于是就不再阻拦她了。

没过多久，有一次，为了给蓝政广摘几颗核桃吃，金凤她爹爬上后山的一棵高高的核桃树，不小心从树上掉下来，等到傍晚金凤见她爹没回家，到山里寻找时，才发现她爹已经死在了核桃树下，手里紧紧攥着两颗核桃。金凤哭得死去活来，蓝政广得知后，后悔不已，原本是他昨晚上无意中说了句想吃核桃，不承想金凤她爹就真去给他摘核桃了。为了弥补自己的愧疚，蓝政广出钱安葬了金凤她爹。后来，蓝政广扶贫期结束回了省城，一走就没再回来，他和金凤的缘分也就没了，这真的应验了金凤她爹说的话。

这都是很多年前的事了，今天想起来，蓝政广依然觉得就像发生在昨天一样。他没有立即回村子，而是绕道来到了艾拉河边，艾拉河一点儿没有变样，依旧欢快地唱着歌，那时候，他无数次和金凤来河边洗衣服，挑水，夏天的傍晚，还来这里洗澡。河水永不停息地向前方流淌，那动听的"哗哗"声仿佛就是金凤的笑声。

因为已是中午了，也许大家都在家里吃午饭，艾拉河边几乎没什么人，蓝政广一个人坐在河边的石头上，捧起水洗了洗脸。他远远地看到河对面有人走过来了，就站起来，准备和那人打招呼，只见那人踩着河上的大石块走得很快，等到走近。两个人互相看了看，彼此似曾相识啊！

蓝政广说："你好啊！老乡！"

那人抬起头来，问："你是……"

蓝政广说："我叫蓝政广，二十多年前在这里扶过贫。"

"啊！"那人惊叫一声，说，"政广，是你呀！我说这么眼熟。"

蓝政广问："你是……"

那人高兴地说："我是苗善明。"

蓝政广一下子握住了苗善明的手，激动地说："善明，真的是你啊！我刚才也觉得是你，可我不敢认，都二十多年了。"

苗善明说："是啊！时间过得太快了。"

蓝政广瞬间流泪了，苗善明也是泪眼婆娑，两个人分别的时候还是青年，再次相见的时候都已经是老年了。

苗善明拉着蓝政广的手，问："你怎么来了？我都觉得像是在做梦。"

蓝政广擦了擦眼睛，说："我就是想回来看看。"

苗善明说："走，跟我回家去！咱们好好说说话。"

蓝政广跟着苗善明回家去了，一路上，苗善明不断地向蓝政广介绍着村里的变化，这是新修的水泥路，那是刚安上的路灯，还有村前的小广场，每到晚上就有好多人去那里跳舞。

听到跳舞，蓝政广惊讶地问："跳舞？"

苗善明说："是啊！如今人们的生活都好起来了，大家都不缺吃穿，晚上没事的时候也会像城里人那样跳跳舞。"

路过村小卖部时，蓝政广去小卖部里买了一箱饮料，苗善明说："政广，你这是干啥？"

蓝政广说："我来的时候什么也没带，给你买箱饮料也算表表心意。"

苗善明说："你这就客气了，我家里啥都有，不瞒你说啊！我闺女在省城教书，经常给我买东西。"

蓝政广说："那是你闺女的，这是我的。我知道你有个有出息的女儿，我们见过面的。"

苗善明满脸惊讶，问："你见过红了？"

蓝政广说："是啊！她当时说是你的女儿，我太意外了，我离开咱村时你都还没结婚，想不到现在你女儿都已经是个大姑娘了。"

苗善明问："你呢？是闺女还是儿子？"

蓝政广说："和你一样，也是个闺女，不过，应该比你的闺女大一点儿。"

苗善明有些吃惊，又问："你闺女比红还大？"

蓝政广说："是啊！我来扶贫前，她就出生了，肯定比你闺女大，因为我扶贫结束走的时候你都还没结婚呢！"

苗善明惊异地看着蓝政广，他心里"咯噔"一声。

蓝政广看到苗善明有些反常，就问："善明，你怎么了？"

苗善明支吾着："哦！……没事儿。"

很快，苗善明就恢复了平静。

接着，蓝政广就把上次跟苗育红见面的事又详细地跟苗善明说了，但没提苗育红和陈天宇的事，更没提为了自己的女儿求苗育红离开陈天宇的事。

两个人说笑着就进了苗善明家，蓝政广看了看院子，说："善明，你这院子还是老样子啊！"

苗善明说："除了房子翻新了，其他都没变。"

蓝政广问："就没想过换个环境住住？"

苗善明说："不换了，在这儿住习惯了，这院子一天到晚都有阳光，又清静，出门就能看到天门山和艾拉河，环境好着呢！"

一进屋门，苗善明就说："政广，你先歇着，我去给你弄点儿吃的。"

蓝政广说："这么多年你都没变，你还是以前的那个善明，热情大方。"

苗善明说："你也一样没变化。"

说着，苗善明就去做饭了，蓝政广在屋子里来回看，墙上贴的都是苗育红上学时候的奖状，镜框里也几乎都是苗育红各个时期的照片，有幼儿期的、有少年期的、还有大学时的，偶尔会在苗育红众多的照片中间夹有一两张苗善明的照片。

蓝政广很奇怪，怎么没有苗善明媳妇的照片，趁着苗善明进屋来拿东西的时候，蓝政广问："善明，怎么不见你媳妇哩？"

苗善明迟疑了一会儿，看了看蓝政广，欲言又止。

蓝政广说："要是不方便说，就算了，就当我没问，你不要往心里去。"

苗善明低声说："她死得早。"

蓝政广说："这么说这么多年都是你一个人带着闺女生活的？"

苗善明点点头。

蓝政广叹了口气，说："唉！难为你了，真不容易。"

蓝政广在同情苗善明的同时，也在同情自己，他又何尝不是这样呢？自从妻子走了后，他一个人带着蓝梅也是这么过来的。

苗善明说："还好了，我也没觉得有多不容易。"

蓝政广说："不瞒你说，善明，其实我和你一样，我老伴也没了。"

苗善明又是满脸惊讶地问："啥时候没的？"

蓝政广说："我来咱村扶贫前她就没了。"

苗善明问："这么多年你就没再找个？"

蓝政广说："不找了，没心情。"

蓝政广这么一说，这回轮到苗善明安慰蓝政广了，他说："政广，人无论如何都是活一辈子，你也不要太难过。"

蓝政广说："这些年我都习惯了，也想开了。"

苗善明说："你说的是哩！我们都要想开些，才能活得久。"

两个人很快就不再说这些伤感的事了。

蓝政广说："你太了不起了，你能把红培养成一个大学生，又留在省城工作，这本身就很伟大。"

苗善明笑了笑，说："政广，你这是高看我了，我哪有那么大本领，关键还是红自己很努力，当然我也很为她高兴。"

父母就是这样，不管孩子有多大的成就，也不会说是自己的功劳，实际上，在孩子成功的背后，父母的支持太重要了。苗育红和郝小荣截然不同的命运，与父母的支持不支持有很大的关系。

饭很快做好了，苗善明说："政广，家里也没啥好吃的，你就将就着吃吧！"

蓝政广看到饭桌的菜已经很丰盛了，地皮菜炒鸡蛋、凉拌红薯叶、干炒鲜豆角、清炖草鱼外加鲜黄的小米饭，他说："已经很好了，都是我爱吃的，你不知道在城里很难吃到这些菜。"

"爱吃你就多吃点儿。"苗善明又从床底下拿出一瓶酒，"喝点儿！"

蓝政广有些不好意思了，说："善明，你干什么哩？太客气了。"

苗善明说："这是上次红给我买的，红知道我吃饭时爱喝点儿酒，每次回家都给我买酒，不瞒你说，这瓶酒红说是在省城的啥专卖店买的，我也记不住，说是挺有名的酒坊，我舍不得喝，今天你来了，咱们尝尝。"

说完，苗善明就给蓝政广倒了一杯，蓝政广看到酒瓶上印着两个鲜红的字"国窖"，心里一阵愧疚，如果不是他来，苗善明肯定不会拿出这瓶酒，人家舍不得喝却用来招待他，他实在是过意不去。多么淳朴的人啊！他顿时觉得自己很渺小。他想对苗善明说几句暖心的话，可又不知道该说些什么，但又不能不说，只好喝了一口酒，说："这酒是真的好。"

苗善明说："红也说是好酒，你多喝几杯。"

蓝政广说："再喝就醉了。"

苗善明说："哪能那么容易醉呢？我记得你年轻时候酒量大着呢！你忘了有一次，你非要跟着我进山砍柴，砍累了，你从包里拿出一瓶酒，要和我喝酒，没有菜，咱们就随手摘把酸枣就着喝。我害怕喝醉了没办法背柴，就只喝了一点点，你几乎喝了一瓶，一点儿醉意没有，我那时候真是佩服你的酒量啊！"

蓝政广说："那是年轻的时候，现在可不行了。"

苗善明说；"没事儿啊！喝吧！"

蓝政广开玩笑说："你不怕我喝完了，你自己没得喝了。"

苗善明说："你说啥话哩？喝完了，红说还给我买呢！过不了多久，红就放暑假了，她回来时准给我买。"

苗善明一句一个"红"，看得出苗育红在他心里的地位，女儿是他的全部，蓝政广很羡慕，就说："我真羡慕你，有红这么个好女儿。"

苗善明说："她从小没了妈妈，我答应过她妈妈的，一定要把她养大，还要供她念书，让她做个有出息的人。人这辈子活着是为了什么，就是为孩子活着的。"

蓝政广说："是啊！为了孩子，我们付出也是值得的。"

"再喝一杯。"苗善明又给蓝政广倒了一杯。

"不能再喝了。"蓝政广说。

"那你就多吃菜。"苗善明劝着。

朴实的庄稼人再不会说什么别的话了，只会招呼客人多吃点儿，蓝政广又是一阵脸红。他之所以脸红，一方面是酒的作用，但更多的是内心的不安，长年在城市生活的人，见惯了趋炎附势和巴结逢迎，甚至自己就是其中的一员，一下子来到这穷乡僻壤，虽然物质并不富有，听到的却是真实而又暖心的话，怎能不感到脸红呢？

蓝政广吃着菜，觉得这菜是天底下最好吃的菜，不知道比省城酒楼里的菜要好上多少倍了。

蓝政广说："真好吃。"

苗善明说："你要是喜欢吃，我天天给你做。"

蓝政广说："不用，你吃什么我就吃什么，不用刻意为我准备。"

两人聊着吃着，蓝政广很想问问金凤的事，但又不好意思马上问，主要还是因为有一些自责。如果金凤现在生活得很好，那还可以稍稍安慰他的心；如果金凤很不幸，那他就非常自责了。

苗善明却详细问了蓝政广的情况，蓝政广一点儿也没有藏着掖着，把这么多年他和女儿蓝梅相依为命的生活全告诉了苗善明。

相同的家庭背景，瞬间让两个人有了更多的话题，他们为此也多喝了几杯。

这时候，郝贵年在门外喊："善明！善明！"

苗善明听到喊声，对蓝政广说："是贵年喊我，我出去看看。"

说着，苗善明就撂下筷子出去了，来到院子里，他看到郝贵年正站在门口。

苗善明说："贵年，进来呗！"

郝贵年说："不了，我下午去乡里赶集，你有没有要买的东西？我可以给你捎过来，或者给育红寄什么东西？我可以帮你寄走。"

以往，每到乡里有集市的时候，他们就会去赶集，如果谁有事去不了，大家就会互相捎东西。平时苗善明除了赶集，还要给闺女往省城寄东西，或者去邮政所取闺女寄来的东西。

苗善明说："不用了，红快放暑假了，前天她打电话说很快就回来了。"

郝贵年说："那好吧，我走了啊！"

苗善明说："你先别走，你进屋看看谁来了？"

郝贵年问："你家里来客人了？谁呀？"

苗善明神秘地说："你进屋就知道了，快进屋吧！"

郝贵年和苗善明一块儿进了屋，一进屋，苗善明就指了指蓝政广对郝贵年说："看看，这是谁？你还认得不？"

蓝政广赶紧站了起来，苗善明又指了指郝贵年问蓝政广："这位你还记得不？"

蓝政广和郝贵年互相看了看，蓝政广说："好眼熟啊！是不是贵……贵年？"

郝贵年说："你也好眼熟啊！你……你是……"

苗善明说："哎呀！贵年，你真是跟你的名字一样，贵人多忘事啊！这是政广，二十多年前在咱村扶贫的蓝政广。"

"哦！"郝贵年一拍脑袋，上前拉住蓝政广的手，"政广，真是你啊！看我这眼笨的，都认不出来你了，你反倒还记得我。你这又是扶贫来了吗？"

没等蓝政广回答，苗善明说："扶啥贫啊？都脱贫了，政广是想念咱们了，想回来看看哩！"

郝贵年笑着说："欢迎啊！省城的大领导。"

蓝政广说："什么领导啊？就是个跟在领导身后跑腿的。"

苗善明说："好了，贵年，趁着政广在，你也喝一杯。"说着，就随手拿了一个杯子，给郝贵年倒了一杯。郝贵年也不客气，和蓝政广、苗善明碰了一下杯喝了一口，说："好酒啊！"

苗善明有些骄傲地说："红买的。"

蓝政广又一次听到苗善明说到"红"，他心里真的很羡慕苗善明有个好女儿。

郝贵年喝了杯酒后就去乡里赶集了，蓝政广和苗善明接着聊天，蓝政广还是不好意思问金凤的事，想着抽机会再问吧！

蓝政广说："善明，我想在你家多住几日哩！不影响你吧？"

苗善明想都没想就说："政广，你就把这里当作自己的家好了，你想住多久就住多久。"

苗善明的一句话，又让蓝政广眼眶湿润了。

34

苗善明在电话里告知苗育红说蓝政广来到了苗村住在他们家，苗育红的第一反应就是蓝政广是不是要通过爸爸来说服她离开陈天宇了，她心里很不是滋味，不想让爸爸掺和这件事，于是，就问："爸爸，他有没有提到我？"

苗善明说："提到了，你蓝叔叔一直夸你是个好孩子呢！"

苗育红问："仅仅是夸我吗？没说别的？"

苗善明说："没有啊！红，你是不是有啥心事啊？你蓝叔叔怎么了？"

苗育红赶紧说："没事儿啊！我就是问问。"

苗善明说："你这孩子，净跟爸爸捉迷藏，有啥就直说呗！"

为了打消爸爸的疑虑，苗育红假装说："我要上课了，先不说了，等放暑假回家我一定详细跟您聊聊。"

还没等苗善明说话，苗育红就挂了手机。

说心里话，因为有了上次见面的经历，苗育红说不出对蓝政广是什么印象，面对他的时候，心里很复杂，但复杂归复杂，生活还是要继续的，人也还是要相处的。毕竟蓝政广曾在他们村扶过贫，又是爸爸的老朋友，况且他也没对爸爸说她和陈天宇的事，不管今后会发生什么情况，就让时间来检验吧！苗育红每每遇到生活中的一些烦心事时，想的最多的就是让时间来说话，虽然过程可能艰难些，但一切痛苦都会过去的。

苗育红努力不去想她和陈天宇的事，上次陈天宇的爸爸妈妈大闹"学子餐厅"的那一瞬间，她就已经感觉到她和陈天宇不会继续下去了，不是说她不敢面对现实，而是陈天宇面临的压力太大了。尽管她在很多书里都读到过为了爱情而不惜牺牲一切代价的人，但她觉得陈天宇还做不到，就算陈天宇能做到背叛家庭，她自己也不想将来生活在一个"危机四伏"的环境中。这几天，她想了很多，与其这样煎熬，还不如一个人悄悄离开，也许她当初就不应该和陈天宇在一起，但人生是没有也许的。事情既然发生了，就应该面对现实，勇敢地去解决问题。

事后，陈天宇给苗育红打过几次电话，说要让苗育红给他时间来解决这件事，苗育红不想多说什么，只是要陈天宇多替父母想想。陈天宇还想说什么，苗育红就已经挂了电话。

事情往往就是这样，在你处在一片黑暗中的时候，亮光也会随之闪现。前几天见到黄尧师兄时，苗育红就觉得黄尧师兄像一道阳光一样给了她莫大的安慰，尽管黄尧师兄只是出于普通朋友的关心，但这已经足以让她感到很温暖了。大学时期暗恋的情愫依然存在，黄尧师兄的每句话都能激起她内心的涟漪。当时，她都不好意思问黄尧师兄是否谈了对象，她真害怕听到黄尧师兄谈了女朋友的消息，所以也就不问了。黄尧师兄考察了省城的几个单位之后，就回南京去了，他说还要去北京和上海看看，苗育红虽然很希望他能回到省城工作，但为了黄尧师兄的前途，她发给他的微信只能是鼓励他到大城市工作的话。

唉！还是回到现实中吧！黄尧师兄也许只能深埋在心里了，陈天宇估计是不能再继续了，她现在唯一期盼的就是回到故乡，到静谧的大山里和温柔的艾拉河边好好静一静。好在暑假快要到了，她很快就可以回故乡了。

"育红，你没课啊？"

有人在身后问，苗育红回过头来，潘小桐和一个漂亮的姑娘正并排走在校园的小道上，苗育红赶忙说："我第三节的课，这会儿没什么事，就出来散散步。"

说完，苗育红还悄悄看了那姑娘一眼，真的好漂亮，身材修长，再配上淡紫色的连衣裙，可以用"婀娜"来形容了，一头波浪长发披在肩上，乌黑发亮，更衬托了那张精致的脸。

苗育红并没有问姑娘是谁，潘小桐就主动向苗育红介绍："这是我高中同学肖娜。"

肖娜朝苗育红微笑了一下，说："你好！"

苗育红也朝肖娜微笑了一下，说："你好！我叫苗育红。"

肖娜说："我听小桐说过你的，你真漂亮。"

苗育红说："你也很漂亮。"

潘小桐对苗育红说："肖娜，北大毕业，现在是剑桥的博士，人家可是要定居大不列颠的。"

苗育红大吃一惊，说："肖娜你真厉害！"

肖娜谦虚地说："过奖了，别听小桐瞎说，我只是在那里读书，谈不上定居，还是要回国的。"

苗育红说："不管怎么说，你都很厉害的。"

肖娜开玩笑说："我经常听小桐提起你，你也很强大，如果不是家庭的原因，你或许早就进军美利坚了。"

苗育红说："我可不行，在省城待得都很费劲儿。"

肖娜说："你能从一个小山村来到省城，本身就是个传奇，若是从起点看，你比我们都强太多。"

潘小桐插嘴："就是啊！育红，你比我们都强。"

苗育红不好意思地说："你们都别夸我了，我都不知道该怎么回答了。"

潘小桐说："好了，育红，我们先回办公室了。"

苗育红说："好的！"

潘小桐和肖娜走过的一瞬间，苗育红闪过一个念头：这两个人真般配。

潘小桐和肖娜进了办公室，潘小桐马上向大家介绍："这是我同学肖娜，北大毕业，现在是剑桥的博士。"

肖娜说："大家好！"

崔世芳和白子川也都向肖娜问好，乔敏没有向肖娜问好，她在看到潘小桐和肖娜进来的一瞬间心里就充满了不满，再加上潘小桐主动向大家介绍肖娜是北大毕业，又是剑桥博士，她就更不高兴了。她觉得潘小桐是故意带肖娜来的，而且目的肯定是来炫耀的。借着肖娜的光芒来抬升自己，这是潘小桐惯用的手段，因为他经常在大家面前说有某个同学在什么地方高就，某个朋友在什么地方留学，他这样说的目的无非就是表明自己也很优秀。每次在这时候，乔敏就会说："你的同学都很强，你却在这儿教书，这不就说明你自己很差吗？"

潘小桐通常会说："乔敏，你这是什么逻辑？杀人不见血啊！"

两个人免不了就又吵上一架，吵完后，两个人照样形影不离，办公室的老师们都习惯了。

今天，潘小桐带肖娜来，乔敏很看不惯，但又实在不好意思说什么，毕竟肖娜第一次来。她太喜欢潘小桐了，真不愿看到潘小桐和别的女孩在一起，更不要说肖娜这么优秀的女孩了。她只能在心里埋怨潘小桐：你是不是故意气我的？

因为心里不舒服，乔敏只好站起来，准备出去走一走，她刚离开椅子，潘小桐就问她："乔敏，你去哪儿？"

乔敏说："散散心，在这儿憋闷得慌。"

潘小桐立刻就明白了乔敏为什么要走了，但他想逗逗乔敏，就说："好好散散心啊！不要憋坏了，待会儿我和肖娜也要去散心。"

乔敏愤怒地瞪了潘小桐一眼，没再跟潘小桐搭腔，径直出了办公室。她在校园里不知道该去哪里走走，也没有心情走，去大操场吧，那里有很多学生在上体育课，不方便的。去学校的小花园走走吧，又怕遇到别的熟悉的老师，问这问那的，心也烦。算了，干脆去图书馆看看书吧！于是，她朝图书馆走去。

这一天，乔敏过得很难受，她什么事都没办法集中精力去做，时时处处都在想着潘小桐和肖娜的事，尽管她一再安慰自己，不要多想，肖娜怎么会看上潘小桐呢？他们只不过是同学而已，可又不得不想，要是万一肖娜看上了潘小桐呢？公主下嫁平民的例子还是很多的。而且傍晚下班回家的时候，乔敏看到肖娜坐进了潘小桐的车出了校门，不知道他们会去哪里。

乔敏不想回家，就一个人在学校门外的大街上漫无目的地溜达着，苗育红骑着电动车从后面过来，看到乔敏，就问："乔敏，你怎么一个人在这儿溜达？还不回家？"

乔敏回头看到苗育红，说："育红，我想一个人走一走。"

苗育红说："是等小桐的吧？"

乔敏噘着嘴说："我才不等他呢！人家早就跟别人约会去了。"

苗育红说："你是说他和肖娜吧，他下午跟我说晚上他们要去吃饭，还让我一块儿去，我说我和尚静有约了，就没去。"

乔敏生气地说："小桐是什么人嘛？他都没约我。"

苗育红说："你别生气，我看他一会儿就会给你打电话的。"

乔敏说："算了吧，人家现在眼里只有肖娜。"

苗育红说："我看人家肖娜未必看上他，他也就老老实实和你在一起才是现实的。"

乔敏说："这话我爱听，还是你了解我。"

苗育红笑了，说："你那点儿心思，我还不知道？好了，不说了，要不我载你一程吧！"

乔敏说："不用了，你先走吧，天快黑了，路上注意安全。"

将心比心，苗育红句句说到了乔敏的心坎儿上，乔敏也对苗育红关心起来了，人，就是这样，你关心他，他也会关心你的。

苗育红走了，乔敏还在原地站着，她多么想接到潘小桐的邀请啊！可是手机始终没有任何声响，主动给潘小桐打个电话吧，又没有面子。她忍不住咒起潘小桐来："什么人嘛！你就是再向肖娜献殷勤，人家也不会看上你的。"

每隔几秒钟，乔敏都会看看手机，可是等了好久，潘小桐都没有来电，看来，人家彻底把她忘了。这个姓潘的，你看我怎么搅你的局。乔敏再顾不得想那么多了，主动拨通了潘小桐的电话，说："你别太过分了啊！"

乔敏的这句话，把正准备和肖娜共进晚餐的潘小桐搞迷糊了，他问："怎么了？乔敏，发这么大火？"

乔敏说："你是不是故意的？吃饭都不约我？"

潘小桐说："你就是为这件事啊！那你也来吧！"

乔敏说："你就不能主动约我吗？每次都得我提醒你。"

潘小桐说："我这不是和肖娜走得急吗？"

乔敏说："走得急，你就不能打个电话吗？要不是育红告诉我，我还不知道你们出去吃饭了呢？"

潘小桐不耐烦地说："哪有那么多条条框框的，你累不累？你要愿意来，你就来，在'贵府楼'餐厅，不说了。"

潘小桐随即就挂了电话，乔敏听到潘小桐刚才那种口气，本不想去了，可又一想，如果不去的话，说不准正中潘小桐的心愿，凭什么让他高兴，让我难过，我也要搅他一回局，让他知道知道我的厉害。

乔敏很快打的去了'贵府楼'餐厅。当她推开包间的门时，一下子呆住了，包间里除了潘小桐和肖娜外，还有一个漂亮的姑娘。潘小桐看到乔敏进来了，赶紧向大家介绍乔敏，然后又向乔敏介绍那位陌生的姑娘："这位也是我高中同学何菲，一家上市公司的高管。"

吃饭的时候，潘小桐说："今天大家难得聚在一起，也不用拘谨，有什么话尽情说啊！真正做到畅所欲言。"

何菲说："老同学相聚，我们首先干一杯。"

大家举起酒杯，潘小桐、肖娜、乔敏都只抿了一下，满满一杯酒，何菲却一饮而尽，让大家感到非常震惊。

潘小桐说："何菲，你是海量啊！"

肖娜说："就是啊！何菲，你太能喝了。"

何菲说："没办法，这几年锻炼出来了，因为经常得出去应酬，有时候还得替老板挡酒，喝得多了，慢慢酒量就大了。"

几杯酒下肚，何菲的脸开始红了。他们三个老同学有说有笑的，乔敏坐在一旁有种被冷落的感觉，她觉得尴尬极了。早知道这样，还不如不来。

何菲说："上学的时候，你们都学习好，就我学习差。"

肖娜说："可现在就你混得最好。"

何菲说："好什么呀？还不是给人家打工？不如你们有地位有身份。"

潘小桐说："什么地位身份的？你一个月挣的钱比我一年挣的都多，这年头赚钱就是本领。"

何菲说："赚那么多钱有什么用呢？连个男朋友都找不到。"

肖娜说："还用找吗？这不眼前就有一位吗？"

肖娜这句话一出口，潘小桐觉得很不好意思，毕竟旁边还有个乔敏呢，可是肖娜的话已经说出来了，只能顺其自然了。

何菲说："你是说小桐啊！我倒是看上他了，可他不喜欢我，他喜欢的是你。"

肖娜说："哪有啊？他一直都喜欢你的。"

乔敏在旁边听不下去了，又不好意思离开，就在那里干坐着，要多难受有多难受。潘小桐也没想到肖娜和何菲会这样说，他只好说："大家今天高兴，不管说啥都不要介意啊！都是为了维护友情烘托气氛的。"

潘小桐是个聪明人，他之所以这样说，既给了肖娜和何菲台阶下，又安慰了孤独的乔敏。

还好，接下来，何菲和肖娜并没有开太大的玩笑，开始谈起了各自未来的打算。肖娜说博士毕业还要回来的，她说不会留在省城，想到北京工作，她的理想是回到她的母校——北大工作。何菲说她准备跳槽去深圳开一家自己的公司，不想一辈子待在省城，想趁着年轻大干一番。

肖娜和何菲未来的打算，让乔敏心里的一块儿石头落了地，她们都是要离开省城的，这样的话，潘小桐就不可能和她们有什么未来了。

吃完饭，何菲有自己的司机送她回家，潘小桐就开着车载着乔敏和肖娜，先是把肖娜送回家，然后又把乔敏送到了她家小区前的那条胡同。还是像往常一样，潘小桐送她走过胡同，在胡同里，两个人又拉起了手，走了没几步，潘小桐竟然俯下身子吻了一下乔敏，乔敏激动得心都快要跳出胸膛了，两个人顺势就忘情地吻了起来。

35

　　傍晚下班后，苗育红和尚静相约在省师范大学的柳湖，这是她们无数次来到的地方，上大学的时候，她们就爱漫步在柳湖岸边的相思路，尤其是夏季的夜晚，微风吹来的时候，一边享受着夏风的吹拂，一边聊着轻松的话题。但今天是不一样的，夏风依然吹过脸庞，话题却不再轻松。

　　尚静和苗育红都遇到了生活的挑战，在人生的十字路口，该如何面对？只不过，苗育红的前景比尚静稍微明朗一些，苗育红心里的天平倾向于告别一段前途未卜的感情，她已经朝着这个方向前进了。而尚静现在还在徘徊中，上次杜明杰开着快递小车走了之后，尚静原本以为杜明杰不会再联系她了，没想到晚上的时候，杜明杰就给尚静发了微信，说他打听清楚了，尹韶峰是尚静的老板兼男友，还说祝福尚静，一个"祝福"，弄得尚静很不开心，她知道杜明杰发这个"祝福"的含义，分明还是在生气。尚静报复性地回了两个字"谢谢"，杜明杰接下来的微信就属于调皮了，说让尚静不要坐宝马车，因为有可能哭鼻子，倒是可以经常坐坐他的快递小车。一下子把尚静逗乐了，尚静随即给杜明杰发了个"打你"的表情符，杜明杰很快回复了一个"心"形表情符。就在两个人你一来我一往发微信的时候，尹韶峰打来电话说要请尚静喝咖啡，尚静有些不知所措，最后没去。

　　苗育红和尚静坐在柳湖岸边的小石凳上，各自陈述着自己的经历，两个已该谈婚论嫁的姑娘，早已没了上大学时的浪漫激情，三年的时间足以改变一个人。曾经有过的美好理想，在现实面前已经变得非常遥远了。两个姑娘开始严肃而认真地审视起生活来。

　　身边不断有大学生走过，他们有说有笑的，有的还拉着手。

　　尚静说："还是上大学好，你看他们无忧无虑的。"

苗育红说："是啊！可是我们回不去了。"

尚静说："生活真的很累，有时候想想在省城太苦了，还不如回到故乡去，可是自己又不甘心，毕竟已经在这里奋斗了三年。"

苗育红说："其实我也有同感，做梦都会梦到故乡的山，故乡的河。"

尚静说："你跟我不一样，你已经是省城人了，你有了省城户口，有了固定工作，而我还是漂在省城的一片叶子，随时都有可能被风吹走。拼命想在这里扎根，却始终找不到合适的土壤。"

苗育红说："我何尝不是这样呢？也许在你心里我是幸运的，拥有了工作和户口，可是，我自我感觉和你是一样的，如果让我再重新选择一次的话，我宁愿回到故乡。"

尚静说："我们拼尽全力考上大学，如果就此离开，会有太多太多的不甘心。"

苗育红说："我能理解，路是自己选的，我们每走一步都是值得的。只要生活得有价值，无论怎么活着都是一种人生。"

两个人都是中文系的毕业生，只有在她们独处的时候，才会说这些文学性十分强的话，多年的友谊使她们能彼此理解和信任。生活中，难得有这样的知己，不管你是身处高位还是一介平民，一生中有了相濡以沫的朋友，哪怕只有一个，也是幸运的。

柳湖的岸边，又一阵微风吹来，苗育红和尚静决定朝前走一走，她们都知道在这所大学的某个角落有自己熟悉的身影，陈天宇或许在宿舍里赶写论文，杜明杰或许在地下室里琢磨着明天该配送多少快件。他们都有自己的事要做，会不会也想到有两个姑娘也在这所大学里？

她们走过柳湖上的思桥时，尚静的手机响了，是尹韶峰打来的，尹韶峰问她在哪儿，尚静说在师大，尹韶峰说让尚静赶紧回学校，今晚学校要开一个紧急会议，大家都在，就差尚静一人了。尹韶峰说完就挂了电话，看来真的是很着急。

苗育红问："谁的电话？"

尚静说："尹韶峰的，他说要开一个紧急会议，让我马上回学校。真是的！下午下班时他不说，偏要在这时候通知。"

苗育红说："也许真有什么急事吧？你赶紧回吧！我也得回家了。"

于是，两个人就此分别了，苗育红回出租屋了，尚静赶回了"求索教育"学校。

一进门，尚静觉得好奇怪，怎么学校里一片漆黑？不是说要开会吗？

突然大厅的灯亮了，大厅里布置得像个舞台似的，紧接着，同事们从各个办公室出来，他们都微笑着拍着巴掌，唱着生日祝福歌，江尤美推着一个大蛋糕走向尚静，尚静一时糊涂了，不知道他们要干什么，这时候，尹韶峰从办公室走出来，拿着一束鲜花，来到尚静面前，说："尚静，生日快乐！"

尚静这才想起今天是她的生日，她都忘了，她含着眼泪接过尹韶峰的鲜花，说："谢谢大家！谢谢韶峰！"

这时候，尹韶峰手捧一枚钻戒单膝在尚静面前跪下，说："尚静，嫁给我，好吗？"

旁边的江尤美说："在一起，在一起。"

同事们也都齐声说着"在一起"的话。

这突如其来的场面，尚静一下子惊呆了，脑子里一片空白，她没有任何思想准备，她原本以为尹韶峰只是为她准备了一场生日派对，没想到他竟然向她求婚，该怎么办？

在众人面前，尚静觉得自己太孤独，太无助了，早知道这样就不回来了，或者让育红跟她一块儿回来。

怎么办啊？接受还是不接受？

大家呼喊"在一起"的声音此起彼伏，尹韶峰期待地看着尚静。

就在这一瞬间，尚静的眼前却闪现着杜明杰微笑的脸庞，她没有接尹韶峰的戒指，也没有说话，而是转身跑走了。大厅里瞬间安静了，尴尬的气氛持续了几秒钟，尹韶峰站起来说："没关系，也许尚静还没有准备好，下次我还有机会的。"

大家立刻鼓起了掌。

尚静跑出"求索教育"学校的大门，沿着已经人流稀疏的人行道，一直向前跑着，昏黄的路灯映照着她带泪的脸，她一边哭一边跑，直到跑进省师范大学的南门，继续跑过夜色中的柳湖，跑过静谧的校园小路，来到师大家属楼地下室，她抬手敲门，声音很重，门开了，杜明杰出现在门口，尚静一个趔趄倒在杜明杰的怀里，说："明杰，我们明天就回老家去。"然后，就哭了起来。

杜明杰把门拉上，他满脸惊讶，问："静静，你怎么了？"

平静下来之后，尚静擦了擦脸上的泪水，说："我可能在'求索教育'待不下去了。"

杜明杰焦急地问："为什么？"

尚静说："刚才尹韶峰为我举行了一场浪漫的生日派对，我原本很感动，没想到他当场向我求婚……"

尚静还没说完，杜明杰就问："你答应了？"

尚静说："我拒绝了。"

杜明杰长长吐了一口气，说："吓死我了，我还以为你答应了呢？这不是好事吗？"

尚静说："什么好事啊？我肯定要被尹韶峰开除了，我连工作都没有了，你还说是好事？"

杜明杰笑着说："当然是好事了，你要是答应了他，就没我什么事了。"

尚静上前捶了一下杜明杰的胸脯，说："什么人嘛？都这时候了，你还贫嘴。你明天跟我一起去收拾东西。"

杜明杰说："收拾东西干吗？他又没说要开除你，况且还有劳动合同呢！"

尚静说："就算他不开除我，我也不好意思在那里待下去了，别扭死了，同事们怎么看我？"

杜明杰问："你真要离开那里回老家呀？可我不想回去了。"

"啊！"尚静惊讶的脸上写满了疑惑，"你不是说我回老家，你也会回去的吗？"

杜明杰说："这么说你打算跟我在一起了？"

尚静又捶了杜明杰一拳，说："想得美！"

杜明杰趁机拥抱了尚静，尚静没有拒绝，两个人忘情地吻了起来。

吻过之后，两个人商量着明天该怎么办，尚静仍然坚持离开"求索教育"学校，然后和杜明杰一起回老家，不想在省城待下去了。但杜明杰却说经过这么长时间的磨炼，他有些爱上了省城，他希望能留下来打拼，至于故乡的工作，他已经决定辞职了，而且还劝尚静如果真的离开了"求索教育"就重新寻找新的工作。杜明杰的决定让尚静不知道该怎么办了，两个人刚好走了反道，当初是尚静要留下来，这时候又是杜明杰不走了。人生啊！就是这么充满戏剧性。不管怎么说，他们最后决定尚静先离开"求索教育"学校后再做别的打算。

第二天上班的时候，尚静在大家异样的目光注视下推开了尹韶峰的办公室，把昨晚写好的辞职信递给了他，尹韶峰看了看，问："怎么？你要辞职？"

尚静说："我知道我在这儿干不下去了，你迟早会开除我的，还不如我主动离开。"

尹韶峰说："你想哪儿去了？我为什么要开除你？"

尚静说:"昨天晚上的事……"

尹韶峰说:"你想多了,我向你求婚是我的权利,你不同意是你的自由,这和工作是两码事。"

尚静说:"可是……"

尚静话还没说完,尹韶峰就打断了她的话:"你不用说了,快去上课吧!"

尚静还要说什么话,尹韶峰一挥手,说:"我还有事,抽空咱们再聊。"

尚静只好离开了尹韶峰的办公室,又是没有想到,她很快给杜明杰发了微信,告诉他刚才尹韶峰的态度,杜明杰秒回了她一行文字:很好,我们的新生活正式开始了。

杜明杰的这句话,尚静知道它的含义,当经历了一些波折,两个人重新在一起的时候,尚静感慨万千,也许将来会生活得很苦,但苗育红说得对:路是自己选的,我们每走一步都是值得的。只要生活得有价值,无论怎么活着都是一种人生。

傍晚下班后,尚静和杜明杰约好,在"求索教育"学校门口见面,尚静一出来,杜明杰就在不远处的快递小车上喊她:"喂!静静!"

尚静朝杜明杰走了过去,杜明杰笑着说:"上车吧!宝马车坐不成了,只能坐快递小车了。"

尚静上了车,和杜明杰并排坐着,小车很快就开走了,杜明杰又说:"这小车比宝马强多了,既透风又能观景。"

尚静说:"你的这张嘴,鸡毛也能吹上天。"

杜明杰说:"我再送最后一趟快件,就带你去吃好吃的。"

尚静说:"要不要叫上育红?"

杜明杰说:"一切都是媳妇说了算。"

尚静用胳膊肘捣了一下杜明杰,说:"谁是你媳妇?想得美。"

杜明杰送完最后一批快件，就把小车送到快递公司，然后和尚静打的去了师大旁边的小吃街，在车上，尚静给苗育红打了电话，苗育红说会晚一点儿到，她现在还在学校呢！

苗育红正在红程飞飞补课呢！程飞飞马上就要上高三了，这大半年在苗育红的帮助下有了很大的进步，不但改掉了原来去网吧打游戏的坏习惯，而且也和早恋的女友成了在学习上互相帮助的好朋友。所以，牛香莲才会给苗育红送礼物以示感谢，但苗育红说自己只是尽了一个老师的责任。这让牛香莲很是过意不去，为自己以前对苗育红的态度深感愧疚。

补完课，程飞飞说："姐，暑假时，我想和你一块儿回你的故乡看看，我长这么大还没有离开过省城。"

苗育红说："好啊！到时候我们一块儿回。"

程飞飞调皮地说："姐，我爱你！"

苗育红说："好了，快回家吧！"

程飞飞背着书包就走了，苗育红收拾了一下自己的包，就骑着电动车赶到了师大旁边的小吃街，等她在一个烧烤店见到尚静和杜明杰时，他们已经等她一个小时了。

苗育红觉得很不好意思，说："今晚我请客了。"

杜明杰说："哪有让你请客的道理？我是男人，我来请，况且今天是我和静静大喜的日子。"

听到"大喜"二字，苗育红顿时惊呆了，问："你们这是要结婚了吗？"

尚静赶紧说："别听明杰瞎说，什么大喜的日子？就是和你一块儿吃个饭。"

杜明杰忍不住了，说："育红，明人不说暗话，静静才是蒙你的。昨晚静静被尹韶峰求婚了……"

杜明杰话还没说完，这回轮到苗育红忍不住了，先是"啊"的惊叫了一声，然后就说："那也应该是尚静和尹韶峰的大喜，有你什么事？你还这么高兴？"

杜明杰一副嬉皮笑脸的样子，说："可是静静拒绝了，投奔我的怀抱了。"

尚静说："杜明杰，你说什么呢？你今天是不是昏了头了？"

苗育红却说："你们都别说了，我已经听明白了，我就送你们两个字'祝贺'。"

这一晚，三个人都觉得今天的烧烤分外好吃。

36

蓝政广在苗善明家已经住了三天了，三天里，蓝政广好几次都想开口问问金凤的情况，但都是话到嘴边又咽回去了。有几次，他趁着苗善明下地干活的时候，悄悄来到金凤家的旧院子，但大门是锁着的，院墙也快要坍塌了，隔着门缝往院子里看了看，院子里杂草丛生，一片荒凉，房顶上也长满了草，他曾经住过的那间屋子已经倒塌了。这让他的心里一片阴暗，莫不是金凤出了什么事？如果她过得很好的话，一定不会让这个院子破败成这个样子的，她是个勤快的姑娘，在他扶贫的那段日子里，金凤总是把院子收拾得干干净净的。唉！时过境迁，物是人非了。

村子里的好多人，蓝政广都不认识了，和他差不多年纪的人对他还有印象，他在村里转悠的时候，还会时不时和这些认识的人说上几句话，希望能打听到金凤的下落，可是，很失望，大家好像是统一了口径似的，让他去问苗善明。他知道金凤一定是出了什么问题，或许她身上真的发生了什么不可告人的事，这件事又可能和苗善明有关系，要不，大家为什么都让他去问苗善明呢？然而，他又怎么好意思问苗善明呢？三天了，真有些发愁，如果就此离开，他又心有不甘。唉！折磨人啊！

蓝梅打来了电话，问他什么时候回省城。蓝政广想都没想就说要在苗村住一段日子，暂时可能回不去。蓝梅深表理解，也很支持。觉得爸爸为了她一直没有再婚，在省城憋闷了这么多年，到苗村散散心也好。蓝梅让爸爸注意身体，过几天可能会去看他。蓝政广本不想让蓝梅来，但蓝梅说她们出版公司和卫原县的图书馆有个帮扶活动，过几天公司派她去，她也可以顺便去苗村看看。蓝政广觉得这样也好，他知道女儿这段时间过得不如意，能下乡来走一走，正好可以调节一下心情。

世上的事太奇妙了，蓝政广想想都觉得不可思议，他本来为了蓝梅去找苗育红，对苗育红提了一些无理要求，如果按照立场来说的话，他应该站在苗育红的对立面，可现在他却住在人家苗育红的老家。不知道为什么，他来到苗村的这几天，他已经没有心情想蓝梅的事了，因为金凤占据了他的心，他现在唯一想知道的就是金凤的下落。可是，知道金凤下落的，大概只有苗善明最了，要不大家怎么一致说让他去问苗善明呢？唉！怎么办？真是愁死人了。

实在忍不住了，趁着傍晚吃饭的时候，蓝政广小心翼翼地问苗善明："善明，好几天了，有件事一直想问你，可又不好意思问。"

苗善明开口就说："你是不是想问金凤的事？"

蓝政广激动地说："是啊！还是你明白我的心。"

苗善明说："从你第一天来，我就知道你的心思了，你要不是为了金凤，怎么可能从省城跑到这里来？"

蓝政广说："什么都瞒不过你的眼睛。"

苗善明说："我虽没有多少文化，可是看人论事还是有点儿把握的。"

蓝政广说："那是啊！我知道你有眼光，二十多年前我就看出来了，要不，你也不会培养出一个大学生了。"

苗善明说："政广，你不用夸我，我只不过是实话实说。"

蓝政广说："嗯，我知道，那金凤现在……"

苗善明意味深长地说："金凤的事，我以后一定会告诉你的，但现在时机还不成熟，等过一段儿吧！"

"唉！"蓝政广叹了口气，说，"善明，你就告诉我吧！你知道，我的性子急，要不，真会把我憋坏的。"

苗善明平静地说："政广，我说话直，你也不要往心里去，你一走，二十多年都过去了，你都没憋坏，我想也不差这几天，不过，你也别难过，我迟早会告诉你的，我说话算话的。"

蓝政广沮丧地说："那好吧，善明，我知道你不会骗人，我可等着的啊！只是，你不告诉我，我就得一直在你家里住。"

苗善明说："我不是说了吗？你想住多久都可以，就算你不回省城了，我也没意见的。"

蓝政广苦笑了一下，说："那倒不会。"

谈话没有任何进展，蓝政广心里更加纠结了，难道金凤真有什么不可告人的秘密，苗善明也太神秘了。不过，蓝政广转念又一想，苗善明是个善良的人，他又在苗善明家住，况且苗善明也没说不告诉他，等时机成熟人家就告诉他了，想到这儿，他的心情就好了很多。

蓝政广要在苗村住一段日子，蓝梅其实是有疑惑的，散心肯定是一方面，她觉得爸爸也许还有别的事，因为这么多年，爸爸都没有回过卫原县，这时候突然要去看看，事情就不会像想的那样简单。

蓝梅这样想的时候，心已经飞到了爸爸身边，可是还不能马上去，公司和卫原县图书馆的帮扶活动还得等几天。况且蓝梅还有好多事要处理，有两个作者要约见，这几天还得往新房那里搬东西，因为打算住进去了。她真有点儿迫不及待了，那是她的杰作，从买房到装修都是她一个人张罗。买房时，她原本想让陈天宇帮她拿拿主意的，比如位置、楼层、采光什么的，当时她觉得房子不是她一个人住，将来很有可能和陈天宇共同住，她对陈天宇抱有很大期望的，但陈天宇对此毫不在意，只是敷衍地说了句"房子是你住，还得你拿主意"，这让她的心凉了半截儿。从那个时候起，她就隐隐感觉到陈天宇不太喜欢她，可她仍旧抱有幻想，毕竟他们从小一起长大，还有陈叔叔和隋阿姨做后盾，一切都会改变的。现在看来，似乎并不是她想的那样。后来装修时，她就再没向陈天宇提及装修的事，当然，陈天宇也从没有过问过她，唉！真应了那句话——当一个人心里没有你的时候，无论你怎么努力，他都不会上心的。

算了，不想这些了，蓝梅虽然一再说服自己不去想，可又怎么能不想呢？在她心里，陈天宇就是她最理想的人生伴侣，失去他，她的人生也会失去光彩的。

手机响了，是一个约好的作者打来的，她们相约在下午两点见面，要签订出版合同。不管生活中有多大的磨难，一旦投入到工作中，蓝梅肯定要拿出百分之百的热情。她实在太热爱她的工作了，如果不是由衷地热爱，她也不会辞去公务员转而当编辑的。她善待每一位找她出书的作者，无论作者是什么身份，来自什么阶层，就算合作不成，她也会热心地给作者提出建议。她经手的书在市场上反响一直很好，有人问她是怎么做到的，她只会说一句话——我要对得起"责任编辑"这四个字。

时间一转眼就到了，蓝梅在公司的会客室等那位作者，不一会儿，作者来了，是一位漂亮的姑娘，看上去比蓝梅还要小一点儿，脸上满是微笑。

蓝梅礼貌地说："我给你倒杯茶吧！"

姑娘说："谢谢！我不喝茶，喝水就行。"

蓝梅正要给她接水，姑娘说："我自己来。"

姑娘走向饮水机的一瞬间，蓝梅才发现姑娘有点儿跛脚，不仔细看是看不出来的，顿时，蓝梅心里涌出一种心酸的滋味。

蓝梅和这位姑娘见面之前已经有了好几次沟通，姑娘也渐渐把蓝梅当做了知心朋友，愿意把心里话告诉蓝梅。姑娘是一位超市的服务员，由于家庭贫困才和青梅竹马的男朋友来到省城打工，他们原本有共同的理想，就是等挣够了钱就回故乡的县城买一套房子，可直到有一天，姑娘偶然看见男朋友搂着一个女孩儿在街上走着，她才如梦初醒。男朋友来到省城经不起诱惑了，姑娘什么都没说，忍住了夺眶而出的泪水，删掉了男朋友所有的联系方式，开始全身心投入到工作和生活中，她决定自学，报了大学中文系的函授课程，利用一切可以利用的时间读书，还根据她自己的经历写了一部长篇小说。生活在给她开过一次玩笑之后，似乎还要再开一次，她满怀信心投了很多出版社，结果大部分都石沉大海，偶尔遇到一两个回复的，基本也是委婉地拒绝。姑娘心灰意冷，但还是抱着最后一线希望寄给了蓝梅，蓝梅读了姑娘的小说之后，觉得虽然深度不够，但修改后是可以出版的。蓝梅的肯定给了姑娘很大的信心，由于无法预期未来的市场，蓝梅告诉姑娘需要交一部分出版费用，姑娘拿不出那么多钱，蓝梅向自己所在的出版公司申请，但公司也要生存，只能给姑娘减免一部分，剩下的大部分还得姑娘自己出。蓝梅不想伤姑娘的心，说书肯定能出版，没有那么多钱可以再等等，分期付也可以。没想到姑娘接受了，她说她一定能攒够的，无非就是多找几个兼职，蓝梅深受感动，决定资助姑娘一点儿钱，但被姑娘拒绝了，姑娘说大家都不容易，这让蓝梅对姑娘有了更深的认识。

今天，当蓝梅看到姑娘有点儿跛脚的时候，心酸之余，一股钦佩之情油然而生，多么坚强的姑娘啊！你是怎么熬过每一个日日夜夜的？

蓝梅把早先拟好的出版合同拿出来，递给姑娘，说："合同我都拟好了，你先看看，如果没问题我们就签字吧！"

姑娘接过合同，喝了杯水之后，就认真地看了起来。

蓝梅在旁边耐心地等着，过了一会儿，姑娘看完了，说："蓝编辑，没问题，我这就签字了啊！"

蓝梅点了点头。

签完字，蓝梅和姑娘握了握手，说："合作愉快！"

姑娘也说："合作愉快！"

姑娘临离开时，蓝梅还送了她两本她担任责任编辑的书。

姑娘心满意足地拿着书走了，她是不幸的，但她是热爱生活的。

下一位作者在一个小时后也如约来了，蓝梅热情地接待了他，这是一位至今仍生活在乡下的农民，已到了花甲的年纪，他是坐了一天的火车赶来的，蓝梅半年前曾和他见过一面，蓝梅称呼他伯伯。他大半辈子都在与土地打交道，青年时期就对当地的民俗产生了浓厚的兴趣，他一边在土地上劳动，一边整理着当地的民俗，三十多年来，他已经积累了将近三十万字的手稿，老人不会用电脑，所有的文字都是老人一笔一画手写出来的。蓝梅第一次看到老人辛辛苦苦写出来的厚厚手稿时，眼眶湿润了。

老人梦想着能把这些手稿出版成一本书，为当地的民俗研究尽自己的一份力。但是他四处奔走，联系出版社，最后的结果和前面那位姑娘一样，不是被委婉拒绝，就是石沉大海，或者就是让老人缴纳数万元的出版费。老人非常痛苦，但并没有失去信心，在他们县图书馆的帮助下联系上了蓝梅。为了出版这本书，老人几乎拿出了大半生的积蓄，老人已经老了，积蓄花完了，养老也是个问题，为了缓解老人的经济压力，蓝梅帮老人四处寻找资助，半年里，蓝梅先后跑遍了省内大大小小的公益组织，终于筹措够了出版资金，老人听到这个消息后，感动得热泪盈眶。一直说蓝编辑是个好人，蓝梅说自己只是出于一个责任编辑的良心。

为了书能顺利出版，蓝梅做了大量的工作，由于受到专业知识的限制，蓝梅把手稿送到了省民俗学会，请专家学者审读并提出意见，然后，她再把意见反馈给老人。老人按照专家的意见，增删和修改了部分内容，总算是把出版前的工作做完了。老人这次是专门来感谢蓝梅的，蓝梅不想让老人跑这么远的路，原本想委婉拒绝的，但老人执意要来，蓝梅不愿意伤老人的心，就同意了。

老人说："蓝编辑，我真得谢谢你哩！我也没有啥礼物送给你，这些东西你一定收下。"

说着，老人指了指身边的那个布袋子。

蓝梅说："伯伯，您太客气了。"

老人说："都是家乡的特产，你拿回家尝尝吧！"

蓝梅点了点头。

因为老人还要赶晚上的火车，他们只聊了一会儿，蓝梅拦了辆出租车把老人送到了火车站。

送走老人后，蓝梅的心久久不能平静，今天见到的这两位作者深深触动了她，与以往她接触过的很多作者都不一样，姑娘只是一个超市服务员，老人是一个农民，然而，他们身上那种面对生活的激情，让蓝梅由衷地佩服。蓝梅忍不住感叹："我为什么不能像他们一样活出自我呢？"

37

两天后，蓝梅终于搬进了自己的新房，阳光透过落地窗照进了屋子里，照在了蓝梅的身上，她感受到了阳光的味道，嗅到了生活的气息。这几天，她想了很多，不管前方的道路如何崎岖，生活终归还是要继续的，人活着不可能十全十美，其实残缺有时候也未必就不美丽，为什么要苛求自己呢？

蓝梅推开阳台的窗户，她看到了窗外的城市，原来省城是这么美丽，她以前都没有认真观察过这个生她养她的城市。一群鸽子飞过城市的上空，飞跃高楼大厦，飞过香水河，飞到它们向往的地方去了。蓝梅的眼睛有些湿润了，她多么想成为一只白鸽，自由地飞翔在城市的上空，城市的每一个角落都能尽收眼底。然而，这只是个美丽的梦想，有的梦想可以实现，有的梦想一辈子也看不到希望，这大概就是人生。

蓝梅突然想去看看陈叔叔和隋阿姨，于是，她悄无声息地下楼，走过宁静的小区，出了小区大门。她不想打的，也不想坐公交，而是骑了一辆共享单车，她很爱骑共享单车，速度不快也不慢，还能感受一下夏日的风。当夏风吹起她的长发的时候，她觉得异常惬意。她喜欢这种骑车穿过大街小巷的感觉，要是距离不远的话，她还会选择步行，她觉得这才是真正融入了生活中。

没过多久，蓝梅就来到了陈叔叔和隋阿姨的家，见是蓝梅来了，陈有发和隋玉华都非常高兴，隋玉华说："梅梅，我和你叔叔刚才还念叨你呢！"

陈有发说："中午在这儿吃饭，叔叔给你做好吃的。"

蓝梅说："不用了，叔叔，我下午还有事，我就是过来看看你们，一会儿就走。"

隋玉华说："多懂事的孩子啊！"

蓝梅说："阿姨，叔叔，我的新房装修好了，我已经搬进去了，我想接你们过去住一段日子。"

陈有发和隋玉华几乎异口同声："那好啊！"

陈有发问："你爸爸也要搬过去吗？"

蓝梅说："他不想去。"

隋玉华说："为什么呀？"

蓝梅说："我爸说他在老房里住习惯了，更主要的是那是他和我妈妈结婚的地方。"

隋玉华说："是啊！你爸爸这么多年也不容易，年轻时，他和你妈妈的感情很深。"

陈有发说："等过几天，我们打算和你爸爸聚聚，咱们一起吃顿饭。"

蓝梅说："叔叔，我爸爸去卫原县了。"

陈有发惊讶地问："什么时候去的？"

蓝梅说："十五号。"

陈有发说："他都没告诉我们，昨天他还给我打了电话也没提这事，只是要我多注意身体，我都没想到他会去卫原。"

蓝梅说："他早就说想回去看看了。"

隋玉华说："去看看也好，毕竟那里是他待过的地方。"

陈有发说："故地重游，肯定会有很多感慨的。"

三个人随意地聊着，蓝梅一点儿也不想提陈天宇，但隋玉华提了，隋玉华说："梅梅，天宇最近有没有给你打电话？"

蓝梅摇了摇头。

隋玉华说："这孩子真是越来越不像话了，自从上次我们骂了他之后，他就一直没回来过。"

陈有发说："我这就打电话让他回来。"

蓝梅赶紧阻止："叔叔，不用了，天宇哥可能最近的确很忙，我听他们蔡主任说，天宇哥要晋升副高职称了。"

陈有发叹了口气，说："唉！梅梅，他都不在乎你，你还这么关心他的事，我和你阿姨都感到愧对你。"

蓝梅说："不要这样，叔叔，蔡主任是我的一个作者，我们经常联系，他偶然间跟我提起天宇哥的，我没有刻意去问他，谈不上多关心天宇哥。"

隋玉华说："不管怎么说，你也是关心他，他是身在福中不知福，要不是那个苗育红，他也不会这样。"

尽管这几天想了很多，也一直在努力地安慰自己受伤的心，甚至看到了生活的阳光，但听到"苗育红"三个字时，蓝梅心里依然很不是滋味。她有时候觉得上天总是爱给人开玩笑，当你满怀信心追寻希望的时候，就会在你前行的路上设置几个坑坑洼洼，就算你能会越过去，也不会让你轻松过关，甚至要让你跌几次跤才行。

蓝梅说："阿姨，可能这就是我的命吧！如果没有苗育红，也会有其他姑娘出现在天宇哥面前的。"

蓝梅的话，让陈有发和隋玉华心里一阵难过，他们也没想到事情会闹到这个地步，可又有什么办法呢？一想到将来儿子会和一个农村来的姑娘结婚，他们觉得头都抬不起来了。尽管苗育红也是大学毕业生，还有体面的教师工作，但在他们的心里，就算苗育红再优秀，她的出身终究是他们的一块儿心病。朋友们互相问起，他们会觉得很没面子的。可蓝梅就不一样了，蓝梅出生在省城，又来自一个高干家庭，她也受过良好的教育，工作能力又很出色，各方面的条件都要比苗育红强太多，更关键的是她和天宇青梅竹马，这样的姑娘简直就是上天赐予他们的最佳儿媳妇。唉！谁能想到，天宇竟然不喜欢蓝梅却喜欢苗育红。

隋玉华上前拉住蓝梅的手，说："梅梅，你别担心，天宇最终会和你在一起的，他就算把苗育红带到家，我们也不会承认的。"

陈有发说："根本就不存在带回家的事，我们压根儿就不会让他往家里带的。"

蓝梅说："叔叔，阿姨，我知道你们对我很好，我很感谢你们，我和天宇哥的事就顺其自然吧，我们能在一起更好，不能在一起，我也能接受的。"

蓝梅不想说这个沉重的话题了，起身告别，陈有发和隋玉华又是一阵挽留，一阵劝慰，蓝梅朝两个长辈笑了笑，说："我真的没事儿，一切都会好起来的。"

临出门时，蓝梅拿出一把钥匙，递给隋玉华，说："这是我新房的钥匙，你们随时过去住啊！那里采光很好，又很清静，很适合老人居住的。"

陈有发和隋玉华听着这暖心的话，眼眶都红红的。

随后，蓝梅就走了，下楼梯的时候，她满眼都是泪水。

她低着头走过小区，有几个踩滑板车的孩子从身边一闪而过，她想起了她和陈天宇的童年和少年，那时候他们也是这样无拘无束、无忧无虑地玩耍。有时候，她真恨时光流逝，要是一直能活在童年和少年该有多好！

"蓝梅！"

有人喊她的名字，蓝梅这才抬起头，陈天宇迎面走来，站在她的身边，正看着她，问："你怎么在这儿？"

蓝梅说："我刚才去看望叔叔阿姨了，刚出来，准备走啊！"

陈天宇说："要不回家一起吃顿饭吧？"

蓝梅摇摇头，说："不了，我还有事，你快回吧！"说着，蓝梅就朝前走了。

陈天宇朝着蓝梅的背影说："蓝梅，找个时间咱们好好谈谈吧？"

蓝梅没有回答，也没有回头，眼泪止不住地往下流。

陈天宇摇了摇头，站在原地看着蓝梅的背影，一直到蓝梅走出小区，消失在小区外边的街道上。他才转身朝前走了几步，可他又停下了，他想起了苗育红，自从上次爸爸妈妈大闹"学子餐厅"以来，他给苗育红打过好几次电话，苗育红都没有和他好好聊过，不是说忙，就是岔开话题，或者干脆挂了电话。他知道她伤心了，这人一旦伤心，愈合起来就会很难。他这几天隐隐有种预感，也许苗育红和他就此结束了，可他又不甘心。如果离开苗育红和蓝梅生活在一起，他会痛苦一辈子的。不是说蓝梅不优秀，主要是从小到大，他都把蓝梅当做妹妹看待，他无法和蓝梅产生爱情。他现在真不知道该怎么办才好了，前途一片迷茫，就连最近评副高职称的事，他都没有心情去做，只不过为了让曾和他对着干的蔡俊廷看看他的能力，他才硬着头皮准备材料的。由于心情不好，他好几天都没有回家看爸爸妈妈了，今天他想回家看看他们，毕竟他们是他的父母，生他养他的最亲的人。他是不可能离开这个家的，因为他是父母唯一的儿子，父母的未来还需要他来照顾。

陈天宇心事重重地朝自家走去，他一进门，陈有发就毫不客气地说："你还知道回来啊？我还以为你永远也不会回来了。"

隋玉华在一旁说："算了，孩子都回来了，就不要再说他了。"妈妈的心总是向着孩子的，对她来说，陈天宇就是犯再大的错，也是她的孩子。

陈有发说："天天说他，他还是这个样子，要是不说他，还不知道他要闹出什么乱子哩！"

陈天宇没说话，只是坐在沙发上，把脸扭向了一边。

隋玉华说："天宇，刚才梅梅来看我们了。"

陈天宇说："我刚才在小区碰到她了。"

隋玉华关切地问："那你有没有跟她打招呼？"

陈天宇说："打了。"

隋玉华问："就仅仅打了个招呼？没说别的话？"

陈天宇说："没说。"

隋玉华说："你呀！做事真的是欠考虑。"

陈有发骂："什么东西？"

隋玉华看到老陈要发怒了，赶紧说："都好好说，咱们关起门来，什么都好说。"

陈天宇说："爸，妈，我让你们失望了。"

陈有发说："那你就做个样子别让我们失望啊！"

隋玉华说："你能有这个态度，也算是理解我们的心。"

陈天宇说:"我不想违背自己的内心,我和蓝梅之间真的产生不了爱情。"

陈有发一听,又忍不住了,喘着粗气,对隋玉华说:"你看看,我就说他不是东西嘛!你还护着他。"

隋玉华也看不下去了,说:"天宇,不是我和你爸说你,你认真想想,梅梅哪一点儿不如那个苗育红,你这是犯迷糊了,你能不能清醒一下?算妈求你了。"

陈有发急红了眼,说:"犯不着求他,我就当没这个儿子。"

隋玉华说:"老陈,你说什么呢?孩子小不懂事,你也不明事理呀?咱们辛辛苦苦把他养大,容易吗?"

陈有发气得胸脯一起一伏的,说:"把他养大,他理解吗?你问问他,从小供到他博士毕业,他为家里做过什么贡献?他做的还不及梅梅的三分之一。"

这时,陈天宇"扑通"一声跪在了地上,两个老人惊呆了。

陈天宇说:"爸,妈,我的事让我做一次主吧!"

随即,隋玉华就上前拉陈天宇,哭着说:"天宇,你这是要做什么?"

"他这是威胁我们哩!"陈有发说完这句话就晕过去了。

等他醒过来的时候,他已经躺在了医院的病床上,正打着吊针,旁边是两眼通红的老伴儿。

隋玉华见老伴儿醒了,就擦了擦眼睛,说:"你醒了!"

陈有发问:"我这是怎么了?怎么会躺在这儿?"

隋玉华说:"你突然晕倒了,我和天宇打120急救,把你送到医院来了。"

陈有发这才恍惚记得儿子跪下的那一瞬间,其他什么都不记得了,等醒来就躺在病床上了。

陈有发问："天宇呢？"

隋玉华说："去门口接梅梅了，梅梅要来看你。"

陈有发问："你都告诉梅梅了？"

隋玉华说："是梅梅打电话说她上午路过市场看到一个紫砂壶，她说你以前说过很喜欢那样的紫砂壶，她就给你买下了，要送过来，我就告诉他我们都没在家，你生病住院了，她着急地问怎么回事，我说没事儿。"

陈有发说："梅梅比你那儿子强不知多少倍了。"

不一会儿，陈天宇和蓝梅进了病房，蓝梅手里拿着一个紫砂壶，蓝梅把紫砂壶放到病床旁边的柜子上，关切地问隋玉华："阿姨，叔叔怎么了？"

隋玉华还没说话，陈有发就抢着说："梅梅，我没事儿。"

隋玉华说："医生说了，没什么大事儿，就是气血不足造成的，输几瓶液就好了。"

蓝梅问："为什么会出现气血不足呢？是不是受了什么刺激？"

隋玉华和陈有发都没有回答，蓝梅看了看陈天宇，他站在一旁低下了头。这时，一个女医生进到病房来，看到陈有发醒了，就说："以后遇到事，千万不要着急了，你看这多危险，幸亏送来及时，要不然真要出大事哩！"

然后女医生又对陈天宇说："你爸爸年纪大了，你不能再惹他生气了，否则后果不堪设想啊！"

蓝梅一切都明白了，她知道一定是陈叔叔生天宇哥的气才生病的，她悄悄瞪了一眼陈天宇，两个人目光相遇，陈天宇不好意思地把脸撇向了窗外。

隋玉华问女医生："他这病严重不？"

女医生说："输几瓶液体，再观察观察，如果没什么问题的话，过两天就可以出院了，只是今后一定不能再让病人生气了。"

隋玉华连连点头。

两天后，陈有发出院了，他和老伴儿没有回自己的家，而是被蓝梅接到了她刚装修好的新房里。蓝梅说要让他们在新房住一段日子，她照顾起来也方便，两个老人自然又是一阵感动。

陈天宇却陷入了痛苦之中。

38

省第三中学放暑假了，苗育红准备回故乡了，她在走的前一天到省师范大学看了看郝小伟，给小伟买了一箱袋儿装牛奶，说要让小伟好好补补身子，因为最近小伟很累，他既要上班又要复习备考，他马上要参加高等教育自学考试了。郝小伟听说红姐要回老家了，很是羡慕，说："姐，我以前在家时没感觉，现在出来了，才这么短的时间，我就有点儿想家了。"

苗育红说："那毕竟是咱们的家嘛！生咱养咱的地方，当然会想家了。"

郝小伟说："可是我回不去。"

苗育红说："工作就是这样的，你的工作又特殊，大家上班时，你们得上班；等到大家放假了，你们依然得上班。"

郝小伟说："是啊！看来，干啥都不容易。"

苗育红说："天下就没有容易的事，不能因为不容易就不干，我们不但要干，还要好好干，把工作做好，方便了别人，自己也会感到高兴的。"

郝小伟点了点头。

然后苗育红又带着郝小伟去师大旁边的小吃街吃了一顿饭，小伟照样是吃得很撑。

吃过饭，苗育红说要去师大南门坐公交车回学校，郝小伟知道小吃街旁边也有个公交站牌，红姐完全可以不用去师大南门坐车，这是红姐想送他回师大才这么说的，多好的姐姐呀！郝小伟心里念叨着。于是，他们就想跟着返回师大。因为离郝小伟下午值班的时间还早，他们走得很慢，边走边聊。

苗育红问郝小伟："你功课复习得怎么样了？"

郝小伟不好意思地笑了笑，说："姐，不瞒你说，对我来说有难度哩！我第一次考，就只报了一门《思想道德修养与法律基础》，这门课还比较简单，我想先试试看看能不能通过，以后的专业课还得向你求教哩！"

苗育红鼓励郝小伟："先报一门试试也行，只要努力，肯定能通过的。慢慢来，学习必须按部就班，不能着急的，我相信你。"

郝小伟说："你说的是哩！我基础差，好多东西需要学，要不是有你和天宇哥帮忙，我现在还不知道是个啥样子，我有时候感到很幸运，我也可以念大学了，虽然是自考，我已经很知足了。"

郝小伟无意中说出了天宇哥，说完他就后悔了，他目睹了上次天宇哥的爸爸妈妈大闹"学子餐厅"的事，这时候说到天宇哥，尽管那件事不怪天宇哥，但肯定也会让红姐伤心的。前几天在学校里见到天宇哥，他就觉得很不好意思，想躲着天宇哥走，可是天宇哥像什么事也没发生似的，不但主动跟他打招呼，还告诉他晚上中文系他有个讲座让他去听。晚上他去了，那是他第一次听到天宇哥讲课，还真没想到，天宇哥讲得真好，讲课就像讲故事一样，他这个门外汉也被迷住了。

这件事，郝小伟都没敢跟红姐说，他生怕红姐会生气，但苗育红说："小伟，你天宇哥是个好人，不管我和他之间发生了什么事，你都不要怪他。"

听到苗育红这么说，郝小伟才稍稍放心了，可能红姐不在意他提起天宇哥，于是，就说："你放心，姐，不会的，天宇哥对我的好，我都记心上哩！说实话，我倒是真希望你能和天宇哥在一起哩！"

苗育红说："有些事不是我们能左右的。好了，不说这个了，你慢慢就会明白的。"

郝小伟就不再说天宇哥的事了，但他心里却一直在祝福红姐和天宇哥。事情往往就是那么巧，正当他们来到师大南门时，陈天宇也正要进南门，三个人在这时相遇了，尴尬肯定是有，但大家还是一如既往地问好。郝小伟是个聪明的孩子，想把时间留给天宇哥和红姐，让他们单独说会儿话，就赶紧说自己还要去复习功课，很快就走开了。

陈天宇对苗育红说："我正要找你呢！要不咱们去校园里走走吧！"

苗育红没有拒绝，跟着陈天宇进了师大校园。

两个人来到中文系北边的林荫路，因为远离了学校的主干道和教学区与生活区，所以这里显得很幽静。苗育红上大学时也很喜欢这条路，她经常和尚静来这里走走。

两个人就这么走着，谁也没说话，过了好一阵子，陈天宇才说："育红，我爸爸妈妈对你的态度，真的对不起，我替他们向你道歉。"

苗育红说："没什么，不怪你，这在我的意料之中，你妈说得对，原本我就是一个山里丫头，配不上你。"

陈天宇说："你也别往心里去，我爸妈就是那样的人。"

苗育红说："我不会介意的。"

陈天宇说："还有我们的事可能要往后拖很长时间了，几天前我爸为了我们的事都气得生病住院了。"

苗育红说："以后不会了。"

陈天宇问："你说什么？"

苗育红说："你告诉你爸妈，我已经决定不再和你继续下去了，让他们放心，也许蓝梅才是你的归属。"

陈天宇有些急了，说："育红，你说什么呢？你不能这么轻易就做出决定的，我们的感情太经不起考验了吧？"

苗育红严肃地说："我能理解你的心情，可是你没有办法解决好家庭问题，你是你爸爸妈妈唯一的儿子，你不可能违背家庭，再说，我也不想看到你违背父母的愿望选择跟我在一起，我希望我们在一起能得到父母的祝福，然而现在看来根本不可能，所以，为了你我都好，我只能选择放弃。"

陈天宇说："你能不能冷静一点？相信我能处理好这件事的。"

苗育红说："不要做不必要的努力了，你爸爸妈妈的观念已经刻在他们的脑海里了，是很难改变的。我也想明白了，结婚必须得门当户对才行，灰姑娘嫁给王子，穷小子娶了公主，那只能存在于童话中。所以，蓝梅跟你才是最合适的，她有高贵的出身，又有良好的教育背景，再加上工作能力也很出色，更主要的是你们青梅竹马。在蓝梅面前，我没有任何优势。"

陈天宇说："可我对她产生不了爱情。"

苗育红说："产生不产生爱情是你自己的事，与我没有关系。"

陈天宇说："你今天的态度太强硬了，根本不像我以前认识的你。"

苗育红说："在现实面前我必须这样做，你读的书比我多，你应该明白。一段无望的感情为什么还要继续呢？你面临的压力太大了，而你自己又无力改变，何必呢？"

苗育红的话让陈天宇不知道该怎么回答，苗育红说得对，他面临的压力真的太大了，爸爸的晕倒已经向他敲响了警钟，如果再和苗育红继续下去，是会要了爸爸的命的。他既不想惹爸爸妈妈难过，又不想离开苗育红，可世界上哪有那么多两全其美的事呢？至少在他身上是不可能出现的。怎么办呢？他一时间陷入到痛苦的深渊中去了。

苗育红见陈天宇沉默着，就又说："今天就谈到这儿吧，我现在还得回学校收拾东西，明天我就要回故乡过暑假了。"

陈天宇这才抬起头，说："那我开车送你回学校。"

苗育红说："不用了，出了校门就是公交站。"

说完，苗育红就转身走了，但陈天宇坚持把她送到学校南门。

　　第二天，苗育红要带上程飞飞回故乡了，因为前段日子程飞飞说想和她一块儿回去看看。原本牛香莲怕耽误程飞飞学习不同意他去，可程飞飞去的愿望太强烈，苗育红觉得让程飞飞去感受一下山里的环境也好，或许会对他将来的人生有帮助。她就把这些想法对牛香莲说了，牛香莲想想觉得有道理，让孩子出去体会一下也不是坏事，就同意了。他们上火车前，牛香莲还把他们送到了火车站，牛香莲还给程飞飞带了好多衣服和零食，担心山里脏，衣服可以换着穿；害怕飞飞吃不好，零食可以做补充。程飞飞说什么也不带，苗育红说山里现在什么都有，不是以前的样子了。牛香莲仍旧不放心，硬是把那些东西塞到了程飞飞的背包里。

　　一路上，程飞飞激动得不知道用什么语言来形容了，两眼直盯着车窗外看个没完，不住地指着窗外让苗育红看，苗育红就和他一起欣赏一闪而过的风光，还给他一一做介绍。她从上大学算起，到现在已经七年了，七年里，每到假期，不管是寒假还是暑假，甚至是五一假和国庆假，她都要回一次故乡，回一次故乡就坐一次火车，坐一次火车就要看一次车窗外的风光。每一次回家，她都是兴奋的，坐在火车上看着越来越近的故乡，她都会情不自禁地掉眼泪。多少年了，她都是这样，离家越久远，对故乡的思念越强烈。尽管她实际上从七年前上大学开始，就成了省城的一员，但她心里始终无法离开故乡，因为那是生她养她的地方。

　　他们在卫原县火车站下了车，然后又搭上回西岭乡的公共汽车，赶在太阳落山前回到了苗村。一下车，熟悉的故乡的味道沁人心脾，苗育红自由地呼吸着新鲜的空气，泥土的清香瞬间传遍了全身，这种美好的感觉是在城市里无论如何也体会不到的。她每次回到故乡，看到天门山，看到艾拉河，整个人都陶醉了，心就像脱缰的野马一样，自由地驰骋在广阔的田野里，这是她最快乐的时刻。

　　与苗育红一样感到兴奋的还有程飞飞，他走在崎岖的山路上，东看看，西望望，他从没有这么近距离地接触过大山，处处都感到新鲜，不停地问苗育红这是什么，那是什么，苗育红当起了他的向导。不但给他讲大山的故事，还告诉他天门山和艾拉河的传说。

他们走过村道，路过村小学，苗育红告诉程飞飞："我小时候就是在这里上学的。"

程飞飞跑到学校大门口，大门锁着，隔着已经掉了漆的木门，往学校里看了看，问："姐，你就是在这样的学校上学的啊？真不可思议。"

苗育红说："是啊！你为什么觉得不可思议呢？"

程飞飞说："学校太破旧了，教室看起来都快要塌了，校园又那么小，连个操场都没有。"

苗育红说："那时候条件落后，村子里想尽一切办法才盖了这所学校，我们已经很高兴了，大家学习都很刻苦。"

程飞飞有些不好意思了，说："姐，你能从这样的学校起步，然后考上大学，真了不起，想想我们在城里的孩子，有那么好的条件，也不知道珍惜，我真有些愧疚哩！"

苗育红说："其实你现在很努力的。"

程飞飞说："姐，要不是你的帮助，我恐怕要成街头混混了。"

苗育红说："那倒不至于。"

程飞飞说："说真的，这山里的条件还是和城市有很大差别的。"

苗育红说："是啊！地区差异太明显了，好在这几年，有国家的扶贫政策支持，各地都盖起了新学校。"

程飞飞马上问："那你们村有没有新学校？"

苗育红说："当然有了。"

程飞飞问："在哪儿？带我去看看。"

苗育红说："我们的新学校在村东，很漂亮的，只是现在山里好多人都搬到城里住了，学生越来越少了，空荡荡的校园里没几个孩子上学。不过，这也是个大趋势，是国家新形势发展的需要。"

程飞飞说："姐，你说的是哩！要不，咱们去看看新学校吧！"

苗育红说："好！"

他们绕道来到了村里的新学校，学校是一栋两层楼，校园面积也比旧学校大了不少，不但有小操场，还有乒乓球台，有几个孩子在校园里打乒乓球。校园中间还竖着旗杆，五星红旗在晚风中飘扬着，在落日的余晖的映照下，显得更加鲜艳。

回家的村道上，程飞飞对苗育红说："姐，我以前都是在电视上、手机里看到大山里的面貌的，这次真的体会到了，感触还是挺大的。"

苗育红觉得程飞飞这次没有白来，有感触就说明他是个有思想的少年，就说："你看到的才是山里的一个角落，有很多事等着你去感受呢！"

他们一边说话一边走过村道，苗育红还不断地跟村道上的街坊邻居打招呼。

等他们来到家时，苗善明和蓝政广早已在等着他们了。

蓝政广看到苗育红有些不好意思，但苗育红还是叫了他一声"蓝叔叔"并向他问好。苗善明在一旁看着女儿和蓝政广，一股难言的滋味涌上心头。但他很快就调整了情绪，关切地问苗育红："红！你早就打电话说到村头了，咋这么长时间才回到家？"

苗育红说："我带着飞飞在村子里转了一圈。"

接着，苗育红把程飞飞介绍给两位老人："这是飞飞，我朋友的孩子，也是我的学生，想看看大山，就跟着我来了。"然后又向程飞飞介绍两位长辈："这是我爸爸和蓝叔叔，你分别叫他们苗伯伯和蓝伯伯就行。"

程飞飞向两位长辈问好："苗伯伯好！蓝伯伯好！"

蓝政广上前拍了拍程飞飞的肩膀，说："这孩子长得真乖！"

苗善明不会说这些话，只是说："飞飞，你乏了吧？坐下歇会儿，咱们一会儿就吃饭。"

四个人很快就围坐在院子里的石桌旁开始吃晚饭了，原本不是一家人，这时候就像是一家人了。

吃过晚饭，郝贵年带着一家人也过来了，大家见了面都很亲热。抱着丫丫的小荣一看到苗育红，她眼里就含满了泪花，苗育红伸手接过丫丫抱在怀里，还悄悄塞给小荣两百元钱，小荣推着不要，苗育红说是给丫丫的，小荣才接过了。咸春叶赶忙问了好多小伟的情况，苗育红说小伟一切都很好，工作之余还在自学大专的课程。郝贵年和咸春叶自然又是一连串的感谢，苗育红说都是她应该做的。程飞飞从没见过这种场面，但他也被眼前的一切感动了，觉得他们都是好人。一旁的蓝政广，看到这浓浓的乡情，又想起了金凤。

天色渐渐暗了，有几颗小星星闪现在天幕上，远处的山坳里传来了一两声野鸟的叫声，再加上不远处艾拉河的"哗哗"声，仿佛是在演奏着一首乡村小夜曲。

39

第二天一大早，苗育红就起床了，她要带程飞飞去看日出。她发现爸爸和蓝叔叔都不见了，她知道爸爸肯定是起早进山劳动了，蓝叔叔呢？肯定也跟着爸爸进山了。上次在省城给爸爸打电话时，爸爸就告诉过他，说蓝叔叔一刻也不闲着，每天执意要和他一块儿下地干活，虽然他不怎么会干，但总能陪在爸爸身边。

苗育红叫醒沉睡中的程飞飞，程飞飞揉着惺忪的眼睛跟着苗育红出发了。路过小荣家门口时，苗育红看了一眼那扇自她记事起就没有太大变化的破旧的黑木门，心里顿时有些伤感，她知道她的朋友小荣几年前从这扇黑木门走出去嫁到别处了，几年后离婚又重新走进了这扇门，这扇门是小荣幸福与不幸的见证。她心里说："小荣，你一定要好好的。"

他们走过静静的村道，偶尔会传来一两声狗叫声，程飞飞走得很快，苗育红对他说："飞飞，你慢点儿走，村道还好，等会儿要走山道，就不是太好走了。"

程飞飞说："姐，我没事儿，什么路都难不倒我的。"

姐弟俩沿着村道，很快来到了艾拉河边，艾拉河依旧唱着动听的歌谣。河边已经有辛勤的村民在挑水了，他们从河里灌满桶，然后挑到河岸边山坡上的田地里浇水，那里是菜园。

有一位妇女看到苗育红还亲切地跟她打招呼："哟！这不是育红吗？你啥时候回来的？"

苗育红笑着说："婶子，我昨天回来的，你忙啊！"

妇女说："有空到家坐坐。"

苗育红愉快地答应着。

程飞飞对苗育红说："姐，他们好勤快啊！这么早就起来干活。"

苗育红说："他们一年到头都是这样劳动的，只有勤劳，才能生活得幸福。农民在田地里劳作就像工人在工厂生产一样，当然也像学生在学校里学习一样，都需要付出努力，才能有收获。"

苗育红的话让程飞飞感受颇深。

苗育红说："咱们先在河边儿坐一会儿吧！听听艾拉河的歌唱。"

清晨的艾拉河格外美丽，河里成群的鸭子已经开始自由地嬉闹了，河边的垂柳，在晨风的吹拂下，轻轻地抚摸着水面，荡起一圈圈涟漪。程飞飞捡起一块儿鹅卵石，朝河中央投掷，溅起的水花吓散了鸭群。

苗育红拾起一块儿薄薄的石片儿对程飞飞说:"飞飞,看我打水漂儿。"

只见苗育红斜着身子,看向河面,抡起胳膊,用力把那块儿薄石片儿掷了出去,石片儿在河面上打出了好多漂亮的水漂儿。程飞飞为苗育红鼓起了掌,说:"姐,你太棒了。"

苗育红说:"这是我们小时候练就的绝技,你也试试。"

程飞飞也捡了一块儿薄石片儿,很快就掷向了河面,可是不知道什么原因,他掷出去的石片儿根本没有打出水漂儿就钻到水底去了。他又捡起一块儿薄石片儿,结果依然是这样,一连试了好几次都不能打出漂亮的水漂儿来,为此,他很是沮丧。

苗育红鼓励他不要泄气,她亲自给他示范,让他重新试试看。在苗育红的帮助下,程飞飞终于打出了水漂儿,虽然不是那么完美,但对他来说已经很好了。

苗育红说:"这打水漂儿和学习是一样的,不经历一番努力是不可能实现的。你别看我现在打水漂儿这么好,那是小时候不知道练了多少次才成功的。"

程飞飞点了点头,他知道这是姐姐在言传身教哩,这个刚刚过了十七岁生日没多久的少年开始严肃地审视自己了。

他们走过艾拉河上的大石块,到了河对岸,走向巍峨的天门山,程飞飞兴奋得一路小跑,苗育红嘱咐他慢点儿。山道渐渐变得越来越窄,程飞飞走路都很困难,别说跑了,但苗育红走得很轻松,还会时不时扶一下程飞飞。遇到险要的山道,苗育红几乎都是搀着程飞飞前进的,程飞飞觉得很不好意思。以前他觉得爬山应该不在话下,因为小时候他也跟着爸爸妈妈去过省城近郊爬过一次山,很轻松就到了山顶。可那都是修好的台阶山路,两边还有扶手,走起来当然没什么困难,现在看来那根本不能算真正意义上的爬山,今天这崎岖陡峭的山道才让他明白了爬山的真正含义。

程飞飞说："真的好难走啊！根本不是想的那样。"

苗育红嘱咐他："是啊！你一定要不断地抓住山道边的灌木或荆棘，借助于它们，来维持身体的平衡。"

如果没有苗育红的帮助，程飞飞很难爬上去。当他看到苗育红在这崎岖的山道上如此自如地行走时，忍不住问："姐，我真的好佩服你，你是怎么练就这些本领的？看起来这山道根本难不倒你。"

苗育红擦了一下额头上渗出的汗珠，说："这不是一朝一夕就能练成的，小时候我们跟着爸爸上山劳动，不知从这山道上爬过多少次，摔了多少次跤，长大后我们自己能进山劳动了，也无数次走过这山道，才有了今天你看到的这样，就好比学习也跟这爬山是一样的，刚开始肯定吃力，但是只要你下功夫学，很多难题就会迎刃而解了。"

苗育红总是能借着眼前的事物来巧妙地开导程飞飞，她觉得比单纯的说教要强很多倍，切身体会才更有意义，经历才是最好的老师。

程飞飞问："这山道是怎么形成的？"

苗育红说："鲁迅说过'世上本没有路，走的人多了也就成了路了'，这山道也是一样，本来没有，村里人每天要进山劳动，长年累月走得人多了，就渐渐形成了一条条山道。"

程飞飞忍不住感叹："啊！人类真是伟大，仅凭一双脚就可以走出一条路来。"

苗育红说："是啊！人的创造力是无限的。"

经过了一路艰辛，他们终于爬上了山顶，视野一下子开阔起来，程飞飞那稚气未脱的脸上洋溢着兴奋的笑容，这是他第一次登上山顶，他高兴地对着远方起伏的山峦，大喊着："你好！大山！我们来了！"

苗育红也大声喊着："天门山，我回来了！"

站在山顶俯视，层层梯田像缠绕在山间的条条带子，仿佛身披绿色外衣的姑娘的条状裙摆。弯曲盘旋的山道在葱葱郁郁的山坡上时隐时现，宛如为大山量体裁衣的尺子，每天都要丈量无数个通往山顶的脚印，它们俨然成了人们连接大山的纽带。山脚下流淌的艾拉河成了一条通向远方的丝带，静静地徜徉在山谷之间，滋润着两岸的老百姓。河岸边斜坡上的苗村里，一座座房子变成了一个个小盒子，再加上炊烟的衬托，犹如点缀在绿海中的朵朵白帆。

"好美的一幅图画啊！"程飞飞赞叹着。

"等一会儿还有更美的图画呢！"苗育红自豪地说。

他们望着东方的天空，远方的山峦背后一片光亮，那是太阳将要升起的地方，周围的天空渐渐出现了一片片红霞，耀眼夺目，仿佛是一块块发光的锦缎。

苗育红激动地说："飞飞，快看，太阳就要升起来了。"

果然，过了一会儿，一道亮光从群山之巅照耀过来，映照在对面的山壁上，山壁上的荆棘都有了光彩。渐渐地，亮光越来越多，山坳里开始亮堂起来了。太阳爬上了对面山顶，露出了小半边脸，红红的，像一个可爱的孩子在跟人们捉迷藏，它的柔光照亮了苗育红和程飞飞的眼睛，他们似乎陶醉了，周围都是飘飞的光晕，五彩斑斓。太阳渐渐升起，半个脸露出来了，光芒也由柔和开始刺眼。终于，它完全露出了圆圆的笑脸，一刹那间，光彩夺目，整个山峦都被照亮了，到处泛着金色的波浪。

程飞飞沿着山顶平坦的草地奔跑，时不时还会故意躺在草丛中，这是他第一次这么近距离地拥抱大山，一切都是新鲜的，一切都是美好的。

苗育红面对故乡的山川，禁不住热泪盈眶，这是生她养她的故乡，这么美丽的地方怎能不叫人留恋呢？可惜，短暂的回归之后还得离开。她，注定是一个漂泊者，但是就算漂泊，也会在内心深处给故乡留有位置。

苗育红和程飞飞在山顶待了好一阵子才下山去了，来到山坳里的时候，远远地看到爸爸和蓝叔叔从山坳的尽头走了过来，等到走近了，苗育红才看清爸爸扛着一把镢头，蓝叔叔拿着一把镰刀。

苗善明看到两个孩子，就问："这么早，你们去哪儿了？"

苗育红说："我和飞飞刚才爬上山顶看日出了。"

苗善明说："那么高，飞飞也能爬上去？"

程飞飞说："苗伯伯，都是我姐把我扶上去的，我一个人的话，打死我，我也爬不上去，我太笨了。"

蓝政广说："不是笨啊！是缺乏锻炼，在城市里生活久了，与大自然脱节了。"

程飞飞说："蓝伯伯，您说的是哩！我就是缺乏锻炼。"

苗善明说："那今后你就和蓝伯伯经常来，来的次数多了，腿脚就利索了。你看你蓝伯伯，刚才还帮我干活儿呢！"

苗育红问蓝政广："蓝叔叔，地里的农活儿，您也会干啊？"

蓝政广笑着说："我二十多年前在这儿扶贫时学会的，虽然过去了这么多年，但这几天和你爸爸一块儿进山劳动，又慢慢熟悉了。"

四个人有说有笑地走出了山坳，走过了艾拉河，回到了村子里。各家各户做饭的声音，鸡鸣狗叫声，孩子的打闹声，街坊邻居的说笑声，仿佛是一首美妙的乐曲，奏出了乡村的和谐与美好。苗村的一天又开始了！

回到家，苗育红让两位老人休息，她去做饭，程飞飞开始背他的书。

吃过饭后，面善明和蓝政广又进山去了，程飞飞则坐在院子里的石凳上学习，毕竟他还有高考的任务。苗育红没什么事儿，就去找郝小荣了，那是她的朋友，每次回家，必定要和小荣聚一聚的。她就是走到天涯海角，也不会忘记自己童年和少年的伙伴。

苗育红推开郝小荣家的院门时，院子里静悄悄的，苗育红喊："小荣！小荣！"

郝小荣掀开门帘，从屋里探出头来，见是育红，说："育红，进来呗！"

苗育红进了屋，问："就你一人哪？大伯大妈和丫丫呢？"

郝小荣说："他们下地去了，丫丫睡着了。"

苗育红问："你最近还好吧？"

郝小荣说："好啥呀？只能将就着过下去了，命不好，没办法的事。"

苗育红安慰她："小荣，你不要这么想哩！谁也不会一直顺利的，你得往远处想想，生活会好起来的。"

郝小荣说："我想过了，等丫丫稍微长大一点儿，把她留给我妈看管，我就出去打工，我不能一直让爸爸妈妈养着，他们渐渐老了，我还得养他们呢！"

苗育红问："那你个人的事呢？"

郝小荣知道她的朋友问的是什么事，她也不隐瞒，说："我不打算和许发复婚，我今后就想着把丫丫养大，等小伟娶了媳妇，我就搬出爸爸妈妈家和丫丫租个房子单独过日子。"

苗育红问："那蛋蛋怎么办？"

说到蛋蛋，郝小荣眼圈开始红了，说："蛋蛋留给许发了，我隔三差五去看看他，要是许发将来找了媳妇，他不想要蛋蛋，我就把蛋蛋接过来。"

苗育红说："不管怎么说，你要往好的方面想，没有过不去的坎儿。"

郝小荣说："我现在最放心不下的就是蛋蛋了，也不知道他跟着许发能不能吃好？每天也不知道喝水多不多？"郝小荣的话里透着一个妈妈对孩子的关心，是啊！两个人离婚了，可孩子是无辜的，孩子永远都是父母的心头肉，走到哪里都会牵挂的。

苗育红禁不住想起了她爸爸，她的童年和少年就不用说了，那是爸爸把她捧在手心里呵护。就是到了现在，她已经长大成人，而且在省城有了工作，爸爸依然会时时刻刻关心她、爱护她。

苗育红说："蛋蛋应该不会受罪的，许发毕竟是他爸爸，他肯定会照顾他的。"

郝小荣抹了一下眼角的泪水，说："谁知道呢？那个死鬼整天就知道喝酒，他连自己都照顾不了，怎么照顾孩子？"

苗育红掏出纸巾为她的朋友拭去脸上的泪水，她知道现在所有给小荣的安慰都是苍白的。想到小荣的不幸，苗育红也想到了自己，其实，她自己也正在经历感情的创伤。她没有办法把自己的痛苦讲给小荣听，因为她知道在小荣的心目中，她在城市生活，一切都是好的，可小荣又怎么能理解她的苦衷呢？

每个人生活都不容易，只不过苗育红在生活面前比郝小荣多了一份理智，少了一份迷茫。

当两个人说到郝小荣未来的婚姻时，苗育红问："小荣，和许发的这一页就算翻过去了，你有没有考虑过未来再重新开始一段婚姻？毕竟你还很年轻。"

郝小荣斩钉截铁地说："我不打算再婚了，就和丫丫相依为命，我算看明白了，依靠谁都不如靠自己，日子还是得自己往下过。"

这是一个淳朴的女人在遭遇了婚姻的打击之后，对未来生活的直接宣判，出于对朋友的尊重，苗育红拥抱了一下郝小荣，说："不管怎么说，你一定要和丫丫好好活下去。"

郝小荣向她的朋友坚定地点了点头。

不知什么时候，窗外榆树上的知了叫起来了。

40

　　蓝梅把陈有发和隋玉华接到自己的新房住下来后，悉心照料着他们的生活，这让两位老人很感动。在他们心里，早就把蓝梅当做儿媳妇看待了，只是现在他们依旧担心儿子的态度，因为这关系到蓝梅的未来，如果天宇不能把心思集中在蓝梅身上，那很可能将会毁了蓝梅的一生，这是他们不愿意看到的。这期间，天宇来看过他们两次，他们几乎都没怎么搭理他，不仅仅是还在生他的气，更主要是为了让他认识到事情的严重性，或许他会回心转意。不管怎么说，他们仍旧想让儿子和蓝梅在一起。

　　对于蓝梅来说，她能够悉心照料陈叔叔和隋阿姨，已经不完全是为了自己的私心，先前她还会通过两位长辈给陈天宇施加一点儿压力，让他回到自己身边，现在，在很大程度上是出于知恩图报，她小时候得到了陈叔叔和隋阿姨像父母般的关爱，人一定得懂得感恩。

　　这几天，蓝梅渐渐想通了很多道理，强扭的瓜不甜，如果自己无法把握，那么就交给时间来解决吧！毕竟生活还得继续，她还很年轻，还有很多事要去做。人活着，一定要做事，那样人生才会更有意义。对她本人来说，抛开人生的价值不谈，单纯就工作而言，她只有在全身心投入到她热爱的工作中的时候，才会暂时忘掉生活里的痛苦，她十分珍惜工作的八个小时，甚至在八小时之外，她也想继续工作，这就是她目前的状态。为了弥补下班后内心的孤寂和失落，她买了很多书来看，想从阅读中寻找心灵的慰藉，希望用这样的方法让自己在清醒状态下的每一分钟都过得坦然。她相信自己一定可以走出困惑与迷茫，尽管她依然会经常在半夜被惊醒，醒来就会发现眼眶是湿润的，但她坚信这都是暂时的，因为她对生活已经有了更深的体会。她不是作家，她只是替别人做嫁衣的责任编辑，如果她是个作家的话，她一定会在深夜里奋笔疾书，把人生的各种体验写进她的小说。就算不是作家，做编辑其实也挺幸运，多少个夜晚，睡不着的时候，她就扭亮台灯看书，看她编辑过的各种书，虽然她不是那些书的作者，可那一本本带给了读者无穷阅读快感的书同样浸透了她的汗水，那种心理的自豪感和满足感是旁人无法体会的。是书伴着她度过了难捱的深夜直到黎明，当清晨的第一缕阳光照向窗台的时候，新的一天来到了，她就会满怀希望地奔向工作岗位。

因为马上就要到卫原县出差了，蓝梅既激动又担心，激动的是可以见到离开家好多天的爸爸了，担心的是自己走了谁来照顾陈叔叔和隋阿姨。虽然陈叔叔的身体已经没什么大碍了，但毕竟有过晕倒的"前科"，隋阿姨一个人照顾他会忙不过来。蓝梅想给陈天宇打个电话，让他来照顾几天。说心里话，她不想打这个电话，如果她有一点儿办法的话，就不会打这个电话，因为她觉得和陈天宇之间已经产生了某种意义上的隔阂。但是为了陈叔叔和隋阿姨，她还是在上班的空隙拨通了陈天宇的手机。

蓝梅说："天宇哥，你如果有时间的话就来我家住几天吧！照顾一下叔叔和阿姨，因为我明天要出差了。"

陈天宇立刻就答应了，毕竟那是他的父母。

蓝梅再没说其他话，就准备挂电话，没想到陈天宇却说："蓝梅你等会儿。"

蓝梅说："还有什么事吗？"

陈天宇说："如果你愿意，我们找个时间好好谈谈吧！"

蓝梅迟疑了一下，说："那等我出差回来吧！"随即就挂了电话，长长吐了一口气，然后就又开始工作了。

傍晚的时候，陈天宇来到了蓝梅家，这次他是拖着一个拉箱来的。一进门，隋玉华就问："天宇，你怎么拖着一个拉箱来了？"

陈天宇说："我要来这里住几天，照顾你们。"

听到儿子这么说，隋玉华心里很高兴，就对陈有发说："老陈，你看看，你儿子还是很孝顺的嘛！"

陈有发问陈天宇："怎么？良心发现了？"

陈天宇说："蓝梅明天要出差，她让我过来的。"

陈有发立刻又生气了，对隋玉华说："老隋，你看看，我就说他不会良心发现的，要不是梅梅出差，他怎么可能来管咱们的死活？"

看到老陈生气了，隋玉华担心得要命，生怕他会再犯病，赶紧说："老陈，天宇来了就是孝顺嘛！不要多想了，都是自己的孩子，打断骨头还连着筋呢！"

劝完老陈，隋玉华马上又批评儿子："天宇，你也真是的，你就不能说点儿让你爸高兴的话吗？"

陈天宇没有再说什么，而是去卫生间洗了洗手，出来后问隋玉华："妈，我住哪个屋？"

隋玉华指了指旁边的一个房间，说："你住这间吧！梅梅几天前就给你收拾好了。"

陈天宇拉着拉箱进了那个房间，然后把门关上了。

陈有发对隋玉华说："这就是你的儿子，是来照顾咱们的，还是来气咱们的？还不如不来。"

隋玉华朝陈有发挤挤眼，说："你少说两句吧！生怕他听不见是不是？"

"他听见又怎样？"陈有发故意提高了声音。

"好了，打住！不说了。"隋玉华劝着陈有发。

房间里的陈天宇一头栽在床上，爸爸妈妈的话，听得清清楚楚，他索性用被子捂住了头。

陈有发又说："我都没见过这样的人，见了父母跟见了仇人似的。"

隋玉华说："你不说行不行？你不知道自己的身体什么情况吗？你不

担心，我还担心呢！"

陈有发不说话了，只是喘着粗气。

隋玉华推开陈天宇的房间的门，看到儿子用被子裹了个头，就上前撩被子，说："天宇，不是你爸生你的气，你看你像什么样子嘛！说是来照顾我们的，进门就给我们吊脸色。"

听了妈妈的话，陈天宇觉得有点儿不好意思，就坐起来，说："妈，我心情不好，你和我爸别往心里去。"

然后，陈天宇就站起来，走出了房间，隋玉华也出了房间。

陈天宇说："爸，妈，你们今天想吃什么，我去做饭。"

啊！真的没想到啊！多少天的冷战，陈天宇竟然说了这样的话，隋玉华很感动，说："老陈，天宇还是很好的嘛！都是自家人，就不要再争个你我高低了。"

"我本来也没有跟他争。"陈有发的口气缓和了不少。

这时，门被打开了，蓝梅进来了。

隋玉华赶紧说："梅梅回来了，正好天宇也来了，待会儿咱们全家一起吃饭。"

蓝梅放下挎包，对陈天宇说："天宇哥！你来了！"

陈天宇点了点头，觉得很尴尬，说："我去做饭。"

蓝梅却说："不用，明天我要出差，我走之前想为叔叔阿姨做顿饭，还是我来吧，再说你刚来还不熟悉。"

说完，蓝梅就进了自己的房间换了衣服，然后进了厨房开始忙活。

隋玉华指了指厨房对陈天宇说："还不过去帮帮忙？一点儿眼色都没有。"

陈有发在一旁也瞪了陈天宇一眼，陈天宇这才进了厨房，两只手不知道放在什么地方合适，一个劲儿在身上来回搓着，问："蓝梅，你看我能帮你做点儿什么？"

蓝梅也不抬头，只顾低着头择菜，说："我自己就行，你去休息会儿吧！"

陈天宇小声说："我想和你谈谈。"

蓝梅说："这里不是谈的地方。"

陈天宇见蓝梅既不让他帮忙做饭，也不和他谈，只好出了厨房，隋玉华见儿子从厨房出来了，就问："你怎么出来了？"

陈天宇说："蓝梅说不用帮忙，她一个人就行。"

隋玉华说："你呀！就是不开窍，她说不用帮你就不帮了？"说着，她就进了厨房，问，"梅梅，让天宇帮你做呗！"

蓝梅说："没事儿，阿姨！我自己能行，我习惯了一个人做饭。"

隋玉华说："你就是为别人想得多，为自己想得少，天宇要是有你一半的优点，我们也就知足了。"

蓝梅说："其实天宇哥也挺好的。"

隋玉华说："梅梅，什么都不说了，你是个好孩子。"

随后，隋玉华出了厨房。蓝梅一个人在厨房里为大家做菜，此刻，她出奇地平静，也没有想太多的心事，只是炒菜、煲汤，忙得不亦乐乎。也许这才是她一直想要的生活状态，想在无休止的忙碌中忘掉一切不愉快。

蓝梅做了一桌丰盛的菜，她还拿出了一瓶珍藏多年的老酒。这顿晚餐，大家围坐在一起吃得很开心，隋玉华有意让蓝梅和天宇挨着坐，两个人都没有说什么就坐在了一起。隋玉华还提议："来，我们大家干一杯，祝梅梅明天出差一路顺风。"

大家互相碰杯，陈有发由于生病不能喝酒，就以茶代酒。

吃饭时，蓝梅还往陈天宇的碗里夹了好多菜，陈天宇甚至还和蓝梅单独碰了杯。更可喜的是，连平时很少互相交流的陈有发和陈天宇父子二人，也互相开了几句玩笑，这正是隋玉华想看到的一幕，她似乎看到了希望的曙光。一家人其乐融融，当然她早已把蓝梅看成一家人了。

晚上，陈有发和隋玉华老两口兴奋得说了一晚上悄悄话，他们都觉得从今天起，也许就是梅梅和天宇的转机了。但隔壁的蓝梅却失眠了，陈天宇在另一个屋子里失眠得更厉害。

第二天一大早，蓝梅就告别了省城到卫原县参加帮扶活动了。在她心里，这次帮扶活动是次要的，看望爸爸才是主要的。因为是乘坐高铁，节约了时间，她中午就赶到了卫原县，下午就马不停蹄地来到了卫原县图书馆参加这次帮扶活动。这次的帮扶活动主要是向卫原图书馆捐书，蓝梅所在的出版公司捐给卫原图书馆各类图书上千册。这样的活动，卫原图书馆每年都会开展，大都是和省内的一些出版单位或者一些省级或地市级的图书馆对卫原图书馆的捐赠活动，这几年也渐渐有外省的出版单位或图书馆加入到活动中来，这样既可以充实卫原图书馆的馆藏，也可以丰富卫原县的文化生活，极大地满足了卫原人民日益增长的阅读需求。当然，蓝梅所在的出版公司今年的帮扶活动不仅仅限于此，他们在充实卫原图书馆馆藏的基础上，还希望卫原图书馆根据实际情况把一部分图书二次捐给全县贫困山区的学校。

活动是在热烈的气氛中进行的，卫原图书馆大门前的空地被布置成了一个会场，主席台前整齐地摆放着蓝梅他们出版公司捐赠的书，台下一片欢腾，不知他们从哪里请来了一个锣鼓队，敲敲打打的，这大概是县城的特色吧！遇到活动或集会什么的，总要请锣鼓队助兴。据说县城的某些楼盘开盘，也会请一个锣鼓队造势宣传，而且锣鼓队还会走街串巷来吸引大众的目光。这几年，卫原县诞生了很多锣鼓队，他们长年累月地活动在县城的各个角落，甚至乡下的大型集市，逐渐形成了卫原的一种文化现象。而且周围的几个县也有类似的现象，不知道是卫原影响了它们，还是它们影响了卫原。除了锣鼓队外，还有部分小学生排着整齐的队伍，站在会场上，像专门受过训练似的，行和列都排成了直线。路过的群众也被吸引了过来，加入到了这个临时的会场中，他们更多是看热闹的。

　　主席台上就坐的除了卫原图书馆的领导，还有县上的一些领导，蓝梅作为出版公司的代表也在主席台就坐。以往在这样的场合，她通常都是在台下当看客并鼓掌的，现在一下子坐在台上，她有些不自在，再加上心里有事，就更不舒服了。她不太喜欢这样热闹的场合，她喜欢一个人安安静静地做事情，可是，人总是要面对各种生活场面，既然来了，硬着头皮也得在台上坐一会儿，其实她脑子里很乱。主持人开始宣布出席活动的各位嘉宾，蓝梅根本记不住那些名字，只是他们的职位倒是听清楚了，某某副县长，宣传部长，文化局长，还有图书馆馆长，副馆长等等。宣布完后，就是挨个发言，首先是蓝梅发言，因为她代表的是捐赠方，蓝梅本来准备好的发言稿，这时她却不想说那些冠冕堂皇的话了，就实实在在地说了几句为卫原图书馆，为卫原贫困地区的学校献一点儿爱心之类的话。随后副县长、宣传部长、文化局长还有卫原图书馆馆长的讲话都很长，除了感谢蓝梅所在的出版公司外，还畅想了县图书馆的未来、县宣传战线的未来、县文化行业的未来，最后都归结到了卫原县的未来上，而且还用了很多精彩的词和句子。蓝梅怀疑他们的发言稿是不是自己写的。之后就是鼓掌声、敲锣打鼓声响成一片，还有人连连叫好，不知道是为帮扶活动叫好，还是为领导的发言叫好。不知道为什么，蓝梅期待着活动早点儿结束，她不适应这样的场合，心想：以后还是少参加为好。她回去后想建议公司，捐书直接寄给人家就行，人就不要来了，如果真需要人来，今后也不要派她来了，她真受不了。

　　经过了将近两个小时的煎熬，活动最终在蓝梅分别从卫原县副县长和卫原图书馆馆长手里接过两张鲜红的荣誉证书而结束了。

　　蓝梅在卫原图书馆的安排下住到了卫原宾馆，一进宾馆，蓝梅就栽倒在床上，半天都没有起来，她想好好休息一下，以便明天有充沛的精力去苗村看望爸爸。

41

　　蓝梅在踏上开往苗村的公共汽车前给爸爸打了个电话，听说女儿要来，蓝政广觉得有些不好意思，毕竟蓝梅和苗育红之间有那么一层隔阂，但蓝梅决意要来，蓝政广只好在吃早饭的时候告诉了大家，苗善明一听，就高兴地说："太好了！这样咱们一大家子人都聚齐了。"

　　苗育红听了，心情有些复杂，她不太想和蓝梅见面，上次在咖啡厅打过一次交道，蓝梅给她的印象很不好，不仅仅是因为她喜欢陈天宇，更多是觉得在她身上表现出来的那种大城市人特有的傲慢的气息，说出来的话总带有一种看不起人的味道。现在听说她要来，而且还要来她们家，苗育红顿觉不舒服，可是，毕竟蓝梅是客人，还是得以礼相待，这是苗育红做人的一贯原则。

　　苗善明要下地去了，他拿起一把镰刀准备走，蓝政广说："善明，你等等我，我和你一块儿去。"

　　苗善明说："待会儿梅梅要来，你就不要跟我进山了，在家等她吧！"

　　蓝政广说："还要等两个多小时她才能来呢，我就不等她了，我现在就和你进山去。"

　　苗善明还想说什么，蓝政广已经从墙角拿起了另一把镰刀，说："走吧！不等她了，反正中午她就回来了。"

　　这时，苗育红说："要不，我待会儿去接蓝梅吧！"

　　苗善明说："也行！"

　　蓝政广也表示同意，说完，他就和苗善明相跟着出了院子，来到苗村这么多天，每天蓝政广基本上都是这样和苗善明一起进山劳动。

　　苗育红和程飞飞没别的事，就坐在院子里看书，当然，苗育红有时候也辅导程飞飞学习。

像往常一样，蓝政广和苗善明一起跨过艾拉河朝天门山走去。走在山道上的时候，蓝政广很想再问问苗善明关于金凤的事，但他没敢问，前几次问，苗善明总是说以后才会告诉他，他等了好多天，苗善明就是不肯告诉他，弄得他心里很是着急，他预感金凤的情况可能不太好。

他们来到山坡上的一块地旁，这是苗善明自己的红薯地，苗善明蹲下身子准备翻红薯藤，蓝政广忍不住了，就鼓起勇气问："善明，你看我都来了这么多天了，你能不能告诉我金凤的情况啊？"

苗善明说："迟早会告诉你的，政广，你别着急啊！"

蓝政广说："我都等了太多天了。"

苗善明说："不是不告诉你，是时候不到啊！"

蓝政广说："到底要我等到什么时候啊？"

苗善明有些伤感地叹了口气，说："唉！一言难尽啊！"

两个人干脆就在地头的一块大石头上坐下来，蓝政广说："你到底怎么了吗？说说呗！你看我都这么求你了。"

苗善明说："政广，我也有难言之隐啊！"

蓝政广觉得不好意思，就说："善明，不难为你了，我知道金凤肯定发生了什么事，等你想告诉我的时候再说吧！我能等你的。"

苗善明掏出两支烟，递给蓝政广一支，自己抽一支，眼圈都红了，深深吐了一口烟，说："金凤是个好姑娘。"

蓝政广猛抽一口烟，说："是啊！我有些愧对她哩！"

苗善明突然伤感地说："不是你有些愧对她，而是你欠她的实在太多了。"

蓝政广低下了头，说："我知道的，这不就一直想知道她的下落吗？我打算找个机会好好弥补她呢！"

苗善明严肃地说："你能弥补得了吗？可不是你说一句话这么简单。"

蓝政广说："所以我一直想知道金凤的情况，想为她做些实实在在的事，可你就是不告诉我。"

苗善明沉重地说："会告诉你的，好了，我要干活儿了。"

说完，苗善明开始翻红薯藤，红薯到了这个季节，是需要经常翻翻藤的。因为红薯的茎节处有大量的次生根，次生根能大量吸收水分和养分，会抑制红薯主块茎的生长，从而导致薯块生长慢。翻动红薯藤就可以控制次生根的生长，从而为主薯块的生长提供更多的养分，使薯块长得更加饱满。

苗善明不说话了，只顾翻着红薯藤，蓝政广也不再问他了，叹了口气，就跟着苗善明开始翻红薯藤，翻红薯藤对他来说并不陌生，他二十多年前经常和金凤一起下地干这活儿。他虽然没有苗善明翻得快，但也能紧紧跟在他身后。两个人都默默干着自己的活儿，每过一会儿，苗善明就回过头要蓝政广到地头的树荫下歇一会儿，蓝政广总说自己不累，弄得苗善明很不好意思。

就在苗善明和蓝政广在地里干活儿的时候，苗育红已经出了院子，她要去村头接蓝梅了。走过村道，她一直在想见到蓝梅该怎么说，也不知道蓝梅看到她时会有什么样的态度。但不管双方会以怎样的心情见面，都一定是要见面的，既然要见面，不妨就顺其自然吧！想着想着，苗育红就来到了村头的公路上，她坐在公路旁的一块石头上等公共汽车。以前上初中高中时，爸爸无数次在这里等她回家，就算上了大学，每次回家，爸爸也没有一次不在这里等她的。每次都是一下车就能看到爸爸的笑脸，无论多忙，爸爸都会准时等候在这里。下了车，爸爸还会背上她的背包，她有时候心疼爸爸，不让爸爸背，可爸爸说他身板硬实得很。参加工作的这几年，她明显看到爸爸的身体已经不如前些年了，所以每次回来她都不让爸爸来接她了，但下车的时候还是会一如既往地看到爸爸日渐苍老的身影。这次放暑假回来，如果不是事先告诉爸爸有飞飞在身边可以帮她背包，他还会来接她。

想到爸爸年纪大了，为了能更好地照顾爸爸，苗育红决定开学后要接爸爸回省城和她一块儿生活。她还没有和爸爸详细说，也不知道爸爸会不会同意，但不管爸爸同意不同意，她都要带爸爸走，她不放心爸爸一个人在家。

一声汽笛声传来，公共汽车开来了，苗育红赶紧站了起来，准备迎接蓝梅。公共汽车在苗育红身边停下了，蓝梅背着个包下车了，手里还提着一个塑料袋儿。

苗育红走上前，对蓝梅说："蓝梅，你来了！"

蓝梅惊讶地看着苗育红，顿时有些不自在，为了不让苗育红看出她的惊慌，她故意朝苗育红微笑了一下，问："育红，你怎么……"

蓝梅的话没说完，苗育红知道蓝梅要问什么，就说："我家在这里，跟我走吧，蓝叔叔住在我家，他和我爸爸下地了，让我来接你。"

蓝梅更不好意思了，爸爸只是说在苗村，都没告诉过她是住在苗育红家，要早知道住在苗育红家，她也许就不来了。

苗育红说："看你的背包挺重的，我帮你背吧！"

蓝梅说："没事儿，我能背动。"

苗育红说："这里不是省城，路不太好走，你还是让我背吧！"

说着，苗育红就要取下蓝梅的背包，看到苗育红执意要帮她背，蓝梅只好同意了。

苗育红很快背上了蓝梅的背包，说："走吧！"

简单的几句话，瞬间打消了两个人各自的顾虑，谁也没提以前的不愉快，相反，她们像好朋友似的相跟着走过村道，来到了苗育红的家。

程飞飞看到苗育红和蓝梅进了院子，马上站了起来，苗育红指着蓝梅对他说："这是你梅姐。"接着，苗育红又把程飞飞介绍蓝梅："这是飞飞，

我的学生，跟我一块儿从省城来的。

程飞飞和蓝梅互相问好。

苗育红取下背包放在墙根儿的台阶上，蓝梅把塑料袋儿递给苗育红，说："这是我买的一些水果，待会儿洗洗给你和飞飞吃吧！"

苗育红说："等我爸爸和蓝叔叔回来，我们一块儿吃。你休息一下，我去做饭。"

蓝梅赶紧说："我帮你。"

苗育红一挥手，说："不用，你刚来，很累的，休息一会儿，我做饭很快的，只是我做的都是家乡的饭，也不知道你能不能吃得惯？"

蓝梅说："我什么都能吃的。"

啊！与蓝梅想的完全不一样，刚才下车的惊慌一下子就荡然无存了，她和苗育红之间像是什么也没有发生过。

苗育红进厨房忙活去了，蓝梅在院子里来回看着。

没过多久，苗善明和蓝政广就回来了，蓝梅一看到他们就迎了上去，蓝政广对蓝梅说："梅梅，这是你苗叔叔。"

蓝梅对苗善明说："苗叔叔好！"

苗善明放下镰刀，对蓝梅说："真是个好孩子！我听你爸说了，你很能干，听说好多书都是你印的。"

蓝梅笑了，说："叔叔，不是我印的，是我编的。"

苗善明说："那都差不多。"

苗育红已经把饭做好了，招呼大家洗洗手过来吃饭。

就在大家都围坐在院子里的石桌前准备吃饭的时候，苗善明却对苗育红说："把你郝大伯一家也叫过来，我今天有重要的事要说。"

蓝政广心里"咯噔"一下，他知道苗善明要说金凤的事了，他是既想知道又很担心，主要是担心金凤的境况可能不好。

苗育红很快就把郝贵年一家叫了过来。

大家疑惑地看着苗善明，不知道他要说什么，苗善明说："咱们先吃饭，吃了饭再说。"

蓝政广说："善明，你这是干吗呢？要说就说呗！有什么不能说的？非得等到吃过饭再说。"

郝贵年也说："就是啊！善明，说吧！大家都等着哩！要不饭也吃不到嘴里。"

苗善明一挥手，说："不，一定要先吃饭。"说着，他带头先吃开了，不断地往嘴里扒拉米饭。

大家也只好吃了起来。

好不容易吃完了饭，苗善明两眼通红，说："政广来了这么多天，他一直想打听金凤的下落，我今天要向大家说一件重要的事，先说好，我说了谁都不要哭。"

一旁的蓝梅不知道苗叔叔说的是什么意思，更不知道金凤是谁，爸爸为什么要打听金凤的下落？这里面是不是有什么秘密啊？

苗育红有些不安起来了，爸爸到底要说什么？上次在省城蓝叔叔跟她见面时就打听过金凤，她不知道金凤是谁，难道金凤与蓝叔叔有什么牵连？爸爸又是怎么知道金凤的？啊！这太复杂了，爸爸还有多少秘密没告诉过她啊？她心跳得太厉害了，已经无法克制了。

郝贵年大吃一惊，金凤？啊！那是苗善明的媳妇啊！都死了二十五年了，这时候提她干吗？

在场的每一个人都焦灼地看着苗善明，苗善明却平静地说："我知道大家都很疑惑，这是埋在我心底二十六年的秘密了，是该说出来的时候了。"

院子里的气氛一下子紧张了，大家都不知道苗善明会说出什么秘密，苗善明点了一支烟，深深吸了一口，然后抹了一把已经发红的眼圈，说出了隐

藏在他心里二十六年的秘密。

那一年，蓝政广来到苗村扶贫，住在金凤家，长久的相处中他和金凤有了感情，原本金凤她爹是不同意的，主要觉得金凤和蓝政广不是一路人，蓝政广只是来扶贫的，迟早会离开苗村回省城，可金凤不听她爹的劝告，认准了蓝政广，和蓝政广好得像一个人似的，天天形影不离。金凤她爹没办法，只好默认了，没想到没过多久为了给蓝政广摘几颗核桃吃从树上掉下来摔死了。后来，蓝政广的扶贫工作结束，他要回省城了，临行前告诉金凤，会来接她的，然而他一走就没有回头，金凤在痛苦的等待中，突然有一天发现自己怀孕了，一个大姑娘，将来挺着个大肚子该怎么见人，她想到了死。就在她即将跳向艾拉河的时候，被从山里劳动回来的苗善明劝住了。金凤在极度的悲愤中告诉了苗善明她的遭遇，苗善明同情她，为了保住金凤的名誉和她肚子里的孩子，苗善明决定和金凤结婚，金凤自然是万分感激，同时又非常愧疚，觉得对不住苗善明，但苗善明什么都不在乎，只要金凤和孩子好好的，他就心满意足了。结婚没多久，金凤就生下了一个女婴，只可惜，孩子刚六个月大时，金凤就病死了。为了让孩子不像她妈妈那样遭受太多磨难，苗善明给她取名苗育红，意思在他的养育下，让小育红未来的生活能红红火火的。为了抚养苗育红长大，苗善明含辛茹苦，一路从小学供她念书到乡里的初中，又到县城的高中，再到省城的大学，一个没有任何血缘的父亲尽了自己最大的努力，把自己全部的爱都给了苗育红。

一席话说完，苗善明老泪纵横，在场的所有人都哭了。

啊！生活啊！怎么会是这样？苗育红承受不了这巨大的打击，泪流满面。

苗善明上前拉着苗育红的手，说："孩子，蓝叔叔才是你真正的爸爸。"

苗育红悲痛欲绝，一下子扑倒在苗善明的肩膀上，号啕大哭，边哭边说："不！不！爸爸！您是我今生唯一的爸爸，我永远都是您的女儿。"

突然，苗育红转身，冲出了院子。

苗善明在后面喊："红，你要去哪儿？"

苗育红没有回头，她拼命往前跑，跑向了她童年和少年的港湾——艾拉河，她一下子跳进了艾拉河的怀抱，她俯下身子，撩起水花，冲洗自己已经哭得不成样子的脸，大喊："这不是真的，我就是苗善明的女儿，妈妈呀！你好狠心，扔下我和爸爸这么多年，我恨你！"

情绪失控的苗育红使劲儿拍打着河面，身后是跟跟跄跄追来的苗善明，还有流泪的蓝政广以及哭泣的蓝梅。

苗善明心急火燎地跳进艾拉河，拉住女儿的手，悲痛地说："红！不要这样啊！"

苗育红转过身扑倒在苗善明的怀里，父女俩在艾拉河奔腾的浪花里抱头痛哭。

蓝政广胡乱揩着脸上的泪水，眼泪冲刷不掉她对金凤和苗育红的愧疚，如果有来世，他愿意为金凤和苗育红做牛做马。他没有尽到一个父亲的责任，他根本配不上一个父亲的称谓，他没有任何资格当苗育红的爸爸。

蓝梅只觉得天旋地转，悲伤的眼泪止不住地流下来，她怎么也不会想到，苗育红是她同父异母的妹妹，可怜的妹妹，我还一度看不起你，你是那么顽强，如果我今生对你再有一点点不好，我就选择死掉。

程飞飞，这个十七岁的少年，不顾一切地也跳进了艾拉河，来到苗育红和苗善明跟前，拉着苗育红的手，哭着说："姐，咱们上岸吧！不管将来会是什么样子，你都是我姐姐。"

苗育红回过身拥抱了程飞飞，说："好弟弟！"

好一阵子，他们三人才走出了艾拉河，大家都没有回家，发生了这么大的事，谁的心里都很难过，苗善明提议去看看金凤的坟墓。

大家离开艾拉河，走上了天门山的山道，金凤的坟墓坐落在山坡的一块

平地上，苗善明曾无数次悄悄来到这里为她烧纸，祭奠她。苗育红是第一次见到妈妈的坟墓，悲伤的眼泪再一次涌出眼眶，她"扑通"一声跪倒在妈妈的墓前，顿时晕了过去，大家又是一阵忙乱地呼救，她才醒了过来。

蓝政广对着金凤的墓碑深深鞠了一躬，说："金凤，我来看你了，我对不住你，如果你能听到我的声音，就请原谅我吧！从现在开始，我今后每年都会来看你的，直到我死去。"

蓝梅也对着墓碑鞠了一躬，哽咽着说："金凤阿姨，我虽不是您的亲生女儿，但我从现在起就把您看作妈妈，就算我以后走到天涯海角，我每年都会和爸爸一起回来看您。"

苗善明捧了一把土给金凤的坟墓培了培土，说："金凤，我没有遵守当初的诺言，今天把所有的秘密都说出来了，政广和红我都给你带来了，你临走还牵挂着他们，红，我给你养大了，政广也回来看你了，你可以安息了。"

"爸爸！"

苗育红大叫一声，苗善明和蓝政广同时回头，苗育红跌跌撞撞地扑向了苗善明号啕大哭，蓝政广背过脸，悄悄地擦了擦眼泪，蓝梅走上前搀扶着爸爸。

正午的太阳炙烤着山坳，知了在不远处有气无力地鸣叫着，大地一片沉寂，只有山脚下的艾拉河还在不停地咆哮着。

42

蓝政广和蓝梅没有马上离开苗村，他们在苗村又住了几天。几天里，苗育红几乎没有和他们说过话，每当他们试着和她说话的时候，苗育红总会走开。一吃过饭，苗育红除了和程飞飞一起看一会儿书之外，然后就是和爸爸一块儿进山劳动，或者一个人爬上家对面的天门山静静地看着远方，再有就是坐在艾拉河边呆呆地看着奔腾的浪花出神。可怜的姑娘，当她知道这一切后，对她的打击太大了。她有时候想，如果没有这一切该多好，她和爸爸平静地过日子，可是，事实毕竟是事实，她自己痛苦也就算了，爸爸呢？她心疼爸爸，一辈子省吃俭用，含辛茹苦，都是在为别人忙碌着。真正可怜的人应该是爸爸才对，她止不住地抹着眼泪，心里说："爸爸，您就是我的亲爸爸，我一辈子都不会离开您。"

几天后，蓝政广和蓝梅把准备回省城的想法告诉了苗善明，苗善明表示能够理解他们。他知道，他们待在这里，他们难受，红也难受，还不如先离开慢慢来修补红和他们之间的裂痕。原本蓝政广想给苗善明留下两万块钱的，但被苗善明拒绝了，蓝政广过意不去，说："善明，我这辈子亏欠你的，我到死都还不完你的情。"

苗善明说："不说这些了，你今后多多照顾红就行了。"

蓝政广连连点头，说："那是一定的。"

苗育红却在一旁说："我不需要别人来照顾我。"

苗善明说："红，你别这样对你政广爸爸，就算他再有错，你身上也留着他的血，你已经没了妈妈，不能再失去爸爸了。"

苗育红咬了一下嘴唇，说："爸爸，妈妈跳河的时候，他在哪里？妈妈生我的时候，他在哪里？妈妈去世的时候，他又在哪里？是谁收留我和妈妈的？不是别人，是您呀！又是谁把我养大供我念书的？不是别人，还是您呀！我今生只有您一个爸爸。"

苗育红说完就背过脸去了，不再说话。

蓝政广非常沮丧，苗善明安慰他："政广，打断的骨头还连着筋呢！慢慢来吧！我相信红会认你这个爸爸的。"

蓝政广长长地叹了口气，说："我自己都不会原谅自己的。"说着，便是一连串的咳嗽。

一直没有说话的蓝梅走上前，关切地问："爸爸，您怎么了？"

蓝政广一挥手，说："我没事儿，就是觉得胸闷。"

蓝梅说："要不，我陪您出去走走吧！"

蓝政广说："不用，休息一会儿就好了。"

苗育红心里一阵惊慌，悄悄看了一眼脸色苍白的蓝政广，顿时对自己刚才的话有些后悔。

苗善明说："政广，你不要生气啊！一切都会好起来的。"

蓝政广说："善明，你不要劝我了，我自己做过的孽我自己承担。"

苗善明说："说啥呢？都过去的事了，不提了，我们都要向前看。"

突然，蓝政广说："善明，你要是不嫌弃，就让梅梅叫你一声爸爸吧！也算我对你的赎罪。"

"这……"苗善明一时语塞。

苗育红心跳得厉害，她没想到蓝政广会这么做，她紧张地看了一眼蓝梅，蓝梅脸上写满了某种渴望。

没有等到苗善明继续表态，蓝政广就催促蓝梅："梅梅，叫啊！"。

蓝梅走到苗善明跟前，"扑通"一声跪下了，叫了声"爸爸"，然后夹着哭腔说："我替我爸爸向您赎罪。"

苗善明抑制不住内心的激动与紧张，毕竟二十五年来，只有红叫过他爸爸，他顿时眼眶湿润了，拉着蓝梅的手说："快起来，好孩子！"

蓝梅站起来，眼圈红红的，坚定地对苗善明说："您今后就是我爸爸了，我会像育红一样孝敬您。"

苗善明用粗壮的手掌抹了一把眼角的泪水，郑重地朝蓝梅点了点头。

苗育红抬起头，遥望着对面的天门山，泪水盈满了眼眶，程飞飞悄悄递给她一片纸巾。然后，她一转身，走出家门，走向她心灵的港湾——艾拉河。

蓝政广看着苗育红的背影，正要追过去，苗善明一挥手，说："让她一个人到艾拉河静一静吧！"

第二天，蓝政广和蓝梅终于要离开苗村了，临走的时刻，蓝政广也没听到苗育红喊他一声"爸爸"，他尽管心里难受，但能理解苗育红的心情，因为他根本没有尽过一天当父亲的责任，凭什么让苗育红喊他爸爸？

是啊！当苗育红降生在苗善明家破旧的瓦房里的时候，蓝政广正带着蓝梅在省城的游乐场游玩；当苗育红趴在苗善明的肩膀上进山劳动的时候，蓝政广正带着蓝梅徜徉在鲜花盛开的公园里；当苗育红坐在苗善明的驴车上去乡里上初中的时候，蓝政广正开着车送蓝梅去上高中；当苗育红在苗善明的护送下挤上公共汽车去县城上高中的时候，蓝政广正带着蓝梅踏上飞机去上海上大学；当苗育红和苗善明坐了一夜火车到省师范大学报到的时候，蓝政广正带着蓝梅刚从马来西亚旅游回国……苗育红和蓝梅都是蓝政广的女儿，由于人生的错位，她们却有了不一样的人生。叫谁也不可能一下子接受一个"从天而降"的父亲，更何况他是一个"罪孽深重"的父亲。

蓝政广和蓝梅提着行李离开苗善明家的时候，只有苗善明一个人去送他们。苗育红待在屋子里没有出门，程飞飞想去送送他们，苗善明说让他在家学习，他就没去。蓝政广多么想让苗育红去送送他们啊！哪怕送出家门也行。他真的不敢奢望苗育红能送他们到村头，更不敢奢望在他离开的时候苗育红能叫他一声"爸爸"，可是苗育红连屋子都没出，他满脸都是失望，心里一阵阵难过，但他心里一点儿也不怨苗育红。

走过村道的时候，苗善明劝蓝政广："政广，我知道你心里不好受，不管怎么说，我们都老了，你要注意你的身体啊！"

蓝政广说："我还好，善明，你也一样啊！照顾好自己。"

两个老人互相说着宽慰对方的话，看得出两个人并没有太大的隔阂。蓝梅默默地走在他们旁边，心里很痛苦。她想说几句安慰两位老人的话，可就

是不知道该怎么说，她知道两个爸爸都在煎熬着。她非常后悔以前对苗育红的态度，她怎么也没有想到苗育红是她亲妹妹，怪不得很多人都说她们长得很像，她们是姐妹，当然长得像了。以前她只顾着夺取陈天宇，怎么就没有想想苗育红的处境呢？要是多为苗育红想想，也许现在就会是另一个样子。唉！如今弄成这个样子，又能怪谁呢？

一段并不长的路，他们三人走了很长时间，来到村头，公共汽车还没有来，他们站在公路边，每个人心里都不是滋味，各人有各人的难处。蓝政广多么期待着苗育红能来到村头啊！哪怕只是远远地站在村道上看着他们离开也行。他又是多么希望公共汽车能晚一点儿开来，只有晚一点儿来，他才能有更多的时间在这里多待一会儿，多待一会儿就预示着多了一份看到苗育红的希望。

时间一分一秒过去了，公共汽车从西边的公路上开过来了，停在了他们三人身边，苗善明说："政广，上车吧！"

蓝政广迟迟不肯上车，一直向苗善明家的方向张望。

公共汽车的女售票员探出头说："走不走啊？"

蓝政广说："我们还有事，坐下一班。"

女售票员瞪了蓝政广一眼，嘴里嘟嘟囔囔的，大概是不满意他们不上车。

公共汽车很快开走了，苗善明知道蓝政广的心思，就说："不坐这一班也行，我看车上人挺多，没位子了，下一班很快就会来的。"

接下来谁也没说话，蓝政广一刻也不停地朝村道上张望，突然，他远远地看到一个熟悉的身影正向公路走来，呀！是红！蓝政广揉了揉眼睛，仔细分辨着。他激动地对苗善明说："善明，你看，是红来了，她来了。"

蓝政广像苗善明一样称呼"苗育红"为"红"。

苗善明也看到了，兴奋地说："真的是红！"

蓝政广的泪水顿时模糊了视线，只觉得村道上有团火向他们走来。

蓝梅抑制不住激动的心情，离开公路，走上村道去迎接苗育红。苗育红来了，一声不吭，眼睛肿成了两只桃子，估计哭了很长时间。蓝梅上前拉住苗育红的手，不知道该说什么才好，苗育红没有挣脱蓝梅的手，两个人来到蓝政广和苗善明身边。

大家都不知道该怎么开口，气氛显得有些沉闷，还是苗善明首先打破了这种沉闷，说："红，你来了就好！"

蓝政广赶紧接着说："来了就很好！"

苗善明说："你能来送你爸爸和姐姐，他们都很高兴哩！"

蓝政广和蓝梅异口同声："是的哩！我们都很高兴。"

苗善明又说："红，叫你爸爸一声'爸'吧！他一直等着呢！"

苗育红依旧没说话，只是遥望着前方巍峨的天门山。

蓝政广说："不叫就不叫吧！没关系的。"话虽然这么说，可他心里在隐隐作痛。

下一班公共汽车又开来了，苗善明说："上车吧！政广！"

蓝政广和蓝梅要上车了，他们同时回头又看了看苗育红，苗育红也正在看他们，这时，车上的胖司机朝他们嚷着："你们到底上不上？别耽误时间。"

就在蓝政广抬起一只脚刚要踏上车门的台阶时，身后传来了一声轻微的"爸，姐"。蓝政广迅速扭头，啊！红叫我"爸爸"了，他顿时热泪盈眶。蓝梅猛地转过身一把抱住了苗育红，说："红，我的……妹……妹。"

胖司机看到这一幕，又嚷开了："你们还上车不了？"

蓝政广说："不上了。"

胖司机："这都是啥人吗？净耽误事儿。"说着，关了车门，他猛踩了一下油门，公共汽车很快开走了。

路边的四个人眼里都含着晶莹的泪花，谁都没有说话，谁都有好多话想说，一切尽在不言中。

又是苗善明先说话了，他说："好了，都回家吧！今天不要走了。"

四个人离开了公路边，重新走回了村道，回家的路上，蓝梅一直拉着苗育红的手。蓝政广和苗善明说了好多话。四个人的背影在村道的衬托下形成了一幅和谐的风景画。

第二天，蓝政广和蓝梅才高高兴兴地回到了省城。一回到省城，蓝政广就把苗育红的事告诉了陈有发和隋玉华，陈有发和隋玉华听了大吃一惊。他们没想到，苗育红竟然是蓝政广的女儿，他们甚至后悔当初对苗育红的态度。

隋玉华私下里悄悄对陈有发说："如果是这样的话，苗育红就能配得上天宇了。"

陈有发瞪了她一眼，说："你说什么哩？没有你这么势利的，照你这么说，梅梅怎么办？"

隋玉华说："我就是随口说说，你看你把我说成什么人了？"

陈有发说："这事你想都不能想的，更不能说了。"

老两口不再说这件事了，他们也不好意思再住在蓝梅的房子里了，很快就向蓝梅提出想回自己家住，尽管蓝梅极力地挽留他们再多住一段日子，但他们还是决定离开了，毕竟蓝梅的爸爸还住在旧房子里，他们一直住在这里不太合适。

蓝梅把两位老人送走之后，就开始认真考虑她和陈天宇的事。自从她知道苗育红是自己的妹妹那天起，她就决定要和陈天宇好好谈一谈了。她不能再不明不白地夹在陈天宇和苗育红之间了，尽管她依然喜欢陈天宇，但为了妹妹，她宁愿退出，实际上她这时候并不知道苗育红在回故乡前就已经决定和陈天宇分手了。

　　蓝梅很快就拨通了陈天宇的电话，打算到省师范大学和他当面谈谈。陈天宇原本不想和蓝梅见面，只是因为上次为了照顾爸妈他还有些东西在蓝梅家，所以只能借此机会让蓝梅把他的东西捎来，顺便谈谈。现在，陈天宇并不知道蓝梅的心思，还对蓝梅有太多的成见，他甚至觉得苗育红离开他很大责任在蓝梅。他做好了该怎么对付蓝梅的准备。

　　两个人相约在省师范大学的柳湖边。蓝梅打的来到省师范大学南门，然后拖着陈天宇落在她家的拉箱进了师大南门，径直朝柳湖走去。一路上，蓝梅想了很多，毕竟她今天要彻底告别陈天宇，从此两人将只能是普通朋友了。普通朋友的含义，就意味着他们不可能经常见面，也不可能再像以前那样说心里话，更不可能重新找回童年和少年时的那种感觉。等见到陈天宇后，蓝梅也不打算说太多的话，简单把心里话说完做个告别就行了。

　　柳湖依然荡漾着夏日的碧波，尽管正是大学放暑假的时候，但湖边依然有不少看书的大学生，他们都在为年底的研究生考试做着准备。这是省师范大学特有的风景，每年到暑假，总有大批的即将升入大四的学生选择留校复习考研，甚至超过了找工作的热情。这样的情况在全国的很多大学都存在，就业的压力让很多大学生选择考研，当然也有相当多的学生考研是为了学习知识、提升自己。

　　见到陈天宇，蓝梅把拉箱往他面前一推，说："天宇哥，给你的拉箱，你的所有东西我全收拾在里面了。"

　　陈天宇接过拉箱，说："谢谢！"

　　蓝梅说："我不会耽误你太长时间的，我就只说几句话就走。"

　　陈天宇说："你说吧！"

　　蓝梅说："我以后不会再纠缠你了，永远都不会了，我只有一个请求，就是希望今后你能好好待育红。"

　　陈天宇大吃一惊，根据他对蓝梅的了解，蓝梅不是这样一个人啊！于是，就问："蓝梅，你这是怎么了？"

蓝梅说："很多事，我不想再说了。"

陈天宇却不罢休，他极想知道蓝梅为什么会有这么大的转变，在他的一再追问下，蓝梅痛苦地告诉了他苗育红的身世。陈天宇听后差点儿晕倒，最后，蓝梅是怎么离开的，他都不知道，只是觉得有个美丽的身影走过自己的身旁，根本分不清是蓝梅还是苗育红。

过了好一阵子，陈天宇才清醒过来，他想给苗育红发个微信，却发现苗育红已经删除了他的微信，他写好的话都无法发送出去。顿时，他似乎明白了什么，望着波光粼粼的柳湖，心里涌起的不知道是什么滋味。

几天后，陈天宇做了一个决定：他打算离开省师范大学，要去上海复旦大学做博士后研究了。

· · · ·

尾声　远没有结束

· · · ·

43

　　暑假即将结束，苗育红决定带爸爸回省城，尽管苗善明说暂时还不太想去，但苗育红执意要带他走，还说以后再也不和爸爸分开了。苗善明终究拗不过女儿，父女俩和程飞飞三个人收拾好家，锁了门，给郝贵年留了把钥匙，以防有事的时候，好让他帮着照看一下。他们三人就回到了省城，一出火车站，程飞飞就被牛香莲接走了。牛香莲说要请苗育红和苗善明到她家坐坐，苗育红委婉谢绝了，说以后有机会再去，然后她就和爸爸拦了一辆出租车来到了她的出租屋。

　　为了让爸爸住得舒心一点儿，苗育红决定离开原来的出租屋，准备重新租一个大一点儿的房子，当她跟江尤天说明情况时，江尤天却说："育红，你不用另找住处，我跟你换换房间就行，我的房间面积大，有两个卧室，正好你和叔叔一人一间。我反正也是一个人，去住你那间再合适不过了。租金，依然按原来的算。"

　　苗育红说："这怎么能行？我会过意不去的，再说你没有正式工作，还指望着这些租金呢！"

　　江尤天说："少挣点儿我也穷不了。"

　　苗育红还想说什么，江尤天就已经开始收拾自己的东西准备给苗育红腾屋子了，苗育红又是一阵感动，连忙帮着江尤天一起收拾屋子。很快，两个人就互换了房间，这样就解决了苗育红父女俩的住宿问题了。

　　然后，苗育红麻利地开始整理房间，首先开始整理爸爸的卧室。

　　苗善明看着女儿忙碌的样子，心疼地说："红，你歇会儿吧！看你累的，我也帮不上你的忙。"

苗育红说:"爸爸,我不累,您先在这儿住下,我将来一定会在省城买房子的,到那时候,我们在省城就有家了。"

苗善明说:"省城的房子都贵着哩!"

苗育红说:"咱买不起大的,就买个小的。"

苗善明笑着说:"我活了大半辈子了,还真没想到能跟着我闺女来到省城,我挺知足的。"

苗育红说:"快别说这个了,爸爸,您辛辛苦苦把我养大,现在该轮到我养您了。"

苗善明说:"有时间去看看你政广爸爸。"

苗育红低声说:"爸爸,别提他了。"

苗善明说:"红,爸爸说这些你也别难过,你政广爸爸也不容易,他心里苦着呢!你们是有血缘的,这是不能改变的事实,该去看他还是要去看的。"

苗育红含着泪花轻声说:"爸爸,我知道了。"

苗善明说:"红,你也不要生爸爸的气,关于你的身世,就算你政广爸爸不出现,其实我也准备告诉你的。"

苗育红说:"要是这一切都没发生该多好,爸爸,我真的不希望别人介入我们平静的生活,我就想一直陪着您。"

苗善明说:"可是事实毕竟是事实,你有权知道自己的身世。不管怎么说,你政广爸爸给了你生命,他已经很愧疚了,你不要伤了他的心。"

苗育红不说话了,低着头收拾着爸爸的房间。

苗育红的手机响了,苗育红拿起手机发现是蓝政广打来的,她不想接,手机一直响着,苗善明问:"谁的电话?你咋不接呢?"

苗育红欺骗爸爸说:"是推销东西的。"

苗育红的手机响了一阵，停了，随后，苗善明的手机也响了，苗善明接通后才知道是蓝政广打来的。

蓝政广说："善明，我刚才给红打电话，她没接，是不是她出去了，没带手机？"

苗善明这才知道刚才给女儿打电话的是蓝政广，心里想：唉！这孩子！

为了女儿的面子，只好说："哦！政广，是啊！刚才红出去了。"

蓝政广问："我就是问问你，要是红回了省城，我想去看看她。"

苗育红一听，有些紧张，马上给爸爸递眼色，示意爸爸不要告诉他，可是，苗善明已经把他和红一起来到了省城的事说出了口。

蓝政广问："你们在哪儿？我过去看你们。"

没有办法，苗善明只好答应了，苗育红的心"扑腾扑腾"乱跳，她还是有些不自在，但并没有影响她收拾屋子，她一边整理屋子，一边对爸爸说："爸爸，我待会儿到学校去看看，明天就要正式上班了。"

苗善明知道女儿是想躲开蓝政广，就说："红，待会儿你政广爸爸就来了，你稍等他一会儿，跟他见个面再走吧！"

爸爸都这样说了，苗育红自然是听从了。

一个小时后，蓝政广来了，跟他一块儿来的还有蓝梅。两个老人在说话的时候，蓝梅主动帮苗育红收拾屋子，苗育红轻轻说："姐，我自己来，很快就会弄好的。"

蓝梅谨慎地笑了笑，开玩笑说："没事儿，我也很能干的，我的新房都是我一个人跑前跑后装修的，以后，你装修房子找我好了。"

听蓝梅这么一说，苗育红刚开始的排斥情绪一下子收敛了很多，说："那敢情好，一言为定啊！"

蓝梅说："好！一言为定！"

两个人在收拾厨房的时候，蓝梅鼓起勇气向苗育红道歉："红，以前关于你和天宇哥的事，我做得不好，希望你能原谅。"

苗育红说："都是过去的事了，我真心希望你能和他好好处下去。"

蓝梅说："不，我已经跟他谈过了，今后不会再出现在他的生活里了，关于他的那一页，我已经彻底翻篇儿了。"

"啊！"苗育红大吃一惊，"其实，你和她才是最合适的。"

"好了，不说他了。"蓝梅边擦抽油烟机边说。

苗育红心里很不是滋味，但在蓝梅面前，她表现得很平静。

客厅里。蓝政广正劝说苗善明到他家住一段日子，苗善明委婉地谢绝了。

蓝政广说："我在你家里住了那么长时间，就算礼尚往来，你不也应该到我家住一住吗？"

苗善明说："你的心意我领了，况且我这土里生土里长的人，生活习惯又不好，怕影响你呢！"

蓝政广说："能有什么影响？我又不是没跟泥土打过交道？况且我家里就我一个人，梅梅有她的房子，你去了还可以和我做个伴儿。"

"好了！政广！"苗善明摇了摇头，"不说这个了，将来到你家看看是可以的，至于住，我还是住在红这里吧！"

蓝政广叹了口气，随后，两个人就抽起烟来。

晚上的时候，在蓝政广和蓝梅的竭力邀请下，他们四人一起在省城有名的'贵府楼'餐厅吃了饭，气氛还是比较融洽的。

吃过饭后，蓝政广和蓝梅又把苗善明和苗育红送回了出租屋才离开了。回到出租屋，正好遇上田芳芳和王顺顺回来，大家自然又是一阵热聊。

第二天，苗育红安顿好爸爸，给爸爸留了一把钥匙，让他到附近转转，不要走远，累了就回家，随时打电话给她。然后，她就骑着电动车上班去了，中间她还绕道去省师范大学看了看郝小伟，她顺便又给郝小伟买了一箱牛奶。当郝小伟知道苗叔叔也来到了省城时，激动了好一阵子。临走时，郝小伟给了苗育红一封信，说是天宇哥让他交给她的。

苗育红在路上悄悄拆开了信，陈天宇在信上除了告诉苗育红他要离开省师范大学去上海之外，还谈到了他们相处的美好时光，让他真正理解了生活的意义，为此非常感谢她为他带来的快乐，最后祝福她一生平安兼幸福快乐。

苗育红看完信后，惆怅地望着城市的天空，心里的感觉无法用语言来形容。她觉得也许这就是生活的色彩，生活不可能都是彩色的，有时候灰色也是一种风景。

苗育红把信塞进包里，但愿这封信能成为她生活里的一段美好记忆。她重新骑上电动车，朝学校走去。

临近校门的时候，苗育红接到了尚静的电话，尚静说她和杜明杰已经决定留在省城了，尽管依然是漂泊，但彼此都喜欢这个城市，为了未来的生活，他们愿意努力一把。苗育红说永远都会祝福他们的。

走过寂静的校园小道，苗育红仰望路两旁的白杨，它们静静地守护着这个美丽的学校，见证了学校的历史，也必将见证学校的未来。苗育红太喜欢这些高高的白杨树了，有事没事的时候总爱靠一靠那粗壮的树干。靠在白杨的树干上，就仿佛回到了故乡的艾拉河边。艾拉河边也有一排高高的白杨树，那是她童年和少年的伙伴，她无数次拥抱故乡的白杨树，无数次把脸贴在白杨树古老的树干上，不停地嗅着白杨树那独有的芳香，那是故乡的味道。啊！故乡！我会时时想起你的。

推开办公室，苗育红刚走进去，乔敏就走上前拉住了她的手，说："育红，我和小桐要结婚了。"

苗育红大吃一惊，但马上就镇定下来，说："祝贺你们啊！"

她朝潘小桐笑了笑，潘小桐尽管也正朝她微笑着，但笑容还是有些勉强，目光中明显带有一丝失落。为什么会这样呢？苗育红其实知道答案，她多少也有些不自在，不过，她是个聪明的姑娘，再加上经历过太多生活的考验，此时，她平静得一直在微笑，就像故乡的天门山，无论经历多少疾风暴雨，依然屹立在故乡的土地上。

大家都在祝贺潘小桐和乔敏，他们结婚的日子就选定在国庆节，啊！他们真的要结婚了，苗育红想起大家在一起工作的日子，心里不断地回味着。大家共同谈论过很多问题，也偶尔发生过些许不快，但现在人家就要结婚了，她得祝福他们。乔敏真够执着，她就是喜欢潘小桐，尽管潘小桐并不是太喜欢她，但为了爱情，她付出了代价。爱情也许就是这样，不甚完美也是一种美。生活本来就不可能是完美的，有时候带有一丝缺憾，未必不是好事。正是有了生活的坎坎坷坷，才让生活的颜色变得不再单一。不管怎么说，乔敏勇敢地追求自己的爱情，这是值得的。潘小桐在经历了无法企及的爱情梦想之后，他能最终静下心来选择和乔敏在一起，谁又能说不是一种幸福呢？

苗育红开始为上课做准备了，人家将要迎来新的生活，她的生活还得继续，她埋下头开始看书，新学期的第一节课，该为学生们讲些什么呢？直接讲课似乎不太好，同学们刚刚结束暑假，还带有对假期的一丝留恋，心还没有彻底地回归课堂，不妨引导一下他们吧！讲讲生活的意义也是很好的。高中生每天学习的压力太大了，说说生活，也许会缓解他们的压力。同学们的生活里不光只有学习，还有更多课堂之外的快乐时光。

乔敏正沉浸在无比的幸福中，她激动得告诉大家她和潘小桐要去青岛拍婚纱照了，为此，她还畅想了在美丽的大海边，在蓝天白云的映衬下，他们的照片一定是最美的风景。

崔世芳说："你们拍好后，一定要发到朋友圈，让我们好好欣赏欣赏。"

白子川说："美的东西是要分享的。"

乔敏说："那是肯定的。"

苗育红本来只是一个倾听者，听到大家都在说，她不说几句是不行了，于是，就说："啊！乔敏，小桐，我已经迫不及待想参加你们的婚礼了。"

潘小桐没有说话，乔敏却对苗育红说："你别光说我们了，你自己也得抓紧啊！我们都等着你的好消息呢！"

顿时，苗育红脸上飞过一片红云。

过了一会儿，乔敏和潘小桐出了办公室，他们要前往青岛拍他们人生中最重要照片了。

苗育红继续备自己的课，手机响了一下，她瞟了一眼，是潘小桐发来的：育红，有些话不好意思当面跟你说，我要结婚了，你一定得祝福我，要不，我会伤心的。

苗育红知道潘小桐这句话的含义，她想都没想就回了潘小桐一句话：小桐，我会永远祝福你的。

这句话的后面还用括号注明：发自内心。

潘小桐当下就回了两个表情符号：一个哭泣的，一个微笑的。

苗育红当然理解其中的含义：哭泣是感动，微笑是舒心。

苗育红要去上课了，她起身走出办公室，外面的阳光正好，她走过通向教学楼的小道，阳光透过枝繁叶茂的白杨树，洒在她美丽的长发上、眼睛上、脸上、衣服上，她感到惬意极了。

今天的课，苗育红讲得格外投入，她和同学们真诚地探讨了人生的意义。她是在鼓励同学们，也是在鼓励自己好好生活。她不知道以后还会经历什么样的生活，生活从来都不可能是完美的，有时候尽管你对生活做了充分的预估，但生活还是会跟你开这样或者那样的玩笑，让你防不胜防。但你不能因为诸多的偶然，就失去生活的信心，相反更要努力地活下去，这或许就是人生。

那一刻，苗育红就坚定了自己的信念：就算做一棵小草，也要绿化自己的人生!

走出教学楼的时候，苗育红接到了黄尧师兄的电话，黄尧师兄说他经过慎重考虑，已经放弃了去北京工作的机会，决定回到省作协的《苍原文学》杂志社工作。苗育红按捺不住激动的心情告诉黄尧师兄这也是她所希望的。

啊! 黄尧师兄，你终究还是回来了。

不知什么时候，苗育红的眼眶湿润了，透过晶莹的泪花，她仿佛看到在人潮汹涌的城市，有个熟悉的身影正微笑着向她走来……

（全文完）

跋　城市的天空

　　这本书是从 2020 年 3 月开始写的，那正是新冠疫情在全球蔓延的时候。我们国家由于防控得力，政府和人民齐心协力，有效遏制了病毒的进一步传播。生产正在逐步恢复，人民的生活也在稳步改善着。我时不时走过阳台，望着窗外的城市，尽管遭受了疫情的冲击，但大街上依然有匆匆走过的人流和川流不息的车辆，我突然间有种想要表达什么的冲动。为此，我按捺不住激动的心情，打开电脑，思绪像泉涌一样喷发而出，我要写写生活的感悟了。

　　写作远不像想的那样简单，当你真正进入角色开始创作的时候，会有很多问题接踵而至，你必须学会独自面对，因为小说的创作很大程度上只能是一个人在战斗。我首先确定了小说的主人公——苗育红，苗育红的名字是我在一瞬间就取好的，几乎没费什么心思，从一开始就设计她是一个新的城市人，与我惯有的写作思路不同的是，我把苗育红从农村直接写到了城市。一个农村姑娘由于上大学改变了自己的命运，不经意间她成了一名拥有城市户口和工作的省城人，实际上在她内心深处还远没有做好成为城市人的准备，但又必须尽快融入城市的氛围中。她虽然做了很多努力，但在内心深处依然怀念着遥远的故乡。她对故乡的眷恋不仅仅是热爱故乡的天门山和艾拉河，不仅仅是想念她童年和少年的伙伴郝小荣，更主要的是想念和她相依为命并且含辛茹苦把她养大的爸爸苗善明。在她的思想意识里，对省城的概念和故乡的县城没有太大的区别，只不过是省城的楼更高一点，人更多一点。我之所以要这样写苗育红，当然还是出于对一种乡情和亲情的表现。如今生活的压力已经让更多的人只顾拼命赚钱，而忽略了工作之外的情感交流。生活在城市的人们，为了生活过得好一些，埋头工作的时候，是否应该多关注一下我们之间日渐冰冷的情感？这才是我想探讨的主要问题。尽管思想还不够成熟，但我显然已经在这条路上跋涉了，为此，我必须鼓起勇气欣然前行。

把苗育红设计成高中老师不是偶然，源于这是一个特殊的群体，高中一线教师超负荷的工作是常人难以想象的，我自己作为其中的一员，能深深体会到他们的辛苦，更能感受到他们的心声。面对高考教学成绩和晋升职称的双重压力，众多的高中一线教师都绷紧了每一根神经，往往结果却并不如意，然而即使这样，他们也依然会一如既往地站在讲台上工作，这难道不是热爱生活的表现吗？

陈天宇的出场当然是源于苗育红，苗育红是个漂亮的女孩子，她像所有的花季女孩一样渴望爱情，因为生活不可能只有工作，恋爱一直都是美好生活的一部分。苗育红对未来是充满憧憬的，但陈天宇却是一个摇摆不定的人，他出生在大城市，与生俱来就有种优越感，他无法真正体会苗育红的内心。苗育红虽然渴望爱情，但对陈天宇的感情却始终是朦胧的，她知道她依然思念着远在南京的黄尧师兄。我们不能过多苛求一个初涉爱情的姑娘，她当然会有她的弱点。陈天宇的内心是喜欢苗育红的，但由于和他青梅竹马的蓝梅的介入，再加上他又不敢违抗父母的心愿，一时间让他不知所措，而他又找不到合适的解决方法，陷入悲剧就难免了。

蓝梅作为一个自幼生活在大城市的姑娘，她有太多优于苗育红的地方。她和陈天宇从小建立起来的感情，她是不愿意轻易让别人夺走的。她的性格决定了她的行动，她是一个执着追求的人，为了维护自己的感情，她竭尽全力，甚至有意影响了陈天宇的父母。我们在同情苗育红的同时，一定要理解蓝梅，蓝梅也有她的苦衷。她对生活的追求没有错，她有追求幸福的权利，就像当年她违背爸爸的意愿毅然辞去公职去从事自己热爱的编辑工作那样。她努力工作，虽然也有很多的痛苦，但从没丧失过生活的信心。尽管她性格中也有偏执的地方，但始终没有泯灭善良的本性，当她知道苗育红是自己同父异母的妹妹时，异常愧疚，发誓要用余生来好好对待苗育红；为了帮助贫困的作者出书，她不惜奔前跑后，毫无怨言；为了报答陈天宇父母

320

的养育之恩，她全心全意地照顾他们。蓝梅有她倔强的一面，犹如她的名字里的"梅"一样，坚持在严寒的冬日开放。我们能不能多给她一点温暖的目光？让她在生活面前尽情地绽放属于她的美丽。

尚静作为漂泊在城市的大学毕业生，常向往城市的生活，为了生存，只能四处跳槽寻找自己的城市定位。城市里几乎每一所公立学校周围都会有很多民营教育机构，这些机构的生源基本都来自旁边的公立学校。尚静作为一个师范大学毕业生，为了与自己的专业对口只能栖身这些民营机构。我采访过多个民营教育机构的老师，他们几乎都和尚静一样，努力工作获取报酬来支撑自己在城市的生活，但他们时刻想着有一天能跳出民营教育机构走进公立学校。他们内心那种对美好未来的期盼是公立学校的老师很难体会的。尚静作为这个群体的代表，有太多的人生感悟。但不管如何，她都在朝着自己的理想生活着，我们为什么不给她一点鼓励呢？

苗育红的房东，不管是牛香莲还是后来的江尤天，他们不同于远离故乡的苗育红和尚静，他们原本就是城市郊区的农民，只是在城市无限制的扩展中，城市占用了他们的土地，他们的家被划入了城市的范围。凭借着优越的地理位置，他们甚至不用努力仅靠收取房租就可以维持生活，但他们有个共同的特点就是勤劳。牛香莲着墨不多，虽然带有先天的优越感，可勤劳的本性不改。江尤天作为这个群体的代表，他完全可以依靠父母留给他的房产无忧无虑地生活，而且足可以生活得很好，但他依然去开出租车，为自己增加收入的同时，也在为日渐扩大的城市贡献着自己的力量，从而实现他的人生价值。他们出生在离城市最近的地方，有着比外地人多得多的优势，我们在羡慕他们的同时，为什么不想想这些人为了城市的发展，他们失去了赖以生存的土地，奉献了自己美好的年华呢？

我每天上班路过我们小区旁边的烧饼店，那是一对年轻的夫妻开的店，店里的生意异常火爆。每次我基本上都是买一张饼和一碗豆腐脑，看着那对夫妻忙碌的样子，几乎连一刻空闲都没有，我有时候就想，他们为什么不雇一个人帮忙呢？我悄悄问那个女主人，女主人说："这里的房租这么贵，还要交各种别的费用，再多雇一个人就会多一份开支，我们俩忙是忙了点儿，可挣的钱都是我们自己的。等将来在这里安家了，再说吧！"我顿时明白了，于是，小说里的田芳芳和王顺顺就有了原型，只不过我把他们经营的烧饼改成了胡辣汤，那是我故乡的小吃。想起在县城上学时，经常光顾街边的胡辣汤摊位，往简易凳子上一坐，要一碗热气腾腾的胡辣汤，外加两根油条或者一张油饼，再往汤里放点儿香油和醋，那味道现在回想起来依然觉得有滋有味。经营胡辣汤店的大都是夫妻，他们很辛苦，每天都要赶早起来，做各种准备工作，等到人们纷纷走出家门来喝胡辣汤时，他们已经忙碌了两个小时了。在这样的小本生意里，女主人通常表现得比男主人还要勤快，既要招呼客人还要算账。每天他们都能看到城市的星光落幕又升起，生活的艰辛并没有打倒他们，反而更鼓起了他们前行的勇气，让他们义无反顾地融入城市的洪流中，成为了城市的一朵新的浪花。在城市的节奏里我们有没有静静倾听过他们内心深处那跳动的音符呢？

生活的小溪流过山涧的时候，不全是吟唱欢快的歌谣，时不时还会在奔腾的路上撞上两边的岩石和悬崖，平静的旋律中就会加入哀伤的节奏。就在我写作本书到中途的时候，接到了父亲的电话，父亲焦急地告诉我母亲病情恶化，悲伤的眼泪夺眶而出，我顾不得擦去脸上的泪水，两个小时后我就踏上了飞往故乡的航班。飞机在云朵里穿来穿去，我的心已经飞到了母亲身边。傍晚，我赶到母亲身边，看着母亲憔悴的脸，我心如刀绞，母亲异常坚强，总是坦然面对疾病。在母亲病重的最后一段日子里，我们兄妹五人轮流守候在母亲身边，祈祷奇迹出现，但生活的灾难还是降临了，母亲在与病魔抗争了15年后，于2020年10月12日永远地离开了我们，享年83岁。母亲一生俭朴，为了我们兄妹五人，操劳了一辈子。回想起与母亲相处的日子，泪水再次模糊了我的视线，母亲的身影仿佛就在眼前：在灯下缝补、在锅台忙碌，在田里耕作……母亲用日复一日、年复一年的辛苦劳动养育了我们。母亲的离开，让父亲悲伤过度，两位老人相濡以沫 62 年，共同经历了六十多年生活的风风雨雨，他们用爱和汗水撑起了我们的家，他们把最好的爱都给了我们。母亲的离开，让我对亲情有了更深的体会，让我在写作中加深了对亲情的表现，苗善明对女儿的无微不至的关怀正是基于我对亲情的理解。在繁华的城市生活了这么多年，我深深理解了故乡的含义，一个人就算是走到天涯海角，都不可能忘记自己的故乡。这部小说的主人公苗育红尽管生活在城市里，但她和我一样依然深深怀念那种来自故乡的亲情。我必将会尽我所能，把这种温暖的情怀书写下去。

　　时光如梭，回首往事，我百感交集，写作的一年多时间里，虽然经历了太多的酸甜苦辣，但对明天的期待依然在继续。生活的船帆已经扬起，不管前方是风平浪静还是波涛汹涌，我们都要勇往直前，因为这就是生活。

　　依然要感谢生活！

李焕道

2021 年 4 月 12 日午后于大同